ullstein

Das Buch

Gibt es etwas Langweiligeres, als stundenlang Regale im Drogeriemarkt einzuräumen? Jule kann es sich nicht vorstellen. Darüber hinaus wird sie von ihrem Chef schikaniert und bekommt dauernd Spätschichten aufgebrummt. Na ja, Jule hat sowieso kein richtiges Privatleben und noch weniger Geld. Deshalb auch der Job im Drogeriemarkt. Das alles ändert sich schlagartig, als die 70-jährige Stammkundin Ottilie Bär eine Flasche Sonnenmilch zurückgeben möchte – mit Tränen in den Augen. Die geplante Reise nach Gran Canaria, schluchzt die zierliche Dame, könne sie nicht antreten, da sie sich mit ihrer Reisebegleitung überworfen habe. Und alleine, in dem Alter, ach …

Ehe Jule es sich versieht, sitzt sie mit Ottilie – »Nenn mich doch Otti« – im Flieger. Endlich Sonne, Party und Ausschlafen!, denkt Jule. Endlich jemand, der morgens um sechs Uhr mit mir im Meer schwimmen geht!, denkt Tante Otti. Das Chaos ist vorprogrammiert – dennoch ist die Reise der Beginn einer wunderbaren Freundschaft …

Die Autorin

Gabi Breuer, geboren 1970, lebt mit ihrem Mann und Sohn in Köln. Sie ist Verwaltungsangestellte in einem Seniorenheim und schreibt nur in ihrer Freizeit. Unter dem Namen Gabriele Breuer schreibt sie auch historische Romane.

GABI BREUER

Mit Tante Otti auf der Insel

ROMAN

Ullstein

Besuchen Sie uns im Internet:
www.ullstein-taschenbuch.de

FSC
www.fsc.org
MIX
Papier aus verantwortungsvollen Quellen
FSC® C014496

Originalausgabe im Ullstein Taschenbuch
1. Auflage November 2013

Umschlaggestaltung: ZERO Werbeagentur, München
Titelabbildung: © masterfile
Satz: LVD GmbH, Berlin
Gesetzt aus der Berkeley
Papier: Holmen Book Cream von Holmen Paper Central Europe, Hamburg GmbH
Druck und Bindearbeiten: GGP Media GmbH, Pößneck
Printed in Germany
ISBN 978-3-548-28555-9

Für meine große Liebe
Josef

Hör nie auf, mir Blumen ins Herz zu malen.

1. Kapitel

Polanskis Augen kugelten wie die des Krümelmonsters aus der Sesamstraße. Zum dritten Mal in dieser Woche hielt er eine Predigt über die Arbeitsmoral. Nur war die Angelegenheit viel zu ernst, als dass man darüber lachen konnte. Die Tatsache, dass sie den dritten Samstag hintereinander eine Doppelschicht arbeiten musste, trieb Jule eher die Tränen in die Augen. Durch ihr Gedärm fraß sich die Wut wie eine hässliche Raupe.

»Nun schauen sie nicht so entsetzt. Was soll ich denn machen, wenn ich nicht genug Personal habe?«, pampte Polanski.

Der hatte doch nicht mehr alle Latten am Zaun! Leute hatte er bestimmt genug, nur die erfahrenen Kolleginnen husteten Polanski was. Das hätte Jule auch gern getan, doch leider befand sie sich noch in der Probezeit. Die hässliche Raupe hatte sich mittlerweile bis zu ihrem Magen vorgearbeitet.

»Ach, und übrigens, Frau Winkler, wir räumen die Regale um. Die Zahnpflegeprodukte kommen hinten an die letzte Wand, wo jetzt die Haarpflegeprodukte stehen. Die Haarpflegeprodukte kommen in die Regale am Fenster, und die Waschmittel …«

Jule hörte ihm nicht weiter zu und schaute ins Leere. Ihre Gedanken wanderten zu der Party, die am kommenden Samstag stattfinden sollte. Wieder konnte sie nicht dabei sein, weil sie erst weit nach 22 Uhr aus dem Laden kam. So kaputt wie sie dann sein würde, fehlte ihr bestimmt die Kraft, sich zu Hause noch aufzubrezeln und dann feiern zu gehen. Außerdem machte es keinen Spaß, wenn alle anderen schon vorgeglüht hatten und sie später allein zu ihnen stieß. Jule seufzte. Irgendwann war sie alt und grau – und totgearbeitet. Völlig unnötig. Sie suchte sich besser einen neuen Job. Doch das war leichter gesagt, als getan. Wer, außer Polanski, stellte schon eine ungelernte Kraft ein? Und bis sie sich entschieden hatte, wie es mit ihrem Studium weitergehen sollte, fiel das BAföG ja leider weg. Dennoch bereute Jule es nicht, das Ingenieurstudium schon nach einem Semester abgebrochen zu haben. Das war wirklich nichts für sie gewesen. Zu trocken, zu schwer und viel zu physiklastig. Nur die Aussicht auf eine spätere Karriere hatte sie in den Studiengang gelockt.

»Und denken Sie bitte daran, die Regale auszuwischen, bevor Sie sie wieder einräumen.« Polanski schnaufte kurz. »Hören Sie mir überhaupt zu?«

Rasch verließ Jule ihre dunkle Gedankenwelt und nickte. »Ja, hab schon verstanden, Chef.«

»Na dann. Worauf warten Sie? Auf den Feierabend?«

Ohne ein weiteres Wort zu verlieren, eilte sie an Polanski vorbei, um sich einen Einkaufswagen zu schnappen. Bis zum Feierabend war es noch einige Zeit hin, aber wenn sie genug zu tun hatte, vergingen wenigsten die Stunden zügig. Jule kramte in ihrer Kitteltasche, holte ein Haargummi hervor und band ihre rotblonden Locken zusammen. Dann schob sie den Wagen zu dem Regal. Was hatte Polanski noch mal gesagt? Die Haarpflegeprodukte ans Fenster? Oje, vielleicht hätte sie ihm doch besser zugehört. Während Jule versuchte, sich an seine Worte zu erinnern, zupfte plötzlich jemand an ihrem Ärmel.

»Frollein, könnten Sie mir bitte helfen?«

Sie drehte sich um und schaute auf die kleine Person. Vor ihr stand Frau Bär, eine Stammkundin des Drogeriemarktes. Sie reichte Jule gerade mal bis an die Brust. Mit ihrer blonden Perücke und der zierlichen Figur erinnerte sie an eine dieser lebensgroßen Puppen, wie Jule sie als Sechsjährige besessen hatte. Die Schnallenschuhe und das rote Mäntelchen musste die Seniorin wohl in der Kinderabteilung gekauft haben. Oder wo bekam man sonst solch kleine Sachen für Erwachsene?

»Können Sie mir nun helfen, oder soll ich jemand anderes fragen?«

Erst jetzt bemerkte Jule, dass sie die alte Dame angestarrt hatte. »Ja, natürlich helfe ich Ihnen. Was kann ich für Sie tun?« Ihr Blick fiel auf die Sonnenmilch, die Frau Bär in der Hand hielt.

»Ich möchte das hier umtauschen.«

»Kann ich verstehen, bei dem Wetter draußen. Wer braucht da schon einen Sonnenschutz?«

»Nein … ach, das hat andere Gründe.« Die Augen hinter der Goldrandbrille füllten sich mit Tränen. Es schien, als würde die alte Dame jeden Augenblick anfangen zu weinen. Doch dann schnappte sie kurz nach Luft und beruhigte sich wieder.

»Ja, natürlich können Sie die Sonnenmilch umtauschen. Haben Sie noch den Kassenbon? Dann wird Ihnen meine Kollegin an der Kasse das Geld zurückgeben.«

»Wissen Sie …« Frau Bär zog die Nase hoch. Es musste wirklich ein schlimmer Grund hinter der Umtauschaktion stecken, denn die kleine Dame schaute mit einem herzzerreißenden Blick zu Jule auf. »Ich brauche die Sonnenmilch nicht mehr. Und wissen Sie, warum?«

Jule schüttelte verneinend den Kopf. Sicher würde sie es gleich erfahren.

»Ich bin auf dem Weg ins Reisebüro. Kein leichter Schritt für mich.« Jetzt kullerten tatsächlich Tränen aus den Augen der Seniorin. »Ach, was habe ich mich auf die Reise gefreut.«

»Wollen Sie den Urlaub stornieren?«

»Ja, das muss ich.«

»Warum?«, fragte Jule nach. Dafür, dass die alte Dame Gesprächsbedarf hatte, ließ sie sich ganz schön die Wörter aus der Nase ziehen.

»Ich hab mich mit Hildchen verkracht, und nun will sie nicht mit mir auf die Kanaren fliegen«, schluchzte Frau Bär. »Und das alles wegen eines kleinen Missverständnisses.« Sie drückte Jule die Sonnenmilch in die Hand und kramte in ihrer mit Perlen verzierten Tasche. Dann zog sie ein Stofftuch hervor und schnäuzte sich. Richtig verloren wirkte die kleine Frau Bär in dem großen Laden.

Jule vergaß ihren Groll über Polanski und hätte Frau Bär am liebsten über den Kopf gestrichen. »Ist Hildchen Ihre Freundin?«

»Ja, aber nicht nur das. Sie …« Frau Bär hielt kurz die Luft an. »… sie ist auch meine Mitbewohnerin«, fügte sie rasch hinzu. »Und wenn Hildchen sauer ist, wird ihr Hang zur Sauberkeit noch schlimmer, als er ohnehin ist. Manchmal ist es wirklich ein bisschen viel, was sie mir aufträgt. Und es ist doch klar, dass ich das nicht alles im Kopf behalten kann.« Die Stimme der alten Dame wurde dunkler. »Denk an die Kaffeemaschine, die entkalkt werden muss.« Offensichtlich ahmte sie nun Hildchen nach. »Der Putzmittelschrank müsste auch mal wieder ausgewaschen werden. Die Schuhe zum Lüften auf den Balkon.« Frau Bär schüttelte den Kopf. »Wie soll ich mir das denn alles merken? Hildchen kann einem manchmal den letzten Nerv rauben, glauben Sie mir.«

Jule starrte in den leeren Einkaufswagen. Sie konnte sich wirklich nicht erinnern, wohin sie die Haarpflegeprodukte räumen sollte.

»Ich mag Hildchen ja sehr gern. Aber manchmal geht sie zu weit. Ich bin schließlich kein Putzroboter. Gibt es so etwas eigentlich schon?«

»Ja, es gibt einen Staubsaugerrobo«, antwortete Jule. »Soll aber nicht so gut sein. Geht Hildchen Ihnen denn gar nicht zur Hand?«

»Sie hat genug in der Metzgerei zu tun. Da ist sie abends fix und fertig. Was ich ja auch verstehen kann. Schließlich ist sie mit ihren zweiundsiebzig Jahren nicht mehr die Jüngste. Aber nötig hat sie es nicht. Ich meine, in ihrer Metzgerei zu stehen. Die Angestellten kämen gut allein zurecht.«

»Haben Sie mal über eine Haushaltshilfe nachgedacht?« Jule griff nach den Haarsprayflaschen und legte sie in den Wagen.

»Das will Hildchen auf keinen Fall. Sie kann es nicht leiden, wenn fremde Leute in ihren Sachen wühlen.« Frau Bär senkte den Blick und seufzte schwer. »Aber dass sie nun nicht mehr mit mir nach Gran Canaria reisen will, das ist doch übertrieben. Und allein fliegen ist mir zu langweilig. Von daher …« Ein herzzerreißender Schluchzer entwich ihr.

»Das Leben kann manchmal ganz schön ungerecht sein. Ich war zum Beispiel noch nie im Süden.« Jule musste wieder an den kommenden Samstag und die Party denken. Selbst die würde ihr nicht vergönnt sein. Ihr Groll kehrte zurück, und die nächsten drei Flaschen Haarspray landeten etwas unwirsch im Einkaufswagen.

Erschrocken schaute die Seniorin auf. »Sie sehen aber auch nicht gerade glücklich aus.«

»Das bin ich auch nicht.«

»Was ist denn los? Liebeskummer?« Die alte Dame legte die Hand auf Jules Unterarm.

»Ich glaube, damit könnte ich besser fertig werden«, schnaubte Jule.

»Oh, das hört sich wirklich fies an«, erwiderte Frau Bär.

»*Fies* ist gar kein Ausdruck für das, was ich hier in dem Laden mitmache.« Die hässliche Raupe in Jules Magen bleckte die blutverschmierten Zähne. »Im Vergleich zu meinen Arbeitsbedingungen hatten die Sklaven im alten Rom Urlaub.«

»Ist es wirklich so schlimm?« Frau Bär schaute sich verstohlen im Laden um, als würde sie jeden Augenblick das Erscheinen eines Monsters erwarten.

»Polanski weiß, wie man seine Angestellten in den Erschöpfungstod treibt.«

»Der nette Herr Polanski? Das kann ich mir gar nicht vorstellen.«

»Nett?« Die Raupe in Jules Magen wetzte die Messer, um sich einen Weg zur Lunge freizulegen. »Gegen den ist Jack the Ripper ein zahmes Kätzchen.«

Erschrocken zog Frau Bär den Kopf ein, was sie noch kleiner machte. »Na, jetzt übertreiben Sie aber, Frollein.«

»Das ist nicht übertrieben. Ich arbeite in der Woche an die siebzig Stunden. Da können Sie sich ja vorstellen, wie meine Freizeit aussieht. Wie ein toter Vogel liege ich abends im Bett. Dabei bin ich erst zwanzig!«

»Aber Sie bekommen die Überstunden doch bezahlt, oder?«

»Bezahlt?« Jules Stimme nahm einen schrillen Ton an. Die Raupe schaute entsetzt von ihren gewetzten Messern auf.

»Scht, nun seien Sie doch etwas leiser. Am Ende hört Herr Polanski noch Ihre Schimpftiraden.«

Jule schnappte nach Luft und kniff die Augen zusammen. »Abfeiern kann ich sie, aber erst wenn ich tot bin. Denn lebend bekomme ich eine Doppelschicht nach der anderen aufgebrummt.«

»Ja, ja. Man hört ja immer von den schlechten Arbeitsbedingungen. Erst letztens war ein Bericht über einen Discounter im Fernsehen. Die armen Angestellten, kann ich nur sagen.« Frau Bär zog das Stofftuch in ihrer Hand wieder glatt. Die feuchten Spuren ihrer Traurigkeit glänzten im Licht der Halogenlampen. »Vielleicht würde Ihnen ein Urlaub guttun. Da könnten sie wieder zu Kräften kommen.«

»Ja«, stieß Jule aus, »den bräuchte ich wirklich ganz dringend.« In Gedanken zählte sie nach, wie viele Wochen es bis dahin noch waren – gab aber nach acht gedachten Fingern auf. Außerdem fehlte ihr sowieso das Geld zum Verreisen. Und wie sie Polanski einschätzte, würde er nicht davor zurückschrecken, sie aus dem Urlaub zu holen – natürlich um sie Doppelschichten schieben zu lassen. Vier Flaschen Schaumfestiger kollidierten mit dem Haarspray im Einkaufswagen.

»Hören Sie zu.« Die alte Dame griff nach der Sonnenmilch, die Jule achtlos ins Regal gestellt hatte. »Ich behalte die Sonnenmilch. Und wissen Sie auch, warum?«

»Weil Sie nun doch in den Urlaub fahren«, entgegnete Jule.

»Richtig. Und zwar mit Ihnen. Ich nehme Sie einfach mit. Natürlich nur, wenn Sie damit einverstanden sind.«

Jule blieb die Spucke weg. Ungläubig starrte sie das zarte Wesen an. »Das meinen Sie doch nicht ernst?«

»Doch, das meine ich sogar sehr ernst. Und ich komme für all Ihre Unkosten auf.«

Im Leben nicht!, raunte Jules Verstand. Vorsichtig schaute sie über beide Schultern. Mit Sicherheit sprang gleich ein Mann zwischen den Regalen hervor und schrie: Versteckte Kamera!

Die alte Dame zupfte an ihrem Ärmel. »Sie wollen gar nicht, oder? Bestimmt bin ich Ihnen zu alt.«

Na ja, Frau Bär konnte ihre Großmutter sein, aber das sagte Jule nicht. Außerdem hatte sie mit ihrer Oma nie Probleme gehabt. Im Gegenteil, die hatte ihr jeden Wunsch von den Augen abgelesen.

»Nein, nein. Es ist nur so unglaublich.«

»Wie im Märchen, nicht wahr?« Die alte Dame grinste.

Plötzlich schrumpfte Jules Verstand auf die Größe eines Sandkorns. In ihren Ohren rauschte das Meer. Sommer, Sonne, Party – der erste richtige Urlaub ihres Lebens! Kein Drogeriemarkt, kein ergrautes Krümelmonster, keine Doppelschichten – der Himmel tat sich vor ihr auf. Engel in glitzernden Hotpants tanzten zu einer flotten Partymucke.

»Was ist denn nun? Würden Sie mich begleiten oder nicht? Sie können mich übrigens Ottilie nennen.« Frau Bär streckte ihr die kleine Hand entgegen.

Jule ergriff sie und stellte sich ebenfalls vor. Dann schüttelte sie den Kopf, um wieder zur Besinnung zu kommen. Die Engel hielten in ihrem Tanz inne und zogen eine Schnute.

»Ich kann das nicht annehmen«, sagte Jule, weil sie immer noch an einen schlechten Scherz glaubte.

»Warum denn nicht? Sehen Sie es doch einfach als einen Job an. Allerdings als einen sehr entspannten Job«, lächelte Ottilie Bär und brachte damit Jules Herz zum Schmelzen. Doch dann legten sich dunkle Wolken darüber.

»Wann wollten Sie denn verreisen?«, fragte Jule vorsichtig und sah ihre Felle schon davonschwimmen. Sie würde wohl nie in ihrem Leben das Meer zu sehen bekommen.

»Sonntag in zwei Wochen.«

Jule hatte es gewusst. Ihr Urlaub lag noch in weiter Ferne. Niemals wäre mit dem ergrauten Krümelmonster zu reden, wenn es darum ging, ihn vorzuverlegen.

»Was ist denn, Frollein?« Ottilie Bär zupfte an Jules Kittel. »Sie schauen so zerknittert drein.«

»Ich kann Sie nicht begleiten, denn mein Urlaub ist erst für den Juli genehmigt.«

»Darüber kann man doch mit dem Chef reden.«

»Sie meinen mit Polanski?« Jule lachte verzweifelt auf und winkte ab. »Mit dem verbohrten Kerl bestimmt nicht.« Die erste Überschwänglichkeit verflog, und Jule machte sich klar, was hier gerade passierte. Ging das nicht alles ein wenig schnell? Sie kannte Frau Bär doch gar nicht richtig. Gut, sie machte immer einen netten Eindruck, wenn sie hier einkaufte. Aber mehr wusste Jule nun wirklich nicht von ihr. Und dann sollte sie Knall auf Fall einen Urlaub mit ihr verbringen? Die Engel in den glitzernden Hotpants winkten mitleidig und verabschiedeten sich, um auf einer anderen Party zu tanzen.

»Ach, Kindchen, lassen Sie mich mal machen. Ich kann gut mit ihm, glauben Sie mir.« Die Seniorin schaute sich mit

Argusaugen im Laden um. »Ah, da kommt er ja.« Noch bevor Jule die Engel in den Hintern treten konnte, fuchtelte die alte Dame aufgeregt mit den Armen. »Herr Polanski, Herr Polanski!«

Das ergraute Krümelmonster hob den Blick und eilte zu ihnen. »Frau Bär, wie schön, Sie zu sehen«, schleimte er. »Bedient Frau Winkler Sie zu Ihrer Zufriedenheit?«

Jule entging nicht der abfällige Blick aus seinen kugelnden Augen.

»Ach, Herr Polanski, ich freue mich auch, Sie zu sehen«, schleimte Ottilie Bär zurück. »Jule ist doch meine Nichte. Wussten Sie das nicht?«

Die kugelnden Augen hielten inne. »Wirklich? Ach Frau Bär, Sie können stolz auf Ihre reizende Nichte sein. So eine fleißige Angestellte hatte ich schon lange nicht mehr.«

Die hässliche Raupe in Jule ließ die Messer fallen und würgte ihre Mahlzeit hoch.

Ottilie Bär hakte sich bei Polanski unter und nahm ihn zur Seite.

»Ich stecke in einer ziemlichen Misere, muss ich Ihnen sagen«, raunte sie in sein Ohr. Gerade so laut, dass Jule noch alles verstehen konnte.

»Oh, meine Liebe, das höre ich aber gar nicht gern.« Polanskis Augen begannen wieder, ihre Kreise zu ziehen. »Kann ich Ihnen irgendwie aus der verzwickten Situation helfen?«

Das zarte Wesen war offenbar mit allen Wassern gewaschen.

»Es ist wirklich eine schreckliche Misere«, wiederholte Ottilie Bär theatralisch. »Aber …« Sie blickte kurz zu Jule und zwinkerte ihr zu. Dann wandte sie sich wieder an Polanski.

»Sie müssen wissen, ich wollte Jule unbedingt überraschen und habe ihr einen Urlaub spendiert.« Frau Bär schob die Unterlippe vor und sah dabei aus wie ein Kleinkind, das jeden Augenblick in Tränen ausbrechen wird. »Nur noch einen Urlaub wollte ich mit meiner Lieblingsnichte verbringen.« Sie seufzte schwer und glättete mit der Hand eine imaginäre Falte auf ihrem Mantel. »In meinem Alter weiß man ja nie, ob es nicht die letzte Reise sein wird, von der man zurückkehrt.« Sehnsüchtig ließ sie den Blick in die Ferne schweifen.

»Ach, Frau Bär, ich bin mir sicher, Sie werden uns noch lange erhalten bleiben.« Polanski strich der alten Dame über den Arm. Eine solch zärtliche Geste hätte Jule ihm gar nicht zugetraut.

»Nee, nee, Herr Polanski, Herzinsuffizienz sag ich nur. Der Sensenmann kann täglich an meine Tür klopfen. Da brauchen Sie mir nichts weiszumachen.« Frau Bär presste die Lippen aufeinander und nickte leicht mit dem Kopf. »Dabei würde ich so gern noch einmal das Meer sehen.«

Jule hielt den Atem an und wusste nicht recht, ob sie das hier alles wirklich wollte.

»Aber das können Sie doch! Frau Winkler hat im Sommer zwei Wochen Urlaub. Dann können Sie mit ihr ans Meer fahren.«

»Ja, im Sommer. Das weiß ich. Aber dann kann es längst zu spät sein. Der Doktor hat gesagt, lange könnte ich nicht mehr mit dem Flugzeug reisen. Wegen der Aufregung und so. Aber ich möchte nicht aus dem Leben scheiden, ohne noch einmal mein Gran Canaria gesehen zu haben …«

Jules Kehle schnürte sich zu. In Gedanken sah sie einen Sarg, der unter südlicher Sonne in den Flieger verfrachtet wurde. Die Kronen der Palmen wedelten zum Abschied im

Wind. O nein! Bloß nicht! Nackte Panik überkam Jule. Für einen Augenblick wünschte sie, Polanski würde ihr den Jahresurlaub ganz streichen. Lieber schob sie jeden Samstag Doppelschichten, als eine Leiche aus dem Urlaub mitzubringen.

Polanskis Atem ging schwer, dafür kugelten seine Augen noch schneller.

Bevor Jule ihre Gedanken wieder richtig sortiert hatte, gab Ottilie Bär erneut Gas. »Ich weiß doch um ihr gutes Herz, Herr Polanski. Bestimmt ist es für Sie ein Leichtes, Jules Jahresurlaub vorzuziehen.«

Die kugelnden Augen verharrten abrupt und verfinsterten sich. »Da verlangen Sie aber viel von mir, werte Frau Bär. Was bedeutet denn vorverlegen für Sie? Einen Monat?«

»Hmm, die Reise ist für den 29. April gebucht. Also Sonntag in zwei Wochen«, rückte die Seniorin ohne Umschweife heraus.

»Oh«, sagte Polanski nur.

»Das ist doch bestimmt kein Problem für Sie, oder?«

»Bei aller Liebe und meinem Mitgefühl für Ihr schwaches Herz, liebe Frau Bär, aber das ist wahrhaftig ein Problem. Zu dieser Zeit hat bereits Frau Gögler Urlaub. Dann würden mir ja zwei Kräfte fehlen.«

Die hässliche Raupe fraß sich jetzt durch Jules Luftröhre. Wahrscheinlich, um Polanski gleich die Meinung ins Gesicht zu spucken. Jule atmete tief ein, um das Vieh zurück in die Lunge zu drücken. Bestimmt gehörte Ottilies schwaches Herz nur zu der Theaterinszenierung. Doch wenn nicht?

»Wissen Sie was?« Die kleine Dame ließ sich von Polanskis Einwänden nicht verunsichern. »Ich komme für alle Unkosten auf. Es gibt doch Personalleihfirmen, wenn ich mich nicht täusche. Heuern Sie für die Zeit eine Ersatzkraft an. Ich bezahle!«

Nun musste Jule auf ihre eigenen Augen achtgeben, denn diese drückten sich gewaltig aus den Höhlen. So klein wie Ottilie Bär auch war, von ihrem Durchsetzungsvermögen konnte sich Jule eine Scheibe abschneiden. Gut, mit Geld im Rücken ließ sich vieles regeln, aber Polanski mit solch einem Willen entgegenzutreten, das hatte schon was – vor allem, wenn man zu ihm aufschauen musste, als sei er ein Riese. Herzinsuffizienz sollte die haben? Im Leben nicht!

»Gut, ich will ja kein Unmensch sein.« Polanski machte eine Miene, als rechne er jeden Augenblick mit dem Friedensnobelpreis. »Aber Ersatz muss ich mir tatsächlich besorgen.«

»Hab ich nicht gerade gesagt, ich komme für die Unkosten auf?« Die alte Dame hob die Schultern und breitete die Arme aus.

»Ja, ja. Ist ja schon gut, werte Frau Bär. In Gottes Namen, nehmen sie Jule mit in den Urlaub. Ich schicke Ihnen dann die Rechnung.« Polanskis Augen kugelten noch eine Runde, bevor er Ottilie Bär zum Abschied die Hand reichte und in sein Büro verschwand.

Jule verspürte das Bedürfnis, ihre Beine auszuschütteln, als habe sie viereinhalb Stunden im Kino gesessen. Die Raupe in ihrer Lunge lag schlaff auf der Seite und pupste.

»Und? Wie habe ich das hinbekommen?«, holte Ottilie Bär sie in die Wirklichkeit zurück.

»Herzinsuffizienz?«, krächzte Jule.

»Ach was.« Frau Bär winkte ab. »Mit meinem Herz könnte ich noch einen Marathon laufen und anschließend mit Messner auf dem Kilimandscharo einen Kaffee trinken.«

Jules Gedanken sortierten sich langsam. »Das war eine verdammt gute Inszenierung, kann ich nur sagen, Miss Bär!«

Die Seniorin grinste teuflisch und hob erneut die Schultern. »Man muss den Leuten hinter die Stirn schauen, das ist alles. Was vorn draufsteht, ist nicht immer drin, wissen Sie.«

»Aber nett ist der bestimmt nicht«, konterte Jule.

»Hab ich das behauptet?« Ottilie Bär kratzte sich durch die Perücke.

»Ja, haben Sie.«

»Zu den Kunden ist er es. Das sehen Sie ja. Aber nun etwas anderes. Ich würde Sie gern ein wenig näher kennenlernen, bevor wir fliegen. Was halten Sie davon, wenn wir uns kommenden Samstag im Aqua-Land treffen?«

»Da muss ich doch arbeiten.«

»Ach ja, stimmt. Dann eben Sonntag. Ist Ihnen zwölf Uhr recht?«

Jule überlegte kurz. Eigentlich lag sie sonntags um diese Uhrzeit noch im Bett. Aber was sollte es? Die Aussicht auf einen Urlaub in den Süden war das frühe Aufstehen wert. Langsam gefiel ihr der Gedanke wieder. Mit Ottilie Bär würde sie schon klarkommen, da war sie sich sicher.

»Ist in Ordnung. Ich warte am Eingang auf Sie.«

»Gut, Kindchen. Dann sehen wir uns am Sonntag. Ich freue mich.« Lächelnd steckte Ottilie Bär die Sonnenmilch wieder in ihre Tasche.

Jule schaute ihr hinterher, wie sie leichtfüßig den Laden verließ und vor der Tür den Regenschirm aufspannte. Sie wäre ziemlich bescheuert, wenn sie das Angebot nicht annähme. Vor ihr tat sich plötzlich wieder das Glück auf. Die Engel stolzierten in Highheels auf die Tanzfläche und begannen ihre Hüften zu schwingen. Schnell verdrückte sich Jule auf die Toilette und tippte die Nummer ihrer Freundin Kathi in das Handy. Sie musste ihr unbedingt davon erzählen.

»Hi, Kathi, du glaubst nicht, was passiert ist«, raunte sie.

»Du weißt, dass ich bei der Arbeit bin, oder?« Kathi sprach so leise, dass Jule sie kaum verstand. »Ich mache gerade eine Einzelbetreuung. Ich ruf dich zurück.« Zack, war Kathi wieder weg.

Zerknirscht steckte Jule das Telefon in ihre Kitteltasche. Sie war so aus dem Häuschen, da hätte die Freundin doch kurz Zeit haben können! Aber Kathi nahm ihren Job im Seniorenheim viel zu ernst. Die alten Leutchen würden sich bestimmt nicht beklagen, wenn sie kurz telefonierte. Die waren mit Sicherheit nicht so engstirnig wie Polanski.

2. Kapitel

Ottilie zog den roten Lodenmantel aus und hängte ihn an die Garderobe. Aus der Küche drang das Klappern von Geschirr. Eine Schranktür wurde etwas unsanft zugeschlagen. Wahrscheinlich hatte Hildchen ihr einen Tritt versetzt. Ha! Tob du dich nur aus, dachte Ottilie. Gleich wird dir auf jeden Fall die Kinnlade runterfallen. Sie rieb die Hände aneinander und konnte kaum glauben, dass sie nun doch nach Gran Canaria fliegen würde. Und das mit solch einer netten Begleitung. Einfach himmlisch! Ottilie war sich sicher, dass sie mit Jule in Playa del Ingles jede Menge Spaß habe würde. Und bestimmt tat es auch mal ihrer Beziehung zu Hildchen gut, wenn sie für eine Weile allein verreiste. Dann würde die Freundin vielleicht sehen, was sie an ihr hatte. Dann war nämlich niemand mehr da, der Hildchen hinterherräumte und alles blitzblank hielt. Ottilie streifte die Schnallenschuhe von den Füßen und stellte sich auf die Zehenspitzen, um einen Blick in den Garderobenspiegel zu werfen. Die Perücke war ein wenig verrutscht, und sie zog sie wieder in Form. Dann schlüpfte sie in ihre Pantoffeln und begab sich ins Wohnzimmer. Dort nahm sie eine CD aus dem Regal, schob sie in die Musikanlage und setzte sich in ihren Schaukelstuhl. Kurz darauf ertönte Julios sanfte Stimme: *O Island in the Sun*. Ottilie schloss die Augen. »Wo meine Sonne scheint …«, trällerte sie auf Deutsch mit. Vor ihrem inneren Auge glühte der gelbe Ball an einem strahlendblauen Himmel. Das Meer schlug in Schaumkronen ans Ufer und schien nach den Dünen greifen zu wollen. In Ottilies Bauch kitzelte es angenehm.

»Mach den Käse aus!«, donnerte plötzlich Hildchens Bariton durch das Wohnzimmer.

Ottilie rutschte vor Schreck ein Stück aus dem Schaukelstuhl und riss die Augen auf.

Mit trampelnden Schritten eilte Hildchen auf die Musikanlage zu, um sie auszuschalten. Dann sah sie Ottilie mit zusammengekniffenen Augen an.

»Ich hab dir klipp und klar gesagt, ich fliege nicht mit nach Gran Canaria. Das war mein Ernst, auch wenn du es wahrscheinlich nicht glaubst.«

Ottilie straffte die Schultern und faltete die Hände im Schoß. Dann versuchte sie, einen gleichgültigen Gesichtsausdruck aufzulegen, was ihr jedoch nicht leichtfiel. In Abwesenheit von Hildchen hatte ihr Vorhaben ganz einfach ausgesehen. Doch nun, als die Freundin vor ihr stand, wurde Ottilie doch ein wenig mulmig zumute. Bestimmt würde Hildchen nie mehr mit ihr reden, wenn sie allein auf die Insel flog.

»Hast du mich verstanden?«, schob die Freundin nach. Zu einer Stretch-Jeans trug sie weiße Gesundheitstreter, die mit Blutspritzern aus der Metzgerei gesprenkelt waren.

Ottilie nickte. »Bin ja nicht taub.« Ihr fiel auf, dass Hildchen beim Friseur gewesen sein musste. Ihr grauer Haaransatz war verschwunden, und der Rest ihrer flotten Frisur strahlte ein Stück blonder als sonst.

»Da bin ich mir bei dir nicht sicher. Warst du im Reisebüro, um den Urlaub abzusagen?«

»Nein.«

»Na dann.« Hildchen zuckte mit den Schultern und malte einen Fettfleck auf ihrer weißen Schürze nach. »Lass ihn ruhig verfallen. Dann ist das Geld eben weg. Aber das scheint dir ja egal zu sein, hast ja genug davon. Was hast du dir eigentlich dabei gedacht, die Reise zu buchen, ohne mich zu fragen? Du wusstest doch genau, dass dieses Jahr die Berge dran gewesen wären.«

»Ach, Hildchen, ich war wirklich der Meinung, wir hätten darüber geredet.«

»Erzähl mir nichts. Vielleicht solltest du Doktor Schneider mal auf die Löcher in deinem Hirn ansprechen.« Hildchen winkte ab und stapfte aus dem Wohnzimmer.

Für einen Augenblick hielt Ottilie inne. Sie war wirklich in dem festen Glauben gewesen, mit Hildchen darüber gesprochen zu haben. Aber vielleicht hatte sie das auch nur geträumt. In Ottilie keimten Zweifel auf und rankten sich hoch zu ihrem schlechten Gewissen. In diesem Jahr wären ja wirklich die Berge dran gewesen. Und sie wusste doch, wie sehr Hildchen diese liebte. Vielleicht sollte sie noch einmal in Ruhe mit der Freundin reden. Sie rutschte aus dem Schaukelstuhl und begab sich in die Küche, wo Hildchen mit einem Fleischhammer die Koteletts bearbeitete.

»Es tut mir wirklich leid, Hildchen. Aber ich kann es nicht mehr ändern.«

Die Freundin schlug weiter auf die Koteletts ein. Wenn Hildchen sie noch länger so misshandelte, würde man bald durch die Fleischlappen die Zeitung lesen können.

Ottilie reckte sich und legte Hildchen die Hand auf die Schulter. »Nun beruhige dich doch wieder. Ich habe einen Fehler gemacht. Das weiß ich. Aber kannst du mir nicht noch einmal verzeihen? Nächstes Jahr fahren wir dann auch wieder in die Berge.«

Hildchen gab einen knirschenden Laut von sich – ein Zeichen, dass sie wenigstens mit sich reden ließ.

»Ich will nicht schon wieder nach Gran Canaria. Zwei Jahre hintereinander ist mir einfach zu viel.«

»Aber da gibt es doch auch Berge. Wir könnten tolle Ausflüge machen. Zum Beispiel in die Höhlendörfer.«

»Du willst doch nicht etwa das schroffe Gestein der Kanaren mit den Alpen vergleichen?« Hildchen drehte sich zu ihr um und sah sie entsetzt an. Der Hammer in ihrer Hand schwenkte leicht in Ottilies Richtung.

»Nein, natürlich nicht«, gab Ottilie klein bei. »Aber das Gekraxel über die Gletscher ist wirklich anstrengend. Das musst du zugeben. Außerdem kennst du doch meine Höhenangst.«

»Gekraxel über die Gletscher? Ottilie, ich bitte dich, wir wandern lediglich.«

»Ist ja schon gut, ich weiß. Aber die Reise ist doch nun gebucht. Willst du es dir nicht noch einmal überlegen? Nächstes Jahr fahren wir wirklich in die Berge und übernächstes Jahr auch. Dann tapern wir so richtig durch die Alpen«, kicherte Ottilie und trippelte mit den Zehen. Langsam hatte sie Hildchen aber genug angebettelt! Wenn sich die Freundin weiterhin nicht vertragen wollte, konnte sie ihr allmählich den Buckel runterrutschen.

»Ich denke darüber nach«, knurrte Hildchen und schlug wieder auf das Fleisch ein.

»Was soll das heißen? Fährst du nun doch mit?«

»Weiß ich noch nicht. Lass mich mal einen Augenblick allein. Dann überleg ich es mir.«

»Mach ich, Hildchen. Ich gehe so lange ins Wohnzimmer und schaue mir den Film im Ersten an. Wenn du dann mit deiner Überlegung fertig bist, kannst du mich ja rufen – falls nicht vorher das Essen fertig ist.«

Ottilie schlich ins Wohnzimmer und machte den Fernseher an. Auf dem Kanal, der gerade eingestellt war, lief *Ritas Welt*. Unwillkürlich musste sie an Jule denken. Ach du liebe Güte! Was sollte sie dem Mädel denn bloß sagen, wenn sich Hildchen doch entschied, mitzukommen? Ihre Kopfhaut begann heftig zu jucken, und Ottilie kratzte sich unter der Perücke. Jule war wirklich eine nette junge Frau, mit der sie liebend gern in den Urlaub fahren würde. Ottilie dachte an die lustigen Sommersprossen auf ihrer Nase, die sie ein wenig an Pippi Langstrumpf erinnerten. Nur ihr Haar war nicht so rot wie das von Pippi. Eher blond, und der kurze Zopf am Hinterkopf niedlich gelockt. Ach, was hatte ihr das Kind leidgetan, als es erzählte, wie gemein Polanski zu ihr war! Und so erschöpft hatte das arme Ding ausgesehen. Ottilie seufzte schwer. Nein, vor den Kopf stoßen konnte sie das Mädel auf keinen Fall. Aber wie sollte sie das bloß Hildchen beibringen?

Ottilie streifte die Pantoffeln von den Füßen, zog die Beine auf den Schaukelstuhl und beschloss, einfach abzuwarten. Dann schaltete sie aufs Erste, um den Film mit Heinz Rühmann zu schauen.

Als die Musik begann, stand auch schon Hildchen mit einem zerknitterten Gesichtsausdruck im Türrahmen. Aus der Küche drangen Brutzelgeräusche, dazu waberte der Duft von Gebratenem ins Wohnzimmer. Auf Hildchens Schürze hatten sich die Fettflecken vermehrt. Einen davon versuchte sie mit einem angespuckten Finger wegzuwischen.

»Hast du es dir nun überlegt?«, brach Ottilie das Schweigen.

Hildchen nickte. »Ja, habe ich.«

»Und?«

»Ich wollte dich nur ein bisschen zappeln lassen.«

Ottilie schluckte. Nun verstand sie gar nichts mehr. »Du hast mich ins Reisebüro geschickt, damit ich alles storniere. Mit ›zappeln lassen‹ hat das bestimmt nichts zu tun.«

»Ja, ja, ich weiß. Aber ich war wirklich sauer. Und ehrlich – zu verstehen ist das, oder?«

»Natürlich.« Ottilie schaute auf die Wollsocken, die Hildchen ihr gestrickt hatte. Das schlechte Gewissen in ihrem Herzen wuchs auf die Größe einer Wassermelone an. Was sollte sie nun bloß mit Jule machen? Damit, dass Hildchen einlenken würde, hätte sie nie gerechnet.

Trotz der vielen Arbeit zogen sich die Stunden zäh bis zum Feierabend. Immer wieder schaute Jule auf die Uhr. Als sie gerade dabei war, die letzte Flasche Schaumfestiger ins Regal zu stellen, räusperte sich Polanski hinter ihr.

»Habe ich mich nicht deutlich genug ausgedrückt? Die Haarpflegeprodukte sollten in die Regalreihe vor dem Fenster geräumt werden!«

Die ganze Zeit über war sich Jule tatsächlich nicht sicher gewesen, ob sie die Produkte in die Regalreihe an der Wand räumen sollte. Aber weil das ergraute Krümelmonster bis jetzt nicht gemeckert hatte, hatte sie angenommen, das Richtige getan zu haben. Wieder so ein hässlicher Zug von Polanski. Erst schön warten, bis alles fertig war, und dann rummotzen. Das passte zu dem Sklavenhalter.

»Eins will ich Ihnen sagen«, maulte Polanski weiter.

Jule ahnte Schlimmes, denn der nette Herr Filialleiter zeigte wieder sein wahres Gesicht.

»Sie« – drohend fuhr er seinen verknorpelten Zeigefinger in ihre Richtung aus – »Sie gehen nicht eher nach Hause, bis dass hier alles in geordneter Reihe ist.«

»Aber das –«, protestierte Jule, bevor Polanski ihr wieder über den Mund fuhr.

»Sie wollen doch nicht etwa diskutieren, Frau Winkler? Nein, das wollen Sie sicher nicht. Denken Sie an Ihren Urlaub. Noch ist er nicht genehmigt.« Der Tyrann hob die grauen Augenbrauen. »Also! Marsch, marsch an die Arbeit!«

Die hässliche Raupe in Jules Lunge erwachte aus ihrem Tiefschlaf, kniff die Augen zusammen und zog ein Samuraischwert hervor.

Mit trampelnden Schritten begab sich Polanski in sein Büro zurück. Jule griff mit dem ganzen Arm ins Regal und knallte die Reihe Haarsprayflaschen zurück in den Einkaufswagen. Diese Aktion würde sie mit Sicherheit die halbe Nacht kosten! Die Freude über den Urlaub mit Frau Bär löste sich in Dunstschwaden auf. Noch nicht einmal mit Kathi konnte sie darüber reden. Obwohl, die Freundin musste mittlerweile schon zu Hause sein. Jule tastete nach dem Handy in ihrer Kitteltasche. Rasch verkrümelte sie sich wieder auf die Toilette und rief die Freundin an.

»Du, Kathi, du glaubst gar nicht, was ich hier mitmache!«, polterte sie los, sobald Kathi sich gemeldet hatte. »Auf jeden Fall brauchst du heute Abend nicht auf mich zu warten. Bis ich Feierabend habe, liegst du schon im Tiefschlaf.« Als Erstes ließ sich Jule über Polanski aus und schimpfte wie ein Rohrspatz. Dann holte sie tief Luft und erzählte der Freundin von Ottilie Bär und dem Urlaubsangebot.

»Bist du übergeschnappt?«, fragte Kathi nur.

»Warum sollte ich?« Jule schaute in den Spiegel über dem

Waschbecken und schob eine Strähne zurück hinter das Haarband.

»Du willst doch nicht allen Ernstes mit einer alten Frau in den Urlaub fliegen? Außerdem, du kennst sie doch gar nicht richtig. Wie alt ist sie?«

»Ich schätze, ungefähr siebzig.«

»Na, dann gute Nacht zusammen«, schnaufte Kathi in den Hörer. »Ich kann ein Lied davon singen, wie anstrengend die alten Leutchen sind. Da können sie noch so lieb und nett daherkommen.«

Jule verstand die Welt nicht mehr. Kathi kannte Frau Bär doch gar nicht!

»Ist irgendetwas mit dir? Du bist doch sonst so Feuer und Flamme, wenn es um die Betreuung von Senioren geht. Ich dachte immer, du hängst an den alten Leutchen.«

»Ja, das tue ich auch. Aber heute war ein schrecklicher Tag. Eine Bewohnerin war verschwunden. Die Polizei brachte sie Stunden später zurück ins Heim. Am Neumarkt hatten sie sie aufgegabelt – in Unterwäsche.«

»Oh«, entgegnete Jule. »Wie peinlich.«

»Aber das war noch nicht alles. Anschließend hat eine andere Bewohnerin – ebenfalls von der Fünf – einen guten Schluck aus der Shampooflasche genommen. Ich sag dir, einen Sack Flöhe zu hüten ist einfacher. Überleg dir gut, was du da vorhast. Ich bin nach dem Dienst fix und fertig. Das kann kein Mensch vierundzwanzig Stunden am Stück aushalten.«

»Frau Bär hat aber ihren Kopf noch beisammen. Die kannst du nicht mit den Leuten bei euch im Heim vergleichen.«

»Ach, Jule. Das kannst du doch gar nicht beurteilen. Viele können ihre Demenz ziemlich gut überspielen, glaub mir das.«

»Du, Kathi, ich muss jetzt weiterarbeiten. Sonst bin ich hier morgen früh noch nicht fertig.« Jule hatte keine Lust mehr, sich von ihrer Freundin die Freude nehmen zu lassen. Am Sonntag würde sie ganz genau darauf achten, wie fit Frau Bärs Geist noch war.

Mittlerweile wusste Ottilie nicht mehr ein noch aus. Am Samstag beschloss sie dann, ins Reisebüro zu gehen. Das Haus in Playa del Ingles war groß genug für drei Personen. Und vielleicht war ja noch ein Platz im Flugzeug frei. Dann würden sie halt zu dritt verreisen. Nur, ob Hildchen das so gut fand, daran hegte Ottilie Zweifel. Sie schnappte sich ihren roten Mantel und machte sich auf den Weg. Im Reisebüro erfuhr sie von der netten Dame, dass das Flugzeug restlos ausgebucht sei. Bedrückt verließ Ottilie das Reisebüro. Sie befand sich in einem Schlamassel, aus dem sie keinen Ausweg wusste. Und nur, weil sie wieder einmal viel zu voreilig gewesen war. Nun musste sie das arme Mädchen wirklich vor den Kopf stoßen. Ach Gott, war das schrecklich!

In Gedanken versunken steckte Ottilie die Hände in die Manteltaschen und lief die Straße entlang. Nieselregen hatte eingesetzt und durchweichte ihre Perücke. Die Leute hasteten an ihr vorbei, weil sie schleunigst nach Hause wollten – anders als sie. Sie mochte nämlich noch nicht heim. Und irgendwie war sie sogar an der Seitenstraße vorbeigelaufen, in die sie hätte einbiegen müssen. So setzte sich Ottilie erst einmal in eine Imbissbude, schaute aus dem Fenster und dachte nach. Nur leider fiel ihr auch hier keine gescheite Lösung ein. Zum Trost bestellte sie sich eine große Portion Pommes frites mit Mayonnaise und aß genüsslich.

Stunden später schloss Ottilie völlig durchnässt die Tür zu

ihrer Wohnung auf. Aus dem Wohnzimmer drang Gemurmel aus dem Fernseher. Ottilie ging sofort ins Badezimmer, entledigte sich der nassen Sachen und schlüpfte in ihren rosafarbenen Plüschbademantel. Dann huschte sie ins Wohnzimmer und setzte sich in den Schaukelstuhl. Hildchen war auf dem Sofa eingeschlafen und verschluckte sich gerade an einem Schnarcher. Benommen blinzelte sie zu Ottilie.

»Kannst du mir mal sagen, wo du warst?«, krächzte die Freundin.

»Ich war spazieren.«

»Bei dem Wetter? Bist du übergeschnappt?«

»Das ist doch meine Angelegenheit, oder nicht?« Aus irgendeinem Grund schien Hildchen sauer auf sie zu sein, denn ihre sonst honigfarbenen Augen blitzten dunkel.

»Die Zeit hättest du besser nutzen können.« Hildchen richtete sich auf und strich sich mit der flachen Hand über den Hinterkopf, wo ihr Haar wirr abstand.

»Ist dir irgendetwas über die Leber gelaufen?« Ottilie schaute auf den Fernseher, wo gerade *Hund, Katze, Maus* lief. Ein Kätzchen wurde in die Tierklinik gebracht. Ach, so ein Knäuel hätte Ottilie auch gern wieder! Eins, das ihr schnurrend um die Beine strich, wenn sie heimkam – und nicht so kratzbürstig war wie Hildchen.

»Deine Schludrigkeit ist mir über die Leber gelaufen, wenn du es genau wissen willst«, fauchte Hildchen. »Wann hast du eigentlich das letzte Mal die Gardinen gewaschen? Irgendwann bekommst du den Schmutz beim Waschen nicht mehr raus. Dann haben sie für immer einen Graustich.« Angewidert verzog sie das Gesicht.

»Hildchen!« Ottilie schmeckte Galle auf ihrer Zunge. »Nun reicht es aber wirklich!« Sie sprang von dem Schaukelstuhl und baute sich vor ihrer Freundin auf. »Anstatt ein Nickerchen zu halten, hättest du sie abhängen und in die Maschine stecken können. Bin ich etwa nur noch zum Putzen gut?«

»Ich habe den ganzen Morgen in der Metzgerei gestanden, falls du das vergessen hast«, pampte Hildchen zurück.

»Selbst schuld! Musst du ja nicht mehr. Der Laden läuft auch ohne dich. Du könntest längst in Rente sein.«

Hildchen kniff die Augen zusammen. Ottilie wusste, dass sie die Lunte eines Pulverfasses gezündet hatte. Doch das war ihr gleich, denn sie würde sich ab sofort nicht mehr alles bieten lassen.

»Du weißt ganz genau, dass ich nicht für die Rente geklebt habe. Aber mit solchen Problemen muss sich die werte Frau Schokoladenfabrikerbin ja nicht herumschlagen.«

»Mein Geld reicht für uns beide. Nur bist du wohl zu fein, es anzunehmen.«

»So weit kommt es noch, dass ich mich in Abhängigkeit begebe. Außerdem verblödet man, wenn man den ganzen Tag zu Hause herumsitzt. Das sieht man ja an dir.«

»So, das reicht!« Ottilie stampfte mit dem Fuß auf. »Ich muss mich von dir nicht beleidigen lassen. Du entschuldigst dich auf der Stelle. Oder …«

»Oder was? Willst du mich rausschmeißen? Vergiss es, das ist auch meine Wohnung.«

»Nein, aber ich fliege ohne dich in den Urlaub. Vielleicht ist es mal ganz gut, wenn wir uns für eine Weile aus dem Weg gehen.« Durch Ottilies Herz fuhr eine scharfe Klinge. Hildchen war der einzige Mensch in ihrem Leben, der ihr noch geblieben war. Stets war sie für sie da gewesen, nachdem sich Ottilies Sohn von ihr abgewendet hatte. Doch in der letzten Zeit zankten sie sich wegen jeder Kleinigkeit. Sie brauchten wohl wirklich mal etwas Abstand voneinander, wenn sie ihre Beziehung retten wollten.

»Du und allein fliegen? Dazu bist du doch gar nicht in der Lage – so unselbständig, wie du bist.«

»Ich flieg auch nicht allein«, fletschte Ottilie zurück. »Ich habe eine nette junge Dame kennengelernt, die bereit wäre, mich zu begleiten.« So, nun war es heraus. Jetzt ließ sich nichts mehr rückgängig machen.

»Ach, dann hattest du die ganze Zeit schon vor, ohne mich zu fliegen. Gut, das zu erfahren.« Hildchen verschränkte die Arme vor der Brust und schaute beleidigt zu Boden.

»Nein, hatte ich nicht. Aber was soll ich mit dir noch reden? Lass uns mal vierzehn Tage getrennte Wege gehen. Das tut vielleicht ganz gut, um zur Besinnung zu kommen. Da du ja nicht bereit bist, dich zu entschuldigen, werde ich ganz bestimmt ohne dich fliegen.«

Hildchen schüttelte nur den Kopf. Dann erhob sie sich, schnappte ihre Kaffeetasse und verschwand aus dem Wohnzimmer.

Auch wenn es noch so weh tat, Ottilie musste diesen Schritt gehen, wenn sich Hildchen nicht entschuldigte. Danach würden sie weitersehen.

3. Kapitel

Am Sonntag stand Jule pünktlich vor dem Aqua-Land, um sich mit Ottilie Bär zu treffen. Ein paarmal hatte Kathi noch versucht, auf sie einzureden – jedoch ohne Erfolg. Ottilies Angebot war einfach zu verlockend, um es wegen ein paar Bedenken in den Wind zu schießen. Die Sehnsucht nach der Sonne, dem Meer und unbeschwerten Partys steigerte sich von Tag zu Tag, bis Jule glaubte, die zwei Wochen bis dahin gar nicht mehr aushalten zu können. In freudiger Erwartung ließ sie den Blick über den Parkplatz schweifen, musste jedoch bald feststellen, dass von Ottilie Bär jegliche Spur fehlte. Na, das ging ja gut los! Hoffentlich hatte die alte Dame es sich nicht anders überlegt. Oder war ihr womöglich etwas zugestoßen? In Gedanken sah Jule Kathi besserwisserisch mit dem Kopf nicken. Vielleicht gab es aber auch einen guten Grund, warum sich Ottilie verspätete. Jule ließ sich auf den Stufen vor dem Eingang des Spaßbades nieder. Immer wieder pendelte ihr Blick von ihrer Armbanduhr zur Straße. Warum hatten sie nicht die Telefonnummern ausgetauscht? Daran hatte Jule vor lauter Verblüffung gar nicht gedacht.

Als es halb eins war, erhob sich Jule von den Stufen. Eine Viertelstunde würde sie noch an der Straße warten. Mittlerweile war sie den Tränen nahe und musste sich beherrschen, um nicht gegen den Abfalleimer zu treten. Im Schneckentempo schritt sie über den Parkplatz, bis ihr Blick auf eine Bank zwischen den Büschen am Rand fiel. Aus der Ferne schien es, als würde ein Kind darauf schlafen. Ob die Eltern es hier ausgesetzt hatten? Das konnte doch nicht sein. Jule näherte sich der Bank. Es war gar kein Kind! Es war Ottilie Bär, die mit angewinkelten Beinen auf der Seite lag! Die Hände hatte sie unter den Kopf geschoben und schlummerte friedlich.

Sanft rüttelte Jule an ihrer Schulter. »Ottilie, was machen Sie denn hier?«

Die Seniorin streckte Beine und Arme aus und räkelte sich blinzelnd. Dann setzte sie sich auf und rückte die Perücke auf ihrem Kopf zurecht.

»Huch, da bin ich wohl eingeschlafen. Sie haben sich aber auch arg verspätet, muss ich sagen.« Ottilie schenkte Jule einen tadelnden Blick durch die Goldrandbrille.

»Ottilie, ich warte schon seit über einer halben Stunde oben am Eingang!«

»Wie spät ist es denn?«

»Kurz nach halb eins.«

»Dann haben Sie sich um eine Stunde verspätet. So geht das nicht. Ich muss mich schon auf Sie verlassen können.«

Jule blickte die alte Dame verständnislos an. »Wir hatten uns für zwölf verabredet. Da bin ich mir sicher.«

»Für zwölf? Nicht für elf?«

»Nein, ganz sicher nicht.«

»Da hab ich wohl etwas durcheinandergeschmissen.« Ottilie Bär blickte nachdenklich drein.

Siehst du, was habe ich dir gesagt, raunte Kathis Stimme durch Jules Kopf. Davon erzählte sie ihrer Freundin besser nichts.

»Na ja, kann passieren.« Ottilie rutschte von der Bank und griff nach der riesigen Reisetasche, die zu ihren Füßen stand. »Worauf warten wir? Lassen Sie uns reingehen.«

Eine halbe Ewigkeit verbrachte die alte Dame nun schon in der Umkleidekabine. Was machte sie bloß so lange dort? Jule lehnte mit dem Rücken an der Wand zwischen den Spinden. Zwei Jungs, die sich mit Wasserpistolen bewaffnet hatten, rannten schreiend an ihr vorbei. Ein kalter Strahl traf Jules Bauch. Erschrocken schnappte sie nach Luft. Mensch, Ottilie, nun komm schon endlich aus dem Kabuff!, dachte sie. Die alte Dame würde doch nicht etwa umgefallen sein? Das Wort Herzinsuffizienz dröhnte in Jules Ohren. Vielleicht sollte sie besser einmal anklopfen. Gerade, als Jule ihr Vorhaben in die Tat umsetzen wollte, öffnete sich die Tür der Kabine. Zum Vorschein kam ein rosafarbenes Plüschtier. Auf dem Kopf trug es eine weiße Badekappe mit fliederfarbenen Blüten, und die Füße steckten in zierlichen Gummilatschen. Um Himmels willen! Wollte Ottilie wirklich so durch das Bad laufen? Wie peinlich war das denn? Jule wünschte sich, die Fliesen würden sich unter ihr auftun.

»So, nun schwimmen wir aber erst einmal eine Runde. Das lockert die eingerosteten Gelenke.« Ottilie packte die Reisetasche in ein Schließfach und hielt Jule Schlüssel und Handgelenk hin. »Könnten Sie mir den mal bitte umbinden?«

Das Band war viel zu lang für die dünnen Ärmchen, und Jule machte noch einen Knoten hinein. Mittlerweile klebte ihr vor Durst die Zunge am Gaumen. Mussten sie wirklich erst eine Runde schwimmen? Aber Jule wollte nicht maulen, und so begleitete sie Ottilie zu den Liegen, wo diese sich ihres Plüschteils entledigte. Ein flachbrüstiges Püppchen kam zum

Vorschein, gekleidet in einen Badeanzug – ebenfalls rosa, mit hellblauen Wölkchen durchzogen. Wo gab es denn so etwas zu kaufen? Bestimmt nur im Disneyland. Jule nahm bereits das Schmunzeln der anderen Badegäste wahr. Dann setzte sich die kleine Dame auf den Beckenrand und glitt ins Wasser. Wo der Durchschnittsbürger mit seiner Größe problemlos stehen konnte, musste Ottilie kräftig paddeln, um nicht unterzugehen. Das hinderte sie jedoch nicht daran, Jule auffordernd zuzuwinken und dabei ihren Namen zu rufen. Nun wusste auch der letzte Badegast, dass die beiden zusammengehörten. Mittlerweile entwickelte sich das Unternehmen »Kostenloser Urlaub« zu einem wirklichen Job. Und das schon nach so kurzer Zeit ... Doch dann dachte Jule an das ergraute Krümelmonster und sprang rasch zu Ottilie Bär ins Becken und drehte mit ihr etliche Runden durch die Wasserlandschaft.

Erschöpft und mit letzter Kraft stieg Jule nach einer halben Stunde aus dem Becken. Ottilie folgte ihr und strahlte eine Aura aus, als sei sie in einen Jungbrunnen gefallen. An der Liege schnappte sich die alte Dame ihren Bademantel und verwandelte sich wieder in das rosafarbene Plüschtier.

»Nun gehen wir aber etwas trinken«, sagte Ottilie Bär fröhlich.

»Ja, bitte«, stieß Jule heiser hervor. Ihre Zunge trug bereits einen Pelzmantel.

Das Restaurant des Spaßbades war bis auf zwei Tische vollständig besetzt. Kindergeschrei hallte durch die Räume. Ein dicklicher Junge schmiss seinen Orangensaft um. »Will lieber Cola«, keifte er. Kurzerhand knuffte die Mutter ihn am Arm. Der Lärmpegel stieg noch weiter an, doch Ottilie Bär schien das nicht zu stören. Sie kletterte auf einen Hocker an der Bar und bestellte zwei Piccolos, die eindeutig zu trocken für Jules ausgedörrte Kehle waren. Erst als Jule aus dem Husten nicht mehr herauskam, hatte Ottilie Bär ein Einsehen und bestellte noch eine große Cola. Nachdem Jule das Glas in einem Zug geleert hatte, fühlte sie sich wieder wie ein Mensch.

»Alles in Ordnung?«, fragte Ottilie. In ihren Augen stand Sorge geschrieben.

»Ja, nun ist gut. Ich hatte einen riesigen Durst.«

»Und warum sagen Sie das nicht?«

Jule zuckte mit den Schultern. Es fiel ihr schwer, jemanden um etwas zu bitten.

»So, dann wollen wir uns mal näher kennenlernen. Wenn Sie nichts dagegen haben, fange ich mit den Fragen an. Danach sind Sie dran.« Ottilie nippte an ihrem Sektglas.

War das ein Bewerbungsgespräch? Ein Verhör? Aber was hatte Jule anderes erwartet? Die Frau würde ihr einen Urlaub finanzieren, da war es ihr gutes Recht, zu wissen, mit wem sie über den Atlantik flog.

Ottilie schürzte die Lippen, als sei der Tropfen in ihrem Glas doch etwas zu sauer. »Wie wäre es, wenn wir uns von nun an duzen?« Sie hob erneut den Sektkelch.

Jule prostete ihr ebenfalls zu. Doch schon im nächsten Augenblick musste sie an ihre Oma denken, die vor sieben Jahren verstorben war. Stets war die alte Dame für Jule da gewesen, wenn ihre Mutter wieder einmal in eine ihrer Depressionen gefallen war. Die Trauer grub sich wie ein Schaufelbagger unvermittelt in Jules Herz.

Das sah man ihr wohl an, denn sofort fragte Ottilie: »Kind, was ist los mit dir? Stimmt etwas nicht?« Sie legte ihre kleine Hand auf Jules.

»Ich musste gerade an meine Oma denken.« Jule hob den Blick. »Soll ich dich Oma Otti nennen?«

»Oma? Nee, also bei aller Liebe« – Ottilie nahm einen tiefen Schluck – »das will ich nicht. Erstens fühle ich mich nicht wie eine Oma, und zweitens hat das noch andere Gründe. Aber wenn du willst, kannst du mich Tante Otti nennen.«

Tante Otti gefiel Jule noch besser. Mit ihrer Oma konnte sowieso niemand konkurrieren. In ihrem Inneren schien sich eine Blockade zu lösen.

»So, aber nun erzähl mal. Wie bist du zu der Arbeit im Drogeriemarkt gekommen?«

Jule berichtete brav von ihrem abgebrochenen Ingenieurstudium und hatte Tante Ottis vollstes Verständnis. Doch dann wollte die alte Dame noch mehr über ihr Leben wissen und riss damit Wunden in Jules Herz auf. Nach einem weiteren Schluck Sekt erzählte sie dennoch von ihrer Kindheit – von ihrem Vater, der sie und die Mutter hatte sitzen lassen, als sie gerade einmal drei Jahre alt gewesen war.

»Danach fiel Mom in eine Depression nach der anderen. Arbeiten konnte sie deshalb nicht, und so lebten wir mehr schlecht als recht von der Sozialhilfe. Mom versuchte nach einiger Zeit, mit Esoterik die Freude am Leben zurückzugewinnen. Vor einem Jahr lernte sie dann diesen Freak kennen, der ebenfalls in einer übersinnlichen Welt lebt. Ratzfatz ist sie ihm in den Regenwald gefolgt.«

»Ach du liebes bisschen, und was hast du dann gemacht?« In Tante Ottis Augen blitzte Entsetzen auf.

»Ich bin mit Kathi zusammengezogen. Seit der Grundschulzeit ist sie meine beste Freundin. Bei ihr zu Hause gab es eine richtige Familie. Mutter, Vater, Kinder, eine Schublade mit Süßigkeiten und richtiges Nutella zum Frühstück.

Aber nicht, dass du meinst, ich hätte sie ausgenutzt. Das war nicht so. Wir waren von Anfang an dicke Freundinnen.«

»Und du bist wirklich noch nie in den Urlaub gefahren?«

Jule schüttelte verneinend den Kopf und blickte auf das Sektglas in ihrer Hand. Tante Otti wusste nun fast alles. Jules Seele lag nackt auf dem Tresen und strampelte mit den Beinen. Höchste Zeit, sie wieder einzupacken und sich auf den Urlaub zu freuen. Jule nahm einen kräftigen Schluck Sekt. Das Zeug schmeckte wirklich fürchterlich.

»Hast du denn keinen Freund?« Tante Otti wollte einfach keine Ruhe geben.

»Nein, im Augenblick nicht. Es läuft halt alles nicht so, wie es sollte.« Jule seufzte.

»Aber das wird sich bald ändern.« Aufmunternd lächelte Tante Otti ihr zu. »Ein wunderbarer Urlaub liegt vor dir, Kind. Ich bin ja so froh, dass du mich begleitest.«

Allmählich kribbelte die Glückseligkeit wieder in Jules Adern.

»Das ist ein Traum für mich, wirklich«, sagte sie strahlend. »Dann kann ich abends feiern gehen, am nächsten Tag ausschlafen und den ganzen Tag faul in der Sonne liegen. Was für ein Leben!«

Tante Otti drehte nachdenklich den goldenen Ring an ihrem Mittelfinger.

»Zum Verschlafen ist mir der Urlaub viel zu schade. Sobald die Sonne aufgeht, bin ich aus dem Bett. Ich hatte gedacht, wenn ich dann meine Bahnen im Pool ziehe, könntest du schon einmal Brötchen holen.«

»Brötchen holen?« Jule sah sie irritiert an. »Hast du denn keine Halbpension oder all inclusive gebucht?«

»Oh! was?« Tante Otti ließ von ihrem Ring ab.

»Na, wo alles im Preis inbegriffen ist. Alle Mahlzeiten, Kuchen, Getränke, Cocktails und was es sonst noch gibt. Das ist doch zurzeit angesagt.«

»Dafür, dass du noch nie in den Urlaub gefahren bist, kennst du dich aber bestens aus.«

Täuschte Jule sich, oder hatten sich Tante Ottis Augen verfinstert?

»Das wird doch andauernd in der Werbung gezeigt. Und es soll viel billiger sein«, sagte Jule kleinlaut. Sie hatte wirklich nicht das Recht, Ansprüche zu stellen.

»Das Geld ist mir nicht wichtig.«

Muss es auch nicht, wenn man genug davon hat, dachte Jule.

»Und so ein Hotelklotz ist für mich schon gar nichts. Im Urlaub brauche ich mein Häuschen und meinen Garten. So ein enges Hotelzimmer raubt mir die Luft. Und denk nur an die riesigen Gänge, in denen man sich laufend verirrt. Und dann der Krach, den die anderen Gäste veranstalten. Einfach nur grausam. Außerdem will ich selbst bestimmen, wann, wo und was ich esse. Denk nur, wie gemütlich es sein wird, wenn wir abends bei einem guten Glas Wein auf der Terrasse sitzen. Da könnte ich stundenlang in den Sternenhimmel sehen.«

Jule musste Tante Ottis Vorstellung von einem Urlaub erst einmal verdauen. Gedankenverloren schaute sie zu dem dicklichen Jungen, der genüsslich an seiner Cola schlürfte.

»Und dabei leise Musik hören«, schwärmte Tante Otti im Singsang weiter. »In der Ferne rauscht das Meer …«

Jule fragte sich, was für eine Art von Musik sie wohl meinte, traute sich aber nicht, Tante Otti darauf anzusprechen. Gewiss würde das kalte Grauen sie am Kragen packen, in einen Keller zerren und absperren, damit sie die Reise nicht antreten konnte.

»Sag, Tante Otti, wann gehst du denn abends zu Bett?«, fragte sie vorsichtig.

»Ach, weißt du, es kommt darauf an, wie lange ich am Strand schlafe. Im Urlaub bin ich ja ausgeruht, da kann es abends schon mal etwas länger werden.«

Vor Jules innerem Auge verwandelten sich die Partyengel in Knallfrösche.

»Warum fragst du?«, hakte Ottilie nach.

»Ach …« Jule fuhr mit dem Finger den Rand ihres Sektglases nach. »Ich hatte gedacht, wir unternehmen abends mal etwas.«

»Das machen wir auch. Wir müssen ja nicht jeden Abend zu Hause bleiben. Da gibt es viele Bars mit Schlagermusik und so. Für Unterhaltung ist gesorgt, das kannst du mir glauben. Aber sag, was schaust du denn so geknickt?«

Jule blinzelte kurz. Das Entsetzen musste ihr wohl in den Augen stehen.

»Ach, nichts«, stammelte sie und rang sich ein Lächeln ab.

»Gehen wir noch eine Runde schwimmen?«, fragte Tante Otti.

Jule nickte und wartete, bis die alte Dame den Sekt und die Cola bezahlt hatte. Nachdem sie eine weitere halbe Stunde ihre Bahnen gezogen hatten, begaben sie sich in die Umkleide und tauschten die Telefonnummern aus. Jule wartete nicht mehr, bis Ottilie Bär aus der Kabine kam. Mit nassem Haar verließ sie das Spaßbad. Sie musste nachdenken – und zwar gründlich.

4. Kapitel

Vielleicht war es doch keine gute Idee gewesen, das Mädchen zu dem Urlaub einzuladen. Ottilie schaute aus dem Fenster des Taxis, an dem der Regen hinablief. Rechts und links von der Neusser Landstraße färbten sich die unteren Äste der Bäume in einem zarten Grün. Doch von Frühling war weit und breit nichts zu spüren. Mittlerweile war Ottilie das Herz schwer geworden. Sie hatte Zweifel in Jules Augen gelesen, da war sie sich ganz sicher. Ottilie dachte an Hildchen. Auch sie waren verschiedene Charaktere. Hildchen liebte die Berge und die Volksmusik, sie selbst das Meer und spanische Klänge. Dennoch waren sie sich immer einig geworden, bereit gewesen, Kompromisse einzugehen – bisher zumindest. Jule und sie würden von morgens bis abends zusammen sein, und das vierzehn Tage lang, mit all ihren unbekannten Marotten und Vorlieben. Ottilie musste sich eingestehen, dass sie sehr wenig über die jungen Leute von heute wusste. Sie kannte kaum jüngere Menschen, nur ihren Nachbarn, den Marc, der ihr ab und an half, wenn mal das Rohr verstopft war oder eine Glühbirne gewechselt werden musste. In Ottilie wuchs die Vorahnung, dass sich Jule wohl nicht mehr bei ihr melden würde. Was sollte sie nun tun? Hildchen wieder einmal um Entschuldigung bitten? Nie und nimmer! So, wie die sich im Moment benahm, würden sie sich im Urlaub gewiss zerfleischen. Da konnte die Sonne noch so herzerwärmend vom Himmel scheinen. Und vom Meeresrauschen hatte sich Hildchen noch nie betören lassen. Sollte sie vielleicht doch allein fliegen? Aber das traute sich Ottilie nicht. In ihrem Alter war schließlich alles nicht mehr so einfach. Man wurde vergesslicher, und auch die Orientierung war nicht mehr die beste. Eigentlich ein ganz normaler Zustand, wenn man 70 Lenze zählte – fand Ottilie und schob die Sorge um ihr Gedächtnis weit von sich.

Als sie kurz darauf ihre Wohnung betrat, hörte sie aus dem Schlafzimmer Hildchens trampelnde Schritte. Es schien, als würde die Freundin von einer Ecke zur anderen eilen. Sie wollte doch nicht etwa mit dem Kopf durch die Wand rennen? Aber das tat sie eigentlich immer. Das war nichts Neues – im übertragenen Sinne. Ottilie stellte die Reisetasche auf die Waschmaschine im Bad und begab sich ins Schlafzimmer, um nachzuschauen, ob Hildchens Kopf schon in des Nachbars Wohnung steckte.

Die Wand war noch ganz. Dafür lag ein aufgeklappter Koffer auf dem Bett. Hildchen stand davor und schmiss einen Arm voll Jeanshosen hinein. Ihr Gesicht war rot.

»Was machst du da?«, fragte Ottilie vorsichtig.

»Wonach sieht es denn aus?« Hildchen schnaubte. Garantiert kam in nächsten Moment Feuer aus ihrer Nase.

»Willst du gehen?« Die Arme vor der Brust verschränkt, lehnte Ottilie sich mit der Schulter gegen den Türrahmen. Auch wenn sie sich gelassen gab, klopfte ihr das Herz bis zum Hals. All die Jahre hatte Hildchen noch nie die Flucht vor ihr ergriffen.

»Richtig!«

»Aber bestimmt nicht für immer, oder?« Ottilie versuchte

den Schaden zu begrenzen. Ein wenig musste sie klein beigeben. Schließlich wollte sie nur eine Auszeit und keine Feindschaft bis in den Tod.

»Natürlich für immer. Was denkst du denn? Aber interessiert dich das überhaupt? Hast ja nun eine neue Freundin. Und außerdem solltest du mal darüber nachdenken, wie lange ich schon darauf warte, dass du dein Versprechen einlöst. Ich bin das Versteckspiel einfach leid.« Ruppig zerrte Hildchen den Koffer vom Bett und stellte ihn neben ihre Füße. Dann warf sie sich ihren Blazer über die Schulter. »Mal sehen, wie lange das junge Gemüse es mit dir und deinem löchrigen Gehirn aushält.«

Ottilie kniff die Augen zusammen. »Mit meinem Gehirn ist alles in Ordnung. Du solltest dir lieber Sorgen um deinen manischen Sauberkeitsfimmel machen«, keifte sie zurück. Auf die Sache mit dem Versprechen ging sie gar nicht ein. Eine Diskussion darüber war ihr in diesem Augenblick einfach zu viel.

»Ja, ja, schieb deine Vergesslichkeit nur wieder auf mich. Du hast sie doch nicht mehr alle! Aber weißt du was? Bei meiner Schwester krieg ich wenigstens keine Staublunge. Vielleicht wird dann auch mein Husten besser.« Hildchen zog den Griff aus dem Koffer.

Auf der Straße hupte ein Auto. »Und nun lass mich durch! Das Taxi wartet auf mich.«

Ottilie trat zornig beiseite. »Ja, hau doch ab und kommandier deine Schwester rum!«, schrie sie der Freundin hinterher.

Die Haustür donnerte ins Schloss. Ottilie atmete schwer aus, schlich zum Bett und ließ sich darauf nieder. Die grenzenlose Wut über die Worte ihrer Freundin trieben ihr die

Tränen in die Augen. Die Hände zu Fäusten geballt, schlug sie auf das Kopfkissen ein. Von wegen Staublunge! Hildchen sollte lieber das Rauchen aufhören, dann wurden auch die Gardinen nicht so schnell gelb. Sollte sie doch ihrer Schwester die Bude vollpaffen! Bestimmt würde die sich das nicht gefallen lassen.

Ottilie strich mit den Fingern über das Kissen, schüttelte es auf und fuhr mit der Handkante durch die Mitte. *Ja, so ist es recht*, hörte sie Hildchen in Gedanken säuseln. Rasch griff sie nach dem Kissen, zerknüllte es und warf es gegen den Spiegelschrank. »Du kannst mich mal, aber richtig!«, rief Ottilie. Dann zählte sie bis zehn, atmete tief durch und hechelte die letzte Wut aus sich hinaus. Hildchen würde schon sehen, was sie an ihr hatte. Die Zeit war reif, um an das eigene Wohl zu denken.

Die Beine noch etwas wackelig, erhob Ottilie sich vom Bett und ging ins Wohnzimmer. Dort nahm sie das Telefon aus der Ladestation und wählte Jules Nummer. Ein- oder zweimal vertippte sie sich bei der Reihenfolge der endlosen Ziffern. Das war im Leben keine Festnetznummer, sondern Jules Handy. Doch dann ertönte endlich das Freizeichen. Ottilie fasste sich ans Herz und wartete angespannt auf Jules Stimme.

»Ja?«

»Ja, wer?«, fragte Ottilie nach. Meldete man sich so am Telefon? Verständnislos schüttelte sie den Kopf.

»Jule hier. Was gibt's?«

»Ähem, hier ist Tante Otti.«

»Hi! Wie geht's? Alles gut?«, fragte Jule.

»Ja … eigentlich … nein, doch nicht, aber darüber will ich gerade nicht reden.« Ottilie hielt kurz inne, sammelte sich und sprach weiter. »Was ist denn nun mit dem Urlaub? Begleitest du mich?«

Stille am anderen Ende der Leitung.

»Bist du noch da, Jule?«

»Ja, ja. Ich bin noch da.«

Wieder Stille.

Ottilie steckte den Daumennagel in den Mund und kaute darauf herum.

»Tante Otti?«

Ottilie nahm all ihren Mut zusammen, zählte bis drei und hob ihre Stimme. »Hör zu, Kind. Du weißt ja, ich kann den Menschen hinter die Stirn schauen.«

Ha!, raunte Hildchens Spukgestalt. *Bist du dir da ganz sicher? Davon hab ich nie etwas gemerkt!*

Ottilie wedelte mit der Hand, als wolle sie eine lästige Fliege vertreiben. Dann schaute sie kurz den Hörer an und sprach weiter. »Jule, deine Zweifel sind mir heute nicht entgangen. Du brauchst mir nichts vorzumachen. Aber es ist so –«

»Tante Otti, darf ich etwas sagen?«, unterbrach Jule sie.

»Ja, sicher.« Ottilies Gemüt wurde schwer wie ein Mühlstein. »Red nur, Kind.«

»Ich hab nachgedacht. Du weißt ja … nimm das jetzt bitte nicht persönlich, aber die Arbeit im Drogeriemarkt ist wirklich schwer. Und ich hab nur diese zwei Wochen Urlaub am Stück, die sind wirklich kostbar … darauf freue ich mich das ganze Jahr.«

»Verstehe ich«, antwortete Ottilie. Ein zweiter Mühlstein hängte sich an ihr Gemüt. »Den will man nicht mit einer alten Schachtel, wie ich es bin, verbringen. Das wolltest du doch sagen, oder?«

»Nein, nein, das nicht! Bitte, Tante Otti, denk so etwas nicht!«

»Verdienst du genug bei Polanski?« Ottilie beschloss, Nägel mit Köpfen zu machen, und griff nach einem imaginären Hammer.

»Ähem, wie meinst du das jetzt?«

»So, wie ich es gesagt habe. Was ist daran so unverständlich?« Der Hammer traf den ersten Nagel.

»Es geht gerade so.«

»Ein Urlaub ist aber nicht drin.« Der zweite Nagel verschwand bis zum Kopf in einem morschen Holzbalken.

»Im Grunde nicht.« Jules Stimme war kaum noch zu hören.

Ottilie atmete tief durch und schlug mit voller Wucht auf den dritten Nagel. Dann erinnerte sie sich an irgendeinen Film, den sie mal gesehen hatte.

»Pass auf, ich mache dir ein Angebot. Den Urlaub bezahl ich dir sowieso. Und obendrauf gibt es noch zwei Riesen für dich«, raunte sie und war sich dabei sicher, dass es wohl ein Mafiastreifen gewesen sein musste. Auf jeden Fall fand sie sich ziemlich – wie sagten die jungen Leute dazu? Cool? Ottilie versuchte sich zu erinnern, fand das Wort jedoch nicht passend. Auf jeden Fall kam sie sich … einfach nur blöd vor.

»Bist du noch da, Jule?«

»Bin ich, Tante Otti.«

»Begleitest du mich?« Ottilie fühlte sich mittlerweile wie eine Bettlerin. Gab es denn keinen Katalog, in dem man einen Reisebegleitservice buchen konnte? Gab es das nicht bei Ohl-Inklusif?

»Ich komme mit. Es ist also ein Job, nicht wahr?«

»Ja, sagte ich doch.« Ottilies Blick fiel auf das Spinngewebe in der Ecke über dem Sofa. Das musste sie gleich nach dem Telefonat beseitigen.

»Dann steht mir zwischendurch auch ein freier Tag zu.«

»Hör mal, ich bin doch nicht Polanski. Natürlich bekommst du deine freien Tage.« Ihr Blick haftete weiter auf dem Spinngewebe. Wenn Hildchen das sah, konnte sie sich wieder etwas anhören. Ottilie winkte ab. Die war ja gar nicht mehr da.

»Gut! Ich fahre mit. Reicht dir mein Wort?«

»Ach, Julekind, da freue ich mich aber. Warte, ich suche die Tickets, dann kann ich dir gleich sagen, wann der Flug geht. Sollen wir uns am Flughafen treffen? Hast du jemanden, der dich fährt?«

»Kathi wird mich bestimmt hinbringen.«

Ottilie kramte in der Schublade der Anrichte. »Ich hatte sie doch hier ... da ... ach nein, das ist die Telefonrechnung ... aber hier. Ja, das sind sie. Warte ... hmm, hier steht es: vier Uhr zwanzig.«

»Vier Uhr morgens?«, fragte Jule vorsichtig nach.

»Ja, natürlich morgens.«

»Oh, das ist aber früh. Hoffentlich fährt mich Kathi mitten in der Nacht.«

Ottilie legte die Tickets zurück in die Schublade. »Weißt du was? Mein Nachbar ist bestimmt so freundlich und bringt mich zum Flughafen. Dann kann er ja einen kleinen Umweg machen, um dich mitzunehmen. Wir sind um ein Uhr bei dir. Weißt du, ich bin immer lieber ein bisschen früher am Flughafen.«

»Gut, Tante Otti.«

»Ich freu mich auf den Urlaub mit dir. Ist ja nicht mehr

lange bis dahin.« Nachdem Ottilie sich Jules Adresse notiert hatte, wünschte sie ihr eine gute Nacht und steckte das Telefon zurück in die Ladestation. Irgendwie fühlte sie sich seltsam. Ihr ganzes Leben war sie noch nie auf jemanden angewiesen gewesen. Und nun hängte sie sich an ein Mädel, das unglaubliche 50 Jahre jünger war als sie. Aber vielleicht war das ja gut so. Mit Jule an ihrer Seite würde sie bestimmt noch unbekannte Facetten des Lebens kennenlernen.

Ottilie begab sich an den Kühlschrank, nahm einen Piccolo heraus und freute sich nur noch auf den Urlaub.

Nach einer Weile fiel ihr ein, dass sie ja noch Marc fragen musste, ob er sie zum Flughafen fahren würde. Ottilie nahm ein Zellophantütchen mit ihren selbstgemachten Pralinen aus dem Küchenschrank, schlüpfte in die Pantoffeln und klingelte an der Nachbarstür. Nichts tat sich. Ottilie drückte erneut den Knopf, diesmal etwas länger. Es dauerte eine Weile, doch dann öffnete sich die Tür. Lediglich in eine Jeans gekleidet, rubbelte Marc sich mit einem Handtuch das blonde Haar trocken.

»N'Abend, Frau Bär.«

»Ach Gott, da hab ich dich wohl aus der Dusche geholt.« Ottilie legte den Kopf in den Nacken, um zu dem jungen Mann aufzuschauen. Unter ihren Füßen schwankte der Boden. Der zweite Piccolo an diesem Tag war wohl doch ein wenig zu viel gewesen.

»Ist nicht schlimm. Was gibt es denn? Ist wieder etwas kaputt?«

»Nein, nein.« Ottilie winkte ab und überreichte dem jungen Mann das Tütchen mit der Süßigkeit. »Aber ich habe ein anderes Anliegen.«

Marc legte sich das Handtuch über die nackte Schulter.

Das feuchte Haar kringelte sich um seinen Kopf, und seine braunen Augen schauten Ottilie fragend an.

»Könntest du mich in zwei Wochen zum Flughafen fahren? Ich komme auch für die Benzinkosten auf.«

»Wann genau in zwei Wochen?«

»Sonntag früh um kurz vor halb eins.«

Marc hob die Augenbrauen.

»Ja, ja, ich weiß. Das ist mitten in der Nacht. Ich würde mir ja ein Taxi nehmen. Nur ich finde das sehr riskant.«

»Wieso riskant?«

»Da hätte ich Angst, das Taxi kommt nicht, und es bliebe nicht mehr genug Zeit, ein anderes zu rufen. Diese Art von Aufregung ist nichts für mich, schon gar nicht vor dem Urlaub. Und da ich ja weiß, dass du um die Uhrzeit noch wach bist, habe ich an dich gedacht. Außerdem, warum soll ich einem Taxifahrer das Geld in den Rachen werfen? Da gebe ich es lieber dir.« Ottilie wusste genau, dass Marc jeden Cent gebrauchen konnte. Schließlich finanzierte er sein Jurastudium mit BAföG und Gelegenheitsjobs.

»Ach, Frau Bär, Sie wissen genau, dass ich Ihnen nichts abschlagen kann.«

Ottilie lachte. »Du bist wirklich ein reizender junger Mann.«

»Was ist denn mit Ihrer Freundin? Fährt sie nicht mit? Ich hab sie vorhin getroffen, als sie mit einem Koffer das Haus verließ.«

Ottilies gute Stimmung versteckte sich unter der Kellertreppe. »Ach, weißt du, diesmal verbringen wir den Urlaub getrennt. Wenn man das ganze Jahr beisammen ist, tut das auch mal gut.«

»Fliegen Sie denn ganz allein?«

»Gott bewahre«, stieß Ottilie hervor. Ihre gute Stimmung schlich wieder die Kellertreppe hinauf. »Eine nette junge Frau begleitet mich.«

Marc strich sich das Haar aus der Stirn und gab dabei den Blick auf seine rasierte Achselhöhle frei. »Dann muss ich wohl meinen Wagen auf Hochglanz bringen.«

»Nein, das brauchst du nicht«, lachte Ottilie. »Ich denke, ihre Freundin fährt sie zum Flughafen.«

»Na, dann.«

Täuschte sich Ottilie, oder sah sie Bedauern in Marcs Augen aufblitzen? Wie sie wusste, war er noch auf der Suche nach dem richtigen Mädchen. Vielleicht sollte sie ihn und Jule mal miteinander bekannt machen.

5. Kapitel

Jule tigerte durch die Wohnung und überlegte, ob sie alles eingepackt hatte. Zum achten Mal kontrollierte sie nun ihren Kosmetikbeutel und verglich den Inhalt mit ihrer Liste. Dann überprüfte sie ihre Handtasche. Ausweis, Handy, abgemagerte Börse – alles da. Jule fühlte sich unwohl mit nur fünf Euro dreiundneunzig in der Tasche, aber was sollte sie machen? Der Lohn war erst morgen auf dem Konto. Sie hasste es, wenn ein Wochenende vor dem letzten Werktag des Monats lag. Vielleicht hätte sie doch Kathi anpumpen sollen. Aber das lag nicht in ihrer Natur, auch wenn sie ihr das Geld locker wiedergeben konnte, sobald sie den Eurosegen von Tante Otti in der Tasche hatte. Nun, den einen Tag würde sie schon überstehen, und notfalls konnte sie auch ihr Konto überziehen.

Leise klappte Jule den Koffer zu und trug ihn zur Haustür. Kathi hatte sich schon von ihr verabschiedet und lag bereits im Bett, da sie Wochenenddienst hatte. Ein wenig beschlich Jule wieder das schlechte Gewissen, weil sie sich von Tante Otti für den Urlaub bezahlen ließ. Aber dann dachte sie an Kathis Worte. Die Freundin hatte den Lohn noch lange nicht für ausreichend befunden, schließlich würde es sich sozusagen um eine Rund-um-die-Uhr-Betreuung handeln.

Jule blickte auf ihre Armbanduhr. Mittlerweile war es bereits kurz vor eins. Vielleicht sollte sie schon einmal den Koffer hinuntertragen. Noch einmal schaute sie in ihre Handtasche, kontrollierte Ausweis, Handy und Geldbörse und eilte zurück ins Wohnzimmer. Fast hätte sie den E-Book-Reader vergessen, der noch auf der Couch lag. Sie verstaute ihn rasch in ihrem Handgepäck, knipste das Licht aus und schleppte den Koffer die Treppe hinunter.

In dem Wendehammer vor dem Mietshaus herrschte einsame Stille. Jule knöpfte ihre Jeansjacke zu und schaute erneut auf die Armbanduhr. Fünf nach eins. Hoffentlich hatte sich Tante Otti nicht wieder mit der Uhrzeit vertan. Dreimal lief Jule um den Wendekreis und checkte erneut die Zeit. Viertel nach eins. Hier stimmte etwas nicht! Sie kramte nach ihrem Handy und rief Tante Ottis Kontakt auf. Das Freizeichen wiederholte sich unzählige Male. Jules Bauch zog sich krampfhaft zusammen. Durch ihren Kopf spukte mal wieder die Herzinsuffizienz. Tante Otti war der Urlaub doch so wichtig gewesen. In Gedanken sah sie das kleine Häuflein Mensch im Krankenhaus liegen, den Leib an unzählige Kabel und Schläuche angeschlossen. Die Monitore gaben nur noch schwache Herztöne wider.

Fast zwei Wochen waren vergangen, als sie das letzte Mal telefoniert hatten. Da konnte viel passiert sein. Jule ärgerte sich, nicht noch einmal angerufen zu haben. Aber Polanski hatte sie die letzten Tage arg in der Zange gehabt. Sie hatte so viel vorarbeiten müssen, dass sie abends platt ins Bett gefallen war.

Die Uhrzeit des Handys zeigte zwanzig nach eins. Ihr Herz klopfte heftig. Was sollte sie denn nun tun? Jule starrte die Straße entlang, als wollte sie das Licht von Scheinwerfern heraufbeschwören. Doch selbst als ihre Augen schon tränten, blieb es dunkel. Wieder ein Blick zur Uhr. Fünf vor halb zwei. Das war es. Hier tat sich nichts mehr. Die Sorge um Tante Otti schnürte Jule die Luft ab. Sie verstaute das Handy in der Jackentasche und griff schwerfällig nach ihrem Koffer, um ihn wieder hinauf in die Wohnung zu schleppen. Da spürte sie ein Vibrieren an ihrem Körper, und kurz darauf piepste es. Jule ließ den Koffer fallen und zog ihr Handy hervor. Auf dem Display war eine fremde Mobilnummer zu sehen. Mit zittrigen Fingern nahm sie den Anruf entgegen.

»Hallo? Hallo!«, rief eine männliche Stimme.

»Ja, Jule Winkler hier.«

»Warte, ich reich dich kurz weiter.«

Jule schnappte nach Luft.

»Jule? Wo steckst du denn?«

»Tante Otti? Bist du es?« Jule hörte einen Gong. Dann ertönte die monotone Stimme aus einer Lautsprecheranlage: »Letzter Aufruf für die Fluggäste der …«

»Wo bleibst du? Ich warte schon eine geschlagene halbe Stunde auf dich. Hast du es dir etwa anders überlegt?«

»Meine Güte, bin ich froh, deine Stimme zu hören«, seufzte Jule in das Handy. Ihre Rückenmuskulatur entspannte sich.

»Ja, aber wo bist du?«

»Ich stehe vor der Haustür und warte auf dich und deinen Fahrer.«

»Hä? Verstehe ich nicht. Du hast doch gesagt, deine Freundin fährt dich zum Flughafen.«

»Ja, aber dann hast du mir angeboten, mit dir und deinem Nachbarn zu fahren. Ihr wolltet um eins hier sein.«

Stille am anderen Ende des Netzes. Dann war ein schweres Ausatmen zu hören. »Hab ich das wirklich gesagt?«

»Ja.«

»Dann hab ich mich wohl vertan. Oje, das tut mir leid. Aber was machen wir denn nun? Du musst so schnell wie möglich herkommen.«

Jule schaute auf ihre Armbanduhr. »Bis der Flieger geht, sind es noch fast drei Stunden. So knapp ist die Zeit nun auch nicht.«

»Warte, lass mich rechnen. Zu dir bräuchte Marc ungefähr vierzig Minuten, plus vierzig Minuten zurück sind achtzig Minuten.« Wieder kurze Stille im Netz. »Du liebe Güte, dann wärst du erst um drei hier. Das ist wirklich knapp.«

»Aber es reicht doch, Tante Otti.« Mittlerweile kroch Jule die Kälte unter die dünne Jeansjacke.

»Kann Kathi dich nicht fahren?«

»Ich könnte mir ein Taxi nehmen«, erwiderte Jule kleinlaut und dachte dabei an ihre ausgehungerte Geldbörse.

»Nein, auf die Taxis verlass ich mich nicht. Da hängt man immer in der Warteschleife. Was ist denn nun mit Kathi? Ist sie zu Hause?« Tante Otti konnte wirklich hartnäckig sein.

»Ja, und sie schläft.«

»Jetzt fällt mir aber ein Stein vom Herzen. Dann kannst du ja in spätestens einer Stunde hier sein. Gott sei Dank.« Wimmern – untermalt mit Schluchzen – ertönte im Hörer. »Ich hatte wirklich Angst, du hättest es dir anders überlegt und mich versetzt.« Tante Otti zog die Nase hoch.

»Aber nein, keine Sorge. Ich bin gleich bei dir.« Jule steckte das Handy in die Jackentasche und eilte die Treppen hinauf, um Kathi zu wecken.

Eine knappe Stunde später stoppte Kathi den Wagen vor dem Eingang des Flughafengebäudes. Die ganze Fahrt über hatte sie Jule mit Schweigen bestraft. Ein Taxi nach dem anderen fuhr vor und ließ die Reisenden aussteigen. Hätte Jule doch nicht auf Tante Otti gehört und sich lieber eins von denen gerufen! Aber nein, sie musste ja unbedingt Kathi wecken und nun mit einem dicken Krach im Nacken in den Urlaub fliegen.

»Ich mach das wieder gut«, gab sie kleinlaut von sich.

Kathi löste eine Hand vom Lenker und winkte ab. »Ich hab dich gewarnt, aber du wolltest ja nicht auf mich hören. Viel Spaß, sag ich nur.«

Die Freundin hatte verdammt schlechte Laune. Aber wahrscheinlich lag es auch nur an der Uhrzeit. Doch eines musste Jule noch loswerden.

»Tante Otti ist wirklich ein liebenswertes Persönchen«, sagte sie nur.

Kathi antwortete darauf nicht. Und Jule blieb keine Zeit mehr, um darüber nachzudenken. Tante Otti wartete! In Gedanken sah sie die alte Dame mit dem Finger auf ihre Armbanduhr tippen.

»Noch einmal, Kathi: Vielen Dank, dass du mich gefahren hast. Ich mache das auf jeden Fall wieder gut.« Jule stieg aus, hievte ihr Gepäck aus dem Kofferraum und betrat durch die Drehtür die Check-in-Halle des Flughafens.

Ihre Augen brauchten nicht lange nach Tante Otti zu suchen, denn die alte Dame war nicht zu übersehen. Auf einem Gepäckwagen thronte sie, unter ihrem Po zwei Riesenkoffer, ließ die Beine baumeln und winkte heftig. Kurz rutschte ihr der ausladende Strohhut ins Gesicht. Sie schob ihn schnell wieder zurück und winkte weiter in Jules Richtung. »Hier! Hier sind wir!«

Die Reisenden in der Schlange vor dem Check-in-Schalter blickten kollektiv zu Jule. Auf ihren Gesichtern breitete sich

Belustigung aus. Jule gab sich Mühe, sie zu ignorieren. Bei dem Versuch, ihren Schritt zu beschleunigen, bremste sie jedoch ihr rollenloser Koffer aus. Doch da eilte ein Retter in der Not auf sie zu. Erst jetzt fiel Jule auf, dass Tante Otti nicht allein auf sie gewartet hatte. Der Blondschopf mit dem Dreitagebart musste wohl ihr Chauffeur sein. Wie hieß er noch? Marcel? Markus? Marian? Jule erinnerte sich nur, dass sein Name mit M begann. Hätte sie ihn vorher zu Gesicht bekommen, wäre der Name mit Sicherheit in ihrem Gehirn festgetackert.

»Hi, ich bin Marc«, half ihr der heiße Typ auf die Sprünge. »Komm, ich nehme deinen Koffer.«

»Äh, danke. Ich bin Jule.«

»Du bist also Frau Bärs Reisebegleitung, von der sie so schwärmt.«

Jule spürte die Hitze in ihren Wangen brennen. Normalerweise wurde sie nicht so schnell rot, aber bei diesen Shetlandpony-Augen passierte es einfach.

Tante Otti rutschte von den Koffern und schloss die Arme um Jules Hüfte.

»Nun wird alles gut«, seufzte sie erleichtert. »Komm, wir checken sofort ein.« Sie schaute zu Marc auf. »Danke, dass du mit mir auf Jule gewartet hast. Ich denke, ohne dich wäre ich verrückt geworden vor Verzweiflung.« Ihre kleinen Hände legten sich in seine große. »Für den Sprit«, zwinkerte sie.

Jule entging nicht, dass ein grünes Papier die Finger wechselte. 100 Euro? Dafür hätte sich Tante Otti ja zwei Taxis nehmen können!

Marc verabschiedete sich von ihnen, und Jule sah ihm nach, wie er durch die Drehtür verschwand.

»Hach, er ist ein Äpfelchen für den Durst, oder?« Tante Otti grinste, während sie ihren Gepäckwagen zu der Schlange vor dem Check-in-Schalter schob.

»Ja, allerdings«, erwiderte Jule.

»Also, mich erinnert er immer an Robert Redford. Den kennst du doch, oder?«

»Ist das nicht der Pferdeflüsterer?«

»Ja, ja. In dem Film hat er auch mitgespielt.«

»Der ist doch dreimal so alt wie Marc.« Und außerdem hatte er keine Shetlandpony-Augen, fügte Jule in Gedanken hinzu.

»Ich meine ja auch, als er noch jung war.« Tante Otti schob den Wagen dem wartenden Passagier vor ihnen in die Hacken. Erbost drehte dieser sich um. »Passen Sie doch auf!«

»Entschuldigung.« Tante Otti räusperte sich und schwärmte weiter von Robert Redfords Schauspielkünsten.

Nach gut einer Stunde erlebte Jule dann den ersten Flugstart ihres Lebens. Leider hatte Tante Otti darauf bestanden, selbst am Fenster zu sitzen, und so beugte sich Jule über sie, um zu sehen, wie die Lichter unter ihnen kleiner wurden. Als sie die Flughöhe erreicht hatten, schnarchte Tante Otti bereits vor sich hin. Auch das Hawaiihemd, das links von Jule saß, döste. Im Flugzeug herrschte eine friedliche Stille, die von dem Rauschen der Turbinen untermalt wurde. Jule selbst war viel zu aufgedreht, um an Schlaf zu denken. Vorsichtig schob sie sich an dem Herrn neben ihr vorbei, um ihre Handtasche aus dem Gepäckfach zu nehmen.

»Bring mir meine auch bitte mit«, murmelte Tante Otti plötzlich.

Na, die hatte aber einen leichten Schlaf, dachte Jule und hievte Tante Ottis Handgepäck-Trolley aus dem Fach. Vorsichtig stemmte sie ihn über das Hawaiihemd, zog ihre Handtasche hervor und setzte sich wieder auf ihren Sitz.

Tante Otti begann zu kramen und brachte ein Teil zum Vorschein, das Jule vollkommen unbekannt war. Nur an den Kopfhörern erkannte sie, dass man damit wohl Musik hören konnte. Tante Otti drückte auf einen Knopf, und eine Klappe sprang auf. Kurz kontrollierte sie die Kassette, auf der ein handbeschriebenes Etikett mit dem Namen Julio Iglesias klebte. Dann setzte sie sich die überdimensionalen Kopfhörer auf die Perücke und drückte einen weiteren Knopf. Erneut begann sie in ihrem Trolley zu kramen. Diesmal kam ein Buch zum Vorschein.

»Was liest du da?«, fragte Jule leise.

Tante Otti reagierte nicht, wippte nur leicht mit dem Kopf und schlug das Buch auf. An dem Gedudel gemessen, das den Kopfhörern entwich, hatte sie die Musik wohl ziemlich laut aufgedreht. Kein Wunder, dass sie Jule nicht hören konnte. War aber auch egal. Jule holte ihren Reader aus der Tasche und schaltete ihn ein. Tante Otti ließ von ihrem Buch ab und beäugte das Gerät.

»Was hast du da?«, schrie sie.

Das Hawaiihemd neben Jule zuckte zusammen.

Jule presste die Lippen aufeinander und versuchte ihr mit Handzeichen zu erklären, sie solle bitte die Kopfhörer abnehmen.

»Ach so, ja«, sagte Tante Otti immer noch viel zu laut und entledigte sich der Hörer.

Mittlerweile ertönte genervtes Schnauben von den vorderen Sitzreihen. Durch den Schlitz war Kopfschütteln zu erkennen.

»Das ist ein E-Book-Reader«, erklärte Jule betont flüsternd.

»Und was kann man damit machen?«, fragte Tante Otti.

»Darauf kannst du bis zu tausendvierhundert Bücher laden.« Jule zeigte ihr das Display. »Ist doch praktisch, oder? Gerade für den Urlaub.« Jule dachte an die 200 Euro, die Tante Otti für ihr Übergepäck bezahlt hatte und daran, wie lange sie selbst dafür bei Polanski schuften musste.

»Also nein, das wäre nichts für mich. Dafür liebe ich viel zu sehr den Duft, den das Papier verströmt.« Tante Otti hielt die Nase in ihr Buch und sog mit geschlossenen Augen den Geruch ein. »Hmm, herrlich«, kommentierte sie ihre Demonstration.

»Aber du kannst auch die Schrift vergrößern. Für ältere Leute mit Leseschwäche ist das praktisch.«

»Ich komm mit meiner Gleitsichtbrille gut zurecht. Da brauche ich keine größere Schrift.«

»Und du kannst schnell ein neues Buch herunterladen, wenn du nichts mehr zum Lesen hast.«

»Nichts mehr zu lesen? Kann mir nicht passieren, ich hab genug Bücher dabei.«

Das glaube ich gern, dachte Jule und gab ihre fruchtlose Überzeugungsarbeit auf.

Tante Otti setzte sich die Kopfhörer wieder auf und schenkte ihre Aufmerksamkeit dem Lesestoff in ihrer Hand. Doch kurz danach begann sie zu summen. Jule ahnte Schreckliches. Und dann hob Tante Otti tatsächlich die Stimme.

»Jedoch … mit Tränen in den Augen ist man blind«, sang sie lauthals und schief, »man sieht nicht, wie die Dinge wirklich sind …«

Jule stieß ihr den Ellbogen in die Rippen.

Erschrocken nahm Tante Otti die Hörer von den Ohren. »Was denn?«

Die grinsenden Gesichter der anderen Passagiere zeigten, dass sie mittlerweile eher amüsiert als erbost waren.

»Hast du eine Ahnung wie sich dein *a cappella* anhört?«

Tante Otti blickte sie verständnislos an. »Mein *a cappella*?«

»Ja, genau. Die anderen Leute hören die Instrumente nämlich nicht.«

Kichernd schlug Tante Otti sich die Hand vor den Mund. »Stimmt, daran habe ich gar nicht gedacht. Oje.«

Nachdem sie inzwischen alle Mitreisenden geweckt hatte, kuschelte sie sich in ihren Sitz und schlummerte ein. Nur für das Frühstück, das nach einiger Zeit serviert wurde, setzte sie sich kurz aufrecht hin. Danach rollte sich Tante Otti wieder zusammen und schlief bis zur Landung.

Mit verrutschter Perücke wachte sie auf und verzog schmerzhaft das Gesicht.

»Au! Ich glaube, ich habe mir einen Nerv eingeklemmt«, keuchte sie.

Jule sah sie besorgt an. »Wo denn?«

»Im Kreuz. Hoffentlich kann ich aufstehen.« Sie versuchte den Rücken zu strecken, sank jedoch laut stöhnend in den Sitz zurück.

»Bleib ganz ruhig, Tante Otti. Wir haben ja noch ein paar Minuten. Vielleicht geht es bis dahin wieder.« In Jules Ohren ploppte es. Hoffentlich nahm das hier kein böses Ende. Was sollte sie bloß tun, wenn Tante Otti nicht aus dem Sitz kam?

»Hoffentlich, hoffentlich«, jammerte die alte Dame. Ihre Stimme klang erbärmlich.

Als der Flieger kurz darauf mit einem Rumpeln aufsetzte, stieß Ottilie einen spitzen Schrei aus. Durch Jules Adern kullerten Eiswürfel. Die Stewardess eilte herbei, um sich zu erkundigen, ob alles in Ordnung sei.

Tante Otti lächelte gequält. »Ja, ja, es geht schon wieder.« Dann schob sich eine finstere Maske über ihr Gesicht. »Bestellen Sie dem Kapitän einen schönen Gruß. Wenn er das nächste Mal landet, soll er an die Leute mit einem geschädigten Rücken denken.«

»Verzeihen Sie, aber das war mit Sicherheit keine Absicht. Es ist sehr windig auf der Insel.« Lächelnd klimperte die Stewardess mit den Wimpern, wandte sich ab und begab sich zum Ausgang.

»Geht es wirklich wieder?«, fragte Jule misstrauisch.

»Ich glaube schon.« Vorsichtig streckte Tante Otti den Rücken. »Vielleicht hat sich ja jetzt alles wieder eingerenkt. Dann sollte ich dem Pilot wohl eher dankbar sein.«

Jule atmete erleichtert aus. »Hattest du das schon öfter?«

»Früher hatte ich oft mit Verspannungen zu kämpfen. Aber seit ich meinen Rücken im Hallenbad fit halte, hat sich mein Ischiasnerv nicht mehr gemeldet. Bis auf heute.«

Die Türen des Flugzeugs öffneten sich, und die Passagiere drängelten sich in den Gang, um möglichst rasch ihren Urlaub anzutreten.

Tante Otti machte jedoch keine Anstalten, aufzustehen. »Ich weiß gar nicht, warum die sich alle so beeilen. Schau dir den an« – ungeniert zeigte sie mit dem Finger auf einen Mann im Zwirn, der sich gegen seinen Vordermann presste – »als würde sein Koffer dadurch schneller auf dem Band liegen.«

Erst als der letzte Passagier den Flieger verlassen hatte, beschloss auch Tante Otti, sich zu erheben. »Knirscht aber doch noch ganz schön.« Mit zusammengepressten Lippen kroch sie aus der Sitzreihe. Im Gang richtete sie sich auf, schüttelte die Beine aus, streckte die Arme gerade von sich und ließ die Hüften kreisen.

Jule beobachtete die Turnübungen mit bangem Herzen. Tante Otti sah aus, als würde sie gleich von einem Zehnmeterbrett springen wollen.

»Ziept nur ein bisschen. Gut, dass mein Rücken so durchtrainiert ist.« Tante Otti grinste.

»Wie ich sehe, geht es Ihnen wieder besser.« Die wimpernklimpernde Stewardess hatte sich mittlerweile zu ihnen gesellt – wohl mehr aus Sorge um ihren Feierabend als um Tante Ottis Ischiasnerv.

»Bitte richten Sie dem Kapitän meinen Dank aus. Seine Holterdiepolter-Landung hat meine Wirbel wohl wieder in die richtige Position gebracht.«

»Na, dann wünsche ich Ihnen einen angenehmen Urlaub«, verabschiedete die Stewardess sie.

Die Kofferausgabe verlief ohne Probleme. Und bald schon saßen Jule und Tante Otti im Taxi auf dem Weg nach Playa del Ingles. Karge Berge erhoben sich zur rechten Seite, und hin und wieder säumten Palmen die Straße. Alles wirkte ziemlich ausgedörrt. Linkerhand glitzerte hinter vereinzelten Häusern jedoch das Meer in seiner ganzen Schönheit unter dem stahlblauen Himmel. Jule atmete tief durch. Leider hatte der Taxifahrer die Fenster wegen der Klimaanlage geschlossen. So roch sie nur das Leder der Autositze. Jule konnte es kaum erwarten, endlich mit den Füßen im Ozean zu stehen.

Vorn auf dem Beifahrersitz summte Tante Otti eine Melodie, die sich ziemlich spanisch anhörte. Nach einer Weile streckten sich an der Küste die ersten Bettenburgen in die Höhe. Die Straßenschilder wiesen nach San Augustin, Playa del Ingles und Maspalomas. Nun konnte es wohl nicht mehr lange dauern, dachte Jule, als das Taxi um die nächste Ecke bog.

Plötzlich quietschten Reifen. Mit einem Ruck kam der Wagen zum Stehen. Da Jule nicht angeschnallt war, knallte sie mit der Schulter gegen den Vordersitz. Tante Otti heulte auf.

»*Idiota!*«, schrie der Fahrer, riss die Tür auf und sprang auf die Straße.

Tante Otti gab ein Wimmern von sich.

Jule schüttelte sich kurz und legte ihr die Hand auf die Schulter. Der Schreck jagte Stromschläge durch ihren Leib.

»Hast du dir weh getan? Sag doch was, Tante Otti.«

»Au, mein Rücken«, stöhnte die kleine Dame.

»Sollen wir einen Krankenwagen rufen?«, Jules Bauch krampfte sich zusammen. Auf der Straße schimpfte der Taxifahrer mit einem grüngesichtigen Radfahrer, der ihm fast unter die Reifen gekommen war.

Tante Otti begann zu hecheln. »Nein, bloß nicht. Das geht gleich wieder. Und wir lassen uns vor dem Fahrer nichts anmerken. Sonst bringt der mich tatsächlich ins Krankenhaus.« Sie hechelte fünf weitere Züge. »Einmal drin, kommst du da nicht mehr raus.« Ein gedehntes Stöhnen folgte ihren Worten.

Draußen radelte der grüngesichtige Mann in Schlangenlinien davon. Der Taxifahrer gab ihm noch einige Schimpftiraden mit auf den Weg. Dann setzte er sich wieder auf den Fahrersitz.

»Alles gut?«, fragte er und schaute abwechselnd von Tante Otti zu Jule.

»Ja, ja«, winkte die alte Dame ab. »Uns steckt nur der Schreck in den Knochen. Aber nun fahren Sie endlich weiter.«

6. Kapitel

Während sie die letzten Kilometer zum Feriendomizil hinter sich brachten, hatte Jule nur Augen für Tante Otti. Sie bangte dem Zeitpunkt entgegen, wenn die alte Dame aussteigen musste. Hoffentlich hatte sie kein Schleudertrauma oder einen gebrochenen Wirbel. In dem Alter waren die Knochen schließlich nicht mehr so stabil. Jule strich sich über die schmerzende Schulter. Zum Glück war Tante Otti angeschnallt gewesen, sonst wäre sie gewiss mit dem Kopf durch die Windschutzscheibe geflogen.

Kurze Zeit später hielt der Wagen vor einer eingezäunten Anlage, die etliche gelbe und terracottafarbene Duplexhäuser beherbergte. Nur ein riesiger Parkplatz trennte sie von der Strandpromenade mit den unzähligen Geschäften und Restaurants.

Tante Otti bezahlte den Taxifahrer und nahm von ihm wie vorab vereinbart die Schlüssel in Empfang. Nun sollte der Augenblick der Wahrheit kommen. Jule sprang aus dem Auto, um ihr die Tür zu öffnen. Der Taxifahrer öffnete bereits den Kofferraum und hievte das Gepäck auf die Straße. Tante Otti streckte ein Bein in die Freiheit. Das zweite folgte. Jule griff nach ihren Händen, bat den lieben Gott inbrünstig um Beistand und zog an dem zierlichen Wesen. Der Herrgott musste jedoch anderweitig beschäftigt gewesen sein, denn Tante Otti gab einen markerschütternden Schrei von sich. Der Taxifahrer eilte um den Wagen und sah sie mit aufgerissenen Augen an. Sein Gesicht war wie mit einer Kalkschicht überzogen.

»Ich rufe *ambulancia!*«, schrie er und riss sein Handy aus der Brusttasche.

»*No! No, no, no ambulancia!*«, keifte Tante Otti und schüttelte dabei so heftig den Kopf, dass ihr die Perücke verrutschte.

Jules ganzer Leib verkrampfte sich. Was für ein Theater! Die ersten Strandgänger blieben stehen, um zu gaffen.

»Aber, Tante Otti, du kannst dich doch keinen Meter vorwärtsbewegen. Was sollen wir denn nun tun?«

»Ich will erst einmal ins Haus«, stöhnte sie und richtete den Zeigefinger auf den Fahrer. »Sie tragen mich auf dem Rücken!«, fauchte Tante Otti den Mann an. Dieser schien wohl nicht ganz zu verstehen, denn er glotzte sie an, als sei sie ein Marsmännchen.

Eine Frau mit graumeliertem Haar trat aus dem Kreis der Gaffer, der sich mittlerweile um das Taxi gebildet hatte. Rasch machte sie dem Fahrer auf Spanisch klar, was Tante Otti von ihm wollte.

Er verzog den Mund, fuchtelte mit den Händen und gab einen Redeschwall von sich, bei dem sich die Worte *médico* und *ambulancia* in einer Leier wiederholten.

Die graue Frau beugte sich zu Tante Otti hinunter. »Er hat recht. Wir sollten besser einen Krankenwagen rufen.«

»Nichts da!«, protestierte Tante Otti erneut. »Entweder er trägt mich ins Haus, oder ich krabbele auf allen vieren hinein. Ich werde später einen Arzt aufsuchen.«

Die Frau übersetzte die Worte dem Fahrer. Dieser verdrehte die Augen, kniete sich dann aber vor die Beifahrertür.

Tante Otti ließ sich auf seinen Rücken fallen und umklammerte seinen Hals. Rasch lief Jule vor, um mit dem Schlüssel das Tor zur Ferienanlage zu öffnen.

Als sie endlich in dem Ferienhaus angekommen waren, ließ der Taxifahrer Tante Otti von seinem Rücken auf das Sofa rutschen, wo sie sich stöhnend auf die Seite rollte. Dann lief er noch zweimal zum Wagen, um das Gepäck zu holen. Als die Koffer beisammen waren, ergriff er ohne ein Wort des Abschieds die Flucht.

Jule schloss die Tür zum Vorhof, in dessen Mitte eine große Palme stand. Dann ging sie zurück in den Wohnraum. Mittlerweile klebte ihr vor Aufregung die Zunge am Gaumen. Sie setzte sich neben Tante Otti und schaute sie besorgt an.

»Was machen wir denn nun?«, fragte sie. Den Vorschlag, einen Arzt zu besuchen, schluckte sie hinunter.

»Erst einmal gibst du mir aus der Handtasche eine Schmerztablette. Steht hier irgendwo Wasser?« Tante Otti hob den Kopf an.

Auch Jule schaute sich um. In der offenen Küche, die an den Wohnbereich grenzte, entdeckte sie neben dem Kühlschrank eine Flasche Wasser. Rasch gab sie Tante Otti die Tablette und ein Glas.

»Und nun?«

»Mach erst einmal die Terrassentür auf. Hier ist ja eine Luft …«

Jule gehorchte und schob den Sonnenschutz zur Seite. Der Anblick, der sich danach auftat, raubte ihr den Atem und ließ sie für einen Augenblick Tante Ottis Rücken vergessen. An die Terrasse grenzte ein Stück Rasen bis zu einer Balustrade. Links und rechts blühten Hibiskusbüsche in einem dunklen Rot. Jules Blick schweifte über die Strandpromenade hinweg zum Meer, das mit seinen weißen Schaumkronen nach den Dünen griff.

»Traumhaft, oder?«, hörte sie Tante Otti sagen.

Jule hatte es die Sprache verschlagen. Sie öffnete die Tür, trat auf die Terrasse mit den Teakholzmöbeln und atmete den Duft des Meeres ein. Obwohl es erst neun Uhr war, schien ihr die Sonne heiß ins Gesicht. Jule drehte sich um und ließ den Blick über die terracottafarbene Fassade des Hauses gleiten. Im ersten Stockwerk war ein kleiner Balkon, dessen Tür ins Haus mit weißen Lamellenläden verschlossen war. Daneben ein Fenster, ebenfalls verschlossen. Jule schaute wieder zu Tante Otti, die auf dem riesigen Sofa verloren wirkte.

Langsam richtete sich die alte Dame auf. »Ist im Garten vielleicht irgendwo ein dicker schwarzer Kater?«

»Nein«, antwortete Jule. »Hier ist kein Katzenvieh zu sehen.«

»Schade«, entgegnete Tante Otti.

Jule kehrte zurück in den Wohnbereich und goss sich ein Glas Wasser ein.

»Wir sollten einen Arzt rufen«, sprach sie die verbotenen Worte aus und wappnete sich gegen den Tornado, der gleich durch das Haus fegen würde.

»Hier im Ort gibt es einen Rollstuhlverleih, das habe ich bei meinem letzten Urlaub gesehen. Wenn ich nur die Telefonnummer wüsste! Mit dem Gefährt könnte ich mir bei dem Arzt auf der Avenida de Tirajana eine Spritze verpassen lassen, und dann wäre alles wieder gut.«

»Aber wie sollen wir an die Nummer des Rollstuhlverleihs kommen?«

»Am besten gehst du zur Rezeption und fragst dort nach.«

In ihrem Kopf hörte Jule schon wieder das Geschrei nach der *ambulancia*.

»Julekind?« Tante Ottis Stimme klang wie ein Samtpfötchen auf Sahne.

»Ja?«

»Es tut mir leid, dass ich dir gleich zu Beginn des Urlaubs solche Unannehmlichkeiten beschere. Das wollte ich nicht.« Die kleine Dame senkte hinter der Goldrandbrille den Blick. »Ich weiß doch, wie schwer du das ganze Jahr arbeiten musst. Aber ich mache das wieder gut, glaube mir.«

So erbärmlich, wie Tante Otti dort auf dem Sofa lag, konnte Jule nie und nimmer böse auf sie sein. Schließlich hatte *sie* die Schmerzen und nicht Jule selbst.

»Das wird schon wieder«, sagte Jule nur und hoffte, der Arzt würde ein Wundermittel für solche Fälle besitzen. Doch um dahinzugelangen, musste sie erst einmal diesen Rollstuhl besorgen. Plötzlich kam ihr eine Idee, und sie holte ihr Handy aus der Jeansjacke.

»Ich hab überall Internetzugang. Da kann ich bestimmt den Rollstuhlverleih ausfindig machen.«

»Wirklich?« Tante Otti reckte den Hals. »Na, das ist ja eine tolle Erfindung. Ich dachte, das gäbe es nur im Computer.«

Jule rief Google auf und tippte »Rollstuhlverleih Playa del Ingles« ein. Sofort erschien der Link zu einer Seite, die neben E-Scootern auch Pflegedienste und Behindertenfahrten anbot.

»Ich hab's!«, rief Jule aus.

»Was, so schnell?«

»Ja, schau mal hier. Ist das nicht ein cooles Gefährt?« Jule hielt ihr das Handy unter die Nase.

»Och, und nur hundertzehn Euro die Woche. Toll! Steht da auch die Telefonnummer?«

»Ja, natürlich.«

»Tipp sie ein, und gib mir bitte das Gerät.«

Jule folgte Tante Ottis Anweisungen. Gekrümmt auf der Seite liegend und mit dem Handy am Ohr wartete die alte Dame auf ihren Gesprächspartner. Dann meldete sich wohl jemand. Rasch handelte Tante Otti die Einzelheiten aus und nannte ihre Urlaubsadresse zwecks Lieferung des E-Scooters.

»Es dauert ein bis zwei Stunden, bis das Gefährt da ist.« Tante Otti gab Jule das Handy zurück.

»Wirkt die Tablette wenigstens schon ein bisschen?«

»Kaum der Rede wert«, winkte Tante Otti ab. Dann drehte sie den Kopf und schaute zu den Gepäckstücken. »Vielleicht könntest du schon einmal auspacken.«

Jules Blick fiel auf die steile Treppe, die in das Obergeschoss zu den Schlafzimmern führte.

Wie sollte Tante Otti da bloß hinaufgelangen? Zum ersten Mal in ihrem Leben achtete sie auf so etwas. Bisher war ihr nie bewusst gewesen, welchen Barrieren ein Rollstuhlfahrer hilflos ausgeliefert war.

»Was machen wir denn, wenn du länger an den Scooter gefesselt bist?«

»Ach, kein Sorge, Julekind. Eine Spritze, und ich bin wieder auf den Beinen. Die Mindestmietdauer von drei Tagen werde ich bei dem Scooter bestimmt nicht ausnutzen.«

Na hoffentlich, dachte Jule nur. Dann fiel ihr Blick wieder auf das Meer hinter der Terrassentür – so nah und doch so weit weg. Jule erhob sich und schleppte den ersten Koffer ins Obergeschoss. Dort fand sie zwei Schlafzimmer mit je zwei Betten und das Bad vor.

»Ich nehme das Schlafzimmer mit dem Balkon!«, tönte Tante Ottis Stimme von unten.

»Ja, natürlich!«, rief Jule zurück. Sie hätte sich nie gewagt, dieses Zimmer zu beanspruchen. Dennoch öffnete sie die Balkontür und sah auf den Strand. Es musste herrlich sein, wenn man nach dem Aufwachen noch nicht einmal den Kopf heben musste, um auf die Wellen zu blicken.

Jule betrat das andere Zimmer und öffnete das Fenster. Sie selbst konnte sich aber auch nicht beschweren, denn auch sie hatte einen atemberaubenden Blick auf das Meer, wenn sie sich nach dem Aufwachen erheben würde.

Nachdem Jule noch einen Augenblick die Aussicht genossen hatte, holte sie die anderen beiden Koffer hoch und wischte sich erst einmal den Schweiß von der Stirn. Dann öffnete sie einen von Tante Ottis Koffern. Als Erstes sprang ihr der rosa Plüschbademantel ins Auge. Darin würde sie sich doch totschwitzen! Jule räumte ihn mit der Unterwäsche, den Strandkleidern und etlichen Packungen Tena Lady in den Schrank. Tante Ottis Nackenrolle drapierte sie liebevoll auf dem Kopfkissen. Dann packte sie den zweiten Koffer aus und räumte Tante Ottis Waschzeug samt Haftcreme ins Badezimmer. Ein Medikamentenbeutel fiel ihr in die Hände. Neugierig schaute sie hinein und hoffte, nicht irgendwelche Herztabletten zu finden. Doch zum Glück fand sie neben einer Hämorrhoidensalbe nur den üblichen Inhalt einer Reiseapotheke. Kurz darauf hielt sie ein paar Saughaken in den Händen, wunderte sich kurz und legte sie rasch auf das Bett, denn ein brauner Umschlag hatte ihre Neugierde geweckt. Jule öffnete ihn und zog einen silbernen Bilderrahmen hervor. Sie betrachtete das Schwarzweißfoto, das wohl aus einer Zeitung stammte. Zu sehen war ein Mann, der in Anzug und Krawatte gekleidet in die Kamera grinste wie ein Politiker im Wahlkampf. Er musste cirka 50 Jahre alt sein, wie Jule schätzte. Wer das nur sein mochte? Sie nahm sich vor, Tante Otti danach zu fragen, wenn es ihr wieder besser ging.

Behutsam stellte Jule den Rahmen auf den Nachttisch und widmete sich weiter ihrer Arbeit. Zu guter Letzt räumte sie ungefähr zwanzig Bücher in den Nachttisch – hauptsächlich Krimis und Thriller. Arg blutrünstig für eine alte Dame, fand Jule. Hoffentlich bekam Tante Otti keine Albträume davon. Kurz darauf warf sie rasch den unspektakulären Inhalt ihres eigenen Koffers in den Schrank und begab sich wieder nach unten.

Zusammengerollt wie eine Katze war Tante Otti mittlerweile eingeschlafen. Ein gutes Zeichen. Jule setzte sich mit ihrem Handy auf die Terrasse, um Kathi eine SMS zu schicken. Auch wenn die Freundin sauer auf sie war, interessierte es sie bestimmt, ob sie gut angekommen war. Von Tante Ottis Rücken schrieb Jule natürlich nichts. Sie berichtete nur vom Meer, dem tollen Wetter und dem Strand mit den Dünen. Dann drückte sie auf Senden. Ja, die Dünen, seufzte sie innerlich. Die würde sie wohl erst einmal nur aus der Ferne sehen. Schließlich war solch ein E-Scooter kein Jeep.

Während Jule noch ihren Gedanken nachhing, ertönte aus dem Wohnbereich ein schriller Ton. Erschrocken sprang sie auf und suchte nach dem Störenfried, der Tante Otti so unsanft aus dem Schlaf gerissen hatte.

Die alte Dame steckte die Finger unter die Brille und rieb sich die Augen.

»Schnell, drück das Tor der Anlage auf, das ist bestimmt mein Rollstuhl«, raunte sie, heiser vom Schlaf.

»Ja, aber wo?« Hektisch schaute sich Jule um.

»An der Wand gegenüber vom Spülbecken. Da gibt es eine Gegensprechanlage mit einem kleinen Fernseher.«

Tatsächlich! Auf dem Display war das Gesicht eines Mannes zu sehen. Nur, wo war der Türöffner? Jule drückte schnell ein paar Knöpfe. Dann bewegte sich das grüne Tor, und der Mann verschwand aus dem Display. Kurz darauf schob er den E-Scooter in das Ferienhaus, setzte die stöhnende Tante Otti hinein und erklärte in gebrochenem Deutsch die Bedienung. Nachdem er das Geld kassiert hatte und wieder aus dem Haus war, schien es, als seien Tante Ottis Schmerzen eine Runde schwimmen gegangen. Munter kurvte sie mit dem Scooter durch die untere Etage des Ferienhauses.

»Geht es mit den Schmerzen?«, fragte Jule, als Tante Otti an ihr vorbei auf die Terrasse fuhr.

»Ja! Vielleicht liegt es an der Tablette, dass ich wieder sitzen kann.« Kurz vor der Rasenkante bremste sie ab. »Was für ein Gefährt!«, schwärmte sie und drehte dabei an den Griffen des Lenkers, als wolle sie auf einem Motorrad Gas geben. Zum Glück machte sie nicht auch noch brummende Laute wie ein Kleinkind. Dafür drückte sie auf die Hupe. Ein Schwarm Spatzen stob aus den Hibiskusbüschen auf.

»So, jetzt wollen wir aber keine Zeit mehr verlieren – wir suchen den Arzt auf. Schließlich will ich nicht länger als nötig an das Ding hier gebunden sein.« Tante Otti fuhr zum Esstisch und griff nach ihrem Strohhut.

In der Anlage selbst führte nur eine Treppe zu einer oberen Aussichtspromenade. Lediglich über den stufenlosen Aufstieg am Ende des Parkplatzes erreichten Jule und Tante Otti den höherliegenden Teil von Playa del Ingles. Oben angekommen schnappte Jule erst einmal Luft. Doch dann blickte sie über eine Mauer längs der Promenade und konnte sich nicht sattsehen. Ihr bot sich ein umwerfender Blick auf den südlichsten Zipfel der Insel. Es schien, als würde die Sahara ins Meer abrutschen. Durch die Dünen streiften Touristen zu den Strandabschnitten mit den orange-blauen Schirmen. Wie gern wäre Jule ihnen gefolgt! Doch erst einmal musste Tante Otti wieder schmerzfrei werden. Das war im Augenblick wichtiger.

»Atemberaubend, oder?« Tante Otti stoppte den Scooter am Aussichtspunkt. »Warte nur ab, bis du den Strand aus der Nähe siehst. Wir werden lange Spaziergänge unternehmen. Von mir aus bis zum Leuchtturm.« Zum Glück hatte Tante Otti ihren Optimismus nicht verloren. Positives Denken sollte ja gut für die Heilung sein.

Die Behandlung bei dem Arzt, der glücklicherweise aus Deutschland kam, ging zügig vonstatten. Auch er war zuversichtlich, dass sich Tante Ottis Hexenschuss mit höchstens zwei oder drei Spritzen beseitigen ließe. Erleichtert atmete Jule auf, als sie wieder in den Sonnenschein traten. Mittlerweile war es Mittag geworden, und ihre Kehle schrie nach Flüssigkeit. Auf der Avenida de Tirajana reihten sich unter den Apartmenthäusern Restaurants und Bars aneinander.

»Mensch, hab ich einen Hunger«, stieß Tante Otti aus.

»Und ich einen Durst«, entgegnete Jule und fasste sich an die ausgedörrte Kehle. In ihrer Jeans und dem Kapuzenshirt kam sie allmählich ganz schön ins Schwitzen.

Tante Otti griff in das Körbchen, das am Lenker des Scooters befestigt war, holte ihre Geldbörse hervor und drückte sie Jule in die Hand.

»Kauf dir eine kalte Dose Cola im Sparmarkt dort drüben. Ich warte hier so lange.«

»Aber du willst doch sicher sowieso etwas essen gehen.«

»Ja, aber nicht hier an der Hauptstraße. Wir gehen lieber ins La Sandia. Das ist ganz in der Nähe von unserer Anlage.«

Nachdem Jule Tante Ottis Anweisungen gefolgt war, setzten sie ihren Rückweg fort. Diesmal nahmen sie jedoch nicht den Weg über die obere Promenade, sondern umrundeten ein Shopping-Center, das im Außenbereich in verblichenen Farben die Sehenswürdigkeiten der Weltstädte präsentierte. Über all dem thronte der gelbe Schriftzug CITA.

»Ich kann dir sagen, das Teil hat auch schon bessere Tage gesehen«, stellte Tante Otti im Vorbeifahren fest.

»Ich glaube, bei den ganzen Eingängen würde ich nie wissen, wo ich reingegangen bin und wo ich wieder rauskomme.«

»Geht mir auch noch nach all den Jahren so«, kicherte Tante Otti.

Kurze Zeit später saßen sie auf der hübsch angelegten Terrasse des La Sandia – eines kleinen, überschaubaren Shopping-Centers – und ließen sich Vino Tinto und eine Meeresfrüchtepizza bringen. Nach dem Genuss dieser Köstlichkeiten floss mit einem Mal Blei durch Jules Adern. Eine unbändige Müdigkeit überfiel sie.

Tante Otti hingegen grinste zufrieden. »So, nun müssen wir aber sehen, dass wir den Kühlschrank vollbekommen«, sagte sie tatenfreudig.

Jule schaute auf den Scooter. Tante Otti hatte gut reden, sie kutschierte ja auf ihrem Gefährt durch die Gegend.

»Muss das wirklich jetzt sein? Können wir uns nicht erst ein bisschen hinlegen?« Jules Lider wurden so schwer, als baumelte das Pendel eines Hypnotiseurs vor ihren Augen.

»Hinlegen? Glaub mir, dann werden wir vor morgen früh

nicht mehr wach. Stell dir vor, wir bekommen in der Nacht Durst. Die eine Flasche Wasser war doch fast schon leer. Und aus dem Hahn darf man hier nicht trinken, das weißt du ja.«

Nein, das wusste Jule natürlich nicht. Woher denn auch?

»Außerdem brauchen wir einige Sachen für das Frühstück sowie Snacks und etwas Süßes.«

Jule schaute auf Ottilies leer geputzten Teller. Wie konnte sie bloß jetzt schon wieder ans Essen denken? Der Kellner erschien an ihrem Tisch und stellte ihnen drei verschiedene Likörflaschen und zwei Gläschen hin.

»Hmm, Honiglikör«, sagte Tante Otti und griff nach einer der Flaschen, um sich und Jule einzuschenken.

»Meinst du, das ist richtig? Nach der Tablette und der Spritze? Du hast doch schon ein Viertel Wein getrunken.«

»Also hör mal, Jule. Ich habe dich als Begleitung eingestellt, aber nicht als meinen Vormund.« Unbeirrt goss Tante Otti die Gläschen voll. »Bin schließlich schon zehnmal sieben alt, da weiß ich selbst, was mir schadet.«

Dass dem nicht so war, stellte sich später heraus, als Jule die Einkäufe in den Kühlschrank räumte. Während ihre Müdigkeit ein wenig verflogen war, schlummerte Tante Otti draußen auf der Terrasse in einem Liegestuhl. Jule genehmigte sich ein Glas Vino Tinto und setzte sich in den Vorhof, wo inzwischen die frühe Abendsonne schien. Während sie in den wolkenlosen Himmel schaute, dachte sie wieder an den Bilderrahmen mit dem Zeitungsfoto. Vor lauter Trubel hatte sie bisher ganz vergessen, Tante Otti danach zu fragen.

Als Ottilie erwachte, umgab sie vollkommene Dunkelheit. Vorsichtig rutschte sie ein wenig mit dem Hinterteil hin und her und stellte dabei fest, dass sie zugedeckt auf dem Sofa lag. Nur, wie sie dorthin gekommen war, daran konnte sie sich nicht erinnern. Krampfhaft versuchte sie, sich die Zeit nach dem Einkauf ins Gedächtnis zu rufen. Doch vor ihr tat sich nur ein schwarzes Loch auf. Dann bemerkte sie, dass sie keine Schmerzen mehr hatte. Zum Glück, denn vor lauter Durst konnte sie kaum noch schlucken. Und die arme Jule wollte sie bestimmt nicht aufwecken. Dem Mädel taten gewiss noch die Arme weh, bei dem, was sie an Einkäufen geschleppt hatte. Daran konnte sie sich noch gut erinnern, aber danach? Vielleicht hatte Jule ja doch recht gehabt mit dem Likör. Ottilie erhob sich vom Sofa und tastete sich bis zur Küchenzeile vor. Dort öffnete sie den Kühlschrank und leerte eine Wasserflasche bis zur Hälfte. Dann schlich sie die Treppe hoch, ging in Jules Schlafzimmer und strich ihr über die Wange.

»Ist was?«, murmelte Jule.

»Ich wollte dir nur sagen, dass es mir wieder besser geht«, flüsterte Ottilie ihr ins Ohr.

»Das freut mich.« Jule drehte sich auf die andere Seite und schlief weiter.

7. Kapitel

Bestimmt würde der Urlaub nun richtig schön werden, dachte Jule benommen und glitt wieder in den Schlaf und träumte von einer Party am Strand. Barfuß tanzte sie durch den Sand. Doch plötzlich wurde das Sonnenlicht immer heller und heller. Grelle Blitze entluden sich vor ihren Augen.

»Jule! Aufstehen!«, trillerte Tante Ottis Stimme durch das hellerleuchtete Zimmer.

Jules Herz schlug einen dreifachen Salto. Um der grausamen Helligkeit zu entkommen, zog sie sich das Laken über den Kopf.

»Ist was passiert?«, keuchte sie.

»Nichts ist passiert. Ich will mit dir in den Pool zum Schwimmen.« Tante Otti trat näher und setzte sich auf die Bettkante.

»Mitten in der Nacht?«

Tante Otti lachte auf. »Es ist schon sechs Uhr. Die Nacht ist längst vorbei.«

»Das *ist* mitten in der Nacht!«, protestierte Jule. Bestimmt war sie noch nicht wach und befand sich gerade in einem schrecklichen Traum.

»Nun steh doch auf.« Tante Otti zog an dem Laken. »Die Luft ist toll und das Wasser warm.«

»Ich hasse Schwimmen. Und erst recht um diese Uhrzeit.« Verzweifelt krallte Jule ihre Finger in das Laken und hielt es fest. »Lass mich noch eine Stunde schlafen.«

»Wie? Bis sieben Uhr? Zu der Zeit will ich längst am Frühstückstisch sitzen.«

Jule hätte heulen können. Ihr Körper war ein einziger Klumpen Blei. Wenn sie jetzt aufstand, wäre der ganze Tag im Eimer.

»Bitte, nur noch eine Viertelstunde«, flehte sie unter dem Laken.

»Na gut. Fünf Minuten noch. Aber dann gehst du mit mir schwimmen.«

»Nein, bitte nicht. Nicht schwimmen.«

»Dann holst du eben Brötchen.« Das Bett quietschte, als sich Tante Otti erhob und das Licht ausschaltete. Ihre Schritte entfernten sich.

Erleichtert stieß Jule den Atem aus und schlief sofort wieder ein. Aber nur kurz, denn erneut tönte Tante Ottis Stimme durchs Zimmer, und die Deckenbeleuchtung wurde wieder angeknipst.

»Die fünf Minuten sind vorbei. Jetzt aber ab ins Bad mit dir.«

Schnaufend schälte sich Jule aus dem Laken und richtete sich auf. Ihr niedriger Blutdruck bescherte ihr einen ordentlichen Schwindel. Als sie die Augen öffnete, sah sie das rosafarbene Plüschtier aus dem Spaßbad vor sich stehen.

»O nein, ich kann nicht«, stieß Jule aus und ließ sich rücklings wieder auf das Bett fallen.

»Da hilft nur eins.« Tante Otti trippelte aus dem Zimmer. Kurz darauf schallte Roberto Blancos Stimme durch das Haus und fing für sie den Sonnenschein.

Ging es noch schlimmer? Wohl kaum. Geschlagen begab

sich Jule ins Badezimmer. Als sie gerade die Tür abschließen wollte, hörte sie Tante Otti rufen.

»Bist du auf?«

»Jaha!«, rief Jule zurück.

»Dann kann ich ja zum Pool gehen. Denk an die Brötchen, Julekind.«

»Nervensäge«, keifte Jule leise vor sich hin. Dann verstummte unten die Musik, und die Tür fiel ins Schloss. Rasch verließ Jule das Bad und kroch wieder ins Bett. Dort kuschelte sie sich in die Kissen und kehrte zurück ins Land der Träume.

Viel zu schnell verging die Zeit, denn bald schon meldete sich der rosafarbene Drachen zurück.

»Also nein! Ich dachte, du hättest längst Brötchen geholt. Jetzt gehst du aber, bitte.« Jule wurde erneut das Laken weggezogen.

Mürrisch stapfte sie ins Bad. Neben dem Waschbecken entdeckte sie an der Wand zwei dieser Saughaken. Ein blauer und ein weißer Waschlappen hingen daran. Bestimmt einer fürs Gesicht und einer für den Po – wie im Schullandheim, schmunzelte Jule trotz ihrer schlechten Laune.

Der heiße Strahl der Dusche weckte ihre Lebensgeister, und nachdem sie sich die Zähne geputzt sowie die nassen Locken aus dem Gesicht gekämmt hatte, fühlte sie sich fast ausgeschlafen. Jule stieg die Treppe hinab und trat auf die Terrasse, wo Tante Otti gerade eine Scheibe Toast aß.

»Hallo, Tante Otti, keine Schmerzen mehr?« Auf der Suche nach dem Scooter blickte sich Jule im Wohnbereich um.

»Hmm«, sagte Ottilie nur und würdigte Jule keines Blickes.

»Morgen hole ich Brötchen, ganz bestimmt. Ich war doch nur so müde von gestern«, versuchte Jule sie zu besänftigen.

»Hmm«, sagte Tante Otti wieder und nahm einen Schluck aus der dampfenden Tasse.

»Wo ist der Scooter?«, fragte Jule, während sie sich am Tisch niederließ.

»Den hab ich in den Vorhof verbannt. Du kannst mir gleich noch mal die Nummer von dem Verleih in dein Handy eintippen, damit die Leute ihn abholen.«

»Du weißt doch, die Mindestmietdauer beträgt drei Tage«, erinnerte Jule sie.

»Die Mindestmietdauer?«

»Ja, du hast ihn für drei Tage bezahlen müssen.«

»Ach ja, stimmt«, erwiderte Tante Otti. Ihr nachdenklicher Blick verriet jedoch, dass sie sich nicht daran erinnern konnte. »Na gut, dann behalte ich ihn eben. Man weiß ja nie, was kommt.«

Hoffentlich nicht noch etwas Schlimmeres, dachte Jule.

»Oh, sieh mal da!«, rief Tante Otti plötzlich aus. »Wie niedlich!«

Jule folgte ihrem Blick zu dem Ende des Gartens. Ein dreifarbiges Kätzchen linste hinter dem Gebüsch hervor.

»Eine Glückskatze! Na, wenn das kein gutes Zeichen ist.« Tante Otti zerpflückte eine Scheibe von dem Schinken auf ihrem Toast und warf die Stücke auf den Rasen. »Komm!«

Das Katzenbaby miaute erbärmlich.

»Ja, komm!«, säuselte Tante Otti. Und tatsächlich traute sich die kleine Katze ein paar Schritte vor. »Weißt du was?«, sagte Tante Otti flüsternd zu Jule und schien gar nicht mehr böse auf sie zu sein. »Wir unterhalten uns ganz normal weiter und beachten sie gar nicht. Ich wette, dann schnappt sie sich den Schinken.«

Jule nickte. Eigentlich war es ihr egal, ob die Katze fraß

oder nicht. Mit Katzen hatte sie nicht viel am Hut, schon eher mit Schildkröten. Außerdem hatte sie gestern auf dem Weg zum Arzt gesehen, wie die Viecher an jeder Ecke gefüttert wurden. Jule sehnte sich nach einer Tasse Kaffee, traute sich jedoch nicht, ihren Platz zu verlassen, weil sie die Katze nicht verjagen wollte.

»Die ist höchstens drei Monate alt, wenn überhaupt«, wisperte Tante Otti und stellte behutsam die Kaffeetasse auf dem Unterteller ab.

»Was steht denn heute an?«, wechselte Jule das Thema.

»Ha, wusste ich es doch. Schau, sie frisst.« Tante Otti ignorierte Jules Frage.

»Ja, klar frisst sie. So einen köstlichen Schinken bekommt sie bestimmt nicht alle Tage vorgesetzt.«

»Denkst du bitte mit daran, dass wir nach dem Strandspaziergang Katzenfutter kaufen? Schinken ist auf die Dauer nicht gut für das Tierchen.«

»Dann werden wir die aber nie wieder los«, belehrte Jule Tante Otti.

»Wer sagt denn, dass ich das will? Wenn ich hier bin, habe ich jedes Mal eine Urlaubskatze. Bis letztes Jahr war es dieser schwarze Kater, nach dem ich dich gestern gefragt habe.« Tante Ottis Augen füllten sich mit Tränen. »Jedes Jahr, wenn ich bei unserer Ankunft die Terrassentür geöffnet habe, stand er schon davor, als würde er auf mich warten.«

»Wie lange ging das denn?«, fragte Jule nach.

»Fünf Jahre. Aber nun ist er bestimmt tot. So grau, wie sein Fell teilweise war, muss er sehr alt gewesen sein. Außerdem haben ihm letztes Jahr schon einige Zähne gefehlt. Miauen konnte er auch nicht mehr richtig. Nur gekrächzt hat er noch.« Tante Otti fuhr mit der Serviette unter ihre Brille, um sich die Tränen aus den Augen zu wischen. »Aber schwach war er nicht. Er hat noch sehr gut die anderen Kater verjagt. Hier war ja schließlich sein Revier.«

Jule blickte zu dem Kätzchen, das sich genüsslich die Vordertatzen sauberleckte. »Vielleicht hat er gerade eine andere Fressstation. Warte doch einfach ab. Er taucht bestimmt noch auf.«

»Ja, vielleicht.« Tante Otti erhob sich und holte aus der Küche ein Schälchen mit etwas Sahne. »Damit krieg ich sie, glaub mir.«

Tatsächlich ließ sich die Katze nach dem Genuss der Sahne von Tante Otti streicheln und schnurrte sogar um ihre Beine herum. Bei der alten Dame wurde wohl jeder zutraulich. Das hatte Jule schließlich am eigenen Leib erfahren.

Während Jule noch schnell eine Tasse Kaffee trank, schleppte Tante Otti bereits ihre Strandtasche nach unten. Jule beobachtete die Aktion und fragte sich, ob Tante Otti in den Dünen übernachten wollte – schließlich platzte die Tasche bald aus allen Nähten. Jule schlüpfte in ihre Flip-Flops und hängte sich ihre Tasche um, in der sich lediglich ein Badetuch, ihr Handy samt Kopfhörer und der Reader befanden. Den Bikini trug sie bereits unter ihrem Neckholderkleid.

Tante Otti öffnete die Tür, griff nach ihrer Tasche und schleifte sie keuchend in den Vorhof. »Ich hätte mir eine mit Rollen kaufen sollen«, stieß sie nach drei Schritten hervor.

»Die nutzen dir in dem Sand auch nichts. Komm, ich nehme dir dein Gepäck ab. Sag mal, was schleppst du eigentlich alles mit?«

»Na alles, was man so am Strand braucht.« Tante Otti zuckte pikiert mit den Schultern.

Sie hatten kaum den Parkplatz überquert, als Jules Arm

schon lahm wurde und sie die Tasche abstellen musste. Es mussten Steine darinliegen, anders konnte sie sich das Gewicht nicht erklären. Sie hob das Gepäckstück mit der anderen Hand wieder auf, um Tante Otti zu folgen. Denn anstatt zu warten, eilte die alte Dame weiter zur unteren Strandpromenade. Hier herrschte bereits am Morgen ein Trubel wie auf dem Jahrmarkt. Unzählige Bars, Restaurants und Souvenirläden reihten sich aneinander. Sogar ein China-Buffet war dabei. Aus einer Spielhölle drang Klingeln und Tuten. Tante Otti trippelte schnurstracks zu einem ergrauten Kellner, der vor dem Restaurant neben dem Strandzugang stand.

Als er Ottilie sah, breitete er sichtlich erfreut die Arme aus.

»*¡Hola, Señora* Ottilie!«, rief er über die Promenade. »*¿Cómo estás?*«

Tante Otti ließ sich von ihm umarmen. Dann folgten Küsschen links, Küsschen rechts und wieder Küsschen links. Ob die mal eine Beziehung hatten?, grübelte Jule, parkte die Reisetasche neben sich und schaute zu den vorbeischlendernden Touristen, die amüsiert über die überschwängliche Wiedersehensfreude der beiden kicherten.

»*Muy bien*, Carlos. *Muy bien*.« Tante Otti stellte sich auf die Zehenspitzen und kniff dem Kellner in die Wange.

»Heute Abend, *Señora* Ottilie, werde ich für dich den schönsten Tisch reservieren«, sagte der Kellner kokett.

»Oh, du Schmeichler.« Ottilie schenkte ihm ein strahlendes Lächeln.

Ein zweiter sowie ein dritter Kellner gesellten sich zu ihnen und begrüßten Ottilie nicht weniger innig. Zuletzt erschien auch noch der Koch, der mit einem Pfannenwender in der Hand wedelte. Die Prozedur begann von vorn. Genug

Zeit für Jule, sich genauer umzuschauen. Über einer der Kneipen wehte eine Schalke-Fahne und hinter dem Tresen polierte der Wirt Kölsch- und Veltinsgläser. Vor einem anderen Lokal hampelte ein Spanier mit aufgemaltem Clownsmund und verlor dabei seine Hose. Unter den cocktailtrinkenden Gästen in den Rattansesseln brach Gelächter aus. Der Mann zog die Hose wieder hoch und schlug einen Flickflack. Applaus ertönte. Dann räumte der Clown seinen Platz für vier Tänzer, die in weißen Hosen und mit bloßen Oberkörpern auf ihre Handtrommeln schlugen. Während sich die Rhythmen beschleunigten, führten sie eine Mischung aus Tanz und Kampfsport vor. Fasziniert beobachtete Jule die attraktiven Akrobaten und klatschte im Takt der Trommeln in die Hände, bis die Jungs ihren Tanz beendeten.

Als sie verschwunden waren, sah Jule zu Tante Otti, die immer noch von den Kellnern umzingelt war. Die kleine Dame kniff jedem noch einmal in die Wange, drehte sich dann zu Jule um und winkte sie herbei. Sofort galt das Augenmerk der Kellner ihr. Lautes Palaver schallte über die Strandmeile, das selbst dem schwerhörigsten Touristen nicht entging. Gab es hier irgendwo ein Loch? Eine Toilette? Einen Flug nach Hause?

Jule lächelte schief, hob die Reisetasche auf und setzte vorsichtig einen Fuß vor den anderen. In ihrem Rücken spürte sie die Blicke fremder Menschen. So musste sich eine Braut in der Kirche fühlen – nur glücklicher.

Tante Otti jedoch war in ihrem Element. »Jule, das ist Carlos. Carlos, Jule. Pedro, Jule. Jule, Pedro. Julio, Jule.« Kichernd hielt sie sich die Hand vor den Mund, fuhr dann aber mit ihrer Vorstellungszeremonie fort, bis sie alle Kellner samt Koch und Geschäftsführer bekannt gemacht hatte.

Nach unzähligen Handküssen trieften Jule mittlerweile die Finger. Gastfreundschaft hin, Gastfreundschaft her – langsam reichte ihr die Schleimerei. Wenn das so weiterging, sah sie vor Einbruch der Dunkelheit nie und nimmer den Strand. Außerdem war sie sich sicher, dass es auf der ganzen Insel kein anderes Restaurant gab, in dem Tante Otti noch irgendwann einmal speisen würde. Die Kellner konnten also getrost mit dem Theater aufhören. Oder wollten sie etwa ihre Einkünfte für die nächsten zehn Urlaube sichern? Na, die konnte Tante Otti aber allein oder mit Hildchen verbringen, wenn das hier so weiterging. Jule spürte Groll in sich aufsteigen. Die Partyengel chillten an irgendeinem Pool. Lediglich ein müdes Lächeln hatten sie für Jule übrig, lackierten ihre Fingernägel und legten sich Ayurveda-Masken aufs Gesicht.

Ihr blöden Tussis, ihr musstet euch wohl noch nie einen Urlaub verdienen!, keifte Jule in Gedanken. Was wussten die Glitzerpants schon von E-Scootern und den Barrieren, die sich im Zusammenhang mit alten Menschen auftaten? Sie zeigte den Partyengeln innerlich den Mittelfinger. Jules Gewissen, das zögernd hinter einem Stein hervorlugte, nickte anerkennend.

Währenddessen griff der ergraute Carlos nach der Reisetasche. »Schönes Wetter heute. Jule und Ottilie müssen Farbe ins Gesicht bekommen.« Schon lief er die kleine Treppe zu dem Strand hinab.

»Was für ein Service. Das ist tausendmal besser als Ohl-Inklusif«, lachte Tante Otti und warf den Kopf in den Nacken.

Endlich durfte Jule das Strandfeeling hautnah erleben – und nicht nur aus der Bacardi-Werbung. Um sie herum gab es nur noch die Dünen und das Meer. Ihren Weg zum Strandabschnitt säumten Seile, die wuchernde Grünpflanzen einzäunten. Die Schilder an den Holzpflöcken deklarierten ein Naturschutzgebiet. Klar, denn wenn aus dem Sand Leben entstand, musste das Wunder geschützt werden. Nur hielt sich keiner daran – wie es gerade dieser rothäutige Kerl bewies, der zwischen die Büsche pinkelte. Carlos schleppte die Tasche in Richtung der orangefarbenen Liegen. Tante Otti zog es jedoch zuerst an die Strandbude. Neugierig reckte sie den Hals, wahrscheinlich um zu sehen, wer dort Dienst schob. Doch das Mädchen in dem engen Top und mit dem Käppi auf dem dunklen Haar war ihr offenbar fremd, denn Tante Otti zog den Kopf wieder ein und trippelte zu den Liegen.

»Kennst du die?«, fragte sie Carlos, der gerade die Reisetasche schnaufend auf die Liege hob.

»Maria? *Si, si!* Du wirst sie lieben, ganz sicher. Vorher hat sie am Strand von San Augustin gearbeitet. Aber nun müssen alle tauschen. Einen Monat hier, einen Monat da«, erklärte er gestenreich.

»Ach, wie ärgerlich. Dabei hat man sich doch so an die Leute gewöhnt«, erwiderte Tante Otti enttäuscht.

Jule schaute den Strand entlang, an dem ungefähr alle 300 Meter die gleiche weiße Strandbude stand – ordentlich durchnummeriert. Doch dann zog das Meer ihren Blick wie ein Magnet an. Mannshohe Wellen schlugen auf den goldgelben Sand. Das Rauschen klang wie Musik in Jules Ohren. Durch ihren Körper fuhr ein Kribbeln, als habe sie gerade der Liebe ihres Lebens in die Augen geschaut. So verknallt, wie sie in diesem Moment war, hätte sie Tante Otti aus Dankbarkeit sogar die Zehen pedikürt. Soweit sie sehen konnte, erstreckte sich der Strand bis zum südlichen Zipfel der Insel und vermutlich sogar noch weiter. Vielleicht sollte sie mit dem Joggen anfangen. Es musste herrlich sein, mit der aufgehenden Sonne im Rücken den Strand entlangzulaufen – vorausgesetzt, es ging einem nicht in Höhe der nächsten Strandbude der Atem aus. Jule sah sich schon an der übernächsten Strandbude niedersinken, vor lauter Seitenstechen hechelnd und in gekrümmter Haltung. Eine Welle würde sie ergreifen und ins Meer spülen. Blöde Unsportlichkeit! Doch wie auch immer: Tante Otti war fürs Erste Sport genug. Allein der Aufstieg zur oberen Strandpromenade, wenn sie, Jule, dann ab morgen früh Brötchen holen musste, grenzte schon an Leistungssport. Aber daran wollte sie jetzt nicht denken. Sie griff in ihre Tasche und zog ihr blaues Badehandtuch hervor, breitete es auf der Liege aus und steckte die Enden fest, damit der Wind es nicht wegwehte.

Tante Otti verabschiedete sich mit Küsschen links, Küsschen rechts und wieder Küsschen links von Carlos, unter dessen Achselhöhlen sich mittlerweile tellergroße Schweißflecken abmalten. Als er mit seinen Lackschuhen wieder zu seinem Restaurant eilte, begann Tante Otti ihre Reisetasche auszupacken.

Jule zog sich schnell das Kleid über den Kopf, streifte die Flip-Flops von den Füßen und legte sich auf die Liege. Hätte sie eine Zeitung gehabt, hätte sie sich dahinter versteckt – oder vielleicht auch nicht, es war ja doch interessant zu wissen, was Tante Otti alles mitgeschleppt hatte.

Als Erstes zog sie ein sonnengelbes Badehandtuch hervor, das an ein Spannbettlaken erinnerte. Nur dass an den Seiten noch Taschen herunterhingen. Wie praktisch, dachte Jule, als ihr der Wind doch eine Ecke ihres eigenen Handtuchs aufs Gesicht blies. Erneut steckte Jule es an der Liege fest. Dann beobachtete sie, wie Tante Otti einen Umhang hervorholte. Nachdem sie die mobile Umkleidekabine umgelegt hatte, kramte sie nach ihrem Badeanzug – der mit den Wölkchen, den Jule bereits aus dem Spaßbad kannte. Kurze Zeit später hatte sie sich in eine Badenixe verzaubert und holte die Sonnenmilch aus der Tasche.

Verdammt, die hatte Jule ganz vergessen. Der Wind ließ kurz nach, und Jule spürte die Intensität der Sonnenstrahlen auf ihrer Haut. Spätestens in einer Stunde würde sie leuchten wie eine überreife Tomate.

»Du solltest dich auch eincremen«, sagte Tante Otti, während sie großzügig den Schutz mit dem Faktor 50 auf ihrer Haut verteilte.

»Ich hab die Sonnenmilch vergessen«, gab Jule kleinlaut zu. »Kann ich deine benutzen?«

»Ja, sicher. Eincremen ist wichtig. Gerade bei deiner hellen Haut«, tadelte Tante Otti und schmierte sich ein zweites Mal ein. Nach fünf Minuten reichte sie Jule die Flasche. Dann ließ sie sich endlich auf der Liege nieder, holte einen Eintausendseitenthriller aus der Tasche und setzte sich die Sonnenbrille auf die Nase.

Jules Herzschlag setzte kurz aus. Neben ihr lag Puck, die Stubenfliege, mit blonder Perücke. Heftig winkte das Insekt den Liegenboy herbei, der an diesem Strandabschnitt die Gebühren kassierte.

»*Hola, Señoras. Sombrella?*«, fragte der Südländer. Seine dünnen Beine steckten in blauen Shorts und waren mit Tätowierungen überzogen. Auch die Arme, die aus dem gelben T-Shirt ragten, schillerten bunt.

»*Si*«, antwortete Tante Otti heftig nickend. Augenblicklich brachte der Liegenboy einen Sonnenschirm, steckte ihn in die Halterung und spannte ihn auf. Dann kassierte er die Gebühren und malte mit Kreide ein Zeichen auf die Liegen.

Als er wieder verschwunden war, wurde Tante Ottis Gesichtsausdruck nachdenklich. »Den kenn ich gar nicht, er muss neu sein. Aber adrett ist er, oder?« Sie kicherte.

Jule stellten sich die Nackenhaare auf. Was hatte Tante Otti bloß für einen Geschmack? »Was soll denn an dem adrett sein?«

»Du magst bestimmt eher blonde Männer. So wie Marc. Nicht wahr?«

Augenblicklich spürte Jule, wie ihr die Röte in die Wangen stieg. O nein! Wenn Tante Otti das bemerkte, zog sie mit Sicherheit alle Register. Und natürlich entging der alten Dame Jules Unsicherheit nicht.

Freundschaftlich legte sie ihre Hand auf Jules Arm. »Mal sehen, was sich da machen lässt. Mit Marc verstehe ich mich nämlich gut. Und soweit ich weiß, hat er gerade keine Freundin.«

»Lass mal, Tante Otti. Ich glaube, ich suche mir die Typen lieber selbst aus«, antwortete Jule ohne Umschweife. Die alte Dame sollte bloß die Finger von ihren Männerangelegenheiten lassen! Das konnte sonst nur böse enden.

Tante Otti sagte nichts mehr. Sie schnappte ihren Wälzer und verschwand dahinter.

Jule holte ihren Reader aus der Tasche, schaltete ihn ein und legte sich ebenfalls zurück. Die Ruhe währte jedoch nicht lange, denn schon bald stand ein Händler vor ihnen und bot Kokosnüsse an.

Tante Otti winkte ab. »Viel zu hart für meine Dritten«, sagte sie nur.

Frische Kokosnuss hatte Jule noch nie gegessen. Deshalb lächelte sie den Mann an und nickte.

Der Händler schlug zwei Nüsse aneinander, bis die eine

einen Riss bekam. Nachdem er sie mit einem Messer geteilt hatte, reichte er Jule die Stücke und verlangte fünf Euro.

Siedend heiß fiel Jule ihr leeres Portemonnaie ein. Sie schaute zu Tante Otti. »Kannst du mir etwas leihen? Ich hab noch kein Geld abgehoben.«

»Na klar.« Freizügig wie sonst auch, kramte Tante Otti ein paar Münzen aus ihrer Reisetasche und reichte sie dem Händler.

Kurz darauf knabberte Jule genüsslich an ihren Kokosnussstücken und nahm wieder den Reader zur Hand. Doch ehe sie sich in die Story eingefunden hatte, stand auch schon der nächste Verkäufer vor ihr. In der Hand hielt er drei verschiedene Eissorten. Als Jule dankend ablehnte, steckte der Mann das Eis zurück in die Kühltasche und zog weiter durch die Reihen der Liegen.

Neben Jule verschlang Tante Otti still ihren Thriller. Nichts und niemand konnte sie hier wohl aus der Ruhe bringen.

Plötzlich dachte Jule an Hildchen, die Tante Otti in ihrem Putzwahn durch die Wohnung gescheucht hatte. Eigentlich war dies das Einzige, was sie über die alte Dame wusste. Dann kam ihr der Rahmen mit dem Zeitungsfoto wieder in den Sinn. Jule legte den Reader neben sich und wandte den Blick zu Tante Otti.

»Wer ist eigentlich der Mann auf dem Foto, das in deinem Koffer war?«, fragte sie ohne Umschweife.

Tante Otti versteifte sich. »Das ist Karl-Heinz.« Mehr sagte sie nicht.

»Aha, und wer ist Karl-Heinz?«, hakte Jule nach.

»Mein Sohn.« Tante Otti versuchte sichtlich, einen Brocken in ihrem Hals zu schlucken.

»Ihr habt kein gutes Verhältnis, oder? Ich meine, sonst hättest du ja ein richtiges Bild von ihm und nicht nur einen Zeitungsausschnitt.«

»Nein, haben wir nicht. Vor zwanzig Jahren habe ich seinen Vater verlassen. Danach hat er nie wieder ein Wort mit mir gesprochen.«

»Krass«, sagte Jule. »Aber Scheidungen sind doch heutzutage nichts Ungewöhnliches. Übertreibt er es nicht ein bisschen?«

Tante Otti zuckte nur mit den Schultern. »Kann schon sein. Oder auch nicht. Aber lass uns das Thema wechseln, ich will mir damit nicht den Urlaub vermiesen.« Sie griff in ihre Tasche, holte eine Flasche Wasser heraus und reichte sie Jule. »Hier, trink mal. Das ist wichtig.«

Jule gehorchte, trank einen kräftigen Schluck von dem mittlerweile warmen Wasser und legte die Flasche unter ihre Liege.

»Halt, lass mich auch mal«, sagte Tante Otti und streckte die Hand aus.

Wollte sie etwa mit ihr aus einer Flasche trinken? Jule schluckte. Das war etwas, was sie ganz und gar nicht vertragen konnte. Sie dachte an Haftcremekrümel, die sich vielleicht in die Flasche verirrten. Ihr Magen legte unvermittelt den Vorwaschgang ein. Doch bevor er nahtlos in den Schleudergang übergehen konnte, schaute Jule auf das Meer und dachte rasch an etwas anderes. Zum Beispiel daran, ob ihr knapper Bikini wellenfest war, denn allmählich wollte sie gern mal ins Wasser. Nun, einen Versuch war es wert. Sie setzte sich hin, stellte die Füße in den Sand und zog sie sofort wieder zurück. »Autsch, ist das heiß!«

»Stimmt, ohne Schlappen kannst du dich hier keinen

Meter fortbewegen«, sagte Tante Otti fröhlich. »Wo wolltest du denn hin?«

»Ins Wasser«, sagte Jule und hoffte, die Stubenfliege käme nicht auf die gleiche Idee. Doch sie hatte Glück, denn Tante Otti griff wieder nach ihrem Buch und legte sich zurück.

»Ich geh später mal rein. Einer muss immer bei den Sachen bleiben.«

Jule schlüpfte erleichtert in ihre Flip-Flops. Den Augenblick ihrer ersten Berührung mit dem Ozean wollte sie lieber allein genießen.

»Pass aber auf, und geh nicht zu weit rein.« Tante Otti schaute fachmännisch zu der Flagge neben dem Hochsitz. »Gelb, das geht noch. Aber schwimm trotzdem nicht zu weit raus. Das ist nur etwas für Geübte wie mich.«

Jule winkte ab. »Mach dir keinen Kopf. Ich gehe nicht weiter als bis zum Bauch.« Dann lief sie durch den Sand.

»Aber die Wellen, die …«, rief Tante Otti ihr hinterher. Ihre Warnmeldungen gingen jedoch im Tosen des Meeres unter.

Ein Schauder erfasste Jule, als die Wasserzunge ihre Füße umspülte. Hier vorn blies der Wind noch stärker als auf der Liege. Doch es fühlte sich herrlich an. Sie ließ den Blick über den nicht enden wollenden Horizont gleiten. Wieder flatterte es in ihrem Bauch. Jule wagte sich vor, bis die rückläufige See ihr bis zum Bikinihöschen reichte. Dann noch ein wenig weiter, bis das kühle Nass ihren Bauchnabel umspielte.

Plötzlich sah sie eine Riesenwelle auf sich zu rollen. Mit Tante Ottis Warnung in den Ohren wollte sie zurückspringen, ihre Beine verfingen sich jedoch im Sog der Naturgewalt. Ehe Jule sich's versah, stürzte sie rücklings ins Wasser. Die Welle vor ihr bäumte sich auf. Für Jule gab es kein Entkommen mehr. Sie kniff die Augen zusammen und gab sich ihrem

Schicksal hin. Dann war überall Wasser, in ihren Ohren, ihrer Nase und in den Augen. Jule wollte um Hilfe schreien, doch ihr Mund füllte sich nur mit dem salzigen Tod. Plötzlich griff jemand nach ihrem Arm und zog daran. Jule strampelte mit den Beinen und spürte auf einmal wieder Sand unter ihren Fußsohlen. Ihr Kopf schnellte aus dem Wasser, und sie versuchte, nach Luft zu schnappen, doch ihre Kehle war noch zugeschnürt. Rasch rappelte sie sich auf die Beine hoch und stützte sich mit den Händen auf den Knien ab. Der Griff um ihr Handgelenk löste sich, und Finger klatschten auf ihren Rücken. Jule überfiel ein Hustenanfall, der ihr zwar fast die Lunge aus dem Leib schleuderte, aber allmählich wieder Luft schenkte. Als sie einigermaßen atmen konnte, öffnete sie die Augen und schaute auf die Schaumkronen, die ihre zittrigen Beine umspülten. Oder waren das etwa Wolken?

»Geht es wieder?«, hörte sie plötzlich Tante Ottis Stimme neben sich.

Verschämt blickte Jule auf und befürchtete, in die Gesichter unzähliger Gaffer zu blicken. Diesmal hatte sie die Krone der Peinlichkeiten wohl für sich gebucht. Natürlich standen die Leute wie Steingötzen da und starrten sie an.

Tante Otti stemmte die Hände in die Hüften und schüttelte den Kopf. »Hatte ich dich nicht gewarnt?«

Ohne ihr zu antworten, stieg Jule aus dem Meer und kehrte auf ihre Liege zurück. Dort presste sie sich das Handtuch auf das Gesicht und wünschte, unsichtbar zu sein. In ihren Augen brannten Tränen der Scham.

»Was machst du denn für ein Theater? Nimm doch mal den Lappen weg.« Tante Otti zog an dem Handtuch.

Jules Finger krallten sich in das Frottee. »Lass mich.«

»Heulst du etwa?«

»Nein«, log Jule und wandte den Kopf ab.

»Aber sicher, das höre ich doch an deiner Stimme.«

Jule sah keinen Ausweg aus dem Dilemma. Natürlich flennte sie. War ja auch peinlich genug gewesen, was da gerade geschehen war. Dazu steckte ihr noch der Schreck in den Knochen. Doch wenn sie hier weiter mit dem Handtuch vor dem Gesicht saß, würden die Leute sie für komplett bescheuert halten. Tante Ottis Hand legte sich kalt auf ihren Oberschenkel.

»Heul dich ruhig aus. Das ist der Schock, schließlich bist du fast ertrunken.«

»Im seichten Wasser«, ergänzte Jule gedämpft durch das Handtuch.

»Ja, aber ich war ja da. Irgendwie hatte ich ein komisches Gefühl und hab dich nicht mehr aus den Augen gelassen. Und als dann die Welle angerollt kam, bin ich aufgesprungen. Zum Glück, denn wie du siehst, glotzen die anderen nur, anstatt zu helfen.«

Jule zog die Nase hoch. »Klar, wer ersäuft schon am seichten Ufer?«

»Das ist Blödsinn. Die Wellen sind unberechenbar. Und wenn man die Gewalt des Meeres nicht kennt, passiert so etwas. Sag mal, was hältst du von einem kühlen Tropical auf den Schreck?«

Jule dachte kurz darüber nach. Frau Peinlich gemeinsam mit Frau Oberpeinlich an der Bude Nummer drei. Warum nicht? Rasch wischte sie sich die Tränen ab.

Vielleicht sollte sie wirklich nicht alles so ernst sehen.

8. Kapitel

Maria von der Strandbude begrüßte Tante Otti und Jule, als hätten sie auf der Insel überwintert. Die gute Laune, die hier herrschte, wirkte ansteckend, und Jule wippte mit dem Fuß zu der spanischen Musik, die Maria auflegte. Am Tresen stand einer der älteren Liegenboys und genehmigte sich ein Nachmittagsbier. Als er sah, wie Tante Otti mühselig auf den Barhocker kletterte, ließ er von seinem Becher ab und hob die kleine Dame auf den Sitz. Offensichtlich gefiel es Tante Otti, so bedient zu werden, denn sie grinste wie die Kaiserin von China und rutschte mit ihrem Po über das Holz, bis sie die richtige Position gefunden hatte.

Jule bestellte bei Maria zwei Bier und gesellte sich zu Tante Otti unter den Schirm. Diese kippte die Hälfte des Bechers hinunter und rülpste wie ein Bauarbeiter. Der Liegenboy fand das lustig, prostete ihr zu und schüttete sich ebenfalls das Bier in die Kehle. Obwohl Jule riesigen Durst hatte, nippte sie nur an ihrem Becher. Ein Cocktail oder Sekt wären ihr lieber gewesen, aber sie wollte nicht unverschämt sein. Da aber ihr Durst immer größer wurde, nahm sie nach kurzer Zeit einen kräftigen Schluck. Das Tropical schmeckte gar nicht mal übel.

Tante Otti leerte den Becher und wischte sich mit der Hand den Bierschaum von der Oberlippe. »Das hat gutgetan«, stieß sie aus und schnippte mit den Fingern. »Maria, noch eins.«

Nachdem Tante Otti den zweiten Becher im selben Tempo geleert hatte, wurde es Jule langsam unheimlich zu Mute. In ihrem Kopf merkte sie bereits den einen Schluck. Wie musste es dann der alten Dame gehen? Doch es dauerte nicht lange, bis Jule es erfuhr. Als Tante Otti ein Viertel von dem dritten Becher getrunken hatte, rutschte sie von ihrem Hocker und begann die Hüften im Rhythmus der Musik zu schwingen. Der Liegenboy klatschte den Takt dazu, und Maria pfiff durch die Zähne. Anmutig drehte sich Tante Otti im Kreis, hob die Arme und klapperte mit unsichtbaren Kastagnetten. Mittlerweile hatte sich eine Gruppe Jugendlicher vor der Strandbude versammelt und feuerte sie johlend an. Jule wurde immer kleiner. Wie konnte man sich nur freiwillig so zum Gespött machen? Sehnsüchtig wartete sie auf den Schlussakkord des Stückes. Als die Musik nach einer gefühlten Ewigkeit endlich verklang, verbeugte Tante Otti sich vor der klatschenden Menge und ließ sich von dem Liegenboy wieder auf den Hocker heben. Dann nahm sie erst einmal einen weiteren großen Schluck Bier.

»Dir ist auch nichts peinlich, oder?« Jule konnte sich den Satz nicht verkneifen. Wer wusste schon, was Tante Otti noch alles auf Lager hatte?

Die alte Dame schaute zum Meer. Ihre gute Laune hatte wohl der Wind mit sich genommen. »Du kannst meinem Sohn die Hand geben.«

»Wie meinst du das?«

»So, wie ich es gesagt habe.« Tante Otti trank ihr Bier aus, glitt ohne fremde Hilfe vom Hocker und verließ wortlos die Strandbude.

Maria und der Liegenboy warfen Jule einen bösen Blick zu. Am liebsten hätte Jule den Kopf in den Sand gesteckt. Mit nur einem Satz hatte sie es geschafft, eine Regenwolke vor die Sonne zu schieben. Eilig verließ sie die Strandbude und begab sich zur Liege. Tante Otti war bereits bis zum Kopf unter ihrer mobilen Umkleidekabine verschwunden. Als sie Jule sah, drehte sie ihr demonstrativ den Rücken zu.

Jule hätte sich selbst ins Gesicht boxen können. Warum hatte sie nicht einfach den Mund gehalten und Tante Otti den Spaß gelassen? Dann wäre nun alles gut. Vielleicht sollte sie sich entschuldigen? Das traute sich Jule jedoch nicht richtig. Wer wusste schon, wie nachtragend die alte Dame sein konnte? Nicht, dass es hier am Strand noch eine Szene gab. Wortlos packte Jule ihr Badetuch in die Tasche. Sobald sie im Haus wären, würde sie Tante Otti um Verzeihung bitten.

Jule kam sich vor wie ein Geist, der hinter Tante Otti herschwebte. Selbst als sie das Haus betraten, würdigte die alte Dame sie keines Blickes und knallte Jule sogar fast die Tür vor der Nase zu. Schnaufend hievte Tante Otti ihre Tasche auf den Stuhl. Jule hatte sie ihr auf dem Weg hierher abnehmen wollen, doch die störrische alte Dame hatte ihr nur einen vernichtenden Blick zugeworfen. Jule fühlte sich so elend wie nie zuvor in ihrem Leben. Wenn sie eines nicht ausstehen konnte, dann war das Krach – und schon gar nicht in einer Unterkunft, aus der sie noch nicht einmal fliehen konnte. Wie ein begossener Hund schlich sie an Tante Otti vorbei, um ihr Badetuch auf der Terrasse aufzuhängen. Als sie wieder ins Haus kam, tappte die alte Dame gerade die Treppe hoch. Kurz darauf flog etwas vom Balkon und knallte klirrend auf die Terrasse. Eine Katze schrie auf. Dann rauschte die Dusche. Obwohl Jule sich denken konnte, wovon sich Tante Otti gerade mutwillig getrennt hatte, ging sie nach draußen, um nachzuschauen. Die Teile des Bilderrahmens lagen auf den Fliesen verstreut. Dazwischen stand das leere Schälchen, woraus die Katze heute früh die Sahne geschleckt hatte. Jules Bauch zog sich zusammen. Wie sehr hatte sich Tante Otti auf den Urlaub gefreut! Nun war ihr wohl der Abend verdorben – und das nur wegen eines dämlichen Spruches, den Jule nicht hatte für sich behalten können. Sie musste ihre blöde Bemerkung unbedingt wiedergutmachen, und sie wusste auch schon, wie. Jule schnappte sich ihre Geldbörse und verließ das Haus.

Auf der Strandpromenade herrschte das gleiche rege Treiben wie am Morgen. Jule fragte in der Kneipe mit der Schalkefahne nach dem nächsten Geldautomaten. Drei grauhaarige Männer, die an der Theke hockten, fixierten sie mit ihren Blicken. Wenn sie sich nicht täuschte, hatten die Kerle bereits heute früh hier gesessen. Na, dann Prost Mahlzeit! Was manche Leute wohl unter Urlaub verstanden? Jule war es unbegreiflich. Wenigstens gab der Wirt ihr eine präzise Auskunft, und kurz darauf fand sie den versteckten Geldautomaten neben dem Eingang eines Eiscafés.

Mittlerweile knurrte ihr Magen, und sie fragte sich, ob Tante Otti sie heute Abend überhaupt zum Essen mitnehmen würde. Der Automat spuckte dreihundert Euro aus. Wenigstens war ihr Lohn auf dem Konto – notfalls brauchte sie also nicht zu hungern.

Einige Minuten später drängte sich Jule in dem Sparladen an nackten Bäuchen vorbei und suchte nach dem Katzenfutter. Dann kaufte sie noch eine Flasche Sekt, etwas Käse und Chips. Gerade als sie die Promenade verlassen und den Parkplatz betreten wollte, sah sie Tante Otti aus dem grünen Tor der Bungalowanlage schreiten. Jule hockte sich hinter einen Blumenkübel und spähte hervor. Tante Otti trug eine weiße Spitzenbluse zu einem buntgeblümten Rock. Über ihrem angewinkelten Arm hing eine Tasche, deren Glitzerpailletten in der Abendsonne funkelten, und in ihrer Perücke klemmte die Stubenfliegenbrille. Leichtfüßig tänzelte sie in Miniballerinas über den Parkplatz. Jule starrte ihr mit offenem Mund nach. Hatte sie womöglich einen Sonnenstich, der Halluzinationen hervorrief? So abgebrüht konnte Tante Otti doch im Leben nicht sein! Oder etwa doch? Schließlich wäre die alte Dame nicht der einzige Mensch, der seinen Egoismus auslebte. Sie dachte unwillkürlich an ihren Vater, der nie wieder nach seiner Tochter gefragt hatte. Und ganz besonders dachte sie an ihre Mutter, die, seit Jule sich erinnerte, nur ihre eigenen wunden Pfoten geleckt hatte.

Jule drückte ihre Börse an sich. Sie besaß eigenes Geld und war auf niemanden angewiesen. Für einen Rückflug würde ihr Gehalt auf jeden Fall reichen. In diesem Augenblick war sie dankbar für die Plackerei unter Polanskis Fittichen. Diese hatte ihr wenigstens einen sicheren Lohn beschert – und hin und wieder einen Feierabend.

Jule blieb hinter dem Kübel versteckt, bis Tante Otti den Zugang zum Einkaufszentrum an der Strandpromenade hinter sich gelassen hatte. Dann schlich sie hervor und trottete über den Parkplatz. Ihr Blick glitt zu den Bergen, die hinter den Hotels aufragten. Sie stellte sich vor, wie es sein könnte, wenn sie mit Kathi hier wäre. Oder mit Marc? Du liebe Güte! Wie kam sie denn auf den Gedanken? Die Sonne so nahe am Äquator war eindeutig nicht gut fürs Hirn.

Die Kellner in ihrem Stammlokal freuten sich, als sich Ottilie an den Tisch mit Ausblick zum Strand setzte. Sie bestellte einen Krug Rotwein, faltete die Hände auf der weißen Tischdecke und blickte auf das Meer. Nun befand sie sich in der Situation, vor der sie sich am meisten gefürchtet hatte: allein zu sein. Und wie sie schmerzhaft feststellen musste, ließ sich das noch nicht einmal mit Geld ändern.

Carlos trat an den Tisch und brachte ihr den Wein sowie die Speisekarte. »Ohne Begleitung heute Abend? Wo ist Jule?«

»Weiß nicht«, antwortete Ottilie knapp und spürte ein Brennen in den Augen.

»Streit?«

Ottilie nickte, kramte ein Tuch aus ihrer Tasche und schnäuzte sich geräuschvoll.

»Das ist nicht schön.« Carlos wandte sich ab und holte zwei Schnäpse. Dann setzte er sich zu Ottilie und leerte sein Gläschen mit einem Zug. »Was ist passiert?«

Ottilie erzählte ihm unter Tränen von dem Vorfall am Strand. Dann kippte sie sich ebenfalls den Schnaps in die Kehle.

Carlos winkte ab. »Ach, so sind die jungen Leute. Denen ist immer alles peinlich. Aber sie selbst können sich alles erlauben.«

»Jule erlaubt sich nichts. Das ist es ja. Sie ist sehr unauffällig. Ich meine, sie kommt wahrscheinlich nicht richtig aus sich heraus.«

»Und wo ist Jule jetzt?«

Tante Otti zuckte mit den Schultern. »Wenn ich das wüsste.«

»Bestimmt ist sie tanzen gegangen. Wenn du nicht bei ihr bist, springt sie wahrscheinlich über den Boden und macht den Clown.« Carlos schüttelte den Kopf. »Nicht traurig sein, Ottilie. Das ist es nicht wert.«

»Aber vielleicht hat sie ja auch recht. Sie ist schließlich nicht die Einzige, die vor mir davonläuft. Irgendwie schaffe ich es immer, die Menschen um mich herum zu vertreiben.«

»Oh, sag das nicht, Ottilie. Das ist nicht wahr. Die Menschen, die vor dir weglaufen, sind dumm.« Carlos schob ihr die Speisekarte hin. »Nun iss erst einmal, damit die Sonne wieder in dein Herz scheint.«

Ottilie mühte sich ein Lächeln ab und schlug die Speisekarte auf. »Bring mir bitte den gegrillten Thunfisch und kanarische Kartoffeln.«

»*Si, Señora.*« Carlos klappte die Speisekarte zu und verschwand in der Küche.

Seinen sonnigen Humor hätte Ottilie in diesem Augenblick gern gehabt. Sie dachte an Hildchen, der sie nie peinlich gewesen war – das musste sie ihrer Freundin lassen. Im Urlaub war sie immer bester Laune gewesen und für jeden Spaß zu haben. Aber da brauchte Hildchen ja auch keine Wollmäuse zu jagen. Ottilie nahm einen Schluck Rotwein und starrte versonnen auf das Glas in ihrer Hand. Es war wirklich ein Trauerspiel, dass Hildchen und sie sich in der letzten Zeit so oft stritten. Natürlich, sie war vergesslicher geworden, aber das war in ihrem Alter doch ganz normal. Hildchen jedoch litt unter Altersstarrsinn, da war sich Ottilie sicher. Dennoch vermisste sie die Freundin jetzt schon. Wenn sie wieder zu Hause war, mussten sie sich einfach zusammenraufen. Nur das Versprechen, das konnte sie noch nicht einlösen. Nicht jetzt, sie traute sich einfach nicht.

Ottilie lenkte ihre Gedanken wieder in die Gegenwart. Wo Jule bloß sein mochte? Vielleicht war sie ja wirklich tanzen gegangen. Die jungen Leute hatten doch immer Hummeln im Hintern, erst recht auf einer Urlaubsinsel. Ottilie bereute es bereits, so stur gewesen zu sein. Aber ihren Spaß würde sie sich auch weiterhin nicht nehmen lassen, schließlich hatte sie als Erbin der Schokoladenfabrik lange genug die Etikette wahren müssen. In dieser Hinsicht wollte sie sich nicht mehr verstellen, schon gar nicht im Urlaub. Damit musste sich Jule einfach abfinden. Nur die größte Veränderung in Ottilies Leben, die hielt sie schon ewig geheim. Und so sollte es auch bleiben, denn Jule würde gewiss das Weite suchen, wenn sie davon erfuhr. Genau wie Karl-Heinz damals.

Anstatt den Thunfisch zu essen, stocherte Ottilie nur in dem Filet herum. Auch die kanarischen Kartoffeln blieben unberührt. Als Carlos die Teller abräumte, schenkte er ihr ein mitleidiges Lächeln und brachte noch einen Schnaps. Den ließ Ottilie jedoch stehen, legte einen Zwanziger unter die Rechnung und verließ das Lokal. Mittlerweile war ihre Wut auf Jule verraucht. Stattdessen sorgte sie sich um das Mädchen. Jule kannte sich hier doch gar nicht aus! Außerdem hatte Ottilie letztens noch in einem Roman gelesen, dass ein Sextäter einem jungen Mädchen K.-o.-Tropfen ins Glas getan hatte. Bei dem Gedanken wurde es Ottilie ganz schlecht. Heute Nacht würde sie gewiss kein Auge zumachen können. In ihrem Kopf spielte sich eine Gräueltat nach der anderen ab, und am liebsten hätte sie nach Jule gesucht. Doch wo? Hier auf der Insel gab es unzählige Tanzlokale.

Als Ottilie kurze Zeit später vor der Tür ihres Ferienhäuschens stand, beschloss sie, dennoch nach Jule zu suchen. Das war immerhin noch besser, als tatenlos im Bett herumzuliegen. Also kehrte sie um und stieg die Treppe zur oberen Promenade hoch. Dort überlegte sie noch einmal, wo sie hier im vergangenen Jahr die meisten jungen Leute gesehen hatte. Ihr fiel das Yumbo-Center ein, in dem es so laut gewesen war wie auf einem Kirmesplatz. Dort hatten sich neben den Homosexuellen auch viele junge Leute herumgetummelt. Bestimmt würde sie Jule dort finden. Einen Versuch war es wert.

Als Ottilie an der Kreuzung neben dem Shopping-Center La Sandia stand, schaute sie sich ratlos um. Musste sie nun geradeaus oder rechts gehen? Sie konnte sich beim besten Willen nicht erinnern. Kurzerhand winkte Ottilie ein Taxi heran.

Innerhalb von zwei Minuten fand sie sich vor dem Vergnügungscenter wieder und ging die Treppe hinunter bis zur Plaza. Dort blickte sie an den Stockwerken mit den Restaurants, Bars und Geschäften hinauf. In ihren Ohren dröhnte der Bass, der aus jeder Ecke wummerte. Das Durcheinander der Musik machte sie ganz kirre. Wo wohl das arme Julekind herumirrte? Zwei Männer in Netzhemden schlenderten Hand in Hand an Ottilie vorbei und bedachten sie mit einem amüsierten Blick. Die Augenbrauen der Kerle waren gezupft, und unter den Lidern trugen sie Kajal.

Ottilie sprach sie einfach an. »Entschuldigen Sie bitte, haben Sie eine junge Frau mit rotblondem Haar gesehen?« Sie hielt sich die Handkante an die Schulter. »So lang in etwa und gelockt.«

Der größere der beiden Männer lachte und schwenkte die Hüfte. »Eine Hete etwa?«

Ottilie überlegte kurz. Meinte er etwa eine heterosexuelle Frau? Bestimmt. Rasch nickte sie. »Ja, ja, richtig.«

»Och, Omileinchen, als ob wir danach schauen würden. Sieh dich doch um. Zwischen den Paradiesvögeln hier fällt ein einfaches Mädel gar nicht auf.«

»Na, dann entschuldigen Sie bitte.« Ottilie ließ die Männer weiterziehen. Was sollte sie nun tun? Jedes Lokal abklappern? Dann war sie gewiss morgen früh noch unterwegs. Aber wenn sie weiter hier herumstand, erst recht.

Ottilie wagte sich zu einem Eingang, aus dem es besonders laut wummerte. Vor der Tür mit dem runden Guckloch postierte breitbeinig ein anzugtragender Glatzkopf. Seine Augen stachen wie Stahl aus dem kantigen Gesicht hervor. Ottilie erschrak. Sie machte sich noch kleiner, als sie schon war, klemmte die Handtasche unter den Arm und versuchte, sich an ihm vorbeizuschieben.

Der Maschinenmann fasste jedoch nach ihrer Schulter und hielt sie zurück. »Das ist der falsche Club, Lady.«

»Hören Sie mal, junger Mann.« Ottilie fegte seine Hand fort. »Das entscheide ja wohl immer noch ich, ob diese Lokalität falsch für mich ist oder nicht.«

»Nein«, stieß der Mann aus. Den Blick hielt er weiter geradeaus gerichtet. »Sie haben hier keinen Zutritt. Und jetzt gehen Sie weiter.«

»Haben Sie keine Erziehung genossen, Sie Unhold? Ich suche nur meine Bekannte. Sicher ist sie da drinnen.«

»Nein, das ist sie gewiss nicht.«

Langsam glaubte Ottilie, einen Roboter vor sich stehen zu haben. »Sie wissen doch gar nicht, wie meine Bekannte aussieht!«

»Das spielt keine Rolle.«

Der hatte sie doch nicht mehr alle! »Und warum nicht?«, fauchte sie.

»Frauen haben keinen Zugang zum Darkroom.«

»Was für ein Rum?«

Die Fassade des Mannes bröckelte, und er ließ die Schultern hängen. Dann schaute er Ottilie endlich an. »Ein Raum, in dem nur Männer …« Heftig schlug er mehrmals hintereinander seine linke Handfläche gegen die rechte Faust.

»Du liebe Güte, sagen Sie das doch gleich.« Ottilie verdrehte die Augen und wandte sich ab. »Schönen Abend noch.«

Kurz darauf stand sie vor der nächsten Bar und warf einen Blick in den schummrig beleuchteten Raum. Nur zwei Typen saßen an der Theke – von Jule keine Spur. Ebenso in der nächsten, übernächsten und den acht folgenden Bars. Um die Lokale, die sich hinter verschlossenen Türen befanden, machte Ottilie mittlerweile einen großen Bogen. Nicht dass sie nachher noch in eine Sexorgie hineinplatzte.

Einige Zeit später begab sich Ottilie wieder auf die Plaza. Ihre Füße schmerzten inzwischen, und ein Blick auf die Armbanduhr verriet, dass es bereits kurz nach Mitternacht war. Die Sorge in Ottilies Herz wog so schwer wie Blei. Vor ihrem inneren Auge sah sie Jule schon ohnmächtig in einem Bordell liegen. Mehr mochte sie sich gar nicht ausmalen, so sehr schlotterten ihre Knie. Ob sie sich an die örtliche Polizei wenden sollte? Aber vielleicht war Jule auch schon längst wieder zu Hause. Ottilie beschloss, ein Taxi zu nehmen und nachzuschauen.

Eine Hand strich sanft über Jules Schulter. Sie hob die schweren Lider und taumelte aus ihrem Traum. Auf ihrem Bauch fühlte sie das warme Fell des Kätzchens, das sich zu ihr auf die Liege gesellt hatte, als sie den Sternenhimmel hatte betrachten wollen. Darüber musste sie wohl eingeschlafen sein. Der auffrischende Wind ließ sie erschaudern. Vorsichtig schob Jule das Kätzchen hinunter auf ihre Oberschenkel und richtete sich auf.

Vor ihr kniete Tante Otti. Besorgt blickte sie durch ihre Goldrandbrille. »Wo warst du denn, Julekind? Ich hab solche Angst um dich gehabt.«

Jule rieb sich den Schlaf aus den Augen. »Hier natürlich. Wo soll ich denn sonst gewesen sein?« Sie nahm das Kätzchen von ihrem Schoß und setzte es auf die Fliesen. Das Tier drückte sich maunzend an ihre Beine. Jule ignorierte es und erhob sich. Eine Auseinandersetzung mit Tante Otti war ihr in diesem Augenblick zu anstrengend. Sie wollte nur ins Bett, um weiterzuschlafen.

»Das ganze Yumbo-Center hab ich nach dir abgesucht.« Tante Ottis Stimme nahm einen vorwurfsvollen Ton an. »Was meinst du, wie weh mir die Füße tun.«

»Und was kann ich dafür?« Jule ließ die alte Dame stehen und stieg die Treppe hinauf. Sie war sich keiner Schuld bewusst. Aus welchem Grund Tante Otti im Yumbo nach ihr gesucht hatte, war ihr ein Rätsel, dessen Lösung sie im Augenblick allerdings herzlich wenig interessierte. Darüber konnten sie morgen noch diskutieren. Tante Otti ließ sich jedoch nicht einfach so abspeisen und folgte ihr mit trippelnden Schritten. Als habe sie dies nicht bemerkt, legte sich Jule auf das Bett und zog das Laken über ihre Schulter.

»Du kannst gar nicht die ganze Zeit hier gewesen sein.« Tante Otti setzte sich auf das zweite Bett im Zimmer und streifte die Schuhe von den Füßen. »Als ich aus der Dusche kam, warst du nämlich verschwunden. Das weiß ich genau.«

Jule setzte sich wieder auf. Sie wusste, Tante Otti würde keine Ruhe geben, wenn die Sache nicht gleich und hier geklärt wurde.

»Mensch, Tante Otti, ich war doch nur am Geldautomaten und dann im Geschäft, um Katzenfutter zu holen. Und als ich wiederkam, warst du nicht mehr da.« Ihr Versteckspiel auf dem Parkplatz verschwieg Jule natürlich.

»Ähem … ach so … Du hättest doch Bescheid sagen können, wo du hingehst. Ich dachte, du wärst tanzen gegangen, und hab dich dann gesucht. Weil ich mir Sorgen gemacht hab, weißt du.« Verlegen zupfte Tante Otti an der Spitze ihrer Bluse.

Aber nicht, ohne vorher noch groß getafelt zu haben, dachte Jule im Stillen. Kein Wunder, dass die alte Dame so herumdruckste. Wahrscheinlich setzte ihr das schlechte Gewissen zu. Jules Magen gab ein leises Knurren von sich.

»Vielleicht sollten wir beide besser schlafen gehen«, sagte Tante Otti kleinlaut, verließ das Zimmer und schloss die Tür hinter sich.

Jule knipste das Licht aus und drehte sich auf die Seite. Für heute hatte sie keine Lust mehr, über Tante Otti nachzudenken.

9. Kapitel

Als Jule erwachte, dämmerte erst der Morgen. Noch fünf Minuten, dachte sie und zog sich das Laken über den Kopf. Doch dann schlich sich der gestrige Abend in ihre Gedanken, und prompt war an Schlaf nicht mehr zu denken. Jule richtete sich auf, stopfte sich das Kissen in den Rücken und schaute aufs Meer. Gut, Tante Otti war sauer auf sie gewesen. Dann war auch sie sauer auf Tante Otti gewesen. Also waren sie wohl quitt. Zudem hatte sich die alte Dame Sorgen um sie gemacht. Das berührte Jule mehr, als sie zugeben wollte. Außer ihrer Oma hatte dies bisher niemand getan – selbst ihre Mutter nicht. Manchmal fragte sich Jule, ob es Mom überhaupt auffallen würde, wenn der Erdboden sie verschluckte. Wahrscheinlich würde sie nur mit den Schultern zucken, wenn Jules Leitung einmal tot war.

Tante Otti war da ganz anders, auch wenn sie die Peinlichkeitskrone trug. Vielleicht sollte Jule lernen, sie so zu nehmen, wie sie war. Die alte Dame wollte ja niemandem etwas Böses. Sie amüsierte sich halt nur gern. Außerdem war es Tante Otti herzlich egal, was andere Menschen von ihr dachten. Solch eine Einstellung hätte Jule auch gern gehabt. Doch dazu musste sie die Mauer einreißen, die sie um sich herum gebaut hatte.

Jule schwang die Beine aus dem Bett und horchte an Tante

Ottis Schlafzimmertür. Ein leises Schnarchen drang an ihr Ohr. Das war die Gelegenheit, die Friedenspfeife auszupacken. Rasch putzte sich Jule die Zähne und band sich das Haar zu einem Zopf. Dann schlich sie auf leisen Sohlen aus dem Haus, um Brötchen zu holen.

Als sie dann die letzten Stufen zur Aussichtspromenade hinter sich gelassen hatte, setzte sich Jule erst einmal auf die Mauer und japste nach Luft. Sie sollte wirklich ein wenig Sport treiben. Langsam stieß sie noch einmal den Atem aus und setzte dann den Weg fort. Ziemlich schnell musste sie feststellen, dass sie den Altersdurchschnitt der Menschen, die Brötchen holten, entscheidend senkte, denn sie sah nur ältere Leute um sich. Klar, ihresgleichen begab sich um diese Uhrzeit gerade erst in die Federn. Vielleicht hätte sie doch gestern Abend tanzen gehen sollen – und dann von Tante Otti aus irgendeinem Club rausgeholt werden. Um Himmels willen! An diesen möglichen Auftritt durfte Jule gar nicht denken.

Sie blickte über die Dünen auf das Meer. Die Strahlen der frühen Sonne ließen auf den Wellen Diamanten glitzern. Diesen Anblick würde sie nicht kennen, wenn sie die Nächte durchtanzte. Jule atmete tief ein und ließ die salzige Luft in ihre Lungen strömen. In diesem Augenblick waren ihr die abendlichen Partys ziemlich egal. Da konnten ihr die Engel sonst was erzählen. Aber die lagen sicher noch in ihren Betten und schliefen ihren Rausch aus.

Wenige Zeit später überquerte Jule die Hauptstraße und hielt Ausschau nach dem deutschen Bäcker. Plötzlich stockte ihr der Atem. Die Frau, die aus der Bäckerei tänzelte, glich Tante Otti wie ein Zwilling. Das musste ein Trugbild sein! Tante Otti konnte nicht in ihrem Bett schnarchen und gleichzeitig beim Bäcker Brötchen holen. Und eine Doppelgängerin gab es bestimmt nicht. Sie war einmalig auf dieser Welt – da war sich Jule ganz sicher. Gleich darauf schallte prompt Jules Name über die Straße.

Heftig winkend eilte Tante Otti auf sie zu. »Was machst du denn hier? Wolltest du etwa auch Brötchen kaufen?«

Jule glaubte immer noch an ein Trugbild und tippte vorsichtig mit dem Zeigefinger auf Tante Ottis Schulter. Doch da der Körper sich nicht in Luft auflöste, gab es wohl keinen Zweifel an der Echtheit.

»Wie kannst du hier sein und gleichzeitig in deinem Bett liegen?«

»Tu ich doch gar nicht.« Tante Otti schaute etwas irritiert drein.

»Ich habe doch eindeutig gehört, wie du geschnarcht hast.«

»Ich? Ach« – die alte Dame lachte – »das kann nur Kirk gewesen sein.«

Jule kratzte sich am Kopf. Wer zum Teufel war Kirk? Und wo hatte Tante Otti den so schnell hergeholt? Sie war doch gestern Abend gleich nach ihr ins Bett gegangen. Oder etwa nicht? Vielleicht war Tante Otti ja durchtriebener, als Jule dachte – und holte sich den erstbesten Kerl ins Bett. Und das in ihrem Alter! Die Fassungslosigkeit rüttelte Jule an den Schultern. Ihr fehlten die Worte. Schweigend trat sie mit Tante Otti den Rückweg an.

Die alte Dame plapperte jedoch munter weiter. »Sag mal, Julekind, sollen wir nicht den Streit von gestern vergessen? Ich will auch nicht mehr so empfindlich sein. Was meinst du? Frieden? Für alle Zeiten?« Tante Otti blieb stehen und hielt ihr die Hand hin.

Jule schlug ein, konnte aber gleichzeitig die Vorstellung des schlafenden Kirks nicht aus ihrem Kopf verdrängen.

»Du sagst ja gar nichts. Bist du immer noch beleidigt?«, hakte Tante Otti nach.

»Nein, nein.« Jule schüttelte den Kopf. »Wie bist du eigentlich so schnell an diesen Kirk gekommen?«

»Ach weißt du, vergangene Nacht wollte ich vor dem Zubettgehen noch kurz auf der Terrasse Luft schnappen. Da saß er dann, wie aus dem Nichts aufgetaucht, und hatte es sich auf einem der Stühle bequem gemacht. War das eine Wiedersehensfreude, das kannst du dir gar nicht vorstellen!«

Das wollte Jule auch nicht. Sie beschleunigte ihren Schritt. Tante Otti hätte sie wenigstens vorwarnen können.

»Sag mal, warum läufst du denn so schnell?« Tante Otti trippelte hinter ihr her. »Hab ich etwas Falsches gesagt?«

»Nein, nein. Ganz und gar nicht.« Jule hob die Hand. »Es ist dein Leben, du kannst tun und lassen, was du willst.«

Als sie wieder im Haus waren, eilte Jule die Treppe hoch und verschwand in ihrem Zimmer. Tante Otti folgte ihr verblüfft.

»Sag mal, hat dich etwas gestochen? Worüber regst du dich denn jetzt wieder auf?«

»Du hättest mir Bescheid sagen können, dass ein Mann im Haus ist. Stell dir vor, ich wäre ihm im Slip begegnet.« Von Minute zu Minute steigerte sich Jules Groll über Tante Ottis Rücksichtlosigkeit.

Da schlug sich Tante Otti die Hand vor den Mund und begann laut zu lachen. Dann lief sie zu ihrem Schlafzimmer und stieß die Tür auf.

Ein Krächzen war zu hören – ziemlich unmännlich, wie Jule fand. Kurz darauf stand Tante Otti mit einem Haufen Fell auf dem Arm wieder in der Tür.

»Darf ich vorstellen? Das hier ist Kirk.«

Der schwarze Kater gab zur Begrüßung ein weiteres Krächzen von sich.

Jule wusste nicht, ob sie lachen oder weinen sollte. Kurz darauf tat sie beides, bis ihr Bauch und Kehle schmerzten.

Nachdem sie sich wieder beruhigt hatten, frühstückten Tante Otti und Jule erst einmal ausgiebig. Doch während die alte Dame ihr drittes Brötchen verspeiste, schob Jule ihren Teller von sich. Kirk saß vor seinem geleerten Schälchen und schaute majestätisch zu seiner Dosenöffnerin.

»Da, siehst du, deshalb habe ich ihn Kirk genannt.« Tante Otti kicherte.

»Verstehe ich nicht.« Jule nippte an ihrem Kakao. »Weswegen genau hast du ihn so genannt?«

»Na, weil er den Blick eines pensionierten Hollywoodschauspielers hat.« Tante Otti seufzte zufrieden. »Ach, was bin ich froh, dass der alte Junge doch noch aufgetaucht ist.«

»Dafür ist die kleine Mieze nun nicht mehr da.« Jule wusste nicht, ob sie dies bedauern sollte. Aber gestern Abend, als sie hier allein auf der Liege gelegen hatte, war die Anwesenheit des Kätzchens wie ein Trost für sie gewesen.

Tante Otti ließ den Blick durch den Garten streifen. »Das denkst aber auch nur du!«, stieß sie freudig aus. »Schau mal, wer da kommt.« Rasch warf sie einen warnenden Blick zu Kirk. »Du bist lieb, hast du mich verstanden?«

Es schien, als würde der dicke Kater leicht mit dem Kopf nicken. Er schenkte dem Kätzchen nur kurz sein Augenmerk und begann seine Pfoten zu lecken.

»Guter Junge!«, sagte Tante Otti leise und erhob sich, um in der Küche einen weiteren Teller mit Katzenfutter zu füllen.

Erst als das Kätzchen sicher sein konnte, dass der dicke

Kerl ungefährlich war, näherte es sich und ließ sich die Portion Hühnchen auf Gelee schmecken.

»Ich nenne sie Praline. Was meinst du?« Tante Otti schob sich den Rest ihres Marmeladenbrötchens in den Mund.

»Wie kommst du denn auf diesen Namen?« Jule ließ den Blick nicht von dem Kätzchen, das genüsslich die Schale ausleckte.

»Sie ist doch so süß und so zart. Und mit ihren drei Farben wie die Kreation einer Praline aus Nougat, Karamell und weißer Schokolade«, schwärmte die alte Dame.

»Wenn man dich so reden hört, könnte man meinen, du wärst Konditorin.«

»Nicht nur das, ich bin sogar Confiseurin«, sagte Tante Otti stolz.

»Wirklich?« Bisher hatte sich Jule keine Gedanken darüber gemacht, was die alte Dame beruflich einmal getan haben mochte. »Und da verdient man so viel Geld?«, rutschte es aus ihr heraus.

»Nein, natürlich nicht. Aber ich habe die Schokoladenfabrik meines Vaters geerbt.«

»Oha«, stieß Jule verblüfft aus. »Da bekomm ich aber eine Führung, wenn wir zurück sind.« In Gedanken sah sie sich schon in dem braunen Gold baden.

»Sie gehört mir nicht mehr. Nach dem Tod meiner Eltern habe ich sie verkauft.«

»Wie schade!« Jule zählte eins und eins zusammen. Nun ahnte sie auch, warum der Sohn mit ihr gebrochen hatte. Bestimmt, weil ihm dadurch das Erbe flöten gegangen war.

»Nein, ich fand das nicht schade, denn anschließend habe ich mir einen großen Traum erfüllt und eine Confiserie in der Breiten Straße eröffnet.«

»Auch nicht schlecht«, stellte Jule fest. »Nicht dass ich noch deine Stammkundin werde.«

»Ich hab den Laden verkauft. Nur hin und wieder kreiere ich zum Zeitvertreib noch Pralinen für die Nachbarn. Dich würde ich auch gern damit verwöhnen. Marc liebt die Köstlichkeiten übrigens abgöttisch.« Ein teuflisches Lächeln legte sich auf die Lippen der alten Dame.

Jule ging jedoch auf die Erwähnung des Nachbarn nicht ein. Viel zu groß war die Gefahr, dass sich Tante Otti da in etwas hineinsteigerte. Weil ihr auf die Schnelle kein anderes Thema einfiel, kam sie wieder auf den morgendlichen Schrecken zu sprechen.

»Das war ja was heute Morgen. Und ich dachte wirklich …«

»… ein Kerl läge in meinem Bett«, prustete Tante Otti.

»Ich bitte nochmals um Entschuldigung. Vielleicht hätte ich nicht gleich überreagieren sollen.«

»Ist schon gut, Julekind. Und mach dir keine Sorgen. In meinem Bett wirst du nie einen Kerl vorfinden.«

Jule pickte mit dem Zeigefinger einen Krümel von der Tischplatte auf. Tante Ottis Ex musste ihr ja arg zugesetzt haben, wenn sie den Männern so endgültig abgeschworen hatte.

»Was hältst du von einem Strandspaziergang?«, schlug Tante Otti vor. »Die Brise wird uns ein wenig den Kopf freipusten. Und ich kann dir den Leuchtturm von Maspalomas zeigen.«

Am Strand herrschte die reinste Völkerwanderung. In beide Richtungen bewegten sich Menschenströme vorwärts. Die Brise trug den Duft von Sonnenmilch mit sich. Es fühlte sich herrlich an, wie die Wellen Jules nackte Zehen umspielten. Tiefer als bis zum Knöchel hätte Jule sich nicht mehr reingetraut, ehe sie nicht wenigstens den Rettungsschwimmer gemacht hatte – anders als Tante Otti. Noch bevor sie den FKK-Strand erreicht hatten, musste sie Pipi. Und da gerade kein Klo in der Nähe war, knotete sie ihren signalroten Pareo auf und wagte sich mit ihrem Wölkchen Badeanzug in die Fluten. Jule versuchte, nicht hinzusehen. Doch irgendwie klappte das nicht, denn eine unsichtbare Macht drehte ihren Kopf immer wieder Richtung Meer. Auf ihrer Unterlippe kauend schaute sie Tante Otti hinterher, wie diese mit rudernden Armen in Richtung endlose Weite schritt.

Ein spitzer Schrei ertönte, als ihr eine Welle bis zur Brust schwappte, dann folgte ein Lachen. Alles war gut! Bestimmt machte sie jetzt ihr kleines Geschäft und kam dann endlich wieder aus dem Wasser. Doch weit gefehlt, das zarte Wesen wagte sich noch weiter vor. Und dann kam eine dieser Monsterwellen auf sie zu. Noch bevor Jule einen Warnschrei ausstoßen konnte, war Tante Otti auch schon unter einer Schaumkrone verschwunden. Jule schlug sich die Hände vors Gesicht und vergaß zu atmen. Nach einer gefühlten Unendlichkeit wagte sie einen Blick durch ihre gespreizten Finger. Die Welle hatte sich zurückgezogen. Übrig blieb Tante Otti, die sich prustend die Reste der Gischt aus dem Gesicht rieb. Doch irgendwie sah sie anders aus. Als sie sich erst an den Kopf fasste und dann fuchtelnd mit den Händen das Meer teilte, wusste Jule auch, warum: Ihr streng gebundenes Haar war grau wie Beton. Im nächsten Moment wurde ein kleines gelbliches Fellteil vor Jules Füße gespült.

Jule fischte die Perücke aus dem Sand und schwenkte sie durch die Luft.

»Hier, Tante Otti, ich hab sie! Kannst rauskommen!«, schrie sie gegen die Brandung an.

Tante Otti hob den Blick und nickte. Dann ruderte sie endlich aus der Naturgewalt. Aufgeregt nahm sie gleich darauf den Mopp entgegen.

»Mist, ich hätte sie besser feststecken müssen. Ich glaube, jetzt brauche ich erst einmal ein Bier.« Gekonnt schlug sie die Perücke auf ihrem angewinkelten Knie aus. Doch irgendwie blieb das Teil verfilzt. Tante Otti interessierte es scheinbar nicht, denn sie setzte sich die Perücke wieder auf den Kopf und sah nun aus wie ein Igel unter Strom.

Entgegen ihrer guten Vorsätze schämte sich Jule schon wieder fremd. So konnte Tante Otti doch unmöglich rumlaufen!

»Die kannst du nicht mehr tragen«, raunte sie leise.

»Was? Wieso denn nicht?« Tante Otti versuchte mit beiden Händen, den Filz zu glätten. Doch die Flusen stellten sich immer wieder auf.

»Das bringt nichts. Damit machst du dich zum Gespött der Menschheit.« Jules gute Vorsätze winkten zum Abschied, bevor sie endgültig in den Fluten versanken. »Warum trägst du dieses Teil überhaupt? Wenn du eine Glatze hättest, könnte ich das ja verstehen …«

Tante Otti strich immer noch mit den Händen über die Perücke. »Ich hab doch so fisseliges Haar.«

»Schlimmer als das da kann es nicht sein. Nun nimm endlich das Teil ab.« Obwohl sie einen weiteren Trotzanfall seitens Tante Otti befürchtete, lamentierte Jule weiter. Hätte die alte Dame jetzt einen Spiegel gehabt, wäre eine Diskussion bestimmt nicht vonnöten gewesen.

»Ach, nee«, jammerte Tante Otti. »Wie sehe ich denn aus ohne Perücke?«

»Wie ein Mensch«, konterte Jule. Ihre Geduld tanzte auf einem dünnen Seil, denn die vorbeiziehenden Strandläufer hatten sichtlich ihren Spaß beim Anblick der alten Dame. Tante Otti war einfach ein Phänomen. Die wahren Peinlichkeiten kümmerten sie nicht die Bohne, aber wegen ihrem Echthaar machte sie so ein Theater.

»Nun, ich hab eine Idee.« Tante Otti nahm ihren Pareo aus dem Sand und schüttelte ihn aus. Dann legte sie sich ihn über den Kopf, band die zwei Enden unter dem Kinn zu einem Knoten und schaute zu Jule auf. »Alles paletti, wir können weiter«, sagte sie grinsend.

»Fehlt nur noch das Körbchen und der böse Wolf.« Jule wähnte sich im falschen Film. Musste sie wirklich mit Rotkäppchen zum Leuchtturm spazieren? Die Lust darauf war ihr gründlich vergangen. »Ich habe eine Idee: Was hältst du von einem Friseurbesuch?«

Tante Otti zog den Kopf ein. »Jetzt sofort?«

»Ja, natürlich, oder willst du weiter vermummt durch die Gegend laufen?«

»Ach, ich weiß nicht …« Tante Otti winkte ab. »Mein letzter Besuch beim Friseur liegt schon drei Jahrzehnte zurück. Ich hab keine Ahnung, was ich da sagen soll.«

»Willst du etwa behaupten, dass du seit dreißig Jahren nicht mehr beim Friseur warst?« Wie schon so oft griff die Fassungslosigkeit mit ihren Klauen nach Jule.

Tante Otti schüttelte den Kopf. »Nachdem mein Exmann mich einmal nach einem Friseurbesuch fürchterlich ausgelacht hat, hab ich mich da nicht mehr hingetraut. Ich muss aber auch sagen, die blöde Friseurin hatte mir die Haare ziemlich verdorben.«

»Und seitdem trägst du den Mopp?«

Tante Otti schaute böse. »Na, hör mal. Hast du überhaupt eine Ahnung, was die Perücke gekostet hat?«

»Nee, das will ich auch gar nicht wissen. Schließlich hast du es nicht nötig, sie zu tragen.« Jule grub die Zehen in den nassen Sand. Mittlerweile spürte sie die Sonne heiß auf ihre Schultern brennen. »Was ist denn nun mit dem Friseurbesuch?«

»Aber nur, wenn du dir auch die Haare machen lässt.«

Jule schaute die alte Dame verdattert an. Ein Besuch beim Friseur war für sie der reinste Luxus, den sie sich nur einmal im Jahr leistete. Ansonsten schnitt Kathi ihr die Haare.

»Schwarz stände dir ganz gut.«

Jule schüttelte den Kopf. »Nein, dann lieber nur hellblonde Strähnchen.« Aber sie hätte sich die Haare auch grün färben lassen, wenn Rotkäppchen nur endlich den Heimweg angetreten hätte. »Hast du denn eine Ahnung, wo hier ein Friseur ist?«

»Ach, Friseursalons gibt es hier an jeder Ecke. Aber im Yumbo-Einkaufscenter, da hab ich einen ganz schicken gesehen«, erwiderte Tante Otti immer noch ein wenig unsicher. Dann stapfte sie jedoch entschlossen voraus.

Fünf Stunden später verließen Tante Otti und Jule frisch gestylt den Salon im Yumbo-Center. Zu Beginn war die alte Dame noch sehr skeptisch gewesen, hatte sich dann aber schnell von dem Friseurteam mit Kaffee und sonstigem Brimborium umgarnen lassen. Auf ihrem Kopf trug sie nun ihr kurzgeschnittenes Echthaar – blond gefärbt, rotgesträhnt und mit schwarzen Spitzen an den Schläfen, die ihr frech ins Gesicht gezupft worden waren. Jule hatte sich ihre rotblonden Locken durchstufen und aufhellen lassen. So umrahmten sie nun ihr leicht gebräuntes Gesicht. Da Tante Otti so entzückt von dem Team gewesen war, hatte sie im Anschluss gleich noch eine Maniküre für sich und Jule spendiert.

Hocherhobenen Hauptes schlenderte sie nun neben Jule durch das Yumbo-Center. »Das hätte ich schon viel eher machen sollen. Hildchen werden die Augen aus dem Kopf fallen, wenn sie mich so sieht.«

»Wenn sie dich überhaupt wiedererkennt.« Auch wenn Jule Tante Ottis Frisur ein wenig zu flippig für eine 70-jährige Goldrandbrillenträgerin fand, war sie dennoch froh, dass sich die alte Dame endlich von ihrer Perücke getrennt hatte.

»Weißt du was? Jetzt gehen wir erst einmal essen und werfen uns danach ins Nachtleben.«

Jule schaute auf die Uhr. Es war gerade erst kurz nach vier. Wann begann denn für Tante Otti die Nacht?

»Sollten wir uns nicht erst umziehen?«, fragte sie mit Blick auf den Pareo, der den zarten Körper von Ottilie umspielte.

»Was ich anhabe, passt doch gut! Oder findest du etwa nicht?«

»Na ja ... ich weiß nicht«, druckste Jule herum. Sollte sie etwa schon wieder die unbequeme Wahrheit sagen? Aber warum eigentlich nicht? Den Friseurbesuch hatte Tante Otti ja auch bestens überstanden.

»Das Teil passt nicht so ganz zu deinem flotten Haarschnitt.« In Gedanken kramte sie in Tante Ottis Klamotten, die sie aus dem Koffer ausgepackt hatte, und kam zu der Erkenntnis, dass die alte Dame überhaupt nichts besaß, das kleidungstechnisch mit der neuen Frisur mithielt. Ihr Blick fiel auf eine Boutique am Ende der Passage.

»Vielleicht solltest du dir einfach mal etwas Neues gönnen.«

»Meinst du?« Tante Otti betrachtete ihr Spiegelbild in dem Schaufenster eines Elektroladens. »Aber ich wüsste gar nicht, was zu dem neuen Haarschnitt passen würde.«

»Dafür hast du ja mich.« Jule grinste und freute sich darauf, Tante Otti in eine ansehnliche Person verzaubern zu können.

Kurze Zeit später stand Jule vor der Umkleidekabine in der Boutique und musste feststellen, dass es gar nicht so einfach war, Kleidung in Größe 32 zu finden. Alles, was die alte Dame anprobierte, war zu weit und erst recht zu lang.

»Bisher habe ich meine Sachen meist in der Kinderabteilung gekauft.« Tante Otti stöhnte und schob den Vorhang zur Seite. Die taillierte Bluse, die sie trug, reichte ihr fast bis zu den Knien.

»Das habe ich mir schon gedacht. Aber es muss doch auch Kleidung für Erwachsene in deiner Größe geben.« Jule war der Verzweiflung nahe.

Die deutschsprachige Verkäuferin trat an sie heran und zuckte mit den Schultern. »In Spezialgeschäften ja, aber die finden Sie hier in Playa del Ingles wohl kaum.« Sie reichte Tante Otti ein winziges Kleid in Größe 34. »Hier, probieren Sie das mal. Es fällt sehr kurz aus.«

Tante Otti verschwand wieder hinter dem Vorhang. Mittlerweile rann Jule der Schweiß durch die frisch frisierten Locken.

»Passt!«, rief Tante Otti und kam aus der Kabine gehuscht.

Tatsächlich sah sie endlich nicht mehr so aus, als habe man sie in ein Zelt gesteckt. Das weiße Chiffonkleid mit den bordeauxfarbenen Kringeln umspielte fließend ihren kleinen Leib und endete unterhalb der Knie.

»Einfach fantastisch!«, stieß die Verkäuferin aus und klatschte in die Hände.

Tante Otti blickte beifallheischend zu Jule.

»Ja, wirklich. Das steht dir super. Jetzt brauchst du nur noch passende Schuhe.«

»Oje. Das ist auch immer ein Problem«, seufzte die alte Dame und ließ die Mundwinkel wieder hängen.

Erst wollte Jule noch hinzufügen, dass auch ein neues Brillengestell von Vorteil wäre, verschob das aber auf später. In Zusammenhang mit passenden Gläsern war dies ja wirklich nicht von heute auf morgen zu bewerkstelligen.

»Warten Sie.« Die Verkäuferin eilte zu dem Tresen und kritzelte eine Adresse auf einen Zettel. »Versuchen Sie es hier, die sind ziemlich gut sortiert.«

Jule nahm das Papier entgegen und entzifferte die Adresse. »Ist das weit von hier?«

»Fünfzehn Minuten mit dem Taxi.«

»Na, dann – worauf warten wir noch? Ich lasse das Kleid gleich an.« Tante Otti schritt zur Kasse, um zu bezahlen.

10. Kapitel

Das Schuhgeschäft war tatsächlich ein Volltreffer, so dass Tante Otti gleich zuschlug. Mit fünf Paar Schuhen im Gepäck fuhren Jule und sie dann mit dem Taxi zurück nach Playa del Ingles. Dort machten sie sich kurz im Ferienhäuschen frisch, um dann auf der Promenade zum Essen zu gehen. Anders als Jule vermutet hatte, speisten sie nicht bei Carlos, sondern ließen sich in einem Lokal unweit des Geldautomaten nieder. Ein Plakat vor den Tischen kündigte mit reißerischen Bildern einen Elvis-Auftritt für den heutigen Abend an. Immerhin war das besser als Schlagermusik, wie Jule fand. Doch leider kamen sie nicht in den Genuss der Show, denn der Elvis-Imitator trat erst um 23 Uhr auf, und Tante Otti überfiel nach den Rinderfilet-Scampi-Spießen samt dreierlei Beilagen solch eine Müdigkeit, dass ihr die Augen zufielen.

Jule rüttelte sanft an ihrer Schulter. »Sollen wir nach Hause gehen?«

Erschrocken schlug Tante Otti die Augen auf. »Was? Wie? Bin ich eingeschlafen?«

»Ja, bist du.« Jule winkte dem Kellner und holte demonstrativ ihre Geldbörse aus der Tasche.

»Bist du verrückt geworden? Steck sofort dein Geld wieder ein«, zischte die alte Dame und zückte herzhaft gähnend ihre Kreditkarte.

Als sie kurz darauf den Strandparkplatz überquerten, stöhnte Tante Otti über ihre Zehnzentimeterabsätze und prophezeite, dass sie jeden Augenblick aus den Schuhen kippen würde.

»Du wolltest sie doch unbedingt haben«, unterbrach Jule das Gejammer. »Außerdem sind wir ja gleich da. Und überhaupt, warum ziehst du sie nicht einfach aus und gehst barfuß?«

»Erstens, weil ich dann wieder so klein bin, und zweitens, weil ich Angst habe, auf diese braunen Käfer zu treten.«

»Welche braunen Käfer?« Jule scannte mit ihrem Blick den Asphalt, jederzeit bereit, zur Seite zu springen.

»Na, die Cucas.« Tante Otti schwankte weiter über den Parkplatz.

»Du meinst doch nicht etwa Kakerlaken? Hier, einfach so auf der Straße?« Jule fasste sich an den Hals, als habe sie bereits eins von den Viechern verschluckt.

»Ja, genau die meine ich. Aber nicht die einfachen Küchenschaben. Die hier sind ungefähr so groß.« Tante Otti spreizte Zeigefinger und Daumen ungefähr acht Zentimeter breit.

»Was?« Jule kämpfte gegen einen hysterischen Anfall. »Ich dachte, die gibt's nur im Dschungelcamp!«

Tante Otti schien ihre Fußschmerzen vergessen zu haben und grinste, sichtlich amüsiert über Jules Panik. »Wundert mich, dass du noch keine gesehen hast. Aber in unserer Anlage wird auch gut gespritzt. Was natürlich keine Garantie ist, dass sich hin und wieder mal eine Cuca auf die Terrasse oder gar ins Haus verirrt. Du weißt ja, die Viecher überleben einen Atomkrieg.«

In Jules Adern klirrten Eiswürfel. Eine Gänsehaut zog sich von ihrer Kopfhaut bis zu den Fußsohlen.

»Wann geht der nächste Flug nach Köln?«, krächzte sie.

»Nun mach nicht solch ein Theater. Die tun doch nichts. Und der Gärtner hat das ganz gut im Griff, glaube mir.«

Für den Rest des Weges klebte Jules Blick auf dem Boden. Bevor sie das Haus betrat, musste Tante Otti erst einmal nachsehen, ob sich auch keine dieser Monsterkakerlaken dorthin verirrt hatte. Erst nachdem sie grünes Licht gegeben hatte, betrat Jule das Domizil und schickte Tante Otti erneut voran, ihr Schlafzimmer zu inspizieren. Als dies ebenfalls von Tante Otti als kakerlakenfrei eingestuft wurde, wickelte Jule eine Rolle Klopapier ab, um damit den Schlitz unter der Tür abzudichten.

Tante Otti war ins Bad gelaufen, vermutlich um im Spiegel ihre Frisur zu kontrollieren. Sie hatte die Tür offen gelassen.

»Bei dem faulen Kirk weiß ich es nicht genau, aber Praline wird mit Sicherheit jeder Cuca den Garaus machen. Von daher sei unbesorgt«, flötete sie, während Jule panisch weitere fünf Meter Klopapier zu einer Wurst zwirbelte, um damit eventuelle Ritzen in den Fenstern abzudichten.

»Das Kätzchen schläft ab heute Abend bei mir!«, rief Jule zurück. Dann überprüfte sie mit Argusaugen den Fensterkitt auf eventuelle Risse.

»So, jetzt ist es aber langsam gut, oder?« In ihren rosa Plüschmantel gekleidet und mit giftgrüner Maske im Gesicht lehnte sich Tante Otti gegen den Türrahmen.

Jule zuckte erschrocken zusammen. Gegen Tante Ottis Zombieauftritt verblasste jede vermeintlich auftauchende Achtzentimeterschabe zu einem grauen Schatten.

»Was hältst du von einem Glas Wein auf der Terrasse?«, fragte die grün-rosa Untote lässig. Ihre Müdigkeit schien verflogen zu sein. »Außerdem warten Kirk und Praline bestimmt auf ihr Abendessen.«

O ja! Besonders Praline musste gepflegt werden, damit sie niemals auf den Gedanken kam, sich eine andere Fressstation zu suchen, schoss es Jule durch den Kopf. Rasch stopfte sie den Rest der Klopapierwurst in den Fensterrahmen und folgte Tante Otti auf die Terrasse, um das Kätzchen zu umgarnen.

Bei einem Glas Wein und lauer Abendluft ließen die beiden Frauen noch einmal den Tag Revue passieren. Praline wich nicht von Tante Ottis Schoß, so sehr sich Jule auch bemühte, sie zu ködern. Aber heute Nacht würde sie das Tierchen in ihrem Zimmer einsperren, das schwor sie sich. Dann fiel Jule jedoch ein, dass sie ja gar kein Katzenklo hatten. Seufzend nippte sie an ihrem Glas. Ohne die Kakerlakenjägerin um sich zu wissen, war an Schlaf bestimmt nicht zu denken. Sie schaute auf ihre Armbanduhr und dann zu Tante Otti. Es war gerade einmal neun, doch der alten Dame fielen schon wieder die Augen zu. Vielleicht ergab sich ja heute die Gelegenheit, mal das Nachtleben anzutesten. Jule schaute aufs Meer, das rotgolden in der Abenddämmerung schimmerte. Aber irgendwie fehlte Jule zum Ausgehen der Antrieb. Außerdem ließ Tante Otti sie ja doch nicht ausschlafen. Die Partyengel erhoben sich, winkten mit spitzen Fingern und gingen auf Nimmerwiedersehen mit schwingenden Hüften davon.

Tante Otti hatte den Kopf in den Nacken gelegt und schnarchte leise. Auf der Balustrade saß der dicke Kirk und beobachtete das Meer. Trotz des Musiktrubels, der gedämpft von der Promenade herüberwehte, umgab Jule eine Ruhe, die ihr die Lider schwer werden ließ. Von einem auf den anderen Augenblick fühlte sie sich angenehm erschöpft und genoss mit Kirk den Ausblick. Erst nach einer Weile stand sie auf und holte ihren Reader, um ihren Liebesroman weiterzulesen. Romantische Geschichten verschlang sie für ihr Leben gern, auch wenn ihr selbst die wahre Liebe noch nicht über den Weg gelaufen war. Oder vielleicht auch gerade deswegen. Die Geschichten vermittelten ihr jedoch das Gefühl, dass es ihn noch gab – den Einzigen, den Richtigen. Aber wie hieß es so schön: Man musste viele Frösche küssen, um den Traumprinzen zu finden. Bei ihr waren es bisher eher inhaltslose Kröten gewesen – wenn auch nicht viele.

Als Jule gerade den Reader einschaltete, hob Tante Otti den Kopf und schaute mit kleinen Augen zu ihr herüber.

»Ich glaube, ich gehe ins Bett«, sagte sie gähnend und streckte die Arme von sich. »Bleib du ruhig noch sitzen, du hast ja morgen deinen freien Tag.«

Jule ließ das Gerät in ihrer Hand sinken und starrte Tante Otti an. »Wie? Meinen freien Tag? Hab ich etwas verpasst?«

»Ich habe doch nur eine Karte für die Aufzeichnung der Schlagershow in Puerto de Mogan bekommen. Aber darüber hatten wir doch gesprochen, oder?« Tante Otti biss sich auf die Unterlippe.

Durch Jules Kopf purzelten die Gesprächsthemen der letzten zwei Tage.

»Nein. Mit Sicherheit nicht«, sagte sie, als sich das Chaos in ihrem Gedächtnis in Reih und Glied aufstellte.

»Doch … da bin ich mir ganz sicher.« Die alte Dame nickte heftig mit dem Kopf. »Gleich am ersten Tag nach unserer Ankunft, weißt du? Als ich die Brötchen geholt habe.«

»Das war erst gestern«, warf Jule ein.

»Ja, ja, ich weiß.« Tante Otti winkte ab. »Auf jeden Fall hatte ich unterwegs in einem Zeitungsladen die Anzeige gelesen, dass noch eine Karte abzugeben war. Nur noch eine, wohlgemerkt. Und da hab ich doch gleich beschlossen, dir an dem Tag freizugeben, und hab es dir sofort erzählt. Denk mal scharf nach.« Überzeugt von sich selbst, reckte Tante Otti das Kinn vor.

»Nein, das hast du nicht. Da bin *ich* mir ganz sicher. Ich weiß nichts von einer Schlagershow.«

Tante Otti kaute auf ihrem frisch manikürten Daumennagel. Dann nahm sie das Kätzchen vom Schoß, setzte es neben sich auf den Stuhl und erhob sich.

»Aber die Karte, die gibt's«, sagte sie kleinlaut. Ihrem hektischen Schritt nach zu urteilen, war sie sich selbst diesbezüglich nicht mehr ganz sicher.

»Na, da bin ich aber gespannt.« Bald darauf waren aus dem Haus Tante Ottis Seufzer zu hören.

»Ich hatte sie doch hier in das Fach mit dem Reißverschluss gesteckt! Oder hatte ich gestern doch die andere Handtasche bei mir?«, grummelte Tante Otti. »Ja, ja … sicher … ich hatte die andere Handtasche mitgenommen.« Tapsende Schritte von nackten Füßen entfernten sich die Treppe hinauf. Lichtschalter wurden angeknipst.

Jule schüttelte den Kopf. Konnte sich Tante Otti wirklich nicht mehr an Dinge von gestern erinnern? Über Kathis Geschichten aus dem Seniorenheim hatte Jule immer lachen können. Doch so hautnah dabei zu sein, fand sie gar nicht lustig – eher gruselig, wenn sie ehrlich war. *Man muss das alles wirklich mit Humor nehmen*, hörte sie Kathis Stimme in ihrem Ohr, *sonst wirst du selbst noch verrückt.*

»Hab sie!«, schrie Tante Otti plötzlich.

Die obere Etage erbebte unter ihrem Tanz. Erleichtert atmete Jule aus. Wenigstens hatte der Erwerb der Karte nicht nur in Tante Ottis Einbildung stattgefunden.

Rasch kam die alte Dame wieder die Treppe herab und wedelte mit der Karte vor Jules Nase.

»Hier, sieh mal. Fahrschein und Eintrittskarte in einem. Da musste ich doch zuschlagen. Oder bist du jetzt etwa traurig?«

»Um Himmels willen, nein, Tante Otti. Schlager ist eh nicht so mein Ding.« Jule wollte noch hinzufügen, dass sie sich auf einen entspannten Tag freute – ließ es aber, bevor Tante Otti diesen Satz noch in den falschen Hals bekam. Stattdessen löschten sie gemeinsam alle Lichter und gingen zu Bett. Oben ließ Jule die alte Dame erneut ihr Zimmer auf eventuelle Kakerlaken absuchen und dichtete die Tür dann mit der Klopapierwurst ab.

11. Kapitel

Als Jule am nächsten Morgen erwachte, herrschte Stille im Haus. Sie blickte zur Uhr. Es war erst zehn, aber Tante Otti war vermutlich schon fort. Trotz ihrer Angst vor den braunen Käfern hatte Jule so fest geschlafen wie seit Ewigkeiten nicht mehr. Eigentlich konnte sie sich noch einmal auf die Seite drehen, schließlich war dies ja ihr freier Tag. Doch trotz ihrer sonstigen Aversion gegen das Frühaufstehen fühlte sie sich herrlich frisch und freute sich auf den Tag. Tante Otti würde vor 15 Uhr nicht wieder zurück sein, hatte sie gesagt. Aber freier Tag war freier Tag, und dazu gehörte auch der Abend. Also würde Jule heute nichts mit Tante Otti unternehmen, rein gar nichts! Vielleicht lernte sie ja am Strand ein paar nette Leute kennen, mit denen sie am Abend auf die Rolle gehen konnte. So käme sie doch noch zum Feiern. Je länger sie darüber nachdachte, desto prickelnder fand sie den Gedanken.

Beschwingt huschte sie unter die Dusche und nahm sich vor, danach erst einmal ausgiebig zu frühstücken. Leider musste sie kurz darauf feststellen, dass Tante Otti an diesem Morgen wohl keine Brötchen geholt hatte. Stattdessen lag neben einem Zettel ein Fünfzig-Euro-Schein auf dem Tisch. *Für ein leckeres Frühstück auswärts. Lass es dir schmecken. Bis heute Nachmittag. Gruß, Tante Otti.*

Auch nicht schlecht, dachte Jule und steckte den Schein in ihre Geldbörse.

Gleich neben der Anlage gab es ein Lokal, das Frühstück anbot. Die Terrasse glich einer gemütlichen Lounge und bot Meerblick. Dort wollte sich Jule erst einmal feudal bedienen lassen, ehe sie das Nichtstun antrat.

Mittlerweile bereute Ottilie es bitter, sich im Bus den Platz am Fenster geangelt zu haben. Die Straße führte durch die höhergelegene Bergregion, und dazu gehörten auch Schluchten, die dicht neben den Reifen des Busses in die Tiefe gingen. Ottilies Knie schlotterten wie Götterspeise, und in ihre Haut piekten tausend Nadeln. Wieder einmal ertönte ein langgezogenes Hupen, und der nächste Autofahrer mit Selbstmordabsichten schoss um die Kurve auf den Bus zu. In Gedanken sah Ottilie schon den Bus demoliert in den Felsen liegen – an Bord 33 Leichen. Die Augen geschlossen, krallte sie ihre Finger in die Handtasche und betete mit kaltem Schweiß im Nacken ein Vaterunser nach dem anderen.

Für die Mitglieder des Kegelclubs, die in den drei Reihen vor ihr die Schnapsflaschen aneinanderschlugen, schien Höhenangst wohl ein Fremdwort zu sein. Unablässig grölten die Frauen und Männer *Eviva España*. Vielleicht sollte Ottilie sie um einen kleinen Feigling bitten.

»Ist Ihnen nicht gut?«, fragte plötzlich der grauhaarige Mann neben ihr.

Er muffelte nach Zigarrenrauch und erinnerte Ottilie damit an Hildchen. Den Geruch hatte sie bei ihr noch nie gemocht. Doch die Freundin hatte ihr auf den Bergtouren stets die Hand gehalten, was natürlich bei diesem Herrn ein Unding war.

»Geht schon«, stöhnte Ottilie und öffnete die Augen. »Ich hätte nur nicht gedacht, dass die Fahrt durch die Berge führt.«

»Na, so hoch sind wir hier doch noch gar nicht«, sagte der Mann lächelnd. Nikotin hatte seinen Oberlippenbart gelb gefärbt.

Wie gut, dass Hildchen keinen Schnauzer trug, schoss es Ottilie durch den Kopf. Um sich abzulenken, dachte sie lieber an Jule. Mit dem Mädchen an ihrer Seite überfielen sie solche Grübeleien eher selten. Was Jule jetzt wohl machte? Bestimmt schlief sie noch. Das hatte sie sich auch verdient. In diesem Augenblick erinnerte sich Ottilie wieder an ihre Vergesslichkeit. Zu tausend Prozent war sie sich sicher gewesen, dass sie Jule von der Karte und dem freien Tag erzählt hatte. Langsam wurde ihr die Sache doch unheimlich. Was sollte Jule denn von ihr denken? Sie musste ja glatt meinen, Ottilie sei senil.

Während Ottilie noch ihren Gedanken nachhing, fuhr der Bus in den Hafen von Mogan ein. Beim Anblick der weißen Häuser mit den Dachterrassen geriet Ottilie in Verzückung. In leuchtenden Farben umrankten Bougainvilleas die Rundbögen über den Gassen. Doch der Genuss der Aussicht währte nicht lange, denn der Veranstalter des Ausfluges bat mittels Flustertute um Aufmerksamkeit und erklärte den Gästen, wie sie sich bei der Aufzeichnung der Schlagershow zu verhalten hatten. Auf jeden Fall sollten sich alle streng an die Anweisungen des Dreh-Teams halten, sagte er.

Sobald sie den Bus verlassen hatten, wurden Ottilie und die anderen wie Ziegen zusammengepfercht. Eng aneinandergedrückt betraten sie den Marktplatz von Mogan, wo die Aufzeichnung stattfand, und wurden einzelnen Tischen zugewiesen. Ottilie hätte sich gern ein wenig genauer umgesehen, kam aber nicht dazu, weil nun alles sehr schnell ging.

Ein junger Mann mit einer roten Kappe zeigte ihnen verschiedene Schilder, auf denen »lachen«, »applaudieren« und andere Aufforderungen standen. Ottilie verzog das Gesicht. Mitnichten würde sie sich daran halten. Wenn ihr ein Auftritt nicht gefiel, klatschte sie auch nicht, so einfach war das. Dazu konnte sie dieser Schnösel bestimmt nicht zwingen. Statt also die Schilder zu studieren, blickte sie auf die Hafenmole, wo weiße Yachten in der Sonne schaukelten. Dann trat eine junge Frau in Jules Alter an Ottilies Tisch und brachte eine Tasse Kaffee, die sie nicht bestellt hatte.

»Ich möchte aber lieber ein Weizenbier«, sagte Ottilie.

Das junge Ding verdrehte die Augen, nahm die Tasse vom Tisch und knallte sie Ottilies Sitznachbarin vor die Nase. Diese schien ziemlich abgehärtet zu sein, denn sie bedankte sich mit einem freundlichen Lächeln unter dem Strohhut. Um ins Fernsehen zu kommen, ließen sich manche Leute wohl alles gefallen.

Nachdem die Show bereits eine halbe Stunde lief, bekam Ottilie endlich ihr Weizenbier. Von einer entspannten Atmosphäre war hier jedoch nichts zu spüren. Immer wieder wuselten irgendwelche Beleuchter und Kameraleute zwischen den Tischen umher. Außerdem hopste dieser Animateur mit den Schildern ständig auf und ab. Ottilie saß in der prallen Sonne und stellte schmerzlich fest, dass sie Hut und Sonnenbrille vergessen hatte. Als dann auch noch ein drittklassiger Volksmusikant die Bühne betrat, war sie endgültig bedient. So hatte sie sich den Ausflug wahrlich nicht vorgestellt. Von Schlagerstars konnte man hier kaum sprechen. Dabei hatte sie gehofft, Roland Kaiser, Andrea Berg oder Roberto Blanco anzutreffen. Und am allermeisten träumte sie immer noch davon, Julio Iglesias hautnah singen zu hören. Aber das, was sich ihr hier jetzt bot, ging an die Schmerzgrenze. Nein, das hielt sie nicht länger aus. Ottilie kippte den letzten Schluck Weizenbier hinunter und erhob sich. Dann lief sie wohl durch das Bild eines Kameramannes, der mit bösem Blick aufschaute.

Mit einem Satz war der Schilderclown bei ihr und krallte seine fünf Finger in ihre Schulter.

»Sie können nicht einfach aufstehen«, raunte er in Ottilies Ohr.

»Ach nein? Und warum nicht? Bin ich hier etwa im Gefängnis?« Ottilie umklammerte mit festem Griff ihre Handtasche – jederzeit bereit, sie dem Rüpel über den Kopf zu ziehen.

Dem Volksmusikant stockte das Geträllere in der Kehle, und durch die Reihen der Zuschauer fuhr ein genervtes Raunen.

»Schnitt!«, brüllte jemand über den Platz.

»Nehmen Sie sofort die Hand von meiner Schulter, oder Sie haben gleich eine Beule am Kopf!«, keifte Ottilie. Neben ihr blitzte eine Fotokamera auf. Der Applausclown zog rasch die Hand von ihr weg.

Ottilie verengte die Augen zu Schlitzen. »Zustände sind das hier! Sobald ich wieder zu Hause bin, werde ich mich beim Intendanten beschweren, darauf können Sie sich verlassen.« Sie zwängte sich an dem Mann vorbei und verschwand eilenden Schrittes in den Gassen des Hafenortes. Aus der Ferne begann erneut das Volksmusikgedudel. Wie konnte man hier am Meer nur von Alpenglühen singen? Die Verantwortlichen waren doch verrückt!

Nach einigen weiteren Metern wurde es endlich ruhig rings um Ottilie. Auf einer der Dachterrassen hängte eine Frau zwischen Oleanderbüschen Wäsche auf. Ottilie winkte ihr mit einem freundlichen »*Hola*« zu und schritt dann über eine der Brücken, die über die künstlichen Kanäle führten. Das Klein-Venedig von Gran Canaria war wirklich einen Besuch wert – vorausgesetzt, es fand keine Aufzeichnung einer drittklassigen Schlagershow statt. Vielleicht sollte Ottilie diesen Ort noch einmal mit Jule besuchen.

Mittlerweile brannte ihr die Sonne arg auf den Kopf, und sie erinnerte sich, gehört zu haben, dass von hier aus ein Linienbus nach Playa del Ingles fuhr. Mit dem anderen Bus würde sie nie und nimmer zurückfahren, auch wenn sie die Fahrt bezahlt hatte. Das hätte mit Sicherheit nur Krach an Bord gegeben.

Für eine Weile schlenderte Ottilie noch durch die engen Gassen, wandelte unter den farbenfrohen Bougainvilleas hindurch und betrachtete in den kleinen Läden die kanarischen Handarbeiten. Dann sog sie noch einmal tief den schweren Duft der Blüten ein und fragte sich zu der Haltestelle des Linienbusses durch.

Die Idee, in dem Laden mit der großen Terrasse zu frühstücken, war grandios gewesen, fand Jule. Nicht nur, dass die Inhaberin ungefähr in ihrem Alter war, auch das Ambiente entsprach genau ihrem Geschmack. So lümmelte Jule umgeben von Palmen auf einem der Rattansessel und schmierte sich ein weiteres Brötchen. Kurz darauf setzte sich eine Gruppe junger Leute ebenfalls zum späten Frühstück an den Tisch neben ihr. Jule hatte das Gefühl, Tante Ottis Welt entronnen zu sein. Endlich sah sie wieder in junge Gesichter. Es dauerte nicht lange, und die drei Jungs und vier Mädchen kamen mit Jule ins Gespräch. Auf einmal war sie mittendrin in der Clique, unterhielt sich über Musik und Locations, die man am Abend aufsuchen konnte. Als die Leute sie fragten, ob sie allein hier sei, erklärte Jule, sie sei Animateurin und habe heute ihren ersten freien Tag. Im Grunde stimmte das ja auch.

Nach dem Frühstück folgte Jule den jungen Leuten an den Strand, wo sie sich unmittelbar ans Wasser legten, so dass die Wellen fast ihre Handtücher umspülten. Liegen wurden nicht gemietet. Wozu auch? Der Sand war weich genug. Als einer der Jungs dann seine Gitarre hervorholte und einen Song von Ronan Keating spielte, war Jule endgültig mit sich und der Welt im Reinen. Ewig hätte sie hier in der Sonne sitzen können. Sie genoss den kühlen Bacardi Breezer in ihrer Hand und die ausgelassenen Albernheiten der anderen. In Gedanken streckte Jule den Partyengeln die Zunge raus und grub die Zehen in den Sand.

Am frühen Nachmittag bemerkte sie jedoch, dass ihre Haut brannte. Verdammt, sie hatte wieder einmal die Sonnenmilch vergessen! Wenn sie hier noch länger saß, würde ihre Haut Blasen schlagen. Schweren Herzens verabschiedete sich Jule also von ihren neuen Freunden – natürlich nicht, ohne sich für den Abend zu verabreden. Vielleicht war es eh besser, wenn sie jetzt ging. Nicht, dass Tante Otti doch noch vorzeitig am Strand auftauchte, um sie zu suchen.

Kurze Zeit später fütterte Jule auf der Terrasse die Katzen, schaltete auf ihrem Handy die Musik auf volle Lautstärke und sprang unter die Dusche, um die Sandpanade loszuwerden. Als der warme Strahl sie traf, blieb ihr fast das Herz stehen. Du liebe Güte! Ihre ganze Haut brannte wie Feuer. Rasch drehte sie den Hebel auf eiskalt. Was half noch mal gegen Sonnenbrand? War das nicht Quark? Gleich nach der Dusche würde sie sich im Supermarkt Quark besorgen.

Das Duschlaken unter ihr ausgebreitet, lag Jule kurze Zeit später als Quarkmumie auf dem Sofa. Gut, dass Tante Otti sie so nicht sah. Sicher würde sie den erhobenen Zeigefinger nicht mehr herunternehmen und unablässig über Hautschäden lamentieren. Schließlich hatte sie Jule oft genug vor den starken Strahlen der südlichen Sonne gewarnt. Aber ein bisschen Sonnenbrand gehörte für Jule zum Urlaub im Süden dazu.

Gerade als sie sich ihren Reader schnappte und ihn einschaltete, sprang Praline auf ihren Bauch und begann, mit ihrer rauen Zunge den Quark abzuschlecken. Kirk hockte neben dem Sofa und krächzte. Jule beschloss, den Quark wieder abzuduschen und sich auf der Terrasse in den Schatten zu legen.

Umgeben von der ruhigen Idylle fielen Jule schon kurze Zeit später die Augen zu. Sanft entschlummerte sie in das Land der Träume und wurde erst wieder wach, als die letzten Strahlen der Sonne das Meer streichelten. Langsam sollte sie sich für die Partynacht herrichten, dachte sie. Schläfrig reckte sie sich und schaute auf ihre Armbanduhr. War es wirklich schon halb neun? Die Ruhe in dem Haus verriet ihr, dass Tante Otti wohl immer noch nicht von ihrem Ausflug zurückgekehrt war.

Jule sprang von der Liege. Das konnte doch nicht sein! Wo steckte die alte Dame? Und warum zum Teufel besaß sie kein Handy? Die Teile gab es doch mittlerweile auch für Senioren. Tante Otti musste etwas passiert sein, das spürte Jule. Mit klopfendem Herzen tigerte sie durch das Haus. Über die Terrasse legte sich die Dunkelheit, und in Jules breitete sich Verzweiflung aus. Was sollte sie bloß tun? Vielleicht die Polizei verständigen? Ganz ohne Spanischkenntnisse? Das war wohl aussichtslos. Aber vielleicht würde ihr ja das Mädchen von der Rezeption behilflich sein.

Jule schnappte sich den Schlüssel und zog die Tür hinter sich zu. Als sie bei der Rezeption der Wohnanlage ankam, sah sie, wie die Angestellte gerade in ihr Auto steigen wollte.

»Warten Sie!«, schrie Jule über den Parkplatz und rannte zu der jungen Frau. Es dauerte eine Weile, bis sie wieder einigermaßen Luft bekam. Hechelnd klagte sie der Rezeptionistin ihr Leid.

Diese schien die Angelegenheit jedoch nicht besonders beängstigend zu finden, denn sie lächelte amüsiert. »Na, so lange ist Ihre Tante ja noch nicht fort. Da würde ich mir keine Sorgen machen«, sagte sie nur.

»Der Bus müsste aber längst zurück sein. Ich sollte die Polizei rufen. Vielleicht ist etwas passiert! Meine Tante ist doch schon älter, womöglich hatte sie einen Herzanfall.«

Die junge Frau betrachtete den Schlüssel in ihrer Hand und neigte nachdenklich den Kopf zur Seite. Dann warf sie einen bedauerlichen Blick auf ihr Auto.

»An der Rezeption liegen Flyer, auf denen der Ausflug angeboten wurde. Und soweit ich weiß, haben auch einige andere unserer Gäste daran teilgenommen.«

»Ehrlich? Bitte, ich weiß, dass Sie Feierabend haben, aber könnten Sie wohl nachschauen, in welchem Haus ich diese Gäste finde?« Jule hätte sich am liebsten auf die Knie fallen lassen. Wenn Tante Otti einen Herzkasper bekommen hatte, wäre das mit Sicherheit den anderen Ausflüglern nicht entgangen.

»Also, das Ehepaar aus Haus zwanzig ist garantiert mitgefahren. Da brauche ich gar nicht nachzuschauen.«

»Ich danke Ihnen!«, rief Jule und stürmte schon davon.

Außer Atem klopfte sie an die Tür des genannten Hauses. Kurze Zeit später öffnete ihr ein Mittfünfziger, lediglich mit einer Feinrippunterhose bekleidet, und schaute sie verdattert an.

»Sie haben auch den Ausflug nach Puerto de Mogan mitgemacht?« Vor lauter Aufregung um Tante Otti hatte Jules Stimme einen schrillen Ton angenommen.

Der Mann nickte. »Sicher, meine Frau und ich waren bei der Aufzeichnung der Schlagershow. Warum fragen Sie?«

»Meine Tante, wissen Sie, die war auch mit dabei. Aber sie ist immer noch nicht zurück. Sie müssen sie gesehen haben.« Jule skizzierte kurz Tante Ottis Aussehen.

Lauthals lachte der Mann auf und rief nach seiner Frau, die kurz darauf mit einer Gurkenmaske auf dem Gesicht im Rahmen stand.

»Was ist denn, Heinz?«, fragte sie und musterte dabei Jule vom Scheitel bis zu den Zehennägeln.

»Das hier ist die Nichte der verrückten Alten, die bei der Schlagershow heute so einen Aufstand gemacht hat.«

In Jules Kehle bildete sich ein stacheliger Kloß, der sich nicht hinunterschlucken ließ. »Was ist denn passiert?«, krächzte sie.

12. Kapitel

Die Gurkenmaske berichtete ausführlich von Tante Ottis Auftritt, bis sie ihre Rede mit der Feststellung abschloss, dass manchen Leuten wohl nichts peinlich war. Jule hätte ihr am liebsten beigepflichtet, doch ihr Interesse an Tante Ottis Verbleib war größer.

»Und sie ist nicht mit Ihnen im Bus zurückgefahren?«, hakte Jule noch einmal nach.

»Nein.« Die Frau machte eine abfällige Handbewegung. »Zum Glück. Wer weiß, was sie sich auf der Rückfahrt noch geleistet hätte.«

»Haben Sie denn gesehen, wo sie hingegangen ist? Hat sie sich ein Taxi genommen?« In Gedanken sah Jule Tante Otti schon durch die Dunkelheit irren – und einen Herzkasper bekommen. Die Sorge um einen Infarkt wollte sich einfach nicht aus ihrem Kopf verbannen lassen. Aber wenn sie weiter so panisch herumhampelte, erlitt sie mit Sicherheit selbst bald einen Herzanfall.

»Nein, und das will ich auch gar nicht wissen«, antwortete die Frau und schüttelte dabei so heftig den Kopf, dass ihr zwei Gurkenscheiben vom Gesicht flogen. »Aber die taucht bestimmt bald auf. Unkraut vergeht nicht. Doch sagen Sie, wohnen Sie und Ihre Tante auch hier in der Anlage?«

»Ja, ja.«

»Ach du liebe Güte. Heinz, ich sag's dir, der Urlaub wird die reinste Katastrophe.«

Nun wurde es Jule zu bunt. Auch wenn sich Tante Otti bei der Aufzeichnung offenbar wieder einmal danebenbenommen hatte, war dies noch lange kein Grund, sie als Urlaubsschreck hinzustellen.

»Sie sind doch verrückt.« Jule machte vor dem Gesicht eine Scheibenwischerbewegung und kehrte zu ihrem Haus zurück. Immer noch keinen Deut schlauer, schloss sie die Tür auf. Doch eines war ihr klar: Die Polizei musste eingeschaltet werden! Zusätzlich würde sie in allen Krankenhäusern der Umgebung nach einer neu aufgenommenen Herzpatientin fragen. Mittlerweile zitterte sie am ganzen Leib – sie kannte doch noch nicht einmal die Polizeinotrufnummer! Und wie sollte sie die Krankenhäuser in der Umgebung finden? Verzweifelt ließ sich Jule auf dem Sofa nieder. Ihr war nur noch zum Heulen zumute, und vor Aufregung hatte sie einen ganz trockenen Hals bekommen. Sie stand auf, um sich aus dem Kühlschrank eine Cola zu holen.

Nachdem sie die Tür geöffnet hatte, glaubte sie ihren Augen nicht zu trauen. Unter dem Päckchen Emmentaler lag etwas Rotes. Jule holte es hervor und hielt Tante Ottis Geldbörse in der Hand. Vorsichtig schaute sie hinein und fand darin neben den Geldscheinen auch den Personalausweis der alten Dame. Jules Verzweiflung kochte in ungeahnte Höhen. Bei einer Einlieferung ins Krankenhaus konnte Tante Otti nicht einmal identifiziert werden!

Jule öffnete die Cola-Dose und setzte sich wieder aufs Sofa. In ihrer Verzweiflung tippte sie Kathis Nummer ins Handy. Einige Freizeichen waren zu hören, ehe die Freundin sich endlich meldete.

Im Hintergrund hämmerten Bässe, und schrille Stimmen quäkten. Kathi schrie: »Hallo!« Der Lautstärke nach zu urteilen, musste sie auf irgendeiner Party oder in einem Club sein. Die Glückliche! Jule erzählte ohne Umschweife von Tante Ottis Verschwinden und erntete prompt die erwartete Reaktion: »Hab ich dir doch gesagt!«

»Ich weiß, Kathi, aber das nutzt mir jetzt nichts. Was soll ich denn tun?«, jammerte Jule in den Hörer.

»Such dir Hilfe, und zwar eine Spanisch sprechende«, riet Kathi.

»Aber ich kenne hier niemanden, den ich bitten könnte. Es ist zum Heulen.«

»Kann ich mir vorstellen. Demenzkranke leiden oft unter Orientierungsstörungen. Dann wissen Sie nicht mehr, wohin sie wollten, und schon gar nicht, wie sie wieder zurückgelangen.«

Demenzkranke. Wie das Wort schon klang – einfach nur fürchterlich!

»Bisher hatte Tante Otti aber keine Schwierigkeiten mit der Orientierung. Ich bin mir sicher, dass etwas Schreckliches passiert ist. Ein Herzanfall oder so. In ihrem Alter kann so etwas doch jeden Tag geschehen.«

»Ach was. Nun mach dich nicht verrückt. Verständige einfach die Polizei, und du wirst sehen, die bringen dir deine Tante Otti unversehrt wieder zurück. Das erlebe ich oft genug bei der Arbeit. Du, ich muss auflegen. Die anderen warten. Bis dann, Jule. Und mach dich nicht kirre.« Ein Klicken ertönte, und am anderen Ende der Welt herrschte Stille.

Jule seufzte. Nun war sie immer noch keinen Schritt weiter. Sie startete auf ihrem Handy die Internetsuchmaschine und gab »Polizeinotruf Gran Canaria« ein. Da stand es doch:

Gran Canaria Süd; mehrsprachig. Rasch wählte Jule die Nummer. Nach zwei Freizeichen meldete sich ein Herr. Sie erklärte ihm die missliche Lage und bekam erst einmal ein herzhaftes Gähnen zur Antwort. Dann sprach der Mann endlich.

»Ich bin mir sicher, Ihre Tante wird jeden Augenblick auftauchen. Sollte das nicht der Fall sein, melden Sie sich einfach morgen früh noch einmal bei uns.«

»Hören Sie, ich bin mir sicher, Frau Bär hatte einen Herzanfall oder Ähnliches. Aber sie hat ihren Ausweis nicht dabei.«

»Dann rufen Sie in den Krankenhäusern an und beschreiben Sie Ihre Tante. Wenn wir uns um jeden Vermissten schon nach ein paar Stunden kümmern würden, müssten wir noch tausend Polizisten einstellen. Wie gesagt, hier ist kein Fall von einer Einweisung ohne Identifizierung bekannt. Von daher wird sich Ihre Tante wohl einen gemütlichen Abend in irgendeiner Bar von Puerto de Mogan machen.«

»Ohne Geld?«, keifte Jule ins Telefon. Der Mann konnte sie doch nicht einfach so abwimmeln. »Nein, nein, nein. Da ist etwas passiert. Das spüre ich.«

»Wie gesagt, melden Sie sich morgen früh wieder. Auf Wiederhören.« Es klickte in der Leitung.

Was war das denn für ein Idiot? Jule warf das Handy aufs Sofa und raufte sich die Haare. Um sich Luft zu verschaffen, riss sie die Terrassentür auf, vor der sich Kirk eingefunden hatte. In seinem Maul trug er etwas Braunes, das er zu Jules Füßen legte. Augenblicklich flitzte das Mitbringsel durch das Wohnzimmer. Jule war einem Ohnmachtsanfall nahe. Wie ein Gummiball sprang sie durch den Garten und schrie hysterisch nach Praline. Doch von der kleinen Katze fehlte jede Spur. Dann schaute sie hilfesuchend zu den Nachbarhäusern, die jedoch im Dunkeln lagen. Was sollte sie nur tun? Zurück ins Haus zu der Monsterkakerlake konnte sie auf keinen Fall gehen. Kirk schaute verständnislos zu ihr herüber.

Jule näherte sich ihm und klatschte in die Hände. »Husch, husch! Such! Fang, fang«, wies sie den Kater an. Nur leider blieb er von ihrem Getrampel unbeirrt. Er schenkte dem Getier, das sich wie ein Schandfleck auf den Fliesen mitten im Wohnraum platziert hatte, lediglich einen müden Blick.

Eine Gänsehaut nach der anderen jagte über Jules Rücken. Sie schüttelte sich und wandte den Blick ab. Doch dann kam die Rettung in letzter Sekunde. Praline schlich sich an – die Riesenkakerlake im Visier. Vorsichtig setzte sie ein Pfötchen vor das andere über die Schwelle. Einen Meter vor dem Monstervieh hielt sie halb liegend inne und schlug leicht mit dem Schwanz auf den Boden.

Jule vergaß zu atmen.

Plötzlich machte die Katze einen Satz und begrub die Kakerlake unter ihren Pfoten. Mit aufgestellten Nackenhaaren starrte Jule auf die Jägerin. Ein Knacken war zu hören. Dann ließ sich Praline genüsslich ihre Beute schmecken.

Jule drehte sich der Magen um. Rasch lief sie zu den Hibiskusbüschen, um sich darin zu übergeben.

Kurz darauf saß Jule wie ein Häufchen Elend auf einer der Liegen und wähnte sich in dem größten Alptraum ihres Lebens. Allmählich drehten sich ihre Gedanken wieder um Tante Ottis Verschwinden. Dann kam ihr plötzlich eine Idee. Carlos, der Kellner! In Tante Ottis Stammrestaurant würde sie bestimmt Hilfe bekommen – so beliebt wie die alte Dame dort war.

Jule schnappte sich die Schlüssel und verließ das Haus. Kurz darauf stand sie auf der Strandpromenade vor den rappelvollen Tischen. Die Kellner eilten an ihr vorbei, ohne sie eines Blickes zu würdigen. Doch dann entdeckte sie Carlos und stellte sich ihm in den Weg.

»Tante Otti ist verschwunden! Du musst mir unbedingt helfen! Ich weiß sonst niemanden, an den ich mich wenden kann.«

Der Kellner riss die Augen auf. »O nein!«, stieß er aus. »Warte kurz.« Rasch brachte er die Getränke auf seinem Tablett zu einem der Tische und eilte dann wieder zu ihr. »Was ist passiert?«

Während Jule wieder einmal alle Einzelheiten erzählte, versammelten sich im Nu die anderen Kellner um sie. Wenigstens kam sie sich nun nicht mehr so verlassen vor.

Als Erstes meldete sich Carlos zu Wort. »Julio übernimmt meine Tische, und ich rufe mit dir die Krankenhäuser an.«

Trotz der Mehrarbeit nickte der Kollege heftig.

»Wenn wir sie dort nicht finden, werden wir nach Feierabend gemeinsam suchen.« Er schaute in die Runde seiner Kollegen. Alle stimmten zu. Dann griff Carlos nach Jules Hand. »Komm mit ins Büro.«

In dem Raum bogen sich die Regale unter Aktenordnern. Auf dem Schreibtisch quoll ein Aschenbecher über. Carlos zögerte nicht lange, holte ein abgegriffenes Notizbuch hervor und blätterte darin, bis er das Gesuchte gefunden hatte. Dann begann er die erste Nummer zu wählen. In flottem Spanisch redete er in den Hörer, lauschte, legte wieder auf und wählte die nächste Nummer. Nach fünf Telefonaten schaute er Jule hilflos an.

»*No*, Ottilie ist nicht in eine Klinik gebracht worden.«

»Dann irrt sie bestimmt irgendwo durch die Nacht oder wurde Opfer eines Überfalls«, mutmaßte Jule mit zittriger Stimme.

Der Kellner schaute auf seine Armbanduhr. »Noch zwei oder drei Stunden, dann ist Feierabend.« Er erhob sich von seinem Stuhl, tätschelte ihr die Schulter und verließ das Büro.

Jule glaubte zu ersticken. Gleich darauf öffnete sich die Tür wieder, und Carlos betrat mit einem Tablett in der Hand das Büro. Im Handumdrehen waberte eine Knoblauchfahne durch den Raum. Der Kellner stellte ein Schälchen mit Garnelen in Öl sowie Brot auf den Schreibtisch. Dazu servierte er einen Krug Rotwein und ein kleine Flasche Wasser. Jules Magen drehte sich bei dem Anblick der Schalentiere erneut um. Nicht einen Bissen würde sie hinunterbekommen.

»Danke, Carlos, aber ich kann nichts essen«, sagte sie.

»Du musst aber essen. Sonst fällst du um, bevor wir Ottilie gefunden haben.« Der Kellner legte ihr besorgt die Hand auf den Arm. Höflichkeitshalber nahm Jule eine Scheibe Weißbrot und knabberte daran.

»Ich muss jetzt wieder arbeiten, und du wartest hier.«

»Kann ich mich nicht draußen hinsetzen? So ganz allein hier drinnen werde ich noch verrückt.«

»Sicher, sicher.« Carlos räumte Speisen und Getränke auf das Tablett und führte Jule zu einem der abgelegenen Tische im Restaurant. »Hier hast du Ruhe.«

Um die Horrorvisionen aus dem Kopf zu bekommen, dachte Jule über Gott und die Welt nach. Plötzlich erinnerte sie sich an das Foto von Karl-Heinz. Sie musste ihn unbedingt von Tante Ottis Verschwinden in Kenntnis setzen. Als Sohn hatte er das Recht, davon zu erfahren.

Rasch rief Jule die Suchmaschine in ihrem Smartphone auf

und tippte seinen Namen ein. Der erste Eintrag zeigte einen Parlamentarier vor dem Reichstag in Berlin. Na, das war er doch schon, der Mann in dem Bilderrahmen. Aber wegen des Erbes hätte der bestimmt nicht den Kontakt zu seiner Mutter abbrechen müssen. Und wie kam Jule nun an seine Nummer? Die stand bestimmt nicht einfach im Telefonbuch. Jule googelte nach dem Kontakt des Reichstages und fand tatsächlich eine Telefonnummer, die jedoch nur bis 17:00 Uhr erreichbar war. Was hatte sie geglaubt? Dass die Leute Tag und Nacht dort saßen? Seufzend steckte Jule das Handy in ihre Hosentasche.

Nach einer langen Weile und unzähligen Blicken auf die Armbanduhr verdunkelten sich endlich die Lichter in dem Restaurant. Mit einer Straßenkarte versammelten sich die Kellner an Jules Tisch. Systematisch steckte Carlos einige Routen ab. Pedro und Julio würden die Gassen von Puerto de Mogan absuchen, die anderen die Umgebung des Hafenortes.

Jule schloss sich Carlos an, zu dem sie mittlerweile großes Vertrauen hatte. Weiterhin nagte die Sorge um Tante Otti ein Loch in ihr Herz. Sie betete, dass die alte Dame bald schon wohlbehalten vor ihr stand.

Eine gute Stunde später musste Jule jedoch feststellen, dass die Suche aussichtslos war. Die Umgebung von Puerto de Mogan war eine schroffe Berglandschaft, in der sich hier und da kleine Dörfer fanden. Als der Morgen graute, gab es noch keine Spur von Tante Otti. Und auch die anderen Kellner hatten nichts Positives zu berichten. Einerseits war dies ein Grund zum Aufatmen, anderseits blieb Tante Otti weiterhin einfach verschwunden.

Auf der Rückfahrt nach Playa del Ingles tippte Jule erneut die Nummer der deutschsprachigen Polizeidienststelle ein und gab eine Vermisstenanzeige auf, die nun auch akzeptiert wurde. Man versprach, die Einsatzkräfte zu informieren und jemanden nach Playa zu schicken, der nach Jules Beschreibung ein Phantombild anfertigen sollte. Ein Foto besaß sie leider nicht.

Carlos steuerte den Wagen schweigend in den Sonnenaufgang. Die Stimmung in dem Auto war so bedrückend wie bei der Fahrt zu einer Beerdigung. Jule konnte nicht mehr an sich halten und ließ ihren Tränen freien Lauf. Ihr Kopf schmerzte zum Zerbersten.

Auf dem Parkplatz vor der Strandpromenade stiegen Carlos und Jule aus, und er begleitete sie ins Ferienhäuschen. Nachdem Jule die Tür geöffnet hatte, erlosch endgültig das letzte Fünkchen Hoffnung in ihr, denn von Tante Otti war nach wie vor nichts zu sehen.

Carlos ging zur Küchenzeile und schaltete die Kaffeemaschine an. Als sie die dampfenden Tassen in der Hand hielten, klingelte es an der Tür. Jule sprang auf, um zu öffnen, und ließ einen Polizisten in Begleitung eines Zeichners herein, der das Phantombild anfertigen sollte. Während Carlos Tante Otti auf Spanisch beschrieb, wählte Jule die Nummer vom Reichstag. Natürlich landete sie nur in der Pressestelle, doch die Dame zeigte sich verständnisvoll und versprach, den Abgeordneten Bär von ihrem Anruf in Kenntnis zu setzen. Jule gab der Dame ihre Telefonnummer und setzte sich dann zu Carlos und dem Zeichner an den Tisch.

»Nein, nein, das ist nicht richtig«, sagte sie nach einem Blick auf das Phantombild. »Tante Otti trägt keine Perücke mehr. Ich war mit ihr beim Friseur.«

»Hab ich noch nicht gesehen«, sagte Carlos.

Gerade als Jule Tante Ottis neuen Haarschnitt beschrieb,

vibrierte ihr Handy. Rasch drückte sie die Taste und meldete sich ausnahmsweise mit ihrem vollen Namen.

»Guten Tag, hier spricht Karl-Heinz Bär. Ich sollte mich umgehend bei Ihnen melden?«

»Ja, es geht um Ihre Mutter.« Jule erzählte ausführlich von Tante Ottis Verschwinden und dass sie inzwischen die Polizei eingeschaltet hatte.

»Sie haben die Polizei eingeschaltet? Du liebe Güte, dann wird die Presse auch nicht mehr weit sein«, stöhnte der Herr Sohn am anderen Ende der Leitung.

»Hören Sie mal, Ihre Mutter ist vielleicht tot, und sie denken an die Presse«, empörte sich Jule.

»O ja, und das mit Recht. Ottilie Bär ist nämlich nicht mehr ganz normal im Kopf. Wahrscheinlich hat sie sich eine schöne Nacht gemacht und schläft nun irgendwo in einem fremden Bett ihren Rausch aus.«

»Das darf doch wohl nicht wahr sein! Wie reden Sie denn von Ihrer Mutter?« Mittlerweile rauchte Jule der Kopf vor Wut.

»Niemand kennt meine Mutter besser als ich. Sie wissen ja nicht, was sie mir angetan hat. Und nun halten Sie mich nicht weiter auf, ich habe ein wichtiges Meeting.« Und schon hatte er das Gespräch unterbrochen, der Herr Sohn.

Zähneknirschend speicherte Jule schnell seine Nummer. Da hörte sie, wie sich ein Schlüssel im Schloss drehte. Sie starrte auf die Haustür, als erwartete sie jeden Augenblick das Erscheinen eines Geistes.

In den Strahlen des sonnigen Morgens schritt jedoch Tante Otti stöhnend ins Haus.

13. Kapitel

»Was ist denn hier los?«, fragte Tante Otti, legte ihre Handtasche auf den Tisch und betrachtete die Zeichnung ihres Antlitzes. »Na, das ist aber nicht gerade schmeichelhaft. So viele Falten hab ich doch gar nicht.«

Jule fühlte sich, als habe man sie an ein Brett genagelt. Sollte sie nun weinen, lachen oder Tante Otti an die Gurgel gehen? Ihr war nach all dem zumute. Doch das Brett in ihrem Rücken verhinderte jegliche Regung.

Während der Zeichner ungerührt seine Tasche packte, schaute der Polizist Tante Otti angesäuert an und fragte sie nach ihrem Wohlbefinden.

Tante Otti runzelte die Stirn. »Mir geht es gut. Und ehrlich gesagt verstehe ich das alles hier nicht. Nur weil ich mal eine Nacht nicht nach Hause gekommen bin, braucht doch nicht sofort die Polizei nach mir zu suchen.«

Der Mann warf Jule einen vorwurfsvollen Blick zu. »Tja, da haben Sie uns wohl doch etwas zu voreilig informiert.« Dann leierte er einen Vortrag über die entstandenen Kosten herunter.

Jule hörte nicht zu. Ihr Blick klebte wie Leim auf Tante Otti. In ihrem Kopf hämmerte es. Nur schemenhaft registrierte sie, wie sich die Männer verabschiedeten und das Haus verließen.

»Wo zum Teufel warst du?«, krächzte Jule, nachdem die Tür ins Schloss gefallen war.

Tante Otti winkte ab. »Ach, das ist eine lange Geschichte. Aber nun brauche ich erst einmal einen Kaffee. Ich kann dir sagen, solch ein Abenteuer erlebt man nur einmal im Urlaub.« Lächelnd drückte sie Carlos' Arm. »Was machst du denn hier?«

Der Kellner schluckte, dann strich er über Tante Ottis Hand. Tränen glitzerten in seinen dunklen Augen. »Wir glaubten, du bist tot.«

»Ich? Tot? Ach was!« Tante Otti lachte. »Unkraut vergeht nicht, das weißt du doch.«

Die Nägel in Jules Rücken lösten sich aus ihrem Fleisch. In einem Satz war sie bei Tante Otti, fasste nach ihren Schultern und schüttelte die alte Dame.

»Warum hast du dich nicht bei mir gemeldet?«, schrie sie hysterisch. »Warum nicht? Warum lässt du mich hier Gott und alle Welt in Bewegung setzen?«

Tante Otti quollen schon die Augen aus den Höhlen, als Carlos Jule von ihr wegzog. »Beruhige dich, Jule! Beruhige dich! Alles ist gut.«

»Nichts ist gut!«, keifte Jule und schlug wild um sich.

Carlos zog Jule zum Sofa und drückte sie auf das Polster. »Du musst dich beruhigen. Scht, alles ist gut.«

Plötzlich sank Jule in sich zusammen, als sei ihr sämtliches Blut aus den Adern gelaufen. Ermattet schloss sie die Augen. In ihren Schläfen hämmerte der Schmerz, und sie versuchte, ruhig zu atmen. Der nächste Flug nach Köln würde ihrer sein, das schwor sie sich bei der heiligen Mutter Gottes, dem Sohn und bei all den anderen Geschöpfen im Himmel. Tante Otti könnte sich die zweitausend Euro in die neue Frisur stecken! Kathi hatte recht gehabt, es war eindeutig ein Hungerlohn für das, was sie hier mitmachte. Die Strapazen waren mit Geld gar nicht zu bezahlen.

»Julekind, was ist denn?«, hörte sie Tante Ottis Stimme an ihrem Ohr.

»Lass mich bloß für den Rest meines Lebens in Ruhe!«, fauchte Jule und drehte ihr demonstrativ den Rücken zu.

»Wir haben uns alle Sorgen gemacht«, versuchte Carlos zu beschwichtigen. »Jule hat recht. Du hättest anrufen können und sagen, dass alles gut ist.«

»Aber ich hatte doch Jules Nummer nicht dabei.«

»Doch, hattest du! In deinem Notizbuch!«, schrie Jule in das Polster.

»Nein, die hab ich in meiner Geldbörse. Und die muss ich wohl verloren haben, oder sie ist mir geklaut worden. Auf jeden Fall ist sie weg.«

Nun drehte sich Jule doch zu Tante Otti um. »Deine Geldbörse? Weißt du, wo die lag? Im Kühlschrank! Und außerdem war ich selbst dabei, als du meine Nummer in das Büchlein geschrieben hast. Grün ist es, stimmt's?«

Tante Otti ließ sich schwer atmend auf dem Sessel nieder. »Ja, es ist grün. Aber dass meine Börse im Kühlschrank gelegen haben soll, kann ich nicht glauben.«

»Ist aber so.« Jule setzte sich hin. »Wo warst du überhaupt?« Im Gegensatz zu ihr selbst wirkte Tante Otti recht ausgeschlafen.

Nun begann die alte Dame zu weinen, und Carlos strich ihr tröstend über den Kopf. »Ich bin in den falschen Linienbus gestiegen und irgendwo in der Pampa gelandet. Dort bin ich dann bis zur Dunkelheit herumgeirrt, bis ich endlich in ein Dorf kam. Doch da ich kein Geld hatte, konnte ich mir noch nicht einmal ein Taxi rufen.« Tante Otti erhob sich, wickelte ein Stück Küchentuch von der Rolle und entleerte geräuschvoll ihre Nase. »Dann kam ich an solchen Höhlenhäusern vorbei und hab einfach angeklopft. Mit Händen und Füßen musste ich mich verständigen, glaub mir. Aber die Leute waren sehr nett und boten mir eine Übernachtungsmöglichkeit an. Und heute Morgen hat mich die Tochter der Familie dann nach Hause gebracht. Ohne irgendetwas dafür zu verlangen. Ich weiß, warum ich so gern hier auf der Insel bin. Die Bewohner sind alle furchtbar nett.« Die alte Dame schenkte Carlos ein warmes Lächeln.

»Ja, und ich bin mit den Nerven am Ende. Sogar deinen Sohn hab ich eingeschaltet. Eins ist sicher: Ich sitze im nächsten Flieger, der nach Köln geht.«

»Du hast was?«, Tante Ottis Stimme wurde klein. »Was … was hat Karl-Heinz denn gesagt?«

»Er hat keine hohe Meinung von dir, das kann ich dir sagen. Und vielleicht hat er recht. Du bist einfach nur rücksichtslos.«

»O nein!«, Tante Otti heulte auf und eilte die Treppe hoch. Oben knallte eine Tür ins Schloss.

Carlos schüttelte den Kopf. »Das ist nicht fair, Jule. Ottilie wollte bestimmt nicht, dass du Sorgen hast.«

»Dann hätte sie nicht über Nacht wegbleiben sollen. Du hast doch selbst Angst um sie gehabt.«

Carlos schnappte sich seinen Autoschlüssel. »Komm, fahr mit mir, damit ich dir etwas zeigen kann.«

Jule beäugte ihn misstrauisch. Was sollte das denn jetzt? Wollte er sie etwa fesseln und knebeln, bis sie wieder gut Freund mit Tante Otti war?

»Wir fahren nicht weit. Nur zu meiner *casa* in San Fernando. Ich will dir jemanden vorstellen.«

Jule blickte noch einmal zur Treppe. Interessierte es eigentlich niemanden, dass sie die ganze Nacht nicht geschlafen hatte? Allerdings hatte auch Carlos kein Bett gesehen, stellte sie einlenkend fest.

»Komm bitte.« Der Kellner schaute wie ein Dackel aus rotgeränderten Augen.

»Ach, was soll's, ich fahre mit dir. Aber danach lasst ihr mich alle für immer in Ruhe.« Jule folgte ihm auf den Parkplatz. Schlimmer als es war, konnte es eh nicht mehr werden.

Noch keine Viertelstunde später fuhren sie eine steile Straße in San Fernando hinauf und hielten vor einem orangefarbenen Haus mit weißgestrichenen Fenster- und Türrahmen. Auf der Dachterrasse flatterten an einer Wäscheleine Bettlaken im Wind. Carlos schloss die Tür auf und führte Jule in die Küche. Dunkle Holzschränke nahmen dem Raum das Licht. An dem Tisch unter dem einzigen Fenster saß eine alte Frau und drückte einen gammeligen Plüschhasen an ihre Brust. Als sie Carlos sah, lächelte sie und sagte irgendetwas auf Spanisch.

Der Kellner drückte ihr einen Kuss auf die faltige Wange.

»Das ist unsere *abuela*. Sie hat keine richtigen Gedanken mehr im Kopf und meint immer, ich sei *abuelo*. Aber wir lassen sie nie allein. Früher war sie eine gute, starke Frau. Hat immer für uns gesorgt.«

Eine junge Frau, die höchstens ein oder zwei Jahre älter war als Jule, betrat die Küche. Als sie Jule sah, strahlte sie. »*Hola, amiga.*«

Auch die uralte Frau sagte: »*Hola, amiga.*«

»Hallo«, erwiderte Jule.

»Ach, du kommst aus Deutschland?«, fragte die junge Frau.

Carlos legte ihr den Arm um die Schulter. »Das ist Ana, meine Tochter.«

»Schön, dich kennenzulernen. Ich bin Jule. Carlos hat mir bei der Suche nach meiner Tante geholfen.«

Ana klappte den Filterbehälter der Kaffeemaschine auf. »Setz dich doch zu unserer Großmutter. Ich koche uns einen Kaffee.«

Jule ließ sich an dem Tisch nieder und prompt plapperte die Alte munter auf Spanisch los.

»Ich kann Sie leider nicht verstehen«, sagte Jule, als das Mütterchen eine kurze Atempause einlegte. Es riss den zahnlosen Mund auf und plauderte freundlich weiter.

»Es ist egal, ob du sie verstehst oder nicht«, sagte Ana. »Hauptsache, jemand hört ihr zu. Sie ist nicht gern allein. Deswegen sehen wir immer zu, dass jemand bei ihr ist. Wenn ich arbeite, ist meine Mutter da. Ist sie arbeiten, bin ich da. Und ganz selten ist Papa tagsüber da. So selten, dass sie ihn schon für Großvater hält.« Ana knuffte Carlos mit dem Ellbogen in die Rippen. Er verdrehte nur die Augen, faltete die Hände und schickte ein spanisches Gebet zur Zimmerdecke.

Ana lachte und neigte den Kopf zur Seite. »Er ist eher mit dem Restaurant verheiratet als mit meiner Mutter. Aber wenn es *abuela* nicht gutgeht, ist er zur Stelle. Notfalls sitzt er Tag und Nacht an ihrem Bett und hält ihr die Hand.«

Ja, dachte Jule. Und letzte Nacht hatte sie ihn um Hilfe gebeten. Sicher musste er gleich schon wieder ins Restaurant – ohne auch nur eine Stunde geschlafen zu haben.

Carlos lächelte die alte Frau an und strich ihr eine graue Strähne aus der Stirn. Die Greisin nahm seine Hand und drückte mit geschlossenen Augen einen Kuss auf seine Finger.

Hinter Ana gluckerte die Kaffeemaschine auf der Arbeitsfläche. »Papa sagt immer, niemand darf einsam alt werden. Jeder alte Mensch blickt zurück auf ein Leben mit Höhen und Tiefen.«

In diesem Augenblick fragte sich Jule, welche Tiefen Tante Otti wohl mit ihrem Sohn erlebt hatte. So, wie sie die Treppe hinaufgestürmt war, mussten diese wohl bis zum Mittelpunkt der Erde reichen. Und wenn Jule darüber nachdachte, war Tante Otti nun ziemlich allein, nachdem Hildchen sie auch noch verlassen hatte. Abgesehen von Marc, der bei ihr im Haus wohnte. Aber ob der sich viel mit ihr abgab? Das wagte Jule zu bezweifeln. Warum kam ihr eigentlich immer dieser Typ in den Sinn, wenn sie an zu Hause dachte? Jule zog einen Vorhang vor den Gedanken.

Carlos gähnte herzhaft. Dann legte er die Arme auf den Tisch, bettete seinen Kopf darauf und schlief in der nächsten Minute ein. Ana und Jule unterhielten sich eine halbe Stunde lang angeregt, ehe er wieder aufwachte.

»Nun muss ich aber ins Restaurant. Die Kollegen warten sicher schon auf mich«, sagte er und rieb sich den Schlaf aus den Augen.

Jule versprach Ana, mit ihr via Facebook in Kontakt zu bleiben, und trat hinaus in den Sonnenschein. Carlos hielt ihr die Autotür auf. Unter seinen Augen lagen dunkle Schatten. Während Jule in den Wagen stieg, schämte sie sich auf einmal fürchterlich für ihren Auftritt Tante Otti gegenüber. Der Kellner hatte sich nicht weniger Sorgen gemacht als sie. Hatte sogar seine kurze Nacht geopfert, um Tante Otti zu suchen. Dennoch war er einfach dankbar gewesen, als sie wieder auftauchte – dankbar, dass ihr nichts passiert war. Außerdem zollte er ihr den größten Respekt, auch wenn ihre

Gedanken manchmal nicht mehr ganz beieinander waren. Und schon gar nicht dachte er nur an das Geld, das Tante Otti in dem Restaurant ließ.

»Ottilie wollte dir keine Sorgen machen. Ich denke, deshalb ist sie jetzt sehr traurig«, sagte Carlos, als habe er ihre Gedanken gelesen. »*La familia* ist *grande* Glück.«

»Ja, ich weiß.« Jule schenkte dem Kellner ein dankbares Lächeln. Auch wenn Tante Otti nicht zu ihrer richtigen Familie gehörte, hatte ihr jemand die Augen geöffnet. Nicht alle waren so wie ihre Mutter, die sich nicht um die Menschen kümmerte, die ihr am nächsten standen.

14. Kapitel

Vollkommen übermüdet schloss Jule die Tür auf. Tante Otti schien noch in ihrem Schlafzimmer zu sein, denn im Untergeschoss war keine Spur von ihr. Jule ging die Treppe hinauf und klopfte an ihre Tür. Als sie keine Antwort erhielt, klopfte sie ein zweites Mal und rief dabei Tante Ottis Namen. Ein Schluchzen war zu hören.

»Nun mach doch auf, Tante Otti. Ich bin dir auch nicht mehr böse.«

»Wirklich nicht? Das kann ich mir nicht vorstellen.«

»Nein, wirklich nicht.«

Die Tür öffnete sich einen Spaltbreit, und die alte Dame lugte hindurch. Auf ihrem Kopf trug sie wieder die zottelige Perücke. Rotgeränderte Augen blickten Jule durch die Goldrandbrille an.

»Ich wollte dir keine Sorgen machen. Aber nun, da du alles weißt, kann ich verstehen, wenn du es nicht länger mit mir aushältst.« Tante Otti ging zu ihrem Bett und ließ sich mit angewinkelten Beinen darauf nieder. Geräuschvoll schnäuzte sie sich in ein Taschentuch.

»*Was* soll ich wissen?«

»Ich meine das, was Karl-Heinz dir gesagt hat.« Tante Ottis Nase kräuselte sich.

»Dass du nicht mehr ganz richtig im Kopf bist und ich

nicht weiß, was du ihm angetan hast? Was hast du ihm denn angetan?«

Der alten Dame entwich ein Seufzer. Verloren irrte ihr Blick durch das Schlafzimmer. Ihr schwerer Atem verriet, wie sehr sie um Worte rang. »Das habe ich dir doch schon gesagt. Er hat mir nie verziehen, dass ich seinen Vater verlassen habe.«

Mittlerweile zweifelte Jule am Wahrheitsgehalt von Tante Ottis Worten. Auf ihre geistige To-do-Liste setzte sie neben dem Kauf eines Seniorenhandys ein erneutes, ausführliches Gespräch mit dem Herrn Sohn. Seine Nummer hatte sie ja.

Tante Otti griff zögernd nach Jules Hand. »Bleibst du?«

»Ja, aber du musst mir eins versprechen: Keine Alleingänge mehr, solange du kein eigenes Handy hast. Ich verzichte auch auf weitere freie Tage.« Jule wollte Tante Otti auch noch auf ihre Vergesslichkeit ansprechen, ließ es aber bleiben. Denn was wusste sie schon über Demenz oder Alzheimer? Damit wartete sie besser, bis sie wieder zu Hause waren. Vielleicht gab es dagegen ja Medikamente. Auf jeden Fall musste sie sich bei Kathi informieren. Ein weiterer Punkt auf ihrer Liste.

»Keine Alleingänge mehr. Das war wirklich keine gute Idee«, bestätigte Tante Otti. »Aber ein Abenteuer war es schon!« Sie begann zu kichern.

Jule schüttelte den Kopf. »Sag mal, warum trägst du eigentlich wieder die Perücke?«

Tante Ottis Kichern verstummte, und sie strich mit der Hand über die Zotteln. »Ach, weißt du, manchmal ist es gar nicht gut, sich zu verändern. Es bringt nur Ärger. Das hast du ja gesehen.«

»Das ist doch Quatsch. Das eine hat doch nichts mit dem anderen zu tun.«

»Meinst du wirklich?«

»Klar.« Jule nickte und gähnte herzhaft. »Ich leg mich jetzt hin. Und wenn ich wieder aufstehe, will ich die alte neue Tante Otti vorfinden.«

Bis zum vorletzten Tag hielt sich Tante Otti an die Abmachung und heftete sich an Jules Fersen. Ihr nächtliches Verschwinden in die Bergwelt von Gran Canaria war zum Glück der verzichtbare Höhepunkt des Urlaubs geblieben. Abgesehen von kleineren Vorkommnissen wie das Sandwich, bei dem Tante Otti den Senf mit der Salbe gegen Schrunden verwechselt hatte, oder dem Ring, der mit dem Abfallbeutel im Müllschlucker verschwunden war und dann in einer Großaktion vom Gärtner wieder aus dem stinkenden Behälter gekramt werden musste, waren die Tage auf der Insel recht beschaulich geblieben. Von ihrer Perücke hatte sich Tante Otti endgültig verabschiedet und sie feierlich in den Dünen vergraben.

Nun saßen sie am vorletzten Abend des Urlaubs auf der Terrasse und ließen den Tag ausklingen. Aus der Musikanlage besang eine tiefe Stimme *Das alte Haus von Rocky Docky*. Vergnügt erzählte Tante Otti von ihrem ersten Schallplattenspieler. Auf ihrem Schoß hatte es sich Praline gemütlich gemacht und schnurrte unter den Streicheleinheiten. Plötzlich unterbrach Tante Otti ihr Geschnatter und zog nachdenklich die Stirn in Falten.

»Mein Entschluss steht fest: Ich nehme das Kätzchen mit nach Hause«, sagte sie.

Jule sah sie erstaunt an. Den ganzen Urlaub über war dies kein Thema gewesen. Doch wie es schien, musste Tante Otti schon länger mit dem Gedanken gespielt haben.

»Geht das denn so einfach? Braucht die Katze dafür keine Papiere oder Impfungen? Du kannst doch mit dem Tier nicht einfach ins Flugzeug spazieren.«

Tante Otti zuckte mit den Schultern. »Gegenüber vom Shopping-Center La Sandia ist eine Tierarztpraxis. Gleich morgen früh werde ich mit Praline dort hingehen. Mal sehen, was die sagen.«

Jule stand auf, um ihr Handy zu holen. Kurz darauf tippte sie »Tiertransport von Gran Canaria nach Deutschland« in die Suchmaschine.

»Hier steht etwas«, sagte sie, nachdem sie sich durch einige Seiten gelesen hatte. »Die Katze muss Papiere haben und gegen Tollwut geimpft sowie gechipt sein. Oje. Hier steht aber auch, die Tollwutimpfung muss mindestens 21 Tage alt sein. Allerdings … warte … wenn die Katzen weniger als drei Monate alt sind, können sie gar nicht gegen Tollwut geimpft werden.«

»Ja, und dann?«, fragte Tante Otti.

»Gute Frage, ich schaue mal nach. Aha! Dann brauchen sie nur einen Gesundheitspass und einen Chip, soweit ich es verstehe. Aber du fragst besser morgen einmal nach. Man kann ja nicht alles glauben, was im Internet steht. Außerdem solltest du morgen sofort bei der Fluggesellschaft anrufen und den Transport anmelden.«

»Ich glaube nicht, dass Praline älter als drei Monate ist«, sagte Tante Otti zuversichtlich.

»Und was ist mit ihm?« Jule schaute zu Kirk, der sich vor der Terrassentür ausgebreitet hatte.

»Dem Dicken würde ich mit Sicherheit keinen Gefallen tun, wenn ich ihn mitnähme. Ein altes Tier sollte man nicht aus seiner Umgebung reißen. Schon gar nicht, wenn es ihm gutgeht. Kirk ist und bleibt meine Urlaubskatze. Aber die Kleine, die müsste sich hier erst noch durchsetzen. Und du siehst ja, wie sehr sie an mir hängt.« Tante Otti kraulte Praline zwischen den Ohren. Die Katze gab ein zufriedenes Schnurren von sich.

Als Jule am nächsten Morgen erwachte, war Tante Otti bereits aus dem Haus. Wahrscheinlich, um ihr Vorhaben in die Tat umzusetzen. Und tatsächlich lag nur Kirk auf der Terrasse und wartete auf sein zweites Frühstück. Mittlerweile fand Jule Gefallen an der Vorstellung, die kleine Katze mit nach Deutschland zu nehmen. Auf jeden Fall würde es ihr bei Tante Otti gutgehen. Hoffentlich klappte alles. Jule schenkte sich einen Kaffee ein und steckte zwei Scheiben Brot in den Toaster. Wie es schien, hatte Tante Otti nichts gegessen, sondern nur Kaffee getrunken. Sie musste wohl sehr aufgeregt sein, denn dies hatte Jule in den vergangenen zwei Wochen noch nicht erlebt.

Gerade als sie es sich mit Toast und Kaffee auf der Terrasse gemütlich machen wollte, wurde die Haustür geöffnet. Freudestrahlend kam Tante Otti mit einer Tiertransportbox in der Hand zu Jule.

»Es hat geklappt. Praline hat Papiere«, jubelte sie, stellte die Box auf der Terrasse ab und entließ das Kätzchen aus dem Käfig. Es sprang sofort auf Jules Schoß, als sei der Ausflug in die Tierarztpraxis das Normalste auf der Welt gewesen.

»Wirklich? Das ist ja toll. Wie alt ist sie denn?« Jule kraulte die Katze unter dem Kinn.

»Ungefähr zehn Wochen. Aber stell dir vor, eigentlich dürfte ich sie tatsächlich nicht mit nach Deutschland nehmen. Doch ich habe ein wenig geschummelt und behauptet, sie sei keine Straßenkatze, sondern wohne seit ihrer Geburt bei mir. Ich bin natürlich Langzeiturlauberin.« Tante Otti zwinkerte und griff nach Jules Handy, das auf dem Tisch lag. »Suchst du mir schnell die Nummer der Fluggesellschaft?«

Jule gehorchte und reichte Tante Otti kurz darauf das Mobilteil. Und wie es schien, hatte die alte Dame an diesem Tag wohl in den großen Glückstopf gegriffen, denn das Kätzchen durfte sogar mit in der Kabine fliegen.

Am letzten Abend feierten Jule und Tante Otti ihren Abschied bei Carlos und Co. Essen und Getränke wurden aufgefahren, und den ganzen Abend über lief die Musik von Julio Iglesias in voller Lautstärke – ob das den anderen Gästen gefiel oder nicht. Eigentlich hätte nur noch ein Feuerwerk zum Abschluss gefehlt. Als dann die Lichter ausgingen und tränenreiche Küsschen rechts und Küsschen links verteilt wurden, musste Jule natürlich hoch und heilig versprechen, nächstes Jahr wieder mit Tante Otti anzureisen. Ihr blieb nichts anderes übrig, als der Bitte nachzukommen, kreuzte aber vorsichtshalber hinter dem Rücken die Finger. Ob sie sich das wirklich noch einmal antun würde, wagte sie zu bezweifeln. Rund um die Uhr in Gesellschaft einer alten Dame zu sein, war eine echte Herausforderung gewesen. Aber bis nächstes Jahr floss noch viel Wasser den Rhein hinab.

Ein letztes Mal holte Jule am nächsten Morgen Brötchen, während Tante Otti ihre Bahnen im Pool zog. Noch einmal genoss Jule die Aussicht über die Dünen bis zum Horizont des Meeres. Einerseits war sie froh, bald wieder ihre eigene Herrin zu sein, anderseits stand sie morgen schon wieder in

Polanskis Drogeriemarkt. Daran durfte sie gar nicht denken. Wie schön wären nun noch ein paar Tage oder eine Woche Erholung zu Hause gewesen! Vielleicht sollte sie sich wirklich langsam ernste Gedanken über ihren weiteren Werdegang machen. Doch immer noch wusste sie nicht, welche Richtung sie einschlagen sollte. Ein Auslandsjahr war vielleicht nicht schlecht. Arbeiten, wo andere Urlaub machen. Andererseits wäre Tante Otti dann wieder ganz allein – abgesehen von Marc. Verdammt, da war er wieder, der Gedanke.

Als Jule mit den Brötchen ins Ferienhaus zurückkehrte, eilte Tante Otti bereits mit Kleidern beladen die Stufen hinauf, hinab und wieder hinauf. Warum sie es so eilig hatte, war Jule ein Rätsel. Das Taxi war erst für 15 Uhr bestellt – also war nach dem Frühstück noch jede Menge Zeit, um die Koffer zu packen. Jule ließ sich nicht aus der Ruhe bringen und deckte den Tisch. Von Kirk fehlte jede Spur, was wohl an der Hektik lag, die hier herrschte. Außerdem hatte es seit dem Tag zuvor den Anschein, als sei er eifersüchtig auf Praline, die sich zufrieden in der Sonne aalte. Aber vielleicht bildete sich Jule das auch nur ein. Wie sollte er wissen, dass die Kleine Tante Otti nach Deutschland begleitete?

Als Jule alles auf den Tisch gestellt hatte, rief sie nach Tante Otti. Diese schlang das Frühstück jedoch nur schnell hinunter.

»Du liebe Güte, nun mach doch mal halblang«, sagte Jule, als die alte Dame wieder aufsprang.

»Ich werde im Leben nicht fertig mit dem Packen«, sagte Tante Otti aufgeregt.

»Natürlich wirst du das. Ich helfe dir gleich.«

»Bestimmt vergesse ich die Hälfte hier im Haus.«

»Dann schaue ich eben noch einmal nach, ob alles eingepackt ist«, rief Jule ihr hinterher.

»Würdest du das tun?« Tante Otti blieb auf der Treppe stehen. »Ich habe immer Angst, ich übersehe etwas.«

Auch wenn Jule ihr versprochen hatte, genau nachzusehen, schaute die alte Dame bis halb drei Uhr noch ungefähr dreißig Mal unter jeden Schrank, ob sich dort nicht noch ein Schuh versteckte. Um Viertel vor drei klappte sie endlich den Koffer zu und begab sich auf die Terrasse, um Praline in ihre Transportbox zu setzen. Jule nutzte die Zeit, um noch einmal die Toilette aufzusuchen. Während sie im Bad war, hörte sie Tante Otti nach Praline rufen und ahnte Schreckliches. Was, wenn diese gerade jetzt auf Erkundungstour gegangen war? Rasch verließ Jule die Toilette und eilte auf die Terrasse. Dort fand sie eine verzweifelte Tante Otti vor, die mit den Händen die Hibiskusbüsche teilte.

Jule lief in die Küche, griff nach dem Karton Trockenfutter und rappelte damit. Doch keine Katze erschien. Auch von Kirk fehlte weiterhin jede Spur. Womöglich war die Kleine lieber ihm als Tante Otti gefolgt! Vielleicht hatte sie aber auch einen siebten Sinn und ahnte, welche Strapazen auf sie zukommen würden.

Tante Ottis weinerliche Rufe hallten bis in den Nachbarsgarten. Dann hupte auch schon das Taxi auf dem Parkplatz. Jule lief durch das Haus und sah in jedem Zimmer nach – leider erfolglos. Währenddessen diskutierte Tante Otti mit dem Taxifahrer und wies ihn an, bei der Suche zu helfen. Derweil die beiden die Anlage absuchten, durchkämmte Jule die Büsche am Parkplatz. Doch auch hier war keine Katze zu sehen. Dann lief sie die Treppe zur Aussichtspromenade hinauf. Hier gab es jede Menge Katzen, nur keine Praline. Zerknirscht kehrte Jule zum Haus zurück. Mittlerweile war es fast vier Uhr. Wenn sie nicht langsam losfuhren, würde der Flieger wohl ohne sie abheben. Jule schaute aus dem Fenster des Badezimmers und sah, wie Tante Otti weinend in jeden Garten spähte. Rasch eilte sie die Treppen hinunter und lief zu ihr, um sie an die Zeit zu erinnern.

Doch Tante Otti wollte davon nichts hören. Verzweifelt rief sie weiter nach dem Kätzchen. Fast mit Gewalt musste Jule sie ins Haus zerren, wo Tante Otti sich apathisch auf das Sofa fallen ließ. Der Taxifahrer klopfte an die offene Tür und fragte, ob er denn nun die Koffer zum Wagen bringen solle. Jule nickte zustimmend. Dann hockte sie sich vor Tante Otti, die den Blick starr zur Terrassentür gewandt hatte.

»Komm, wir müssen los, wenn wir das Flugzeug noch bekommen wollen.«

Wider Erwarten erhob sich die alte Dame. Ein Schluchzer verließ ihre Kehle, während sie das Zimmer durchquerte, um ihren Handgepäcktrolley zu schließen. Als sie den Reißverschluss zugezogen hatte, war ein gedämpftes Maunzen zu hören, und die Seitenwände der Tasche beulten sich aus.

»Praline!«, rief Jule und öffnete das Handgepäck rasch wieder.

Sofort lugte das Kätzchen mit dem Kopf heraus, machte einen Satz und lief auf die Terrasse. Dort kroch es in die Transportbox und gab ein weiteres Maunzen von sich.

Tante Otti wischte sich die Tränen von den Wangen und verfiel plötzlich in Hektik.

»Schnell, wir müssen uns beeilen, das Flugzeug geht in einer Stunde«, kommandierte sie, schnappte sich die Box und verließ das Haus. Jule eilte ihr mit dem Handgepäck hinterher. Hoffentlich schloss der Check-in-Schalter nicht allzu früh. Wenn der Fahrer aufs Gas trat, konnten sie es auf den letzten Drücker schaffen.

Doch wenige Minuten später machte ihnen ein Verkehrsunfall auf der Autopista einen Strich durch die Rechnung. Als sich der Stau nach einer Dreiviertelstunde endlich auflöste, zeigte die Uhr auf dem Armaturenbrett 17:20. Das war es dann wohl, dachte Jule, während Tante Otti kopfschüttelnd die vorbeiziehende Berglandschaft betrachtete.

»Oje, Oje. Was machen wir denn nun?«, murmelte die alte Dame vor sich hin.

»Ich denke, nach einem anderen Flug fragen.« Eine bessere Antwort fiel Jule nicht ein.

»Aber das kann doch Tage dauern. Oder nicht, Herr Taxifahrer?« Tante Otti tippte dem Mann von hinten auf die Schulter.

»Ich nix wissen«, sagte der und fuhr auf den Zubringer des Flughafens.

Kurz darauf betraten Jule und Tante Otti die Halle, in der sich die Abfertigungsschalter befanden. Während Jule nach einem Informationsstand Ausschau hielt, stieß Tante Otti einen Schrei aus.

»Unser Flieger ist noch gar nicht weg. Schau mal!« Wie bei einer Freiheitsstatue in Miniformat wies ihr Arm in Richtung der riesigen Anzeigetafel.

Jule starrte ungläubig auf die Abflugzeit des Flugzeugs nach Köln. Dort stand eindeutig 18:20 Uhr und rein gar nichts von einer Verspätung.

»Tante Otti?«

»Ja?«

»Zeig mal die Tickets.«

Zögerlich kramte die alte Dame die Flugscheine hervor. »Ich hab mich doch nicht etwa …«

Jule riss ihr die Tickets aus der Hand. Natürlich hatte sich Tante Otti mit der Uhrzeit vertan! Freudestrahlend nahm Jule sie in den Arm und drückte ihr einen Kuss auf die Wange.

15. Kapitel

Weil Kathi schon schlief, begrüßte Jule spät in der Nacht nur ihre Schildkröte Rudi und ließ sich dann auf ihr Bett fallen. Tante Otti und sie hatten sich am Flughafen ein Taxi genommen, weil die alte Dame vergessen hatte, Marc zu fragen, ob er sie abholte.

Obwohl Jule hundemüde war, konnte sie nicht einschlafen. Zum Glück hatte sie am nächsten Tag Spätdienst. An Polanskis Gesicht durfte sie gar nicht denken. Um sich abzulenken, griff sie nach ihrem Handy und schaute sich die Fotos vom Urlaub an. Nach Tante Ottis Verschwinden hatten sie nämlich einige geschossen, und auch die alte Dame hatte Gefallen daran gefunden, mit dem Smartphone so viele Bilder aufzunehmen, wie es die Speicherkarte zuließ.

Ein Lächeln huschte über Jules Lippen, als sie die Bilder betrachtete. Auf der höchsten Düne posierte Tante Otti wie ein Model. Auf dem nächsten Foto tanzte sie mit Carlos durch das Restaurant. Zum Glück hatte Jule es sich abgewöhnt, jede Kleinigkeit peinlich zu finden. Auf den meisten Bildern versprühte Tante Otti pure Lebensfreude, auf anderen wirkte sie jedoch nachdenklich. Jule betrachte ein Bild von sich selbst, das Tante Otti von ihr am Strand geschossen hatte. So braun war sie in ihrem Leben noch nicht gewesen. Wären der kleine Bauch und das Hüftpolster nicht gewesen, hätte sie sogar ganz ansehnlich ausgesehen. Seufzend legte Jule das Handy fort und verschränkte die Arme hinter dem Kopf. Was Tante Otti jetzt wohl machte? Bestimmt war sie den Rest der Nacht damit beschäftigt, Praline an ihr neues Zuhause zu gewöhnen. Während sich Jule bildlich vorstellte, wie sie dem Kätzchen die ganze Wohnung zeigte, übermannte sie die Müdigkeit und ließ sie sanft in den Schlaf gleiten.

Zur selben Zeit, als Praline am nächsten Morgen munter ihr Häuflein in die Ecke des Schlafzimmers setzte, lag Ottilie im Bett und grübelte über Jules Liebesleben nach. Sie hätte sich selbst ohrfeigen können, dass es ihr entgangen war, Marc anzurufen. Das wäre doch die Gelegenheit gewesen, die beiden jungen Leute einander näherzubringen. Aber ihr würde schon etwas anderes einfallen, da war sich Ottilie sicher. Ein bisschen mit Amors Pfeilen zu schießen konnte ja nicht so schwer sein. Ottilie erhob sich aus dem Bett. Obwohl sie gerade einmal zwei Stunden geschlafen hatte, fühlte sie sich frisch und ausgeruht, was sie dem erholsamen Urlaub zuschrieb.

In der Küche wäre Ottilie fast in die Pfütze getreten, die Praline dort hinterlassen hatte. Gleich nach dem Frühstück würde sie zum Zoohandel fahren, um dort die nötige Ausstattung für das neue Familienmitglied zu beschaffen. Ottilie wischte den Boden, entfernte das Häufchen aus der Schlafzimmerecke und setzte sich an den Tisch, um eine Liste anzufertigen. Als sie diese kurze Zeit später betrachtete, rätselte sie, wie sie Kratzbaum, Katzenklo, Näpfe, Spielzeug und noch vieles mehr ohne Hilfe nach Hause schaffen sollte. Vielleicht half ja ein Taxifahrer – oder vielleicht sollte sie Jule fragen. Und wenn Marc nicht gerade eine Prüfung hatte, konnte er sie ja fahren.

Ottilie holte das Telefon und tippte Jules Nummer ein. Leider meldete sich am anderen Ende der Leitung niemand. Bestimmt schlief das Mädchen noch. Praline sprang auf Ottilies Schoß, um sich ihre Streicheleinheiten abzuholen. Ob sie sich einfach in den Bus setzen und bei Jule vorbeifahren sollte? Wie Ottilie wusste, fing sie erst um 14 Uhr im Drogeriemarkt an. Bis dahin war noch genügend Zeit, um alles zu besorgen. Ottilie verspürte Hunger und setzte Praline auf den Boden, um sich zwei Scheiben Toast aufzutauen. Zum Glück hatte sie wenigstens noch daran gedacht, für das Kätzchen ein paar Futterdosen aus dem Urlaub mitzubringen. So vergesslich war sie also doch noch nicht. Ottilie musste wieder an Hildchen denken. Wie es ihrer Freundin wohl ging? Ohne zu zögern rief sie die Kurzwahlnummer von Hildchens Schwester auf.

Doch bald darauf legte sich ein Schatten auf ihre gute Stimmung. Wie es aussah, ließ sich Hildchen verleugnen, denn sie war nach Aussage von Renate nicht in der Nähe. Wer sollte das glauben? Ottilie auf jeden Fall nicht. Die Freundin wollte offensichtlich nicht mit ihr sprechen, das hatte sie an dem Raunen im Hintergrund gehört. Dann eben nicht, dachte Ottilie und brachte das Telefon zurück ins Wohnzimmer. Anschließend schaltete sie Radio Paloma ein und drehte die Lautstärke so weit auf, dass sie die Schlagermusik auch im Badezimmer hören konnte. Von Hildchen würde sie sich gewiss nicht die Laune verderben lassen.

Als sich Ottilie fertig angekleidet und ihre Frisur in Form gebracht hatte, legte sie zum ersten Mal seit langer Zeit etwas Lippenstift auf. Das hätte sie im Urlaub auch tun sollen, stellte sie bei einem Blick in den Spiegel fest. Nur schade, dass Hildchen sie so nicht sah. Ach, irgendwann würde sich die Freundin wieder beruhigen, und bis dahin gab es für Ottilie genug Arbeit. Erst einmal müsste sie sehen, ob Marc schon wach war.

Sie stellte sich auf den Balkon und horchte, ob sie Geräusche aus der Wohnung des jungen Mannes vernehmen konnte. Durch das gekippte Fenster des Schlafzimmers drang ein weibliches Kichern. Hatte Marc etwa eine neue Freundin? Ottilie verdrehte die Augen. Das passte ihr gar nicht in den Kram. Das Kichern ging in ein leidenschaftliches Stöhnen über. Ottilie eilte zurück ins Wohnzimmer und verschloss die Balkontür, um nicht noch mehr zu hören. Nun musste sie sich wohl oder übel doch ein Taxi nehmen.

Jule schreckte aus dem Schlaf hoch. Hatte es da gerade an ihrer Tür geklopft?

»Besuch für dich«, hörte sie Kathis vertraute Stimme.

Schlaftrunken richtete sich Jule im Bett auf und rieb mit den Handflächen über ihr Gesicht. Auf ihrem Leib lag die Müdigkeit schwer wie Blei. Sie wünschte sich nichts mehr, als zurück in den Schlummer gleiten zu können. Wer zum Teufel kam sie denn um diese Uhrzeit besuchen?

Die Tür öffnete sich einen Spaltbreit, und Tante Otti spähte mit einem fröhlichen Gruß auf den Lippen ins Zimmer.

Jule ließ sich zurückfallen und vergrub das Gesicht im Kissen. Auch wenn sie die alte Dame mittlerweile liebgewonnen hatte, wünschte sie Tante Otti in diesem Augenblick zum Teufel. Wenigstens ein paar ruhige Stunden vor der Arbeit hätten ihr doch zugestanden. Nein, so ging das nicht. Schwerfällig erhob sich Jule wieder aus den Federn.

»Geht es dir nicht gut?« Tante Otti schaute sie besorgt an.

»Doch … nein … ach, ich bin einfach noch ziemlich erledigt. Aber was machst du hier?«

»Ich wollte dich fragen, ob du mich zum Zoohandel begleitest. Allein bekomme ich doch all die Sachen nicht nach Hause. Aber ich sehe schon, es ist dir nicht recht, dass ich hier bin. Dann gehe ich schnell wieder.« Mit hängenden Schultern wandte sich Tante Otti ab, um das Zimmer zu verlassen.

»Warte!«, rief Jule ihr nach.

»Ja?« Tante Otti drehte sich auf dem Absatz um.

Jule rang um die richtigen Worte. Sie wollte die alte Dame nicht verletzen, sah aber anderseits nicht ein, ihr zu jeder Zeit zur Verfügung zu stehen.

»Warum hast du nicht vorher angerufen?«

»Hab ich doch. Aber du bist ja nicht drangegangen«, antwortete Tante Otti ein wenig vorwurfsvoll.

»Ja, weil ich noch geschlafen habe. Das hättest du dir doch denken können. Wir waren ja nicht gerade früh im Bett.«

Tante Otti senkte reumütig den Kopf. »Ich bin wohl manchmal etwas zu impulsiv.«

»Stimmt, und so geht das nicht. Lass uns in Zukunft klare Verabredungen treffen.«

Tante Otti nickte. »Aber im Notfall –«

»Bin ich für dich da. Aber das hier ist keiner«, fiel Jule ihr ins Wort.

»Soll ich nun gehen?« Tante Otti schaute geknickt drein.

»Ja, bitte. Ich brauche einfach etwas Zeit für mich, bevor ich wieder in Polanskis Sklavendienst trete.« Durch Jules Gedärm fraß sich der Widerwillen. Wenn sie ehrlich war, hätte sie heute viel lieber mit Tante Otti den Zoohandel leer gekauft, statt dem ergrauten Krümelmonster wieder einmal den

Laden umzukrempeln. Aber das sagte sie besser nicht. Sie wusste ja, dass Tante Otti nicht davor scheute, Himmel und Menschen in Bewegung zu setzen, um ihr Ziel zu erreichen.

»Na dann. Melde dich einfach bei mir, wenn es mal passt«, sagte Tante Otti traurig und verließ das Zimmer. Jule hörte kurz darauf die Haustür ins Schloss fallen.

Nur wenige Sekunden später kam Kathi ins Zimmer und setzte sich zu Jule auf die Bettkante.

»Ich weiß«, sagte Jule, bevor die Freundin den Mund aufmachte. »Du hast mich gewarnt.«

»Das wollte ich doch gar nicht sagen«, empörte sich Kathi. Die Freundin hatte sich ein Handtuch um den Kopf gewickelt. Wahrscheinlich entfaltete sich darunter wieder eine neue Tönung. »Erst einmal: Willkommen zurück.« Kathi legte die Arme um Jule. »Ich hab dich vermisst.«

In Jules Herz kroch ein klitzekleiner Sonnenstrahl. »Ich dich auch.«

»Was ist? Lust auf ein Frühstück? Ich hab heute auch Spätdienst. Also können wir noch etwas klönen.«

Nachdem Jule ausgiebig geduscht hatte, berichtete sie Kathi erst einmal von den Erlebnissen im Urlaub und zeigte ihr sogar das ein oder andere Foto. Mit jeder Minute, die sie erzählte, wich die angestaute Anspannung aus ihrem Herzen.

»Soll ich dir mal was sagen?«, begann Kathi nach der dritten Tasse Kaffee. »Du wärst wie geschaffen für einen Job in der Altenbetreuung.«

»Ich? Ach, Quatsch.« Gerade noch hatte sie herzlos Tante Otti vor die Tür gesetzt. Wie konnte sie da geschaffen für den Umgang mit alten Menschen sein?

»Glaub mir. Du weißt, wie man klare Grenzen zieht.«

»Aber Tante Otti ist jetzt ziemlich geknickt«, wandte Jule

ein und wünschte sich, sie wäre nicht so hart gewesen. Aber dann dachte sie daran, was die alte Dame ihr im Urlaub manchmal abverlangt hatte, und schüttete Kathi ihr Herz aus, besonders über Tante Ottis Verschwinden in der Berglandschaft. Allein die Erinnerung daran bescherte ihr noch Herzrasen und weiche Knie.

»Du hast dich ziemlich verantwortungsvoll verhalten. Das spricht auch wieder für dich. Und ich hatte ja gesagt, eine Rund-um-die-Uhr-Betreuung ist unbezahlbar.« Kathi holte sich eine Cola aus dem Kühlschrank. »Überleg doch mal, ob du nicht in der Richtung etwas machen willst.«

»Nee, bestimmt nicht. Ich hab erst einmal genug von Verantwortung und Altenbetreuung.« Jule winkte ab. Im Augenblick beneidete sie Kathi nicht um ihren Job. Da ließ sie sich lieber von dem ergrauten Krümelmonster herumkommandieren. Dann fielen ihr jedoch wieder die Worte des Kellners ein, und das schlechte Gewissen bäumte sich zu einer Monsterwelle auf.

»Kein Mensch sollte einsam alt werden«, sagte sie leise.

»Was sagtest du da gerade?«, hakte Kathi nach.

»Das hatte dieser Kellner Carlos gemeint, als ich bei ihm zu Hause war. Und Tante Otti ist jetzt einsam.«

»Na ja, so einsam ist sie nun auch nicht. Sie hat doch das Kätzchen.«

»Ach Kathi, du weißt doch, was ich meine.«

»Sicher, aber wie stellst du dir das vor? Willst du bei Tante Otti einziehen?«

»Nein, natürlich nicht. Aber ihr hin und wieder Gesellschaft leisten. Das mache ich auf jeden Fall. Und dafür sorgen, dass sich der Herr Sohn ein bisschen um seine Mutter kümmert. Das wäre ja auch schon mal etwas.« Plötzlich fühlte sich

Jule fast wieder gut. Sie griff nach ihrem Handy. Schnell hatte sie Tante Otti am Apparat und entschuldigte sich bei ihr. Die alte Dame freute sich über den Anruf und erzählte kichernd von den Errungenschaften aus dem Zoohandel, die ihr der Taxifahrer in die Wohnung geschleppt hatte.

Nachdem sie noch ein wenig geplaudert hatten, verabredeten sich die beiden Frauen für nächsten Sonntagnachmittag. Dann unterbrach Jule die Verbindung.

Kathi grinste kopfschüttelnd. »Ich hab doch gesagt, du hast ein Händchen für die Alten.«

»Ach, so schwer war das nicht«, entgegnete Jule. »Aber sag mal, willst du am Sonntag nicht mitkommen? Dann nehme ich mein Notebook mit und zeige Tante Otti die Fotos. Außerdem muss ich ihr unbedingt noch ein Handy bestellen.«

»Gern. Inzwischen hast du mich richtig neugierig auf Tante Otti gemacht«, stimmte Kathi zu. »Aber was hat es denn mit dem Sohn auf sich? Das hast du mir noch gar nicht erzählt.«

Jule berichtete von dem telefonischen Auftritt des Herrn Politiker. Sie wusste noch nicht recht, wie sie es anstellen sollte, dass er Tante Otti wieder näherkam. Anderseits konnte sie verstehen, dass die alte Dame nichts von ihm wissen wollte, so ignorant, wie er war. Dennoch war da dieser eingerahmte Zeitungsausschnitt, den Tante Otti mit in den Urlaub genommen hatte. Also lag ihr doch etwas an Karl-Heinz. Aber manchmal schien es, als habe sie Angst vor ihm. Oder besser gesagt: Angst vor einer Wahrheit, die durch ihn ans Licht kommen könnte.

Kathi zuckte nur mit den Schultern. »Familiengeheimnisse, sag ich nur. Willst du nicht besser alles lassen, wie es ist, und dich nicht einmischen?«

Jule trommelte mit den Fingern auf der Tischplatte. »Bist du verrückt? Ich will unbedingt wissen, was da los ist.«

»Aber wie es scheint, möchte Tante Otti das doch gar nicht«, konterte Kathi. »Das solltest du respektieren.«

»Kann ich nicht. Schließlich ist sie nicht glücklich dabei.« Für Jule war alles schon beschlossene Sache. Aber bevor sie etwas unternahm, wollte sie im Internet recherchieren und Tante Otti ein wenig mehr auf den Zahn fühlen, was Karl-Heinz anbelangte.

16. Kapitel

Im Drogeriemarkt hatte sich in den vergangenen zwei Wochen nichts verändert. Polanski ließ immer noch den Sklavenhalter raushängen und brummte Jule für den kommenden Samstag natürlich eine Doppelschicht auf. Was hatte sie auch anderes erwartet? Und auch von ihren Kolleginnen erntete sie wie immer nur mitleidige Blicke. Die Damen hielten sich diskret zurück, wenn es darum ging, die Schicht zu tauschen. Es war wirklich an der Zeit, dass sich Jule Gedanken über ihr Studium machte. Vielleicht kam ihr ja noch rechtzeitig für das nächste Wintersemester eine zündende Idee. Dann konnte Polanski ihr ein für alle Mal den Buckel herunterrutschen. Dann langte neben dem BAFöG ein Aushilfsjob als Kellnerin oder an der Tanke. Hauptsache, weit weg von dem Sklavenhalter.

Jule schob den Rollcontainer mit dem Toilettenpapier durch die Regale und begann, stoisch die Pakete einzuräumen.

So zog sich der Rest der Woche hin wie der Käse auf einer Pizza. Am späten Samstagabend streifte Jule sich todmüde die Schuhe von den Füßen und pflanzte sich vor den Fernseher. Nun war sie wieder der Hamster im Rad, der von einer Woche zur nächsten vor sich hinstrampelte. Dagegen war der morgige Besuch bei Tante Otti ein richtiges Highlight.

Vom Wetter her hielt der Sonntag, was sein Name versprach. Als Kathi den Wagen in der Siedlung mit den dreistöckigen Mehrfamilienhäusern parkte, herrschten fast hochsommerliche Temperaturen. Auf der gegenüberliegenden Straßenseite traten zwei Jungs abwechselnd einen Lederball gegen die Garagentore. Zwischen den Müllbehältern türmten sich Abfallsäcke, und auf den Rasenflächen der Vorgärten dampften Hundehaufen in der Sonne. Jule wunderte sich wirklich, warum Tante Otti nicht in einer besseren Gegend wohnte. Am Geld konnte es nicht liegen.

Als Jule am Haus Nr. 7 den Klingelknopf mit dem Namen Bär suchte, riss jemand die Tür von innen auf. Unvermittelt stand Marc vor ihr, der sie fast umgerannt hätte. Zur Jeans trug er ein strahlendweißes T-Shirt, das sich eng an seinen durchtrainierten Körper schmiegte. Gegen ihn kam sich Jule richtig schwabbelig vor.

»Hi!«, stieß Marc erstaunt aus und umarmte sie, als seien sie seit Jahr und Tag befreundet.

Unter Jules Kragen brannte ein Feuer. Der Typ sah nicht nur umwerfend aus, er duftete auch noch nach Schaumbad.

»Wie war der Urlaub?«, fragte Marc, nachdem er sich Kathi vorgestellt hatte.

»Prima!« Aus Jules Nacken züngelten Flammen hoch zu ihren Wangen. »Tante Otti hatte ihren Spaß.«

»Ja, das glaube ich«, sagte Marc lachend. Dann sah er auf seine Armbanduhr. »Tut mir leid, aber ich muss los. Grüß Frau Bär von mir. Wenn wieder irgendetwas kaputt ist, bin ich gern zur Stelle.« Er schob sich an den jungen Frauen vorbei und eilte zu seinem Wagen, den er im Halteverbot geparkt hatte.

»Bei uns zu Hause tropft auch der Wasserhahn«, stieß Jule leise aus.

»Wow«, sagte Kathi nur. »Das war also Marc. Kein Wunder, dass du rote Ohren bekommst, wenn du von ihm erzählst.«

»Ich? Rote Ohren? Du spinnst doch. Außerdem, von einem schönen Teller isst man nicht allein.«

»Wie kommst du denn auf den blöden Spruch?« Kathi sah sie entgeistert an.

»Hat meine Mutter immer gesagt.« Jule wünschte, es würde Eiswürfel regnen, damit ihre Wangen abkühlten.

»Klar, das ist die typische Ausrede, wenn man keinen ansehnlichen Kerl abbekommt.«

»Du liebe Güte, Kathi. Marc ist eindeutig eine Nummer zu groß für mich.« Jule stieg die fünf Stufen zu Tante Ottis Wohnung hoch. Sie verspürte keine Lust, zwischen Tür und Angel über Marc zu reden. Wenn man sich über diesen Typ unterhielt, dann nur bei einem guten Cocktail (am besten Sex on the Beach) und mit lauschiger Musik im Hintergrund. In Jules Bauch breitete sich ein Kribbeln aus.

Im nachsten Moment stand schon Tante Otti im Hausflur. Auf dem Arm trug sie Praline.

»Hab ich doch richtig gehört«, sagte die alte Dame freudestrahlend. Aus ihrer Wohnung strömte der Duft von Schokoladenkuchen – und ein wenig der Mief von Katzenpipi.

Jule nahm ihr das Kätzchen aus dem Arm und herzte es. »Hallo, meine kleine Gran Canarierin. Wie geht es dir?«

»Das ist sicher Kathi«, stellte Tante Otti mit vorwurfsvollem Seitenblick fest, bevor sie Jules Freundin die Hand schüttelte.

»Ja, klar. Sorry.« Jule kraulte das Kätzchen zwischen den Ohren.

»Na, dann kommt doch erst einmal rein.« Tante Otti hielt die Tür sperrangelweit auf.

Der Tisch im Esszimmer war festlich mit weißem Damast gedeckt. Eine Schokoladentorte sowie eine Etagere mit verschiedenen Konfektsorten ließen Jule das Wasser im Mund zusammenlaufen. Tante Otti hatte wohl ihr bestes Porzellan und das Silberbesteck aus dem Schrank geholt. In den Ecken des Zimmers standen Vitrinen aus Mahagoniholz, in denen Zinnteller ausgestellt waren. Moosgrüne Brokatvorhänge mit Goldbordüren verliehen dem Raum den Kitsch eines Schlosszimmers. So in etwa hatte sich Jule Tante Ottis Reich vorgestellt.

»Weißt du, was ich nicht verstehe? Warum wohnst du nicht in einer besseren Gegend als dieser hier?«, fragte Jule.

»Was meinst du damit?« Tante Otti reckte sich mit der Kanne über den Tisch und schenkte Kaffee in die Tassen.

»Na ja, sind das hier nicht Wohnungen, die man nur mit einem Berechtigungsschein bekommt?«

»Ursprünglich war dies Hildchens Wohnung. Sie wohnt schon seit über dreißig Jahren hier. Und bis heute konnte ich sie nicht dazu bewegen, von hier fortzuziehen.« Tante Otti griff nach dem Tortenheber. Ohne zu fragen legte sie zuerst ein Stück Schokoladentorte auf Jules und dann eins auf Kathis Teller. »Ehrlich gesagt will ich auch gar nicht in einem Stadtteil wohnen, in dem die feinen Leute in ihren Villen hausen und über die Nachbarn tratschen. Hier gibt es wenigstens noch richtigen Zusammenhalt. Außerdem ist eine Dreizimmerwohnung leichter sauber zu halten als ein großes Haus.«

Nur drei Zimmer hatte diese Wohnung? Jule spähte in das anliegende Wohnzimmer, das relativ klein ausfiel. Da es einen Essraum gab, mussten Tante Otti und Hildchen sich wohl das Schlafzimmer teilen. Oje, kein Wunder, dass sie sich dauernd in die Haare bekamen! Jule probierte von der Torte und geriet in Verzückung. Eigentlich konnte Tante Otti jeden

Sonntag zum Kaffeeklatsch einladen. »Einfach himmlisch«, stieß sie hervor und ließ die nächste Portion Schokoladenmasse auf der Zunge zergehen.

Die alte Dame rieb sich freudestrahlend die Hände. »Prima, wenn es dir schmeckt.«

Auch Kathi stimmte mit in die Lobeshymne ein. »Das ist wirklich die beste Torte, die ich je gegessen habe.«

»Dann hat sich meine Mühe ja gelohnt.« Tante Otti strahlte.

Nachdem Jule und Kathi noch ein weiteres Stück verdrückt hatten, räumten sie gemeinsam die Teller in die Spülmaschine. Tante Otti konnte es kaum erwarten, die Fotos zu sehen, und Jule packte ihr Notebook aus. Die alte Dame amüsierte sich prächtig beim Anblick ihrer Posen. Und auch Kathi konnte bei dem einen oder anderen Bild vor Lachen nicht an sich halten. Besonders bei dem Foto, auf dem sich Tante Otti in eines der Kinderautos gesetzt hatte, die für 50 Cent vor den Geschäften ruckelten, und dabei den Strohhut schwenkte. Jule erinnerte sich genau, wie peinlich ihr das Ganze gewesen war. Doch im Nachhinein fand sie es auch lustig. Das war eben Tante Otti mit Leib und Seele. Das letzte Foto zeigte, wie sich Tante Otti von einem kleinen Jungen in den Sand hatte eingraben lassen. Nur ihr Kopf mit der Stubenfliegenbrille ragte noch heraus. Jule erinnerte sich kurz an ihren gemeinen Gedanken, der ihr bei der Aufnahme des Fotos durch den Kopf geschossen war. Heute schämte sie sich schrecklich dafür, auch wenn sie nur kurz in Erwägung gezogen hatte, Tante Otti einfach ganz zu vergraben. An jenem Tag hatte sie es nämlich besonders mit ihren Albernheiten übertrieben. Jule erzählte Kathi von Tante Ottis Fahrt mit dem Bananenboot, bei der man die Schreie der alten Dame wohl bis an den südlichsten Zipfel der Insel gehört hatte, ehe sie dann während einer scharfen Kurve in die Wellen geflogen war. Bis heute hegte Jule den Verdacht, dass dies wohl die Absicht des Fahrers gewesen war.

»Wenn ich euch so höre, wäre ich gern dabei gewesen«, sagte Kathi lachend. »Mensch, Otti, in dir steckt noch richtig Leben. Toll!«

»Na, hör mal, so alt bin ich doch noch gar nicht«, empörte sich Tante Otti mit einem zwinkernden Auge.

Jule wunderte sich über Kathis Sinneswandel. Oder war das ihre berufliche Fassade? Auf jeden Fall war Jule gespannt, was die Freundin wirklich von Tante Otti hielt.

Kurze Zeit später suchten sie im Internet nach einem passenden Handy für die alte Dame. Aber wenn Jule gedacht hatte, sie würde sich mit einem unförmigen Seniorenteil zufriedengeben, hatte sie sich gründlich getäuscht.

»Nein, nein, so ein Ding für Sehbehinderte will ich nicht«, stieß Ottilie verächtlich aus. »Das sieht ja aus wie ein Kinderhandy.« Sie knuffte Jule mit dem Ellbogen in die Rippen. »So etwas wie deins will ich. Eins, in dem auch Internet drin ist. Such doch mal danach.«

»Du meinst, du möchtest ein Smartphone?« Jule kramte ihr Handy aus der Tasche und reichte es Tante Otti. »Schau erst einmal, ob du damit umgehen kannst.«

»Glaubst du etwa, ich bin verkalkt? Im Urlaub hab ich damit doch auch Fotos geschossen.« Sie schaute finster und nahm Jule das Handy aus der Hand.

»Na, dann lass mal dein Festnetztelefon klingeln.«

Tante Otti starrte den dunklen Bildschirm an und tippte mit dem Finger darauf herum. »Wo sind denn die Tasten?«

»Jule, du bist gemein«, wandte Kathi ein. »Nun zeig ihr doch wenigstens, wie sie damit telefonieren kann.«

»War doch nur Spaß.« Jule nahm das Handy und entsperrte es. Dann zeigte sie Tante Otti geduldig die Funktionen.

Nach fünfzehn Minuten winkte die alte Dame resigniert ab. »Ich glaube, das ist tatsächlich etwas zu kompliziert für mich. Bestellen wir doch lieber ein Tastenhandy.«

Eine Stimme aus dem Smartphone echote ihre Worte. Tante Otti schaute verdattert drein. »Was war das denn?« Rasch nahm sie Jule das Handy ab und blickte auf das Display. »Och, wie süß.«

Die Stimme wiederholte abermals ihre Worte. Jule hatte eine App gestartet, bei der ein Kater alles nachplapperte, was man ins Handy sagte. Dabei himmelte er seine Katzenfreundin Angela an und heischte um ihre Liebe.

»Ach, schau mal! Die hat ihm einen Kuss gegeben. Wie lieb.« Tante Otti bekam sich gar nicht mehr ein und gab in den nächsten Minuten dem Kater vor, was er seiner Angebeteten sagen sollte, damit diese ihn abermals küsste. Als sie es geschafft hatte, legte sie endlich das Handy auf den Tisch.

»Ich will doch so ein Smart-Dings. Genau das Gleiche, wie du hast.«

Wer die Musik bezahlte, bestimmte auch, was sie spielte. Also bestellte Jule Tante Otti ein Smartphone und dachte schon mit Bangen daran, wie die alte Dame daran verzweifeln würde. Als sie den Onlineshop schloss und sich dabei noch ein Konfekt in den Mund steckte, poppte plötzlich die Webseite des Klassenfinders auf.

Tante Otti bekam große Augen. »Was ist das denn?«

»Damit kannst du deine alten Schulfreunde finden. Vorausgesetzt, sie haben sich angemeldet.«

»Oh, wie schön! Da könnte ich ja mal ein Klassentreffen organisieren.«

Jule schaute auf die Uhr in der rechten Ecke des Monitors. »Ich zeig dir das gern. Aber heute nicht mehr. Sonst sind wir vor Einbruch der Dunkelheit nicht zu Hause.«

»Ist schon recht. Aber mach noch nicht aus. Ich will auch so ein Note-Dings hier haben.« Tante Otti tippte mit dem Finger auf das Notebook. »Könntest du mir das auch noch bestellen?«

Jule blieb die Spucke weg. Na, da hatten sie ja etwas angefangen! Wie schön, wenn man so mit dem Geld um sich werfen konnte.

»Dazu brauchst du aber einen Internetanschluss«, belehrte Kathi die alte Dame.

Tante Otti sah sie mit großen Augen an. »Das verstehe ich nicht. Jules Internet funktioniert doch in meiner Wohnung.«

»Ja, weil ich einen Stick habe«, wandte Jule ein. »Aber das ist auf die Dauer zu teuer. Besser wäre es, du hättest WLAN.«

»We was?«

»Einen kabellosen Anschluss aus der Telefonbuchse.«

»Ist doch kein Problem, oder? Gleich morgen rufe ich mal bei meiner Gesellschaft an«, beschloss Tante Otti zuversichtlich. »Ich hoffe ja nur, dass sich Hildchen bei ihrer Schwester vielleicht auch mal ans Internet setzt. Weißt du, wir sind nämlich zusammen zur Schule gegangen. Und wenn ich ein Klassentreffen organisiere, kommt sie bestimmt auch.«

»Das geht aber auch einfacher«, sagte Jule. »Warum rufst du sie nicht an?«

»Hab ich doch, aber sie lässt sich verleugnen.« Auf einmal sah Tante Otti sehr traurig aus. »So stur wie sie ist, hilft eben nur eine List.«

Als Jule und Kathi später wieder im Auto saßen, sahen sie sich an und mussten lachen.

Kathi steckte den Schlüssel ins Zündschloss. »Also ich finde Tante Otti super«, sagte sie, als der Motor ansprang.

»Ja, eigentlich schon. Wenn da nicht ihre riesengroße Spontaneität wäre. Man weiß nie, was sie sich in der nächsten Minute wieder leistet.«

»Auf jeden Fall wird es mit ihr nie langweilig.« Kathi grinste.

Jule wickelte einen Kaugummi aus dem Papier und steckte ihn in den Mund. »Wie sind denn die Leute bei dir im Seniorenheim?«

»Was willst du wissen?«

»Na, ich meine, ob sie zum Beispiel so durcheinander im Kopf sind, dass sie nicht mehr wissen, wie sie heißen.«

»Ja, einige schon. Spielst du auf eine mögliche beginnende Demenz bei Otti an?«

Jule nickte und schaute aus dem Fenster.

Mittlerweile versank die Sonne hinter den Dächern des Viertels. »Ich hab mich mal im Internet schlaugemacht. Das sind ja nicht besonders tolle Aussichten.«

»Nun mach dich nicht verrückt. Das, was du mir erzählt hast, kann auch eine leichte kognitive Störung sein«, versuchte Kathi zu beschwichtigen.

»Eine was?«

»Ich dachte, du hättest dich im Internet schlaugemacht. Altersvergesslichkeit heißt das im Klartext. Aber Gewissheit hast du natürlich nur, wenn sich Otti untersuchen lässt.«

»Ja, Kathi, ist schon klar. Beim nächsten Mal sage ich einfach zu ihr: He, Tante Otti, du bist nicht mehr ganz richtig im Kopf. Lass dich besser mal auf Alzheimer testen.« Jule nahm den Kaugummi aus dem Mund und wickelte ihn in das Papierchen.

»So natürlich nicht«, erwiderte Kathi gelassen.

Jule wunderte sich darüber, dass ihre Freundin so emotionslos über dieses Thema sprechen konnte. Doch anders würde sie ihren Job im Seniorenheim wohl nicht packen.

»Nun lass doch nicht den Kopf hängen. Irgendwann landest du mit deinen Weltuntergangsvisionen noch in einer Depression.« Kathi beugte sich zu ihr herüber, um im Handschuhfach nach einer CD zu kramen.

Die Freundin hatte recht. Immerzu rechnete Jule mit dem Schlimmsten. Doch leider ließ sich das nicht einfach abstellen. Außerdem hatte sie ja bei ihren Eltern gesehen, wie schnell jemand von der Bildfläche verschwinden konnte – wenn auch freiwillig.

Die Musik aus dem CD-Player hob Jules Laune schließlich wieder. »Weißt du was? Ich werde morgen den Herrn Politiker anrufen und ihn mit dem Problem konfrontieren. Vielleicht macht er dann den ersten Schritt zur Versöhnung.«

»Glaubst du immer noch, dass dies eine gute Idee ist? Ich denke, Otti wird nicht begeistert sein, wenn du hinter ihrem Rücken den Herrn Sohn über ihre Vergesslichkeit informierst.«

Jule strich sich eine Locke aus der Stirn. »Ich will nur ein wenig die gute Fee spielen, mehr nicht. Vielleicht ist Tante Otti mir irgendwann dankbar, wenn ich ihr Karl-Heinz wieder nähergebracht habe.«

»Oh, wie ich sehe, kannst du ja auch optimistisch sein.«

Kathi drehte die Musik ein wenig lauter, und Jule wippte zuversichtlich mit dem Fuß.

17. Kapitel

Während Ottilie die restlichen Gläser in die Spülmaschine räumte, hörte sie, dass im Treppenhaus eine Tür ins Schloss fiel. Das konnte nur Marc gewesen sein, der nach Hause gekommen war. Rasch stellte sie die Maschine an, drehte die Glühbirne der Wandleuchte im Flur locker und eilte zur Haustür.

Marc öffnete die Tür, noch bevor sie die Klingel gedrückt hatte, und begrüßte Ottilie.

»Ist der nette Besuch wieder weg?«, fragte er dann.

»Ja, wir hatten einen herrlichen Nachmittag. Stell dir vor, Jule hat mir so ein modisches Handy bestellt. Und ein Note-Dings. Bald kann ich überall und jederzeit im Internet sein.«

»Prima!« Marc grinste nur.

Ottilie entging es nicht, dass er ungeduldig mit den Fingern gegen den Türrahmen tippte. Deshalb bat sie ihn rasch, nach ihrer Lampe zu schauen. Marc folgte ihr in die Wohnung und drehte mit einem Handgriff die Birne wieder fest.

»Ach, und ich dachte, sie wäre kaputt.« Ottilie kicherte. »Übrigens habe ich noch etwas Konfekt da.« Sie eilte in die Küche, um ein Schälchen zu holen, und reichte es Marc. »Hier, das kannst du dir mit deiner neuen Freundin teilen.«

Marc hob die Augenbrauen. »Neue Freundin?«

»Nicht? Aber es war doch ein Mädchen bei dir. Da bin ich mir ganz sicher.«

»Ihnen entgeht wohl nichts«, stellte Marc fest.

Sich nicht der geringsten Schuld bewusst, schenkte Ottilie ihm ein Lächeln.

»Wir sind nicht zusammen. Wenn Sie das meinen.«

Ottilie fiel ein Stein vom Herzen. Dann war dieses Mädchen wohl nur ein Stelldichein für eine Nacht gewesen.

»Entschuldige, ich wollte nicht neugierig sein. Aber ich freue mich immer, wenn ich ein junges Liebesglück erleben darf«, flunkerte sie. Das mit dem Glück stimmte ja, nur bitte mit der richtigen jungen Frau ... Aber nun wusste sie wenigstens, woran sie war. In Gedanken spitzte Ottilie schon einmal Amors Pfeil. Es wäre doch gelacht, wenn sie Jule und Marc nicht einander näherbringen konnte! Aber sie durfte nur nichts überstürzen.

Schon während der Schicht in Polanskis Laden hatte sich Jule reiflich überlegt, was sie dem Herrn Sohn sagen würde. Als sie endlich zu Hause war, schloss sie die Tür zu ihrem Zimmer und rief ohne Umschweife seinen Kontakt auf.

»Karl-Heinz Bär«, meldete sich eine tiefe Stimme.

Die Worte, die sich Jule zurechtgelegt hatte, schleuderten plötzlich durch ihren Kopf.

»Äh ... Jule Winkler hier«, stotterte sie in das Telefon.

»Sie schon wieder«, stöhnte die tiefe Stimme.

Jule spürte Unmut über die Arroganz dieses Kerls in sich aufsteigen.

»Ja, ich schon wieder«, pampte sie zurück. »Hören Sie, ich rufe wegen Ihrer Mutter an. Sie ist in letzter Zeit ziemlich vergesslich geworden. Ich mache mir Sorgen, dass sie vielleicht an Demenz leidet. Nur weiß ich nicht, wie ich sie dazu bewegen kann, zum Arzt zu gehen. Das ist schließlich ein sehr heikles Thema«, ratterte sie herunter.

»Meine Mutter war noch nie ganz normal im Kopf. Oder wie würden Sie es nennen, wenn eine gestandene Frau mit Kind und Mann sich ...« Karl-Heinz Bär verstummte. Stille breitete sich im Mobilnetz aus.

»Mein Gott«, keuchte Jule dann. »Scheidungen passieren jeden Tag und überall auf der Welt. Deshalb bricht man doch nicht den Kontakt zu seiner Mutter ab. Sie ist sehr einsam. Außer mir hat sie niemanden mehr.«

»Pah! Die hat doch ihre Freundin!« Karl-Heinz spie die Worte aus, als wären sie Kröten.

»Die beiden haben Krach. Und Ihre Mutter leidet sehr darunter«, übertrieb Jule.

»Das kann ich mir vorstellen. Nun weiß sie wenigstens, wie sich das anfühlt.«

»Hören Sie, Ihre Mutter hatte bestimmt gute Gründe, Ihren Vater zu verlassen. Das ist doch etwas ganz anderes.«

»Passen Sie mal gut auf. Wahrscheinlich wissen Sie gar nichts über Ottilie Bär. Sonst würden Sie das Ganze mit anderen Augen sehen.«

»Ich kenne Ihre Mutter mittlerweile ganz gut und weiß alles über sie«, tönte Jule in das Handy, obwohl sie sich ihrer Worte nicht ganz sicher war.

»Ach ja? Sie sehen ihre Neigung also als hinnehmbar an?«

»Was für eine Neigung?«

»Sie wissen es also nicht.«

»*Was* weiß ich nicht?« War sie hier bei einer Quizsendung? Warum redete der Typ nicht einfach Klartext?

»Ach nichts. Lassen wir es einfach dabei. Respektieren Sie

bitte meinen Entschluss, dass ich mit meiner Mutter nichts mehr zu tun haben will. Dann ist alles gut.«

»Wie?« Jule verstand gar nichts mehr. »Nichts ist gut! Ihre Mutter hat ein Bild von Ihnen mit in den Urlaub genommen. Einen gerahmten Zeitungsausschnitt, wenn Sie es genau wissen wollen. Sie vermisst Sie also. Was sagen eigentlich Ihre Wähler zu solch einer Herzlosigkeit?«

»Halten Sie sich bloß aus meinem Leben!«, keifte Karl-Heinz Bär.

Jule wusste, sie hatte den Mund zu voll genommen, doch das war es ihr wert. Obwohl sie sich im Leben nicht an die Presse wenden und die arme Tante Otti zerreißen lassen würde. Doch war es nicht das, wovor die hohen Tiere Angst hatten?

»Sie sind so etwas von verbohrt!«

»Ich sag es noch einmal: Es geht Sie nichts an, was zwischen mir und meiner Mutter ist.« Nach diesen Worten unterbrach Karl-Heinz Bär einfach die Verbindung.

Jule schüttelte den Kopf und ließ das Smartphone sinken. Na, das war wohl ein Schuss in den Ofen gewesen. Am besten sagte sie Tante Otti nichts von dem Gespräch. Aber was hatte Karl-Heinz Bär bloß für eine Neigung gemeint? Tante Otti war zwar oft ziemlich peinlich, aber das konnte es doch nicht sein.

Bereits am folgenden Mittwoch rief Tante Otti an. Insgeheim hatte Jule darauf gehofft, auch wenn sie sich erst für den nächsten Sonntag verabredet hatten, um die erste Lektion in Sachen Smartphone und Notebook zu starten. Außerdem war ihr in den letzten zwei Tagen das Gespräch mit dem Herrn Sohn nicht mehr aus dem Kopf gegangen und hatte sie über die besondere »Neigung« der alten Dame grübeln lassen. Auf jeden Fall wollte sie bei der nächsten Begegnung die Augen ein wenig offenhalten.

»Hör mal Jule, hör mal!«, prustete Tante Otti aufgeregt in den Hörer. »Heute Morgen war der Mann von der Telefongesellschaft da und hat mir den Internetanschluss gelegt. Und stell dir vor, nun klingelte es gerade, und der Paketmann bringt meine Bestellungen. Ist das nicht kurios? Der Internetmann hat sich bestimmt mit denen abgesprochen.«

»Purer Zufall«, sagte Jule nur. Ihre Füße schmerzten, und sie streifte die Sneakers ab.

»Sollen wir die Geräte nicht schon einmal ein bisschen ausprobieren?«, säuselte Tante Otti.

Etwa eine Stunde später klingelte Jule an der Tür der alten Dame, die ihr ganz hibbelig öffnete.

Tante Otti hatte die Kartons nur auf den Esstisch gestellt und noch nicht ausgepackt.

Feierlich reichte sie Jule ein Messer. »Hier, schneid sie schon einmal auf. Ich mache uns in der Zeit einen Kaffee.«

Kaum hatte sie das Zimmer verlassen, schaute sich Jule genauer um. Klar, Tante Otti neigte eindeutig zu Kitsch, wie der ganze Porzellannippes in ihrer Wohnung bewies. Aber das war doch kein ausreichender Grund, um den Kontakt zu seiner Mutter abzubrechen! Vielleicht erfuhr Jule ja etwas, wenn sie Tante Ottis Internetverhalten beobachtete. Anhand des Browserverlaufs konnte man schließlich einiges über einen Menschen erfahren. Doch sollte sie wirklich Tante Ottis Privatsphäre verletzen? Plötzlich schämte sich Jule für ihre Gedanken.

Im Wohnzimmer klingelte das Telefon, und Tante Ottis schnelle Schritte waren zu hören.

»Karl-Heinz? Du?«

Jules Ohren wurden groß wie Rhabarberblätter.

»Mir geht es gut, ja! Du liebe Güte, bin ich überrascht. Was soll ich? Nein … Nein, keine Sorge. Natürlich bleibt das geheim. Das habe ich dir doch damals versprochen.«

Drohte Karl-Heinz etwa seiner Mutter? Das konnte doch nicht wahr sein. Wie abgebrüht war der denn? Jule schlich zur Tür, um besser lauschen zu können. Ein gequälter Schrei ertönte zu ihren Füßen. Jule griff sich erschrocken ans Herz. Unvorsichtigerweise war sie Praline auf die Pfoten getreten. Mit Buckel und buschigem Schwanz flitzte die Katze ins Badezimmer. Jule versuchte, wieder ruhig zu atmen.

»Blödes, neugieriges Katzenvieh«, zischte sie leise.

Tante Otti telefonierte unbeirrt weiter. »Du willst mich besuchen kommen? Wirklich? Ach, Junge«, seufzte die alte Dame.

Jule klopfte sich selbst auf die Schulter. Die gute Fee zu spielen, war wirklich eine prima Idee gewesen. Im nächsten Moment waren Tante Ottis Schritte zu hören, und Jule widmete ihre Aufmerksamkeit rasch wieder den Kartons.

In den Augen hinter der Goldrandbrille glänzten Tränen. »Stell dir vor, das war Karl-Heinz! Er will mich besuchen kommen, wenn er wieder in Köln ist.«

Jule musste sich beherrschen, sie nicht zu fragen, was sie denn geheim halten sollte.

»Wirklich? Wie kommt er denn darauf, nach all den Jahren?«, fragte sie stattdessen gespielt unschuldig.

Tante Otti zuckte mit den Schultern. »Das weiß ich auch nicht. Vielleicht hat er plötzlich ein Gewissen. Oder er hat eine andere Ansicht zu den Dingen.«

»Zu welchen Dingen?«

Tante Otti biss sich auf die Unterlippe und suchte sichtlich nach Worten. »Na, die Scheidung«, erwiderte sie nur. »Ich hole den Kaffee.« Trippelnd verschwand sie in die Küche.

Praline hatte sich wohl wieder beruhigt und sprang auf den Tisch, um die Kartons zu beschnuppern.

»Die Kleine kann es genauso wenig wie ich erwarten, dass die Kartons endlich ausgepackt werden«, sagte Tante Otti, die mit einem Tablett mit zwei dampfenden Tassen Kaffee und Kirschmuffins wieder hereinkam.

Als habe es nicht gerade ein ganz anderes Thema gegeben, holte Jule die Geräte aus den Kartons. »Was zuerst?«

»Das Handy«, entschied Tante Otti spontan.

Nach einer Stunde hatte Jule der alten Dame die wichtigsten Funktionen gezeigt. Ob sie alles behalten hatte, war jedoch fraglich. Anschließend packte sie das Notebook aus und besuchte nach dem Einrichten der wichtigsten Programme mit Tante Otti die Seite, auf der sie ihre Klassenkameraden finden konnte. Da dies jedoch nicht erfolgreich war, weil sich Tante Otti nicht auf Anhieb an die Namen erinnern konnte, richtete Jule für sie einen Account bei Facebook ein. Doch statt dort alte Freunde zu suchen, trat Jule in Tante Ottis Namen mit der Tochter von Carlos in Verbindung.

Während Tante Otti vor Freude kaum an sich halten konnte, hörten sie auf einmal auf der anderen Seite der Wand jemanden singen.

Jule schaute Tante Otti fragend an. »Habt ihr Phil Collins im Haus wohnen?«

»Das ist Marc. Gut, nicht wahr?«

»Aber hallo, echt nicht übel.«

»Ich hör ja lieber meinen Julio. Aber dessen Lieder singt Marc nicht.« Tante Otti zog eine Schnute.

In Jules Bauch begann es zu kribbeln, als sie weiter der Stimme lauschte. Rasch wandte sie sich wieder Facebook zu, klickte auf »Antworten« und ließ Tante Otti an die Tastatur.

Jule glaubte, nicht richtig zu sehen. Während sie lediglich mit zwei bis drei Fingern tippte, haute Tante Otti im Zehnfingersystem auf die Buchstabentasten.

»Woher kannst du das?«, fragte Jule erstaunt.

»Was?« Tante Otti schaute auf, tippte dabei jedoch weiter.

»Na, so schnell schreiben.«

»Das haben wir früher in der Schule gelernt. Nur waren die Tasten der Schreibmaschine etwas schwerer zu bedienen. Herrlich!« Mit leichten Fingern tippte sie einen halben Roman als Antwort auf Anas Frage nach ihrem Wohlbefinden.

Jule starrte auf die Buchstaben, als könne sie Tante Ottis »Neigung« darin erkennen. Durch die Wand drang *In the air tonight*. Vielleicht sollte sich Marc beim *Supertalent* anmelden.

»Ich muss ihn doch mal fragen, ob er nicht etwas von Julio singen könnte«, bemerkte Tante Otti, während sie unbeirrt weitertippte. Was schrieb sie denn da an Ana? Dass sie es gern sehen würde, wenn Marc und Jule zusammenkämen …

»Halt!«, schrie Jule. Ihr Herz tanzte einen Tango. »Lösch das ganz schnell wieder. Und auch aus deinem Kopf.«

Tante Otti ließ von der Tastatur ab. »Ach, Julekind. Marc und du, ihr beide würdet doch so gut zusammenpassen.«

»Das meinst nur du!« Jule klappte das Notebook zu und klemmte dabei fast Tante Ottis Finger ein. »Lass das, ich bitte dich. Marc ist nicht mein Typ. Wirklich nicht.« Klar, denn dieser Mann könnte jede andere haben – eine mit einer Topfigur zum Beispiel. Was sollte er dann mit ihrem Speckbauch? Außerdem aß man vom schönen Teller nicht allein, spulte sie den eingeimpften Satz in ihrem Gehirn ab. In Gedanken sah sie Kathi, wie sie sich die flache Hand vor die Stirn klatschte und den Kopf schüttelte. »Ich bin viel zu dick«, entfuhr es Jule.

»Was? Du?« Tante Otti sah sie fassungslos an.

»Ja, ich. Sieh nur.« Jule nahm ihre Speckrolle am Bauch zwischen Zeigefinger und Daumen, um Tante Otti ihre Fettleibigkeit zu demonstrieren.

»Och, das ist doch nur ein süßes Bäuchlein. Willst du etwa so dünn sein, dass du keinen Traubensaft mehr trinken kannst?«

Jule kniff die Augen zusammen. »Das verstehe ich nicht. Warum keinen Traubensaft?«

»Weil die Leute dich dann mit einem Thermometer verwechseln würden.« Amüsiert über ihren eigenen Witz, schlug sich Tante Otti vor Lachen auf den Oberschenkel.

»Such mal nach Hildchen«, lenkte Jule ab und klappte das Notebook wieder auf. Sie konnte sich nur schwer eingestehen, dass sich Tante Otti lediglich genauso in ihr Leben einmischte, wie sie selbst es bei ihr tat. Nur leider würde es in ihrem – Jules – Fall mit Sicherheit kein Happyend geben.

Tante Otti blieb der Lacher in der Kehle stecken. »Was muss ich denn da eingeben?«, krächzte sie.

»Na, ihren Namen«, sagte Jule streng.

Tante Otti folgte brav und tippte mit zittrigen Fingern den Namen der Freundin ein. Es erschien nur die Anzeige der Metzgerei, sonst nichts. Enttäuscht starrte Tante Otti auf den Bildschirm.

»Das ist logisch«, sagte Jule. »Bei Google erscheinst du nur, wenn du berühmt bist oder deinen Namen selbst im Internet verbreitet hast.«

»Schade.« Tante Otti spielte mit der Maus und ließ den Pfeil über den Bildschirm kreisen.

»Weißt du was? Ich gebe dir eine Hausaufgabe auf. Du versuchst, dich an deine Klassenkameraden zu erinnern und forschst nach ihnen im Internet.«

»Von denen ist aber bestimmt niemand berühmt«, sagte Tante Otti, sichtlich enttäuscht über das ausgebliebene Wunder.

»Aber es gibt Foren für Senioren. Das könnte doch ziemlich interessant für dich sein. Vielleicht entdeckst du ja dort das eine oder andere bekannte Gesicht.«

»Pah, Foren für Senioren. Da sind doch bestimmt nur Tattergreise angemeldet.« Tante Otti verzog das Gesicht.

»Ach Quatsch. Hier schau mal.« Jule nahm ihr die Maus aus der Hand und rief eines dieser Foren auf.

Tante Otti schaute wenig begeistert drein.

»Warte, vielleicht ist das etwas für dich.« Jule suchte nach einem Katzenforum und wurde schnell fündig.

Aufmerksam blickte die alte Dame auf den Bildschirm und überflog die Threads. Dann erhellte sich ihr Gesichtsausdruck.

»Ha, sieh mal! Da pinkelt eine Katze immer ins Bett. Genau wie Praline. Lass mich mal lesen.« Sie riss die Maus an sich und klickte wild auf die Sätze.

»Wenn etwas unterstrichen ist, steckt dahinter ein Link, und du wirst auf eine neue Seite geleitet.«

»Hmm«, machte Tante Otti nur. Ihr Blick klebte an dem Artikel.

Bis sie alle Threads durchgelesen hatte, war sie für eine Weile beschäftigt, dachte Jule zufrieden, trank ihren Kaffee aus und erhob sich vom Stuhl. »Ich muss jetzt leider fort.«

»Och, jetzt schon?« Tante Otti hob nur kurz den Blick.

»Morgen muss ich früh arbeiten. Und übrigens: Du kannst da mitdiskutieren. Dazu musst du dich mit deiner E-Mail-Adresse anmelden.«

»Ach wirklich?« Nun hatte Jule wieder Tante Ottis volle Aufmerksamkeit. »Aber was für eine E-Mail-Adresse?«

»Die hab ich dir doch sofort zu Beginn eingerichtet. Komm, ich schreibe sie dir noch einmal auf.« Jule kritzelte rasch den Namen auf einen Zettel und meldete sich mit dem Nick »Praline« in dem Forum an. Kurz wartete sie noch auf das Passwort, änderte es und schrieb dies ebenfalls auf.

»So, das war's. Nun kannst du dich mit den anderen Katzenfreunden unterhalten.«

»Prima!« Tante Otti rückte mit dem Stuhl näher an den Tisch und klickte wieder auf ein Thema. In die virtuelle Welt vertieft, bemerkte sie nicht einmal, wie Jule die Tür hinter sich schloss.

Im Treppenhaus grinste Jule breit. Mission erledigt! Und fürs Erste hatte sie Tante Otti wohl von dem Gedanken weggelotst, sie mit Marc verkuppeln zu wollen. Jule trat aus dem Haus. Doch bevor sie sich auf den Weg zur Bahnhaltestelle machte, schaute sie noch kurz auf die Klingelknöpfe. Neben »Ottilie Bär« stand dort »Schmalfuß«, in Messing gerahmt. Jule schluckte. *Marc Schmalfuß?* Du liebe Güte! Sie konnte sich ein Kichern nicht verkneifen und studierte erneut das Schild.

»Hi, Jule«, ertönte es auf einmal hinter ihr.

Als sei sie bei einem Einbruch erwischt worden, fuhr sie herum und wurde rot.

»Besuchst du Frau Bär?« Marc kramte in seiner Hosentasche und holte einen Schlüssel hervor. Neben ihm kaute eine Blondine gelangweilt auf einem Kaugummi – ziemlich nuttig, wie Jule fand.

»Äh … nein … ich meine … Ich hab sie schon besucht.« Wo blieb Marcs Begrüßungsumarmung vom letzten Mal?

»Schön«, sagte Marc und schloss die Tür auf. »Ihr beide scheint euch ja gut zu verstehen.«

»Natürlich.« Jule versuchte sich gelassen zu geben. Aus den Augenwinkeln musterte sie die vollbusige junge Frau, die den Kaugummi jetzt vor ihrem Mund aufblies. Die künstlich verlängerten Haare leuchteten viel zu gelb, und außerdem war ihr Rock nicht breiter als ein Gürtel. Einfach nur billig! Außerdem konnte der Riesenbusen niemals echt sein. Aber was interessierte es sie, welche Tussi sich der Herr Schmalfuß ins Bett holte?

»Na, dann. Wir sehen uns.« Marc umfasste die Hüften der gelbstichigen Blondine und schob sie ins Treppenhaus.

Jules gute Laune stelzte bereits in weiter Ferne zur Bahnhaltestelle. Als sie hinterhertrottete, fiel ihr wieder der Spruch vom schönen Teller ein. Und wer wollte nach der Hochzeit schon Schmalfuß heißen? Abrupt blieb Jule stehen und pfiff ihre gute Laune zurück. Hatte Tante Otti sie etwa schon so zugefaselt, dass ihr Gehirn nur noch Matsch war? Jule schüttelte sich. Sie hatte einen fahlen Geschmack auf der Zunge. Und auch die gute Laune hörte nicht auf ihren Zuruf. Bestimmt war sie bereits in die Bahn eingestiegen, deren Lichter Jule nur noch von hinten sah. Verdammt, nun musste sie auch noch zwanzig Minuten auf die nächste warten. Jule setzte sich an die Haltestelle. Dann stöpselte sie sich die Hörer ihres Smartphones in die Ohren, stellte die Musik auf volle Lautstärke und richtete ihre Gedanken nach Osten – nach Berlin, wo Karl-Heinz Bär in seinem Parlament saß. Wann würde er wohl Tante Otti besuchen? Hoffentlich konnte er sie dazu bewegen, zum Arzt zu gehen.

Das Vibrieren ihres Handys unterbrach die Musik. Tante Ottis Nummer erschien auf dem Display.

»Julekind, weißt du, was ich ganz vergessen habe?«

»Nein? Was denn?« Jule gab sich gespielt fröhlich.

»Ich hab doch am Samstag Geburtstag. Da wollte ich dich und Kathi zu einem gemütlichen Abend einladen. Kommt ihr? Bitte!«

»Du hast Geburtstag? Das wusste ich bisher gar nicht. Ja, klar kommen Kathi und ich!« Jule sagte einfach für sie beide zu und hoffte, dass die Freundin noch nichts anderes vorhatte. Auf jeden Fall durfte Tante Otti an ihrem Ehrentag nicht allein sein. Das stand fest in den Regeln von *la familia*.

»Schön, da freue ich mich. Es gibt auch etwas Leckeres zu essen. So, nun muss ich aber wieder zu meinen Katzenfreunden. Wir sehen uns dann Samstag um siebzehn Uhr. Bis dann, Julekind.« Schwupps war Tante Otti wieder fort, und die Musik stellte sich lauter.

Jule schaltete sie aus und überlegte, was sie Tante Otti schenken konnten. Spontan fiel ihr nichts ein – außer dem Herrn Sohn, hübsch in eine rote Schleife verpackt –, aber bis Samstag war ja noch Zeit.

Ottilie verfolgte mit Begeisterung die Beiträge im Katzenforum. Erst nach einer ganzen Weile erinnerte sie sich wieder an die Hausaufgabe, die Jule ihr genannt hatte. Und so wechselte sie gewissenhaft die Seite, um verschiedene Namen einzugeben, die ihr jetzt wieder eingefallen waren. Leider fand sie keine einzige Schulfreundin, und so verging ihr schnell die Lust, ein Klassentreffen zu organisieren. Es machte ja auch gar keinen Sinn, wenn Hildchen nicht dabei sein würde. Seufzend nahm sie die Hand von der Maus, verschränkte die Finger ineinander und ließ die Gelenke knacken. Vielleicht sollte sie mal nach Karl-Heinz suchen. Bestimmt gab es einige Artikel über ihn, in denen sie mehr über sein Leben erführe – und über seinen kleinen Jungen, von dem sie über sechsundachtzig Ecken erfahren hatte. Ottilie löschte seinen Namen rasch wieder aus der Suchleiste und schaltete das Notebook aus. Irgendwie wurde ihr gerade alles zu viel: die ganze Technik, Karl-Heinz, Hildchen und dann noch ihr bevorstehender Geburtstag. Ottilie griff nach dem Smartphone und tippte auf den Bildschirm, der jedoch dunkel blieb. Nun hatte sie doch glatt wieder vergessen, wie man ihn entsperrte. Enttäuscht begab sie sich ins Badezimmer, um sich bettfertig zu machen.

18. Kapitel

In freudiger Erwartung schaute Ottilie über Marcs Schulter. Er war so lieb und schloss das Notebook an eine kleine Lautsprecheranlage. Seit letztem Mittwoch war es zugeklappt geblieben, weil ihr am nächsten Morgen nicht mehr eingefallen war, wie man das Internet benutzte. Aber heute, an ihrem Geburtstag, sollte das Gerät wieder zum Einsatz kommen. Bei ihren Einkäufen hatte sie nämlich eine grandiose Idee gehabt, wie sie Marc und Jule einander näherbringen konnte. Dazu brauchte es gar nicht viel – nur ein wenig Musik von dieser Karaoke-DVD, die sie im Supermarkt entdeckt hatte.

Netterweise lieh Marc ihr seine Lautsprecher. Von der DVD und ihrem Vorhaben wusste er natürlich nichts. Aber er hatte ihr fest versprochen, heute Abend zu kommen, wenn auch nur kurz.

»Da haben Sie aber ein tolles Teil.« Marc stöpselte den Stecker ein.

»Ja, ich weiß. Jule hat es ausgesucht«, antwortete Ottilie stolz.

»Haben Sie eine CD, damit ich ausprobieren kann, ob die Musik auch zu hören ist?«

»Ja, sicher.« Ottilie wandte sich dem Regal zu und ließ den Blick über die Hüllen schweifen. »Was soll es denn sein?«

»Das ist egal. Ich will ja nur sehen, ob alles funktioniert.«

Ottilie fuhr mit dem Finger über die CDs. Sollte sie vielleicht Julio Iglesias nehmen? Diese neumodische Musik besaß sie ja nicht. Und Hildchens Volkmusik fasste sie noch nicht einmal mit der Kneifzange an. Aber hier, so ein flotter Schlagermix, der dürfte doch auch Marc gefallen. Ottilie zog die CD aus dem Regal und wandte sich wieder Marc zu. Teilnahmslos starrte der junge Mann aus dem Fenster. Sein Blick wirkte irgendwie traurig – wie Ottilie fand.

»Stimmt etwas nicht?«, fragte sie.

»Äh, was?« Marc fuhr sich mit der flachen Hand über den Bartschatten.

»Du siehst aus, als hättest du Kummer.«

»Ich? Nein, nein. Haben Sie die CD?«

»Du machst mir doch etwas vor.« Ottilie steckte die Hülle zurück ins Regal und setzte sich auf das Sofa. »Ist es wegen der jungen Frau, die letztens bei dir war und mit der du nicht zusammen bist?«

»Sie hat mich enttäuscht«, brach es aus Marc heraus.

»Ja, das tut weh. Das ist normal.« Ottilie erhob sich und ging erneut zum Regal. Dort fischte sie nun doch eine Iglesias-CD heraus, klappte die Hülle auf und reichte die Scheibe Marc.

Ohne die CD eines Blickes zu würdigen, legte Marc sie in das Notebook und fummelte an einem Regler.

Musik ertönte. Dann sang Julio: »Schau, die Sonne steht noch immer über dir …«

Ottilie wiegte den Kopf und summte die ersten Strophen nur mit. Dann hob sie ihre Stimme. »Schau, die Welt, sie dreht sich weiter wie bisher, und scheint sie dir auch sinnlos und leer, sie ist immer noch schön.« Es folgte eine kurze instrumentale Passage, ehe es mit dem Text weiterging. »Jedoch mit Tränen in den Augen ist man blind«, trällerte Ottilie nun in höchsten Tönen und strich Marc dabei über die Locken.

Der junge Mann sah sie mit großen Augen an. Kurz darauf brach er in Gelächter aus. »Oh, Ottilie Bär. Sie sind unglaublich«, gluckste er.

Ottilie strahlte. »Siehst du? Nun lachst du wieder. Warte!« Sie eilte in die Küche und holte eine Flasche Sekt aus dem Kühlschrank. »Ein Schlückchen auf meinen Geburtstag und eins auf das Du.«

Kurz darauf klirrten die Gläser aneinander.

»Für dich bin ich von jetzt an Ottilie oder Otti, ganz wie du willst.«

Es blieb nicht bei dem einen Glas. Erst als die Flasche geleert und das letzte Lied gespielt war, kehrte Marc in seine Wohnung zurück. Natürlich würde er am Abend nicht nur kurz bleiben, da war sich Ottilie ganz sicher. Beschwipst schob sie den Rollbraten in den Backofen und begab sich zur Couch, um ein Nickerchen zu halten.

Weil an diesem Samstag eine Riesenparty in einem der angesagtesten Clubs der Stadt anstand, hatte Jule Kathi auf Knien anbetteln müssen, sie zu Tante Ottis Geburtstagsfeier zu begleiten. Am Ende hatten sie sich geeinigt, nach Tante Ottis Feier noch in den Club zu gehen. In den letzten zwei Tagen hatte Jule der alten Dame mehrere Nachrichten über Facebook geschickt, jedoch keine Antwort erhalten. Aber Tante Otti war ja auch noch nicht so fit im Umgang mit dem Internet.

»Kann ich so gehen?« Kathi präsentierte sich mit einem langen Gesicht.

»Hast du schlechte Laune?«, fragte Jule nur.

»Nein, natürlich nicht. Meine Laune ist bestens.« Kathi verzog die Lippen zu einem spöttischen Lächeln.

»Und warum weiß dein Gesicht noch nichts davon?«

»Ach, Jule. Du weißt doch, ein einundsiebzigster Geburtstag ist nicht das Highlight, wenn man ausnahmsweise mal am Sonntag freihat.« Kathi seufzte.

Jule zuckte mit den Schultern. »Für dich nicht, für Tante Otti schon. Komm, anschließend machen wir dann richtig Party.« Sie ergriff Kathi etwas ruppig am Arm und zog sie zur Haustür hinaus.

Die Straßenbahn hatte leider Verspätung, und so erreichten Jule und Kathi Tante Ottis Wohnung nicht pünktlich. Nur schien die alte Dame gar nicht zu warten, denn auch nach dreimaligem Klingeln öffnete sich die Tür nicht.

Jule trommelte mit den Fingern auf ihrer Handtasche. »Da stimmt doch irgendetwas nicht.«

»Vielleicht hat sie uns vergessen und ist fein essen gegangen«, sagte Kathi gelassen.

»Das glaubst du doch wohl selbst nicht. Mit wem soll sie denn essen gehen?«

Kathi schob die Unterlippe vor. »Was weiß ich?«

»Sag mal, riechst du das auch?« Jule legte den Kopf in den Nacken und schnupperte.

»Nö, was denn?« Auch Kathi weitete die Nasenlöcher.

»Es … es riecht so … Verbrannt?« Jule riss die Augen auf und sah zu Tante Ottis gekipptem Küchenfenster. Eine leichte Qualmwolke entwich dem Spalt. Im selben Moment ertönte ein Rauchmelder.

»Ach, du Scheiße! Tante Otti! Ihre Wohnung brennt!«

Während Kathi ihr Handy zückte, drückte Jule wie verrückt auf den Schmalfuß-Klingelknopf. Sekunden später summte der Türöffner.

Nur in Boxershorts gekleidet, erschien Marc auf dem Treppenabsatz. Auch er bemerkte schnell, dass es verbrannt roch. Außerdem schrillte immer noch der Rauchmelder in Tante Ottis Wohnung.

»Verdammt, Otti! Mach sofort auf!« Er hämmerte mit den Fäusten gegen die Tür.

Die Ruhe selbst, hatte Kathi mittlerweile die Feuerwehr verständigt. Jule hingegen schlotterte an Armen und Beinen.

»Wartet, ich hab Ottis Ersatzschlüssel!« Marc lief zurück in seine Wohnung. Auch seine Finger zitterten, als er die Tür aufschloss.

Jule schoss an ihm vorbei und rief nach Tante Otti. In der Wohnung waberten graue Wolken, und es stank bestialisch. Sie stolperte ins Wohnzimmer, wo Tante Otti auf der Couch lag. Im Schlaf lächelnd, drehte sie sich gerade gemütlich auf die andere Seite.

»Ich hab den Brandherd!«, rief Kathi aus der Küche. »Es ist ein Rollbraten. Oder zumindest das, was davon noch übrig ist.«

Jule riss die Balkontür auf und rüttelte anschließend Tante Otti an der Schulter. Die alte Dame gab ein kurzes Schnaufen von sich. Dann flackerten ihre Lider.

»Jule? Wie bist du denn reingekommen?«

»Deine Wohnung steht fast in Flammen! Merkst du das denn nicht?« Aufgeregt fuchtelte Jule mit den Händen.

»Was sagst du? Ich versteh dich nicht.« Tante Otti blinzelte erneut. »Sag mal, was riecht denn hier so?«

»Dein Braten!«

»Was?«, schrie Tante Otti und hielt sich die Hand ans Ohr.

»Hörst du mich etwa nicht?«

Es schien, als würde die alte Dame sich im Lippenlesen versuchen, denn ihr angestrengter Blick haftete auf Jules Mund.

»Ach, ich Depp«, sagte sie dann und zog sich den Gehörschutz aus den Ohren. »Die Kinder draußen waren so laut, weißt du. Was ist das denn für ein Krach?«

»Das ist dein Rauchmelder!«, schrie Jule nur und eilte in die Küche.

Marc schmiss gerade den qualmenden Rollbraten samt Blech aus dem Fenster. In der Ferne heulten Sirenen auf. »Na, die kommen wohl umsonst«, stellte er fest.

»Besser so als anders.« Jule schlug mit einem Besen den Rauchmelder von der Decke, damit er endlich Ruhe gab.

Mittlerweile hatte Kathi alle Fenster geöffnet. Kurz darauf stand ein behelmter Feuerwehrmann in der Tür.

»Alles in Ordnung?«, fragte er.

»Ich weiß auch nicht, was die für ein Theater machen«, sagte Tante Otti zu ihm. »Mir ist nur der Braten angekokelt.«

»Nur der Braten angekokelt?« Jule schnappte fast über. Vor ihrem panischen Auge verschärfte sich das Bild von einem ausgebrannten Mehrfamilienhaus.

Der Feuerwehrmann legte die Hand auf Tante Ottis Schulter. »Haben Sie Atembeschwerden?«

»Ich? Ach wo. Mir geht es gut«, winkte die alte Dame ab. »Ist nur schade um den Braten.«

Mit einem geschulten Blick in die Küche vergewisserte sich der Mann, ob auch wirklich alles in Ordnung war. »Lassen Sie die Fenster am besten bis morgen früh geöffnet«, sagte er dann zum Abschied.

Jule hätte Tante Otti ohrfeigen können. Wie konnte die alte Dame nur so leichtsinnig sein? Doch als sich die Anspannung langsam löste, traten Tränen in ihre Augen, und sie drückte Ottilie an sich. »Mensch, was hätte alles passieren können, wenn wir nicht rechtzeitig gekommen wären!«, sagte sie schluchzend.

»Ach, Julekind, du weißt doch, ich habe einen guten Schutzengel«, tröstete Tante Otti sie. »Und nun sei bitte wieder fröhlich. Ich leg mich auch nie wieder schlafen, wenn ich etwas auf dem Herd oder im Ofen habe. Versprochen!«

»Alles Gute zum Geburtstag, Ottilie.« Kathi stieß Jule in die Rippen und reichte ihr das Geschenk, damit sie es an Tante Otti weitergab.

Tief durchatmend wischte sich Jule mit dem Handrücken über die Nase. »Happy Birthday, Tante Otti«, schniefte sie und übergab der alten Dame das Päckchen mit dem Fotobuch vom Urlaub.

»Oh, vielen Dank. Aber wollen wir uns nicht erst einmal ins Esszimmer setzen? Hier riecht es ja doch arg verbrannt.« Sie blickte zu Marc. »Und was ist mit dir? Wolltest du etwa in Unterhosen zu meiner Feier kommen?«

Jule schoss die Röte in die Wangen. Doch bevor das jemand entdecken konnte, begab sie sich an den Geburtstagstisch. Zwischen die Vasen mit den gelben Plastikrosen hatte Tante Otti Konfetti gestreut. Kitschige Geburtstagsservietten mit Luftschlangendruck verschandelten die goldenen Teller mit dem danebenliegenden Silberbesteck. An den Vorhängen waren Ballons in allen Farben festgetackert. Jule befürchtete augenkrank zu werden, wenn sie weiterhin auf das Arrangement schaute.

Es dauerte nicht lange, und Kathi setzte sich zu ihr an den Tisch. Tante Otti folgte mit drei Gläsern auf einem Tablett.

»Sagt mal, was essen wir denn nun heute Abend?«, fragte

die alte Dame stirnrunzelnd. »Kartoffelsalat ohne Fleisch ist doch ein wenig fad.«

»Hast du keine Würstchen da?« Jule nahm ihr Cocktailglas entgegen. Der Rand war gezuckert, und ein bunter Strohhalm ragte aus dem gelben Getränk.

»Doch klar, aber ich kann euch doch keine einfachen Wiener anbieten.«

»Ich mag sie und Kathi auch. Stimmt's?« Jule stieß die Freundin unterm Tisch mit dem Knie an.

»Ja, klar. Die gibt es bei uns zu Hause immer an Heiligabend.«

»Na, dann – auf mich!« Tante Otti hob ihr Glas und stieß mit den beiden an. Nachdem sie einen kräftigen Schluck durch den Strohhalm geschlürft hatte, trippelte sie vergnügt aus dem Zimmer. Kurz darauf schallte ein zweifaches »Hossa« durch die Wohnung. Dann sang Rex Gildo von der *Fiesta Mexicana.*

Die Hüften schwingend, kehrte Tante Otti ins Esszimmer zurück, ergriff ihr Glas und trank einen weiteren Schluck.

Jule tat es ihr gleich und probierte den Cocktail, der herrlich fruchtig schmeckte.

»Ist der ohne Alkohol?«, fragte sie.

Tante Otti tippte sich mit dem Finger an die Stirn. »Wo denkst du hin? Das ist Wodka mit Sahne und Maracujasaft. Lecker, nicht?« Sie kicherte.

Es klingelte, und Ottilie tanzte zur Haustür. Fehlte nur noch, dass sie bunte Hüte verteilte.

»Und? Ist mein Outfit nun deiner Feier würdig?«, hörte Jule Marc im Hausflur gegen die Musik anschreien.

»O nein. Hat die den Lackaffen wirklich eingeladen?«, stöhnte Jule.

Kathi pickte gelangweilt ein Konfetti von der Tischdecke. »Mein Gott, Jule. Warum regst du dich denn auf? Vielleicht ist er eine Stimmungskanone und mischt die Party auf. Zum Beispiel mit anderer Musik.«

Ehe Jule darauf etwas erwidern konnte, stand Marc auch schon im Türrahmen.

»Hallo, die Damen«, sagte er nur und winkte in die Runde.

Für einen Augenblick vergaß Jule zu atmen. Unter einem schwarzen Jackett trug Marc ein malvenfarbenes Shirt mit großem V-Ausschnitt. Aber die meiste Aufmerksamkeit zog die verwaschene Jeans auf sich. Durch einen handlangen Riss schimmerte die gebräunte Haut seines Oberschenkels. Als er sich neben Jule setzte, fiel ihm eine gegelte Locke in die Stirn. Verdammt, warum roch der Typ nur so gut? Mit einer Fliegenklatsche schlug sie auf die Schmetterlinge in ihrem Bauch und versuchte einigermaßen unauffällig, ihre Lungen wieder mit Luft zu füllen. *Vom schönen Teller isst man nicht allein*, sang das Männchen in ihrem Ohr.

Tante Otti flitzte wieder in die Küche. Einige Schweigeminuten später plingte die Mikrowelle, und dann erschien Ottilie mit einem Teller voller dampfender Würstchen.

Jule sprang von ihrem Stuhl auf. »Warte, ich hole den Kartoffelsalat.« Im Wohnzimmer sang Udo Jürgens davon, einfach nach Hawaii, New York oder San Francisco auszubrechen. In diesem Augenblick wünschte sich Jule, sie würde rauchen, damit sie auch mal eben Zigaretten holen gehen könnte. In Gedanken überprüfte sie ihre Geldbörse. Scheckkarte dabei? Ja! Laut Udo Jürgens reichte das, um allen Zwängen zu entfliehen. Ein plötzliches Klingeln an der Tür unterbrach jedoch ihre Pläne.

»Nanu? Wer ist denn das?« Vor Aufregung bekam Tante Otti am Hals rote Flecken.

»Wenn *du* es nicht weißt, wer soll es dann wissen?« Jule stellte die Schüssel mit dem Kartoffelsalat auf den Kühlschrank und eilte in die Diele – im Schlepptau Tante Otti, die sich rasch vordrängelte.

Als sie den Öffner drückte und anschließend die Tür aufriss, schaute Jule über ihren Kopf hinweg und erblickte eine drahtige alte Frau, die sich mit der rechten Hand am Treppengeländer hochzog. In der linken hielt sie einen kleinen Blumenstrauß, der an die Angebote bei den Discounterläden erinnerte.

»Hildchen!«, krähte Tante Otti. Unvermittelt rannen ihr Tränen über die faltigen Wangen.

Die Drahtige grinste, schloss das Geburtstagskind in die Arme und drückte ihr einen Kuss ins Echthaar. »Alles Gute zum Geburtstag, meine Liebe.«

Tante Otti klammerte sich an die Freundin und benetzte deren verschrumpeltes Dekolletee mit ihren Tränen. »Ich lass dich nie wieder los«, schluchzte sie.

Jule schaute hilflos zu den Resten des Rauchmelders an der Decke. Die 9-Volt-Blockbatterie baumelte an einem dünnen Draht im Durchzug. Rasch lief sie ins Esszimmer. Dort angekommen, schnappte sie sich ihr Cocktailglas, warf den Strohhalm auf den Tisch und leerte den Rest in einem Zug.

»Alles in Ordnung?«, fragte Kathi.

Marc wippte mit dem rechten Knie und schaute teilnahmslos auf die erkalteten Würstchen. Im Wohnzimmer schmalzte irgendjemand von einem Fischerdorf in San Juan.

Jule schluckte und holte tief Luft. »Es gibt weiteren Besuch.

Hildchen ist gekommen, und Tante Otti versinkt gerade in einem Tränenmeer.«

»Och, wie süß«, sagte Kathi.

»Na ja, ich weiß nicht. Hildchen ist nicht gerade süß. Eher etwas derb.« Jule ließ sich neben Marc nieder.

»Ja, die hat Haare auf den Zähnen«, bestätigte er grinsend.

Gleich darauf stand Tante Otti schniefend im Türrahmen. In der Hand hielt sie eine Vase mit dem Blumenstrauß. Durch die Wand rauschte die Toilettenspülung.

»Hildchen ist nur mal kurz im Bad.« Ottilie strahlte und stellte die Vase mitten auf den Tisch. »Greift ruhig schon zu. Hildchen sieht das nicht so eng.«

Im Gegensatz zu Kathi und Marc, die sich die Teller vollluden, verspürte Jule keinen Appetit mehr. Es gab Menschen, die konnte sie auf Anhieb gut leiden – Hildchen gehörte nicht dazu. Vielleicht lag es ja an ihrem Überbiss, der Jule an den ehemaligen Sportlehrer erinnerte.

»Tach zusammen!« Das khakifarbene Shirt zurechtzupfend, setzte sich Hildchen neben Tante Otti, die ihr schon einen gefüllten Teller hingestellt hatte. Sofort begann die Freundin zu futtern.

Jule starrte auf ihren leeren Teller. Tante Otti bemerkte wohl gar nicht, dass sie nichts aß. Sie hatte nur noch Augen für Hildchen.

»Was sagst du eigentlich zu meiner neuen Frisur?«, fragte sie und zupfte an ihren Ponyfransen.

»Ganz nett. Besser als der verfilzte Fiffi«, antwortete Hildchen mit vollem Mund.

Nachdem die Freundin den zweiten Teller geleert hatte, bat Tante Otti ins Wohnzimmer, wo sie eine Überraschung für die Feier parat hatte, wie sie ankündigte.

Jule nahm in dem Schaukelstuhl Platz, um nicht ein weiteres Mal neben Marc sitzen zu müssen.

Hildchen machte sich auf dem Zweisitzer breit, nahm eine Havanna aus ihrer Tasche, steckte sie sich in den Mund und zündete sie an. Kurz darauf verschwand sie hinter einer blauen Wolke.

Inzwischen öffnete Tante Otti die obere Tür des altdeutschen Wohnzimmerschrankes, holte eine DVD hervor und reichte sie Marc. Auf ihren Lippen lag ein Dauerlächeln. »Könntest du sie starten?«

Jule erhaschte einen Blick auf das Cover und glaubte, sich versehen zu haben. Das Teil, das Marc gerade in den Laptop schob, war eine Karaoke-DVD! Du liebe Güte, was hatte Tante Otti vor? Wollte sie ihnen etwas vorsingen?

Ottilie stellte sich vor ihre Gäste. Als Erstes sah sie zu Jule. »Du singst mit Marc im Duett«, kommandierte sie. »Danach Hildchen und ich. Und danach ...« Mitleidig schaute sie zu Kathi. »Du musst leider allein singen. Schade.«

Jule verzog das Gesicht. »Das ist nicht dein Ernst, Tante Otti. Vergiss es. Ich singe nicht.«

»Ach, Julekind, nun sei doch keine Spielverderberin. Die Lieder auf der Platte kennt wirklich jeder.« Tante Otti nahm das Cover in die Hand und studierte die Songs. »Hier, Hildchen und ich nehmen den Roy Black. *Schön ist es, auf der Welt zu sein.*«

»Vergiss es«, zischte auch Hildchen und blies eine gehörige Wolke Zigarrenrauch aus. »Ist da nichts von Hansi Hinterseer drauf?«

»Ich glaub nicht. Aber sieh selbst.« Mit gesenktem Kopf reichte Tante Otti ihr das Cover.

»Was ist denn das für ein Mist?«, giftete Hildchen, nachdem sie kurz die Lieder überflogen hatte. »Gibt es so etwas nicht mit Volksmusik?«

Marc fummelte an dem Laptop. »Lass mal sehen, ob was für mich dabei ist.«

Angeber, dachte Jule. Mit seiner Stimme hatte er gut reden. Nie und nimmer würde sie mit ihm im Duett singen. Tante Otti setzte sich derweil zu Hildchen auf das Sofa und nahm ihre Hand. Erwartungsvoll schaute sie zu Marc.

»Hier, *Something stupid* von Robbie Williams und Nicole Kidman. Das wäre doch etwas für uns.« Marc wandte sich Jule zu. »Komm, Süße. Wir probieren es.«

Süße? Was sollte das denn jetzt? Jules Ohren glühten. »Ich … ich kann aber gar nicht singen«, stammelte sie.

Tante Otti klatschte anfeuernd in die Hände. »Jule, Jule!«, rief sie im Takt.

Marc nahm ihre Hand und zog sie aus dem Schaukelstuhl. »Nun komm, sei kein Frosch.«

»Ja, genau!«, rief Kathi nun auch noch.

»Verräterin«, zischte Jule und warf ihr einen vernichtenden Blick zu. Wie konnte die Freundin ihr nur in den Rücken fallen? Sie wusste doch genau, dass Jules Stimme wie eine verrostete Gießkanne klang.

Marcs Hand fühlte sich warm und fest an. Eine Armee von Ameisen kroch Jule den Arm hinauf. Rasch entzog sie sich seinem Griff. Nie wieder würde sie ein Wort mit Tante Otti wechseln. Und mit Kathi schon gar nicht mehr. Jule wäre am liebsten aus dem Wohnzimmer gerannt. Da legte Marc plötzlich den Arm um ihre Schulter. Sein Duft drang in ihre Nase. Jule hörte ihren eigenen Herzschlag in den Ohren.

Die Musik tönte aus dem Lautsprecher. Marcs tiefe Stimme erhob sich und sang die erste Strophe. Oh, Gott! Jule glaubte, jeden Augenblick ohnmächtig zu werden. Durch ihren Leib prickelten Champagnerperlen. Wer war Robbie Williams? Brauchte die Welt den noch?

»Du musst auch singen!«, rief Tante Otti.

Jule öffnete den Mund, bekam aber nur ein Krächzen heraus. Marcs Stimme wurde kräftiger, um dies zu überspielen. Jetzt lächelte er sie auch noch an. Ihre Beine drohten einzuknicken. Rasch wand Jule sich aus Marcs Arm und kauerte sich in den Schaukelstuhl. Ihr Kopf glühte mit der Intensität eines Atomkraftwerks. Doch Marc gab nicht auf. Er folgte ihr und sang weiter. »… I love you …« Mit einem heißen Blick schmachtete er Jule an.

Sie konnte den Anblick nicht mehr ertragen und schloss die Augen. Nur sein Duft, der war immer noch da. Und der allein reichte schon, um wilde Fantasien von einem gemeinsamen Schaumbad heraufzubeschwören. Ihr Atem beschleunigte sich. Dann war das Stück endlich vorbei.

»Aber Julekind, du bist ja ganz rot«, flötete Tante Otti.

Jule hätte einen Mord begehen können.

Kathi grinste wie die Boshaftigkeit in Person. Auch sie stand auf der roten Liste.

Marc strich Jule über die Wange. »Hat Spaß gemacht, mit dir zu singen.«

»Ja, genauso sehr wie Brechdurchfall«, keifte sie.

Marc hob die Augenbrauen und steckte die Hände in die Hosentasche. »Schade«, sagte er nur und wandte seine Aufmerksamkeit wieder dem Laptop zu.

»Jetzt Hildchen und ich!«, rief Tante Otti und sprang vom Sofa.

»Ich hab dir doch gesagt, ich sing diesen Mist nicht.« Die Drahtige hustete.

»Ach, Hildchen …« Ottilie ließ die Schultern hängen. »Nun sei doch nicht so.«

»Hast du es an den Ohren?« Hildchen griff nach einer Schüssel auf dem Tisch und stopfte sich eine Handvoll Chips in den Mund. Kurz darauf bekam sie erneut einen Hustenanfall und prustete die Krümel auf den Wohnzimmertisch.

Tante Otti zog kurz eine Schnute, dann schaute sie zu Marc. »Wir beide?«

Doch dem Robbie-Imitator war wohl auch die Lust vergangen, er schüttelte verneinend den Kopf. »Lass mal, Otti. Aber was ist denn mit Kathi?«, schlug er stattdessen vor.

»Ja, richtig!«, rief Jule. Die Rache schmeckte süß wie Erdbeerkuchen.

Kathi strich sich lässig eine Haarsträhne hinters Ohr. »Roy Black kenne ich nicht. Aber zeig mal, was es noch gibt.«

Tante Otti reichte ihr die DVD-Hülle. »Aber nichts Italienisches von dem Eros. Und auch nichts Englisches. Das kann ich nicht so gut.«

Nur kurz überflog Kathi die Rückseite. »Da bleibt aber nicht mehr viel anderes. Bernhard Brink und Ireen Sheer? Wer sind die denn?«

Entrüstete stemmte Tante Otti die Hände in die Hüften. »Wie, die kennst du nicht?« Augenblicklich begann sie von der Liebe ohne Leiden zu singen. Dazu brauchte sie keine Hintergrundmusik. Hildchen verdrehte die Augen.

In dem Moment klingelte es. Augenblicklich verstummte Tante Ottis Gesang.

»Oje. Das ist bestimmt die Frau von oben, die sich über den Lärm beschweren will«, stöhnte sie.

Jule sprang aus dem Schaukelstuhl. »Ich übernehme das.«

In der Hoffnung, an irgendeinem wahllosen Opfer ihren Frust loswerden zu können, riss sie die Tür auf.

Im Treppenhaus stand niemand. Dafür klingelte es erneut. Neugierig drückte Jule den Öffner.

19. Kapitel

Schon im nächsten Moment erkannte Jule, wer da zwei Stufen auf einmal nehmend die Treppe heraufkam. Und dann stand der Herr Sohn vor ihr, Karl-Heinz Bär, von Beruf Politiker. Auf der hohen Stirn glänzten Schweißperlen, und in der Hand hielt er einen Blumenstrauß.

Das Fiasko suchte an diesem Abend offenbar eine Zentrale, in der es sich austoben konnte.

»Bin ich richtig?« Die grauen Augen inspizierten den Namen über dem Klingelknopf.

»Wenn Sie zu Frau Bär wollen, ja.« Jule trat einen Schritt zur Seite und ließ den Mann eintreten.

Die beiden erreichten gleichzeitig das Wohnzimmer. Tante Otti ließ abrupt Kathis Hand los. Aus ihrem Gesicht wich jegliche Farbe. Wie in Stein gemeißelt starrte sie den Sohn an.

»Alles Gute zum Geburtstag, Mutter«, sagte dieser schroff und reichte ihr die Blumen. Sein abfälliger Blick wechselte zwischen den beiden Seniorinnen hin und her. »Hieß es nicht, deine Freundin hätte dich verlassen?«

»Woher, wieso … Wie kommst du darauf?« Tante Otti wirkte wie eine Handpuppe, die nur den Mund bewegte.

Jule wurde es abwechselnd heiß und kalt.

»Das hat mir eine junge Frau mit dem Namen Jule Winkler am Telefon erzählt. Wahrscheinlich war alles nur eine Lüge, um mich milde zu stimmen.«

Tante Ottis verständnisloser Blick traf Jule wie ein Peitschenhieb.

»Das war keine Lüge.« Da Angriff bekanntlich die beste Verteidigung war, trat Jule einen Schritt vor. »Und außerdem, was ist daran schlimm, wenn sich Ihre Mutter wieder mit ihrer Freundin versöhnt hat?«

Karl-Heinz Bär lachte verächtlich auf. »Für Sie scheint das alles normal zu sein. Aber wen wundert das? Das junge Volk von heute hat es ja nicht so mit der Moral«, keuchte er mit hochrotem Kopf und tupfte sich mit einem Stofftaschentuch die Schweißperlen von der Stirn.

»Sagen Sie mal, geht es Ihnen noch gut? Was hat das alles denn mit Moral zu tun? Und dann noch mit meiner? Sie sollten sich lieber selbst zur Ordnung rufen. Schneien hier nach zig Jahren rein und schnauzen ihre Mutter an.«

»Mit Ihnen diskutiere ich gar nicht.« Der Herr Sohn winkte verächtlich ab. Dann hob er den Kopf und schnupperte. »Was riecht das hier so verbrannt?«

»Nichts Schlimmes. Ich hatte nur den Braten etwas zu lange im Ofen«, piepste Tante Otti vom Sofa.

Karl-Heinz Bär blickte zur Decke und erblickte den halben Rauchmelder.

»So, so, nur der Braten. Der muss aber mächtig verbrannt sein. So geht das nicht weiter, du bringst dich ja in Gefahr! Mutter, ich werde bei Gericht die Betreuung für dich beantragen.«

»Betreuung? Was soll das denn sein?« Tante Otti wirkte wie ein Häufchen Elend.

Hildchen sprang vom Sofa auf. »Der will dich entmündigen! Lass dir das bloß nicht gefallen, Ottilie. Dann kann er alles mit dir machen.«

»Halten Sie sich gefälligst raus, Sie durchtriebenes Luder.« Nach und nach bröckelte die Fassade des Herrn Politikers. »Und du, Mutter, du gehörst tatsächlich unter Beobachtung. Ich suche am besten ein angemessenes Altenheim für dich, das auf Demenzerkrankte spezialisiert ist.«

Jule wünschte sich eine Explosion des Universums. So ein Verräter!

»Ha, was hab ich gesagt!«, schrie Hildchen nun. »Abschieben will er dich! Die ganze Zeit hat er sich nicht um dich gekümmert, und nun will er dich ins Altenheim stecken, um sein Gewissen zu beruhigen.«

Jule, Marc und Kathi sahen einander fassungslos an.

Die Augen zu Schlitzen verengt, baute sich Karl-Heinz vor Hildchen auf. »Halten Sie den Mund! Wer trägt denn die Schuld, dass meine Mutter falsch gepolt ist? Niemand anderes als Sie!«

Nun sprang Marc auf und trat Bär entgegen. »Jetzt machen Sie aber mal halblang!«

»Was? Wollen Sie mich schlagen? Nur zu! Nur zu!« Wie von Sinnen reckte der Politiker das Kinn vor.

»Für wie blöd halten Sie mich? Und jetzt raus hier!« Marc schob den Mann an der Schulter aus dem Wohnzimmer. Kurz darauf knallte die Haustür ins Schloss.

Jule blickte entgeistert in die Runde. »Was war das denn?«

»Das war mein werter Herr Sohn.« Apathisch starrte Tante Otti zur Tür. Dann schüttelte sie sich kurz, wohl um zur Besinnung zu kommen. »Jule?«

Nervös knabberte Jule an ihrer Unterlippe. »Ja?«

»Hast du nach unserem Urlaub mit Karl-Heinz telefoniert?«

Jule nickte leicht mit dem Kopf. »Ich hab es nur gut gemeint. Wirklich, das musst du mir glauben. Ich habe gedacht, ich könnte ihm ins Gewissen reden.«

»Diesem Korinthenkacker?«, krähte Hildchen. »Der hat doch gar keins. Den verklemmten Typen sollte man der Presse zum Fraß vorwerfen.«

»Hildchen! Reiß dich zusammen«, maßregelte Tante Otti die Freundin.

Doch die Drahtige keifte weiter. »Ist doch wahr. So ein Vollidiot! Den müsste man kopfüber ausbluten lassen und anschließend räuchern.«

Jule warf einen vorsichtigen Blick zu Kathi, die der Inszenierung gebannt lauschte. Und auch Marc starrte stumm auf die Furie, die sich jetzt wieder auf die Polster fallen ließ. Doch sie war wohl noch nicht fertig, sondern riss erneut das schäumende Maul auf und krallte ihre Finger in Tante Ottis Knie. »Und das nur, weil wir beide …«

Tante Ottis Hand klatschte auf das feuerspeiende Mundwerk. »Nicht, Hildchen«, raunte sie verstört. Ihre Ohren glühten rot.

Hildchen schien zur Besinnung zu kommen. Sie löste Tante Ottis Finger von ihren Lippen. »Nur weil … weil wir beide zusammengezogen sind«, stieß sie aus.

Mittlerweile zitterte Tante Otti am ganzen Leib. Jule setzte sich neben sie und legte den Arm um ihre Schulter. »Nun reg dich doch nicht so auf. Was kann er dir denn schon tun?«

»Das hast du doch gehört. Er will sich als Vormund bestellen lassen.« Tante Ottis Augen irrten durch das Wohnzimmer.

Marc schaltete sich ein. »So einfach geht das aber nicht. Außerdem bist du nicht gleich entmündigt, wenn er dein Betreuer ist.«

»Aber vielleicht hat er recht! Ich bin in der letzten Zeit etwas vergesslich geworden. Womöglich ist das eine beginnende Demenz?«

Kathi griff nach Tante Ottis zitternder Hand. »Mach dir keine Sorgen wegen deiner Vergesslichkeit. Das ist doch in deinem Alter nichts Ungewöhnliches. Es muss nicht unbedingt Demenz sein. Aber warum lässt du das nicht mal untersuchen? Dann kannst du doch ganz beruhigt sein.«

Jule strich Kathi von der roten Liste. Sie war halt doch die beste Freundin der Welt.

»Und wenn der Doktor dann doch etwas feststellt? Dann bin ich erst recht erledigt.« Abermals liefen Ottilie Tränen über die Wangen.

Marc erhob sich und steckte die Hände wieder in die Hosentaschen. »Nun red doch keinen Unsinn, Otti. Außerdem hast du einen angehenden Juristen als Nachbarn.«

Jule kramte in ihre Tasche nach einem Papiertuch und reichte es Tante Otti. »Wenn du willst, begleite ich dich zum Arzt.«

Genervt verdrehte Hildchen die Augen. »Ihr macht vielleicht ein Theater! Und das alles wegen diesem aufgeblasenen Truthahn. Also, wenn mich jemand bevormunden wollte, hätte er ganz bald ein Hackebeil im Rücken.«

Tante Otti stierte auf Hildchens Handtasche. Dann suchte sie mit den Augen das Wohnzimmer ab.

»Wo ist eigentlich dein Koffer?«, fragte sie. Aus ihrer Kehle entwichen drei kleine Schluchzer.

»Der ist noch bei meiner Schwester in der Eifel.«

»Willst du denn nicht zu mir zurückkommen?«

»Nö, ich glaube, ich genieße noch ein wenig die gute Luft in der Eifel. Außerdem wandern meine Schwester und ich fast jeden zweiten Tag durch die Wälder. Herrlich, kann ich dir sagen. Seitdem bin ich richtig gut in Form.« Wie zum Beweis ließ Hildchen ihre Kniegelenke knacken.

Jule schluckte gegen die Trockenheit in ihrer Kehle an. Nahm das Theater denn heute Abend gar kein Ende?

»Ich muss dann auch mal wieder los.« Hildchen erhob sich und küsste Tante Otti flüchtig auf die Wange.

»Aber du fährst doch jetzt nicht mehr in die Eifel?« Tante Otti versuchte, ebenfalls aufzustehen, doch ihre Knie waren wohl zu weich, denn sie sank augenblicklich wieder zurück auf das Sofa.

»Ich hab mir ein Hotelzimmer genommen.«

»Aber das ist doch nicht nötig. Du kannst doch hierbleiben.«

»Lass noch etwas Zeit vergehen, meine Liebe.« Hildchen tätschelte Tante Ottis neue Frisur. Dann klopfte sie zum Abschied dreimal auf den Tisch und verschwand aus der Tür.

Kathi stützte das Kinn auf die Handfläche und zog eine Grimasse. Derweil pustete sich Marc eine Locke aus der Stirn.

»Ich glaube, ich verabschiede mich jetzt auch. Wenn dein Sohn in den nächsten Tagen Ärger macht, weißt du ja, wo du mich findest«, wandte er sich an Tante Otti.

»Willst du wirklich schon gehen? Das ist aber schade. Bleib doch noch ein bisschen«, bettelte sie.

»Ich hab heute Abend noch was vor. Von daher …« Marc hob entschuldigend die Schultern.

»Willst du vielleicht zufällig auf die Party im ›km 689‹?«

In Kathis Augen loderten Flammen. »Da wollen wir nämlich auch noch hin.«

»Super, dann können wir doch zusammen gehen.«

Tante Otti blickte verständnislos in die Runde. »Wie? Wollt ihr mich jetzt etwa alle allein lassen?«

Durch Jules Brust schlängelte sich Stacheldraht. Sie schaute zu Kathi, die so tat, als habe sie Tante Ottis Frage überhört. Na toll. Was sollte Jule denn nun sagen?

»Ich kann heute Nacht bestimmt nicht schlafen. Sicher bekomme ich Angstzustände, nach dem, was heute hier los war«, jammerte Tante Otti.

Nun reagierte Kathi endlich. »Wenn Marc mich mitnimmt, kann Jule doch bei dir bleiben.«

Jule starrte die Freundin an und setzte sie wieder ganz oben auf die rote Liste. Das war doch wohl der Oberhammer!

»Ach, Julekind, würdest du das tun?«

»Wenn du wirklich solche Angst hast, bleibe ich bei dir«, antwortete Jule automatisch. Was blieb ihr auch anderes übrig? Aber diese Aktion würde sie Kathi heimzahlen.

»Prima, ich mach mich nur schnell fertig.« Kathi schaute zu Tante Otti. »Darf ich dein Haarspray benutzen?«

»Sicher. Im Spiegelschrank ist auch Lippenstift, wenn du willst.«

Jule kniff die Augen zusammen und feuerte mit ihrem Blick Handgranaten auf die Freundin. Doch diese wich ihnen geschickt aus und ging hüftenschwingend ins Badezimmer.

»Und wir, Jule, wir machen uns noch einen schönen Abend. Ich schau mal, ob ein spannender Spätfilm läuft.« Tante Otti griff in den Zeitungsständer neben dem Sofa und fischte eine TV-Zeitschrift heraus. »Ach, wieder nur Mist in der Kiste«, meckerte sie, während sie die Seiten umblätterte.

»Dann erzählen wir uns halt was. Uns wird schon nicht langweilig, stimmt's, Julekind?«

Jule versuchte sich einzureden, dass manche Abende auf Gran Canaria ja auch ganz nett gewesen waren. Aber die Party lockte schon sehr. Noch dazu, wenn Marc mitging. Halt! Was schlichen ihr denn da wieder für Gedanken ins Hirn? Ein verzweifeltes Lächeln erschien auf ihren Lippen.

»Klar, Tante Otti. Uns wird schon etwas einfallen.«

Aufgebrezelt stolzierte Kathi ins Wohnzimmer. Tante Ottis Lippenstift hatte sie natürlich nicht benutzt. Sie hatte immer ihren eigenen dabei, der nun verführerisch auf ihrem Mund glänzte.

»Tschüs, Süße.« Als Kathi ihr die Wange küsste, machte Jule gute Miene zum bösen Spiel und lächelte gezwungen. Dann war die Freundin auch schon mit Marc aus der Tür.

Kaum eine Stunde später begann Tante Otti auf dem Sofa ein Schnarchkonzert. Na, das war ja vielleicht ein gelungener Abend. Jule schnappte sich die Fernbedienung und zappte durch das Programm. Doch konzentrieren konnte sie sich nicht. Immer wieder sah sie vor ihrem inneren Auge, wie Kathi beim Tanz ihre Hüften an Marcs Becken schmiegte. Ihr Herz glich einem Kessel, in dem giftgrüner Schleim brodelte.

Kurz vor Mitternacht öffnete Tante Otti dann doch wieder die Augen.

»Bin ich eingeschlafen?« Gähnend erhob sie sich und reckte die Arme. »Du Ärmste, du bist bestimmt auch müde.«

»Geht so«, sagte Jule.

Tante Otti tapste aus dem Wohnzimmer, um Kissen und Decke zu holen. Nachdem sie Jule ein Schlaflager auf dem Sofa errichtet hatte, wünschte sie ihr eine gute Nacht und ging zu Bett.

Eine Weile lang grübelte Jule in der Dunkelheit noch über die Gefühle, die Marc bei ihr auslöste, doch dann übermannte auch sie der Schlaf.

20. Kapitel

Jule ignorierte das sanfte Rütteln an ihrer Schulter und hielt die Augen geschlossen. Ihrer Müdigkeit nach zu urteilen, müsste es kurz nach Mitternacht sein. Warum sollte sie aufstehen? Das Rütteln wurde energischer.

»Julekind, Frühstück ist fertig. Komm, du kleine Langschläferin.«

Langschläferin? Jules Augenlider flatterten. Langsam realisierte sie, wo sie sich befand. Als sie sich auf Tante Ottis Sofa umdrehte, schmerzte ihr Rücken.

»Na endlich. Ich dachte, ich würde dich nie wach bekommen.«

»Wie spät ist es denn?«, murmelte Jule.

»Kurz nach sieben.« Tante Otti zog die Vorhänge auf. Das helle Licht stach in Jules Augen. Augenblicklich riss sie das Kissen unter dem Kopf hervor und legte es sich aufs Gesicht. »Kurz nach sieben? Es ist Sonntag«, brummelte sie.

Tante Otti zog das Kissen weg. »Komm, ich habe uns Schokocroissants gebacken.«

»Gib mir bitte fünf Minuten, um wach zu werden«, flehte Jule mit geschlossenen Augen.

»Na gut. Aber dann kommst du, ja?«

»Ja!« Jule drehte sich auf die Seite. Natürlich schlief sie sofort wieder ein.

Ein erneutes Rütteln an ihrer Schulter holte sie unsanft aus dem Traumland. »He, du schläfst ja wieder tief und fest!«

Jule riss vor Schreck die Augen auf und setzte sich hin. Warum nur war sie so blöd gewesen und gestern Abend hier geblieben? Sie hätte ebenfalls auf die Party gehen sollen – und anschließend nach Hause in ihr eigenes Bett. War das hier nun Tante Ottis Dank?

Jule hörte, wie jemand durchs Treppenhaus polterte. Das konnte nur Marc sein. Auch schon zu Hause, der Herr? In Jules Bauch trompetete die schlechte Laune den Morgenappell.

Auch Tante Otti entging das Getrampel nicht. Rasch lief sie zur Haustür und riss sie auf.

»Guten Morgen, Marc«, hörte Jule sie flöten. »Wie war die Party? Lust auf ein Frühstück?«

Jule zog sich die Decke über die Ohren. Das durfte doch jetzt nicht wahr sein! Still betete sie, Marc würde sich ohne Frühstück ins Bett verziehen. Ansonsten hätte sie nämlich zwei Probleme – ihre morgendliche Sturmfrisur und Froschaugen in einem ungeschminkten Gesicht. Jule vernahm Marcs Lachen in der Diele. O nein! Wie sollte sie denn nun ins Badezimmer kommen, ohne von ihm gesehen zu werden? Am besten stellte sie sich tot. Alternativ konnte sie auch noch über den Balkon flüchten. Doch ehe sie sich für eine der beiden Möglichkeiten entschieden hatte, riss Tante Otti ihr auch schon die Decke fort.

»Marc frühstückt mit uns. Ist das nicht wunderbar?«

»Nein«, fauchte Jule. Ihre eh schon schlechte Morgenlaune wurde noch schlechter.

»Was ist denn los mit dir? Ich dachte, du freust dich. Ihr habt euch doch gestern so gut verstanden.«

»Haben wir? Daran kann ich mich gar nicht erinnern. Schick ihn wieder weg, oder ich haue ab!«

»Nein, Jule, so unhöflich bin ich bestimmt nicht. So, und jetzt steh endlich auf.« Unbeeindruckt von ihrer Drohung verließ Tante Otti das Wohnzimmer.

Als sei ein Schwarm Hornissen hinter ihr her, flitzte Jule an Marc vorbei ins Badezimmer. Der erste Blick in den Spiegel war wie jeden Morgen fürchterlich. Ein Frosch mit durchgeschlagener Dauerwelle glotzte sie an. Rasch wandte Jule den Blick ab, kletterte in die Badewanne und verschwand hinter dem Duschvorhang. Die Zeit rann mit dem Wasser durch den Abfluss, und irgendwann klopfte Tante Otti an die Tür.

»Jule?«

»Ja!«

»Oh, gut. Ich dachte schon, Anthony Perkins habe dir aufgelauert.«

»Sehr witzig.« Jule stellte den Strahl ab und wickelte sich in ein Badetuch. Dann stieg sie aus der Wanne und schaute erneut in den Spiegel. Immer noch Froschaugen! Rasch durchsuchte sie Tante Ottis Arzneischrank und wurde fündig. Zwei Minuten später hatte sie die Hämorrhoidensalbe ordentlich um ihre Lider einmassiert. Noch einmal dreißig Minuten und zehn weiteren Nachfragen von Tante Otti später hatte sie ihre Haare einigermaßen in Form gebracht. Nun hockte Jule auf dem Badewannenrand und hoffte, Marc würde sich langsam verabschieden. Da donnerte jedoch abermals Tante Otti gegen die Tür.

»Nun komm aber mal raus. Die Schokocroissants trocknen schon ein. Marc ist inzwischen ganz hungrig.«

»Komme ja schon«, maulte Jule und drehte den Schlüssel in der Tür. »Kann ich mich so sehen lassen?«

Warum Tante Otti kicherte, war ihr unbegreiflich. Eigentlich sah sie wieder ganz passabel aus.

»Schön wie der junge Morgen«, sagte Tante Otti fröhlich.

Marc war eindeutig betrunken. Mit glasigen Augen starrte er auf seinen Teller. Als er Jule bemerkte, hob er den Blick. Auf seinen Lippen lag das Lächeln eines Irren.

»Was geht, Süße?«, nuschelte er und griff neben den Henkel seiner Kaffeetasse, die daraufhin vom Unterteller kippte. »Ups, tut mir leid«, kommentierte er die Sauerei.

Tante Otti sprang auf. »Macht nichts, Marc. Ich hole Küchenpapier.«

»Muss ja ne geile Party gewesen sein.« Jule griff nach einem Croissant und biss hinein.

»Hmm«, sagte Marc nur. »Stimmt.« Sein Kopf wurde ihm sichtlich zu schwer.

»Willst du nicht lieber ins Bett gehen?«

»Jo.« Marc legte die Arme in die Kaffeepfütze, bettete seinen Kopf darauf und schloss die Augen.

Einen Berg abgerolltes Küchenpapier in der Hand, erschien Tante Otti wieder im Esszimmer.

»Ach du liebe Güte. Was ist denn nun?« Sie rüttelte an seiner Schulter. »Marc, nicht schlafen. Komm, Junge. Du musst erst einmal frühstücken.«

»Der braucht kein Frühstück. Der braucht nur ein Bett.«

»Ach, der Ärmste. Wie sollen wir ihn denn dorthin bekommen?«

Jules Mitleid hielt sich in Grenzen. »Na, gar nicht. Oder willst du ihn dir auf den Rücken schnallen? Lass ihn einfach in der Kaffeepfütze seinen ersten Rausch ausschlafen.« Jule erhob sich und nahm Tasse und Croissant. »Ich frühstücke im Wohnzimmer. Kommst du mit?«

»Ja, aber meinst du nicht, ihm tut nachher das Kreuz weh, wenn er so schläft?«

»Bei dem Brummschädel, den er haben wird, wird er das vermutlich nicht einmal merken.« Jule stolperte beinahe über Praline, die um ihre Füße schlich. Der Kaffee schwappte über den Rand der Tasse.

Sofort war Tante Otti mit dem Küchenpapier zur Stelle. »Ihr macht mir hier eine Sauerei«, stöhnte sie, während sie die braune Brühe vom Boden wischte.

»Wo war Praline eigentlich die ganze Zeit?« Erst jetzt bemerkte Jule, dass sie die Katze am Abend zuvor gar nicht gesehen hatte.

»Ach, ich lass sie neuerdings raus. Ihr Leben hier soll ja nicht schlimmer sein als auf der Insel. Das gefällt ihr ganz gut. Auch wenn sie ab und zu eine Maus mitbringt.«

»Bäh! Und was machst du dann?«

»Ich entsorge die Maus. Was sonst?« Tante Otti nahm ihre Tasse und begab sich ins Wohnzimmer, wo sie es sich auf dem Sofa gemütlich machte.

Jule setzte sich zu ihr und nippte an ihrem Kaffee. »Wann hast du denn vor, zum Arzt zu gehen? Ich hab nächste Woche Spätschicht. Du könntest einen Termin für morgens machen, dann begleite ich dich.«

Tante Otti bekam wieder rote Flecken am Hals. »So schnell schon?«

»Na klar. Je eher, desto besser.« Jule ließ keine Widerrede zu. Schließlich gab es nun einen triftigen Grund, warum sich Tante Otti so rasch wie möglich untersuchen lassen sollte. Auch wenn sich Jule vor dem Ergebnis nicht weniger fürchtete als die alte Dame.

»Gut, gleich morgen früh rufe ich beim Arzt an.«

»Prima.« Jule trank ihren Kaffee aus.

Wortkarg pickte Tante Otti die Krümel von ihrem Teller. Aus dem Esszimmer drangen Sägegeräusche.

»Alles wird gut, Tante Otti«, sagte Jule nach einer Weile.

»Und wenn nicht? Dann müsst ihr mir helfen. Du, Marc und Kathi. Ja?«

»Klar doch.« Jule strich ihr über die Schulter. »Rufst du mich an, wenn du den Termin hast?« Die Stimmung in dem Wohnzimmer drückte wie schwülheiße Luft auf ihr Gemüt.

Als Jule eine halbe Stunde später vor das Mietshaus trat, atmete sie erst einmal tief durch. Sie sehnte sich nach einer Tasse Himbeertee – dazu einen Liebesroman, in dem der Held seine Angebetete in die Arme schloss und alles gut war.

Zu Hause strafte sie Kathi für den Rest des Tages mit eisigem Schweigen. Die falsche Schlange sollte ruhig zu spüren bekommen, dass sie sich einen echten Klops geleistet hatte.

21. Kapitel

Obwohl sie Spätschicht hatte, erwachte Jule am nächsten Morgen ungewöhnlich früh. Die Angst vor Tante Ottis Untersuchung saß ihr wie eine fette Spinne im Nacken.

Gegen zwölf Uhr hielt Jule es nicht mehr aus. Tante Otti musste längst den Termin vereinbart haben. Warum nur sagte sie ihr nicht Bescheid? Sie hüpfte doch sonst so fix ans Telefon, wenn es darum ging, Neuigkeiten zu erzählen. Jule rief Tante Ottis Kontakt auf und drückte auf »Verbinden«. Unzählige Freizeichen später meldete sich eine abgehetzte Stimme.

»Wo steckst du denn, Tante Otti?«

»Jule? Ach, du bist es. Ich bin gerade zur Tür hereingekommen. Stell dir vor, ich war beim Arzt. Es gab heute Morgen noch einen freien Termin.«

Jules Herz begann zu rasen. »Ja, und was hat er gesagt?«

»Ich bin nicht dement. Das ist nur ein bisschen Alterstüddeligkeit, da war sich Doktor Schneider ganz sicher. Du glaubst gar nicht, wie froh ich bin.«

Erleichtert atmete Jule aus. »Hast du dir das attestieren lassen?«

»Nein. Wieso?«

»Ja, du weißt doch, wegen der Betreuungsgeschichte.«

»Aber Marc hat doch gesagt, das ginge sowieso nicht so einfach, wie Karl-Heinz sich das vorstellt.«

»Aber so ein Attest ist immer besser. Dann hast du es schwarz auf weiß. Ruf doch noch einmal beim Arzt an und sag, die sollen dir eins ausstellen. Das dürfte doch kein Problem sein.«

»Meinst du wirklich?«

»Ja, natürlich.«

»Na, dann werde ich das Attest anfordern. Mach's gut, bis später mal.« Es klickte in der Leitung.

»Tante Otti? Bist du noch da?«

Stille. Sofort verspürte Jule ein Ziehen in ihrem Leib. Da stimmte doch etwas nicht. Weil Kathi bereits arbeiten war, schaltete sie ihr Laptop ein und googelte wieder einmal nach Demenz. Auf einer Seite stand, dass eine eindeutige Diagnose nur von Fachärzten gestellt werden konnte. Dazu gehörte auch eine CT oder eine MRT, um festzustellen, ob sich das Gehirn verändert hatte. Entweder hatte Tante Otti sie belogen, oder der Hausarzt taugte nichts. Aber das ließ sich ja leicht herausfinden. Jule suchte nach einem Doktor Schneider, der in Tante Ottis Gegend praktizierte. Als sie fündig geworden war, tippte sie die Telefonnummer in ihr Handy und fragte die Arzthelferin, ob ihre Tante Ottilie Bär wohl im Wartezimmer sitzen würde. Mittlerweile würde sie sich Sorgen machen, weil die alte Dame immer noch nicht von ihrem Arztbesuch zurückgekehrt sei.

»Frau Bär? Die hatte heute bei uns gar keinen Termin. Da müssen Sie etwas verwechseln.«

»Oh, wirklich? Na, dann entschuldigen Sie bitte. Einen schönen Tag noch.« Jule starrte ihr Handy an. Also doch, Tante Otti hatte sie belogen! Na warte. Blitzschnell flogen ihre Finger über den Touchscreen. Nachdem Jule gefühlte 5000 Mal hatte klingeln lassen, gab sie auf. Es wunderte sie überhaupt nicht, dass Tante Lügenbaronin nicht dranging. Nur leider hatte sie im Augenblick keine Zeit mehr, Tante Otti persönlich zur Rede zu stellen, da in einer Dreiviertelstunde ihre Schicht im Drogeriemarkt begann. Aber aufgeschoben war nicht aufgehoben.

Als das Klingeln des Telefons endlich verstummte, ließ sich Ottilie in den Schaukelstuhl fallen. Woher sollte sie denn nun das Attest bekommen? Langsam fühlte sie sich eher von Jule bevormundet als von Karl-Heinz. Der hatte doch bestimmt nur heiße Luft versprüht. Als ob der Herr Politiker Zeit hätte, sich um sie zu kümmern. Aber gerade deshalb wollte er sie ja ins Seniorenheim abschieben. Das hatte er deutlich gesagt. Ottilie wurde es wieder angst und bange. Ein Attest musste auf jeden Fall her, und zwar ein gutes. Also schaltete sie das Note-Dings ein und rief das Schreibprogramm auf. Hier ließe sich doch bestimmt etwas basteln. Und weder Jule noch Karl-Heinz kannten die wahre Unterschrift von Doktor Schneider. Das Ganze war ja nicht weiter schlimm, wenn es niemand bemerkte. Tante Otti schrieb munter drauflos.

Bei einer ausführlichen Untersuchung wurde festgestellt, dass die Patientin Ottilie Bär nicht an Demenz erkrankt ist. Ihre Vergesslichkeit ist allein auf das Alter zurückzuführen.

Gez.: Dr. med. Rudolf Schneider

Ottilie starrte auf den Monitor. Sie hatte keinen blassen Schimmer, wie ein Attest aussah. Aber so in etwa musste es ihrer Meinung nach hinkommen. Ach nein, der Briefkopf fehlte noch. Also tippte sie rechts oben die Anschrift der Arztpraxis sowie das Datum des heutigen Tages ein. So wirkte es wirklich professionell. Nun brauchte sie es nur noch auszudrucken und Jule unter die Nase zu halten. Aber wie funktionierte das mit dem Drucken? Nachdenklich arbeitete sie sich durch die obere Leiste am Bildschirm. Bald fand sie den Befehl »Drucken« und klickte darauf. Doch bis auf den Hinweis, dass kein Drucker gefunden wurde, geschah nichts. Ottilie betrachtete das Note-Dings von allen Seiten. Du liebe Güte, wie dumm war sie denn? So ein Drucker war doch ein extra Gerät. Schamesröte kroch Ottilie ins Gesicht. Zum Glück hatte diese Peinlichkeit keiner mitbekommen. Doch wo bekam sie nun auf die Schnelle ein Druckgerät her? Bestellen dauerte zu lange. Am besten fuhr sie in den nächsten Elektromarkt, um eins zu kaufen.

Ottilie untersuchte die Anschlussbuchsen. Die Löcher an der Seite des Note-Dings sahen alle eigenartig aus. Wozu sie überhaupt alle benötigt wurden, war ihr ein Rätsel – und in welches ein Drucker eingestöpselt wurde, erst recht. Doch dann kam ihr eine Idee. Sie würde einfach Marc fragen, ob er ihr nicht sein Druckgerät leihen konnte. Die jungen Leute hatten doch alle so ein Ding. Außerdem wäre er bestimmt so nett und schloss ihr das Teil kurz an.

Keine drei Sekunden später klingelte Ottilie an der Nachbartür Sturm. Marc öffnete wie immer erst nach zwanzig Atemzügen und lächelte sie in gewohnter Manier an.

»Wie geht es deinem Brummschädel?«, fragte Ottilie.

Marc senkte den Blick. »Geht schon wieder. Mein Auftritt tut mir übrigens echt leid. Ich hoffe nur, ich hab mich nicht allzu blöd benommen.«

»Ach, du doch nicht.« Ottilie winkte ab. »Aber hör mal, ich brauche deine Hilfe. Ich muss unbedingt etwas ausdrucken. Mir fehlt nur leider das Druckgerät. Du kannst mir doch bestimmt deins für fünf Minuten leihen.«

»Klar, kann ich.« Auf nackten Füßen verschwand Marc

von der Tür und erschien kurz darauf mit einem Drucker unter dem Arm in Ottilies Wohnung.

Ein ziemlich verstaubtes Teil, wie Ottilie fand. Vielleicht sollte mal jemand in dem Junggesellenhaushalt richtig saubermachen. Dann folgte sie Marc ins Esszimmer, wo er das Druckgerät mit wenigen Handgriffen an das Note-Dings anschloss.

Nach ein paar professionellen Klicks rieb sich Marc die verstaubten Hände an seiner Jeans sauber. »So, nun kannst du drucken. Ist es das Word-Dokument, das geöffnet ist?«

Ottilie räusperte sich. Was sollte sie denn jetzt sagen? Doch ehe sie verneinen konnte, hatte Marc das gefälschte Attest schon per Mausklick aufgerufen.

Nach einem Blick darauf hoben sich seine Augenbrauen. »Das hat dir aber nicht der Herr Doktor geschickt, oder?«

»Doch, doch. Per Facebook. Ich hatte das Attest nämlich heute Morgen in der Praxis vergessen. Und da war die Sprechstundenhilfe so nett und …«

»Word-Dokumente lassen sich nicht per Facebook verschicken. Das geht nur als Anhang über E-Mail.«

Ottilie versuchte, sich lässig zu geben, und winkte mit der rechten Hand ab. »Meinte ich doch. Ich hab mich nur versprochen. Ist in meinem Alter ja auch alles ein bisschen viel auf einmal. Katzenforum, Facebook, Klassenfinder und überhaupt der ganze neumodische Kram. Da kann man schon mal was verwechseln.« In Gedanken schlug sich Ottilie mit der flachen Hand vor die Stirn.

»Ottilie, du schummelst. Ich sehe doch, dass du den Text selbst geschrieben hast. Für Atteste gibt es im Übrigen Vordrucke. Das hier ist Urkundenfälschung. Weißt du eigentlich, was dir darauf blüht?«

»Nö, weiß ich nicht. Hab ich ja auch nur für mich privat ausprobiert.« Ottilie knabberte verlegen an ihrem Daumennagel.

»Das glaubst du doch wohl selbst nicht. Gestern Abend haben wir noch vereinbart, dass du zum Arzt gehst, und heute tippst du solch einen Text einfach nur mal so?«

Marc stöpselte den Drucker wieder aus und wickelte das Kabel auf.

»He, was machst du denn da? Du hast mir das Attest doch noch gar nicht ausgedruckt«, protestierte Ottilie.

»Hör mit dem Quatsch auf. Selbst wenn du Demenz haben solltest, heißt das noch lange nicht, dass du einen Betreuer aufgebrummt bekommst, den du nicht willst.«

»Da kennst du Karl-Heinz aber schlecht.« Ottilie schlurfte zum Schaukelstuhl, ließ sich darauf nieder und wippte leicht vor und zurück. »Sollte ich wirklich Demenz haben, erschieß ich mich auf der Stelle.« In ihren Augen brannten Tränen.

Marc ließ von dem Drucker ab und schaute sie mitleidig an. »Ach, Ottilie, nun warte doch erst einmal ab. Bestimmt machst du dir umsonst Sorgen. Außerdem gibt es doch sicher Medikamente, die helfen.«

»Es gibt keine Heilung. Das weiß doch jeder. Ich möchte einfach nicht in absehbarer Zeit kopflos durch die Gegend geistern und meine Pantoffeln in die Spülmaschine stecken. Verstehst du das nicht?« In diesem Augenblick wünschte Ottilie, das Thema wäre nie auf den Tisch gekommen. Vielleicht wäre es besser, wenn man seine Vergesslichkeit einfach vergaß – so lange, bis der Verstand ganz aussetzte.

Marc tätschelte tröstend ihre Schulter. »Natürlich verstehe ich das. Aber darüber kannst du dir noch Gedanken machen, wenn es wirklich so sein sollte. Und bevor du dich noch weiter verrückt machst, solltest du endlich diese Untersuchung über dich ergehen lassen. Was nutzt es dir, wenn du den Kopf in den Sand steckst? Es ändert nichts an deinem Zustand.«

Ottilie fixierte einen unsichtbaren Punkt auf dem Laminat. »Sag mal, fängt die Bevormundung jetzt schon durch dich und Jule an? Es ist doch meine Sache, ob ich zum Arzt gehe oder nicht.«

»Du hast recht. Es ist deine Sache. Du musst selbst wissen, was du tust oder lässt.« Marc klemmte sich seinen Drucker unter den Arm und verabschiedete sich von ihr.

Nachdenklich strich Ottilie mit dem Zeigefinger über ihre Unterlippe. Die Sache mit dem gefälschten Attest hatte sich wohl erledigt. Aber vielleicht sollte sie sich wirklich untersuchen lassen – und sich vorsorglich eine Knarre besorgen. Die Müdigkeit kroch in Ottilies Knochen. Sie fischte die Wolldecke vom Sofa und kauerte sich tiefer in den Schaukelstuhl. Im Augenblick konnte ihr die ganze Welt den Buckel hinunterrutschen – nur wollte die Welt das wohl nicht einsehen, denn im nächsten Augenblick klingelte das Telefon. Ottilie griff nach den Lärmschutzpfropfen und stopfte sie sich in die Ohren.

Von Minute zu Minute wurde Jule nervöser. Wo steckte Tante Otti bloß? Sie probierte es erneut auf dem Handy. Doch auch dort meldete sich nach vier Freizeichen wieder nur die Mailbox. Jetzt bekam Jule ein immer schlechteres Gewissen. Es war wirklich nicht fair gewesen, Ottis mögliche Demenz dem Herrn Sohn zu petzen. Zumindest hätte sie mit ihr darüber sprechen müssen. Also beschloss sie, sich zu entschuldigen. Aber nur, wenn Tante Otti die Wahrheit sagte, was den Arztbesuch anging. Doch dazu musste sie erst einmal ans Telefon gehen. Jule ärgerte sich, dass sie Marcs Nummer nicht wusste – nur für diesen Notfall, verstand sich.

Polanskis Stimme donnerte durch den Drogeriemarkt. Jule zuckte zusammen, steckte das Handy rasch in ihre Kitteltasche und schlich hinter dem Regal hervor.

»Bin hier!«, rief sie dem Rücken des Tyrannen zu. »Was gibt's denn?«

Polanski drehte sich schnaufend um und fasste sie unwirsch am Arm. »Kommen Sie mal mit, Fräulein.«

Jule stolperte hinter ihm her. »Nehmen Sie die Finger fort!«, sagte sie laut und versuchte, sich aus seinem Griff zu wenden.

Der Sklaventreiber ließ sie los und zeigte auf ein Regal. »Was ist das? Erklären Sie mir das bitte.« Nacheinander tippte er auf die verschiedenen Cremedosen. »Hier, hier und hier.«

»Was soll damit sein?« Jule konnte nichts Außergewöhnliches erkennen.

»Und hier!«, wurde Polanski wieder lauter. Sein Finger trommelte auf die Preisschildleiste unter den Produkten. »Falsch eingeräumt, Sie blindes Huhn.«

Nun sah Jule es auch. »Na und? Kann doch mal passieren.«

»Bei mir nicht«, keifte der Tyrann. »Los, umräumen!«

Wieder einmal wünschte Jule, der Laden würde sich mir nichts, dir nichts in Luft auflösen. Doch was half ihr das? Gar nichts. Deshalb beschloss sie ernsthaft, sich einen neuen Job zu suchen. Gleich heute Abend würde sie sich im Internet schlaumachen, ob es nicht doch etwas anderes gab.

Für den Rest des Tages lenkte der Ärger über Polanski Jule

von ihren Ängsten um Tante Otti ab. Dennoch verging die Zeit bis zum Feierabend nur zäh. Als es endlich 22 Uhr war und Jule den Laden verlassen konnte, zückte sie auf dem Weg zur Bahnhaltestelle ihr Handy aus der Tasche. Und siehe da, Tante Otti nahm sogar den Hörer ab.

»Wo hast du bloß den ganzen Tag gesteckt?«, fragte Jule teils erleichtert, teils genervt.

»Ich war hier zu Hause. Wieso?«

»Das kann nicht sein. Oder gehst du neuerdings nicht mehr ans Telefon?«

»Dann wäre ich jetzt bestimmt nicht in der Leitung. Du hast sicher angerufen, als ich geschlafen habe. Aber sag mal, in welchem Ton sprichst du eigentlich mit mir?«

»Du warst gar nicht beim Arzt, gib es zu«, pampte Jule.

»Nein, war ich tatsächlich nicht. Ich hab dich angelogen. Es tut mir leid.« Tante Ottis Stimme klang reuevoll. »Aber ich werde hingehen. Gleich morgen früh. Das verspreche ich dir hoch und heilig. Es hat ja keinen Zweck. Das habe ich nun eingesehen.«

Jule schluckte ihren Groll hinunter, wo er noch ein wenig im Magen grummelte und das schlechte Gewissen hochschickte. »Ist schon gut, Tante Otti. Ich hab dir auch etwas verschwiegen«, sagte sie kleinlaut.

»Im Ernst? Aber was denn?«

»Ich habe Karl-Heinz sehr wohl von deiner Vergesslichkeit erzählt. Aber nur weil ich dachte, er würde sich dann um dich kümmern.« Jule lauschte in ihr Handy. Schwere Atemzüge waren zu hören. Aber wenigstens hatte Tante Otti nicht aufgelegt. »Wenn ich gewusst hätte, dass er so ein Idiot ist, hätte ich das niemals gemacht. Tante Otti?« Wieder waren nur Atemgeräusche zu hören. »Nun sag doch etwas.«

»Du mischst dich mehr in mein Leben ein, als mir lieb ist.«

»Soll ich dich morgen zum Arzt begleiten?«, lenkte Jule vom Thema ab, denn sie hatte keine Lust, erneut in dem alten Quark zu rühren.

»Nein, lass mal. Das schaffe ich schon allein.«

»Sagst du mir denn Bescheid, wenn du wieder zurück bist? Das wäre mir wirklich wichtig.«

»Ja, mach ich. Bis dann, Julekind.«

Als Jule nach Hause kam, saß Kathi vor dem Fernseher und stopfte eine Schüssel Chips in sich hinein. Die Glückliche konnte essen, was sie wollte, und nahm kein Gramm zu. Jule ging in die Küche, um einen Blick in den Kühlschrank zu werfen. Auch sie brauchte Nervennahrung. Da grundsätzlich keine Schokolade im Haus war und sie von Chips immer Zahnfleischentzündungen bekam, gab sie sich mit einem Päckchen Scheiblettenkäse zufrieden. Mit dem Käse und einer Flasche Orangensaft unter dem Arm begab sich Jule zu Kathi ins Wohnzimmer.

Kathi spülte die Chips mit einem Schluck Cola hinunter. »Sprichst du immer noch nicht mit mir?«

»Wundert dich das, nach deiner Aktion mit der Party? Vielen Dank übrigens noch mal.« Jule wickelte die erste Scheibe Käse aus dem Zellophanpapier und steckte sie sich in den Mund.

»Ach komm, jetzt sei doch nicht so. Du hast was gut bei mir. In Ordnung?«

Nachtragend war Jule noch nie gewesen, deshalb schaute sie die Freundin mit zusammengekniffenen Augen an. »Mach so etwas nie wieder.«

»Mach ich nicht mehr, ich schwöre.« Kathi hob die Finger

und wechselte sofort das Thema. »Ich glaube, es ist Vollmond. Kann das sein?«

Jule blickte zum Fenster, an dem die Jalousien hinabgelassen waren, und zuckte mit den Schultern. »Weiß nicht. Wieso?«

»Ich sag nur: steigende Weglauftendenz. Ganze fünf Bewohner mussten wir heute im Viertel suchen.«

Jule wickelte eine weitere Scheibe Käse aus. »Ich kann gut verstehen, dass die Leutchen abhauen. Für Tante Otti wäre solch ein Heim auch nichts.«

»So schlimm ist es bei uns aber gar nicht. Wir bemühen uns sehr, den alten Menschen ein schönes Zuhause zu bieten. Und im Idealfall helfen die Angehörigen mit. So wie die Tochter, die ihre Mutter immer mit in den Urlaub nimmt.«

Jule drehte nachdenklich die Orangensaftflasche in ihrer Hand. »Warum organisiert ihr eigentlich keine Reisen für die Senioren? Das wäre doch mal was.«

Kathi schüttelte den Kopf. »Mit welchem Personal? Und vor allem: Wer soll das bezahlen? Die meisten Alten haben nicht mehr als das Taschengeld, das ihnen das Sozialamt zahlt. Die wenigsten können von ihrer Rente allein die Pflege finanzieren.«

Doch der Gedanke ließ Jule keine Ruhe. Wenn ein Mensch immer gereist war, wurde im Alter die Sehnsucht nach der Ferne bestimmt nicht schwächer. Wie bei Tante Otti eben. Es musste doch einen Weg geben, diesen Leuten eine Urlaubsreise zu ermöglichen! Für alles Mögliche gab es eine Stiftung oder einen Fonds. Vielleicht konnten aber auch die Wohlhabenden in der Einrichtung die Bedürftigen unterstützen.

Kathi tippte ihr mit dem Finger auf das Knie und riss sie

damit aus den Gedanken. »Du machst nicht gerade den Eindruck, als wäre heute der schönste Tag deines Lebens gewesen.«

»Dem Polanski sollte man einen Schlägertrupp auf den Hals hetzen«, sagte Jule gehässig und stopfte sich gierig die nächste Scheiblette in den Mund.

»Du liebe Güte, dann schau doch mal, ob du nicht etwas anderes findest. Ich weiß gar nicht, was dich noch bei dem Sklaventreiber hält.«

»Ist ja nur noch bis zum Ende des Sommers. Eigentlich wollte ich mir jetzt schon was anderes suchen, aber ... So lange halte ich das noch aus.«

»Weißt du jetzt eigentlich, was du studieren willst?«

Jule schüttelte den Kopf. »Nein, immer noch nicht genau. Aber vielleicht etwas in Richtung Soziale Arbeit. Auf jeden Fall will ich mit Menschen arbeiten, ihnen helfen, und nicht Maschinen bauen.«

»Kann ich verstehen. Apropos Arbeit mit Menschen: Wollte Otti heute nicht den Termin wegen der Untersuchung vereinbaren?«

»Ach, hör bloß auf.« Jule erzählte ihrer Freundin von Tante Ottis Lügenmärchen und ihrem klärenden Gespräch. »Ach, Kathi, ich kann Tante Otti ja verstehen«, sagte sie dann. »Mir graut es doch selbst vor dem Ergebnis.«

Kathi nickte verständnisvoll. »Ich sag's ja immer: Alt zu werden ist nichts für Feiglinge.«

»Da hast du recht. Aber weißt du was? Lass uns über etwas anderes reden. Ich will nicht immerzu daran denken müssen.« Jule wickelte die letzte Scheiblette aus. »Sag mal, wie war denn die Party nun eigentlich?«

Kathis Augen erhellten sich, und Jule bereute sofort, sie

danach gefragt zu haben. Hoffentlich schwärmte sie nicht in höchsten Tönen von Marc.

»Die Party war der Hammer. Es lief nur super Musik. Und Marcs Leute sind total nett. Die musst du unbedingt kennenlernen. Mit denen kannst du richtig abfeiern.«

Los, erzähl mehr von Marc, flehte Jule stumm, und am besten nur Schlechtes.

»Warst du auch erst nach sieben zu Hause? Marc war übrigens ganz schön blau.«

Kathi grinste. »Klar war ich auch erst um die Zeit zu Hause. Aber woher weißt du, dass Marc abgefüllt war? Hast du am Fenster gestanden?«

»Nein, natürlich nicht.« Jule berichtete von Tante Ottis Morgendrill und Marcs anschließendem Auftritt.

»Na ja, wir haben alle reichlich getrunken. Und draußen an der frischen Luft kommt dann ja bekanntlich der Mann mit dem Hammer.« Kathi kicherte.

Jule gab sich äußerlich teilnahmslos, in ihrem Bauch steppte jedoch der Bär. »Ist er denn gut drauf, wenn er feiert?«

»Gut drauf? Ich hab Tränen über ihn gelacht. Ehrlich!«

»Baggert der nicht die ganze Zeit irgendwelche Mädels an?« Ob er es bei Kathi versucht hatte, traute sich Jule gar nicht erst zu fragen.

Es schien, als würde Kathi den Abend in Gedanken noch einmal durchleben.

»Das hatte er gar nicht nötig. Der wurde angebaggert, und zwar reihenweise. Aber er war charmant zu den Mädels, das muss ich sagen.«

»Siehst du, dachte ich es mir doch. Wenn du mit dem zusammen bist, brauchst du eine Fliegenklatsche, um ihm die Frauen vom Hals zu halten.«

»Jule? Alles klar? Komm mal wieder runter. Wenn du weiter die Mundwinkel hängen lässt, fräsen sich die Linien noch ein. Marc hat nichts gemacht. Er hat sich weder mit einer aufs Klo verzogen, noch hat er rumgeknutscht. Und außerdem: Warum regst du dich darüber so auf? Du willst doch angeblich gar nichts von ihm.«

Jule wünschte sich, dass sie noch eine Scheibe Käse hätte, die sie aus dem Cellophan fummeln könnte. Ihre Ohren glühten mittlerweile wie eine vergessene Herdplatte – was der Freundin natürlich nicht entging.

»Du stehst also doch auf ihn.« Kathi hob wissend die Augenbrauen.

»Nein, tue ich nicht. Ganz bestimmt nicht.«

»Und warum bist du dann die ganze Zeit so komisch? Marc ist das übrigens auf Ottis Geburtstag auch nicht entgangen.«

Jule riss die Augen auf. »Ihr habt über mich gelästert?«

»Sag mal, geht's noch? Wir haben bestimmt nicht über dich gelästert. Nur ein bisschen geredet.«

»Aha. Und was?« Jule nahm Kathi die Schüssel mit den Chips aus der Hand und stopfte sich den Mund voll. Fettige Krümel rieselten auf ihre Jeans.

»Er hat mich gefragt, was du so machst. Wo du arbeitest, ob du einen Freund hast und so.«

Jules Blick klebte an Kathis Lippen. »Was heißt ›und so‹?«

»Puh, da muss ich überlegen.« Kathi stieß zischend die Luft durch die Zähne. »Ach so, ja, er hat gefragt, ob du noch Jungfrau bist.«

»Das ist nicht dein Ernst, oder?« In Jules Ohren platzten die Heizstäbe.

Kathi lachte laut auf. »Nein, natürlich nicht. Mensch, Jule, bleib doch mal locker. Er interessiert sich für dich. Das ist doch super. Außerdem hat er seine Freundin abgeschossen.«

Jule zwängte ihre Gedanken in die nächste Einbahnstraße. »Super wäre es, wenn Tante Otti keine Demenz hätte.« Augenblicklich erhob sie sich von dem Sofa, gab Kathi die Schüssel zurück und verabschiedete sich ins Bett.

22. Kapitel

Jule war erst gegen fünf Uhr eingeschlafen, weil die abwechselnden Gedanken an Marc und Tante Otti sie von einem Magenkrampf in den nächsten getrieben hatten. Nach nur vier Stunden Schlaf stand sie wie Frankensteins Meisterstück vor dem Badezimmerspiegel. Dazu schmerzte ihr Zahnfleisch unter dem linken Backenzahn. Das war die Handvoll Chips wirklich nicht wert gewesen. Die Urlaubsbräune verblasste auch langsam schon wieder, und die dünne Haut unter ihren Augen warf Pandabär-Schatten. Jule wandte den Blick von dem grausamen Spiegel ab, stellte die Dusche an und fragte den lieben Gott, ob es vielleicht möglich sei, noch einmal neu geboren zu werden – mit dem Aussehen von Heidi Klum.

Gott antwortete nicht.

Der prickelnde Strahl der Dusche brachte Jule wieder zur Besinnung. Und bevor Gott eventuell doch noch bei ihr auftauchte, schickte sie ihn schnell mit einem entschuldigenden Stoßgebet zu Tante Otti in die Arztpraxis. Dann seifte sie sich ein, spülte den Schaum ab und stieg mit zittrigen Beinen aus der Dusche. Der erste Blick galt ihrem Handy, das auf dem Wasserkasten der Toilette lag. Das Display zeigte einen entgangenen Anruf an. Wann sollte das gewesen sein? Gerade eben? Eilig tippte Jule auf das Icon. Der Anruf mit der

Nummer von Tante Otti war vor einer Minute eingegangen. Mist! Sofort tippte Jule auf Rückruf.

»Wo warst du denn?«, rief eine aufgebrachte Stimme.

»Unter der Dusche. Was hat der Arzt gesagt?« Jule fiel fast das Handy aus den feuchten Fingern, so sehr zitterte sie.

»Warte, ich muss erst einmal einen Schluck Kaffee trinken. Mein Mund ist so trocken.« Schlürfgeräusche waren zu hören. »So, nun ist es besser. Also, ich fang mal ganz von vorn an: Dr. Schneider hat mich viele Dinge gefragt. Und dann musste ich in eine Uhr verschiedene Uhrzeiten malen. Wie im Kindergarten, sag ich dir.«

»Und? Hattest du Schwierigkeiten dabei?« Jule versuchte, Tante Ottis Stimme zu analysieren. Leicht zittrig, wie sie fand. Jules Magen machte eine Rückwärtsrolle.

»Nein, allzu große Mühe hatte ich dabei nicht.«

»Ach, Tante Otti, mach es doch nicht so spannend. Was hat Dr. Schneider denn nun gesagt?«

»Es sieht gut aus, meinte er. Aber eine beginnende Demenz ist kaum von Altersvergesslichkeit zu unterscheiden. Von daher hat er mir eine Überweisung für die Gedächtnisambulanz ausgestellt. Leider hab ich erst in knapp zwei Wochen einen Termin bekommen. So lange bleibt die Ungewissheit noch.« Tante Otti seufzte. Dann hörte Jule ein Schniefen.

»Aber das ist nur vorsorglich, das muss doch jeder pflichtbewusste Arzt machen. Außerdem ist er doch guter Dinge.« Jule versuchte nicht nur Tante Otti Mut zuzusprechen, sondern auch sich selbst.

»Und was ist, wenn Karl-Heinz in der Zeit mit seinem Bevormundungsgedöns wieder auftaucht?«

»Mit dem werden wir schon fertig. Wenn wir zusammenhalten, kann der uns gar nichts.«

Tante Otti verlor die Fassung und begann zu heulen. »Ich bin so froh, dass ich dich habe!«

Auch Jule fühlte sich den Tränen nahe. »Alles wird gut. Du wirst sehen. Wenn du willst, komme ich dich am Sonntag wieder besuchen. Was meinst du?«

»Ach, erst am Sonntag?«, jammerte die alte Dame.

»Ja, ich hab doch die ganze Woche Spätschicht. Und am Samstag wieder Doppelschicht.«

»Wie schade. Aber vielleicht kommt Marc ja zwischendurch mal rüber.«

Jule bekam schon Herzstolpern, wenn sie nur den Namen hörte. Was war bloß los mit ihr? Bestimmt hing das mit der Aufregung um Tante Otti zusammen.

Der Fernseher lief, doch Ottilie achtete nicht auf den Film. In Gedanken war sie ganz woanders, denn nicht nur die Angst um ihre geistige Gesundheit, sondern auch das Alleinsein trieb sie langsam in den Wahnsinn. Wie gern hätte sie sich in diesem Augenblick mit Hildchen über alles unterhalten und sich von ihr trösten lassen! Aber so schnell würde die Freundin wohl nicht zurückkommen. Um sich auch von dieser traurigen Tatsache abzulenken, dachte Ottilie an den Urlaub mit Jule. Wie schön es doch mit dem Mädel auf Gran Canaria gewesen war! Am liebsten hätte sie einfach alles stehen und liegen gelassen und wäre wieder verreist. Weit fort von dem ganzen Kummer und der Sorge. Der Gedanke daran gefiel ihr so gut, dass Ottilie eine blendende Idee kam.

Dann maunzte Praline vor der Balkontür. Froh, wenigstens die Katze um sich zu haben, holte sie das Tierchen schnell herein. Augenblicklich strich Praline schnurrend um Ottilies Beine und ließ kaum zu, dass sie in die Küche ging.

Deshalb nahm Ottilie sie auf den Arm und schmuste ausführlich mit dem Kätzchen. Das tat gut!

Danach begab sie sich in die Küche und füllte Pralines Napf mit Lachs. Die kleine Katze kam bei dem Duft sofort näher und sprang maunzend auf die Arbeitsplatte. Ein bisschen wehmütig wurde es Ottilie schon ums Herz, als sie an ihr Vorhaben dachte. Doch Marc würde sich bestimmt gut um Praline kümmern, da war sie sich sicher. Lange würde sie ja auch nicht fortbleiben. Nachdenklich schaute sie zu, wie Praline den Lachs verschlang. Dann schnappte sie sich ihre Handtasche und machte sich auf den Weg ins Reisebüro.

In dem Laden roch es nach neuem Teppichboden. Ottilie glaubte auf Wolken zu schweben, als sie zu der freundlichen Dame mit dem blonden Pagenkopf ging. Sehnsüchtig wanderte ihr Blick zu den Katalogen an der Regalwand, die grenzenlose Freiheit unter Palmen anpriesen.

Die Dame begrüßte Ottilie mit Namen und bat sie, doch an einem der Schreibtische Platz zu nehmen. Rasch holte sie Kaffee und breitete dann einen Stapel Hochglanzkataloge aus. Alle zeigten auf dem Deckblatt das Meer.

»Wie war Ihr Urlaub auf Gran Canaria?«, fragte die Reisekauffrau.

»Ganz wunderbar! Ich hatte so eine nette Begleitung. Alles hat gestimmt.« In Ottilie wuchs die Sehnsucht nach der Insel. Dort war die Welt noch in Ordnung gewesen.

»Und soll es diesmal wieder ans Meer gehen?«

Ottilie verzog den Mund, als habe sie in eine Zitrone gebissen. »Nein, leider nicht. Diesmal sollen es die Berge sein.«

»Sie sehen aber nicht gerade aus, als sei dies Ihr Traumziel«, stellte die Reisekauffrau fest und stapelte die Kataloge aufeinander.

»Ist es auch nicht«, bestätigte Ottilie. »Doch manchmal muss man Kompromisse eingehen.«

Die Dame sah sie verständnislos an. »Ich verstehe nicht ganz …«

»Ach, wissen Sie, es soll eine Überraschung für eine Freundin werden. Und sie liebt halt die Berge.«

»Na, die Bergwelt hat natürlich auch ihren Reiz. Es gibt ganz tolle Reiseziele. Wenn ich Ihnen mal etwas zeigen darf, Frau Bär …«

»Natürlich. Deshalb bin ich ja hier.« Ottilie seufzte und nahm sich fest vor, im Winter wieder auf die Insel zu fliegen – wenn alles gutging mit der Untersuchung.

»Sehen Sie mal hier.« Die Reisefrau schaffte einen neuen Stapel Kataloge herbei. Auf jedem von ihnen waren saftige Wiesen und schneebedeckte Gletscher zu sehen. »Soll es denn in Deutschland sein? Oder möchten Sie lieber in die Schweiz oder nach Österreich?«

»Das ist egal.« Ottilie zuckte mit den Schultern.

Die Blonde hob die gezupften Augenbrauen. »Gut, dann lassen Sie mich mal schauen. Ich könnte Ihnen ein entzückendes Hotel in Garmisch-Partenkirchen empfehlen.« Sie klappte einen der Kataloge auf und tippte mit dem Finger auf die Seite. »Hier, sehen Sie, eine Wander- und Wellnessoase mit Blick auf das Wettersteingebirge. Wunderbar gelegen. Das wird auch Ihnen gefallen, Frau Bär.«

Wellness klang gut. Ottilie schaute neugierig auf die Bilder, die ein modernes Haus inmitten einer Bergkulisse zeigten. Blühende Wiesen, Kühe und schroffe Felsen waren zu sehen.

»Das Hotel bietet auch Ausflüge an. Eine Heu- und Kräuterwanderung zum Beispiel. Wäre das nichts für Sie?«

»Hm, ja. Aber was ist denn mit der Wellness?«

Der Blick der Reisefrau flog über die Katalogseite. »Das Hotel hat einiges zu bieten. Frischwasser-Whirlpools, verschiedene Saunen, Erlebnisduschen, ein Solinarium –«

»Was ist das denn? Eine Sonnenbank?«, unterbrach Ottilie sie.

»Nein.« Die Reisefrau lachte. »Das wäre ein Solarium. Das hier ist ein Salzraum. Die Luft ist sehr gut für die Atemwege und stärkt das Immunsystem.«

Das gefiel Ottilie. Bestimmt würde die salzige Luft Hildchens zigarrengeschwächten Lungen guttun. Und in der Zeit, in der sie wellnessten, konnten sie wenigstens nicht über die Berge kraxeln. Kurzerhand reservierte Ottilie eine zehntägige Reise für drei Personen. Jule musste natürlich mitfahren. Sie und Hildchen würden sich wunderbar verstehen. Das war ja schon bei der Geburtstagsparty zu sehen gewesen.

Eine Viertelstunde später stand Ottilie in Polanskis Drogeriemarkt. Ihre Laune hatte sich schlagartig gebessert. Und wenn sie ehrlich war, freute sie sich sogar auf den Urlaub in den Bergen. Nun musste sie nur noch mit Polanski reden, damit Jule auch freibekäme.

Während Jule die Hygieneeinlagen ins Regal räumte, musste sie unwillkürlich an den Urlaub mit Tante Otti denken. Jederzeit würde sie sich wieder dorthin wünschen, denn alles war besser, als den cholerischen Polanski um sich zu haben. In Gedanken schrieb sie bereits die achte Kündigung. Und zerriss diese auch in Gedanken wieder. Erst einmal musste sie einen neuen Job finden, denn mit dem Feuer spielte Jule nicht. Und da bald die Sommerferien bevorstanden, war es zurzeit besonders schwer, etwas zu finden.

Jule räumte die letzte Schachtel der Einlagen ins Regal, vergewisserte sich noch einmal, ob auch das richtige Preisschild darunterhing, und schob dann den leeren Einkaufswagen durch die Gänge. Auf dem Weg zum Lager kam sie an Polanskis Büro vorbei. Die Tür stand offen, und es roch nach Kaffee und Banane. Als Jule einen Blick hineinwarf, glaubte sie ihren Augen nicht zu trauen. Da saß doch tatsächlich Tante Otti vor dem Schreibtisch. Jule wich einen Schritt zurück. Die Ohren sperrte sie jedoch auf Rhabarberblättergröße auf.

»Och, Herr Polanski. Nun seien Sie doch nicht so streng mit dem Kind. Können Sie ihr nicht einfach unbezahlten Urlaub geben? Mir zuliebe?«

»Nennen Sie mir einen triftigen Grund, Frau Bär«, grollte der Tyrann. »Wieder ein ›letzter‹ Urlaub auf den Kanaren?«

»Nein, diesmal will ich noch einmal die Berge sehen. Wissen Sie, wie es aussieht, habe ich vielleicht Demenz im Anfangsstadium. Können Sie da nicht verstehen, dass ich noch einmal mit klarem Kopf die Schönheit der Alpen genießen möchte?«

Jule schüttelte fassungslos den Kopf. Jetzt tat Tante Otti es doch schon wieder! Dabei hatte sie versprochen, sich nicht mehr in ihr Leben einzumischen.

»Ich werde Ihnen auch wieder das Fremdpersonal bezahlen«, flehte Tante Otti weiter.

»Nein! O nein! Kommen Sie mir bitte nicht mehr damit. Die Dame, die von der Leiharbeitsfirma geschickt wurde, war eine einzige Katastrophe. Mal kam sie, mal nicht.«

Das hatten die Kolleginnen Jule gar nicht erzählt. In Gedanken sah sie Polanski, wie er wutschnaubend durch den Laden rannte, und konnte sich ein Grinsen nicht verkneifen.

Doch dann konzentrierte sie sich wieder auf Tante Ottis Worte.

»Ist das Ihr letztes Wort?«, hörte sie sie schnauben.

Jule wusste, es war an der Zeit einzugreifen. Doch irgendeine unsichtbare Macht hielt sie davon zurück.

»Ja, Frau Bär. Mir bleibt nichts anderes übrig.«

Stuhlbeine rutschten über den Linoleumboden.

»Gut, Herr Polanski. Dann wird Jule morgen die Kündigung einreichen.«

Klappernde Absätze näherten sich der Bürotür.

Um Jules Hals wickelte sich Stacheldraht. Was hatte Tante Otti da gerade gesagt? Das ging eindeutig zu weit!

Die alte Dame trat aus der Tür und schloss sie hinter sich. Als sie Jule sah, japste sie vor Schreck nach Luft.

Jule gab einen fauchenden Laut von sich. »Was hast du getan?«, krächzte sie.

»Ich … ich …« Bleich wie ein Kalkeimer fasste sich Tante Otti an die Brust.

Jule suchte nach ihrer Stimme. »Das geht eindeutig zu weit. Du kannst doch nicht in meinem Namen kündigen!«

Unwillkürlich traten Tante Otti die Tränen in die Augen. »Du hast einen besseren Job verdient als diese Käfighaltung.«

»Ach ja? Dann verrat mir mal, wo ich so schnell einen besseren finde!«

Tante Otti legte ein bezauberndes Lächeln auf. Auch röteten sich ihre Wangen wieder. »Komm, zieh den Kittel aus. Ich habe einen besseren Job für dich. Du arbeitest ab sofort für mich. Natürlich nur, wenn du willst.«

Jules Herz wummerte bis hinauf in ihren Hals. Was hatte Tante Otti da gerade vorgeschlagen? Sie sollte …? Das war mehr als ein Wagnis, das grenzte an reine Selbstaufgabe. Anderseits konnte sie nach Tante Ottis Auftritt unmöglich weiter in der Drogerie arbeiten.

Tante Otti streckte die Hand aus. »Los, gib mir deinen Kittel.«

Einen Wimpernschlag später schaltete Jule ihr Hirn ab, kramte das Handy aus der Tasche und streifte sich den Kittel ab. Tante Otti nahm ihn ihr aus der Hand und schritt damit zurück ins Büro.

»Da!«, rief sie. Stoff flatterte. »Quälen Sie jemand anderen, aber nicht meine Jule. Sie Sklavenhalter!«

Im ersten Augenblick war Jule stolz auf sie. Doch dann begann langsam der Motor ihres Gehirns wieder zu rattern. Nein, sie war nicht nur stolz auf Tante Otti, sondern auch abhängig von ihr. Du liebe Güte! Was geschah hier nur? Um einer Ohnmacht zu entkommen, hechelte Jule wie ein Hund bei 40 Grad Hitze.

Tante Otti trat wieder aus der Tür. »Was ist denn mit dir? Nun beruhige dich erst einmal wieder.« Sie griff in ihre Handtasche, holte eine kleine Flasche Wasser hervor und drehte den Deckel ab. »Hier trink, das wird helfen.«

Gierig riss Jule ihr die Flasche aus der Hand und setzte sie sich an die Lippen. Das Schlucken fiel ihr so schwer, als habe ihr jemand die Speiseröhre zugenäht. Doch nach und nach löste sich ihre Starre. Sie sah Tante Otti ins Gesicht und spürte unbändige Wut in ihrem Leib aufsteigen.

»Ich bin ein freier Mensch. Ich möchte selbst entscheiden, wo ich arbeite. Aber du setzt mir hier die Pistole auf die Brust, weil du weißt, dass ich gar keine andere Wahl mehr habe.« Jule hatte eindeutig die Nase voll von Tante Ottis Spontaneität. Sie ließ die alte Dame stehen und eilte aus dem Laden.

Hinter dem Fenster der Straßenbahn rauschten die Häuser

wie in einem Film an ihr vorbei. Hin und wieder schüttelte Jule fassungslos den Kopf. So schnell wie möglich müsste sie nun einen neuen Job finden, der auch noch einigermaßen gutbezahlt war – als ungelernte Hilfskraft ein Ding der Unmöglichkeit. Wie sollte sie es nur Kathi sagen, dass sie erst einmal nicht ihren Anteil an der Miete zahlen konnte? Ihr Handy vibrierte. Jule schaute auf das Display und drückte Tante Ottis Nummer weg. Im Augenblick hatte sie alles andere als Lust auf Diskussionen. Es vibrierte erneut, und sie schaltete das Handy aus. Sie musste unbedingt mit Kathi reden – und zwar sofort.

23. Kapitel

Warmes Licht von Wandlampen erhellte den Flur. An den Türen, die sich aneinanderreihten, hingen Kinderbilder und selbstgebastelte Blumen aus Tonpapier. Jules Sohlen quietschten auf dem Linoleumboden, als sie den Gang der Station vier im Seniorenheim entlanglief. An der Wand lehnte ein Abfallsack, aus dem es streng nach Urin roch. Jule beschleunigte ihren Schritt, bis sie endlich den Speiseraum erreichte, wo sie Kathi finden sollte.

Eine Frau im weißen Kittel räumte die Teller vom Mittagessen auf einen Wagen. Dem Geruch nach zu urteilen, musste es wohl Sauerkraut gegeben haben. Aus einer Ecke drang das Murmeln des Fernsehers. Ansonsten war der Speiseraum verwaist. Jule sprach die Küchenfrau an, um sich nach Kathi zu erkundigen.

»Die hat gerade Frau Wollner aufs Zimmer gebracht. Ich glaube vierhundertzweiunddreißig, aber sie können ja aufs Namensschild schauen.« Mit stoischer Ruhe schabte die Frau ein Stück Kasseler von einem der Teller in den Eimer, der unten auf dem Wagen stand.

Jule ging den Flur zurück bis zur 432 und klopfte an. Als sie Kathis Stimme hörte, öffnete sie die Tür und trat ein. Nach den Falten zu urteilen, musste die alte Dame in dem Rollstuhl mindestens hundert Jahre alt sein. Doch ihr Blick wirkte froh.

Kathi stand vor einem kleinen Mahagonitisch und zündete einen Kerzenstumpen an.

»Verrat mich bloß nicht. Offenes Feuer ist in den Zimmern strengstens verboten.« Schnell versteckte sie die Streichhölzer in der Hosentasche.

Die Frau in dem Rollstuhl gab ein kehliges Lachen von sich. Sie schloss die Lippen und kaute ein wenig, bis die Zähne wieder in der richtigen Position saßen. Dann sah sie in die Flamme der Kerze.

»Frohe Weihnachten«, sagte sie.

Kathi hob die Schultern und schaute Jule ein wenig belustigt an, dann strich sie der alten Frau über das weiße Haar. »Frohe Weihnachten, Frau Wollner.«

»Ja, frohe Weihnachten«, sagte Jule nun auch und kam sich mit ihrem ärmellosen Top ein wenig fehl am Platz vor.

»Ist es nicht schön hier auf dem Kreuzfahrtschiff? Zu dieser Zeit bin ich immer auf Reisen. Aber egal, wo auf der Welt ich bin, zu Weihnachten zünde ich immer eine Kerze an. Ob in Afrika, in der Karibik oder sonstwo.« Die Stimme der alten Frau klang schwach, aber glücklich. Faltige Hände griffen nach Kathis Arm. »Wo sind wir genau?«

»Vor den Bahamas«, sagte Kathi. »Morgen gehen wir an Land. Bis dahin sollten Sie ein wenig schlafen, damit Sie ausgeruht sind.« Sie pustete die Kerze wieder aus und riss das Fenster auf. »Riechen Sie das Meer, Frau Wollner?«

»Ja, sicher.« Die blaugrauen Augen der alten Dame glänzten wie Perlen in dem faltigen Gesicht.

Kathi drückte eine Taste auf dem Telefon, um die Pflegerin zu rufen, und warf den Kerzenstumpen aus dem Fenster.

Frau Wollner schaute versonnen auf das Meer, das nur sie sah. Ihren faltigen Mund umspielte ein seliges Lächeln.

Als die Pflegerin das Zimmer betrat, um Frau Wollner ins Bett zu bringen, nahm Kathi Jules Arm.

»Wenn du einen Augenblick wartest, bis ich mit der Doku fertig bin, können wir zusammen nach Hause fahren. Du siehst aus, als hättest du Gesprächsbedarf.«

Knapp eine Stunde später schloss Jule die Tür zu der Wohnung auf und fühlte sich so elend wie noch nie zuvor in ihrem Leben.

Augenblicklich stellte Kathi die Kaffeemaschine an und drückte Jule an den Schultern auf die Eckbank. »So, und jetzt sag, was los ist.«

»Ach, du glaubst es bestimmt nicht.« Fauchend erzählte Jule von Tante Ottis Aktion.

Die Freundin schaute sie fassungslos an. »Das hat sie nicht wirklich gebracht!«

»O doch. Und zwar in ihrer ganzen Größe.« Jule schaltete ihr Handy wieder ein. Keine zwei Minuten später vibrierte es. »Von mir aus kannst du dir die Finger wund tippen«, keifte Jule und schleuderte das Telefon über den Tisch.

Bevor es von der Kante rutschen konnte, fing Kathi es auf. »So krass kenne ich dich gar nicht.«

»Bisher hat mir ja auch noch niemand den Job gekündigt.«

»Aber du hast ihr doch selbst den Kittel in die Hand gedrückt.« Kathi schob ihr das Handy zu.

»Das war eine Kurzschlussreaktion. Außerdem hätte ich sowieso nicht mehr in dem Laden arbeiten können.« Jule drückte den Anruf weg.

Auf der Arbeitsplatte blubberte die Kaffeemaschine. Kathi holte die Milch aus dem Kühlschrank und stellte zwei Tassen auf den Tisch. »Was willst du denn jetzt machen?«

»Ich hab keinen blassen Schimmer. Auf jeden Fall muss ich so schnell wie möglich einen neuen Job finden. Schließlich willst du ja meinen Mietanteil haben.«

»Allein kann ich die Wohnung nicht bezahlen. Das stimmt.«

Um sich abzulenken, rief Jule Facebook auf. Eine Nachricht von Ana war eingetroffen. Die Spanierin schrieb, dass die *abuela* gestorben war. Jule krampfte sich der Bauch zusammen. Das schlechte Gewissen trieb sie in einen Konflikt, den sie nur mit sich selbst klären konnte. Dann musste sie an Frau Wollner im Seniorenheim denken, die genau so glücklich wie die *abuela* gewirkt hatte. Tante Otti jedoch war im Augenblick bestimmt traurig und verzweifelt.

Erneut leuchtete ihr Handy vibrierend auf. Jule kniff die Augen zusammen. Tante Otti hatte den Karren in den Mist gefahren, nun konnte sie ihn auch wieder herausholen. Ohne weiter darüber nachzudenken, nahm sie das Gespräch jedoch entgegen.

»Oh, Julekind. Endlich gehst du ran«, keuchte Tante Otti. »Was ist denn los?«

Jule atmete tief ein. »Ich glaube, dir ist gar nicht bewusst, dass du mein Leben gerade in Schutt und Asche gelegt hast.«

»Aber warum das denn? Ist doch besser, du bist bei mir angestellt als bei diesem Halsabschneider.«

»Tante Otti, ich kann nicht Tag und Nacht für dich da sein. Ich brauche meinen Freiraum.« Jule fühlte sich wie mit einem Lasso eingefangen.

»Glaubst du etwa, ich hätte keine Ahnung von Arbeitsverträgen? Hör mal, ich hatte die Mitarbeiter einer ganzen Schokoladenfabrik unter mir! Ich kenne mich mit Tarifverträgen aus. Aber am besten kommst du erst einmal bei mir vorbei, und wir legen alles vertraglich fest.«

Jule hatte wohl nur die Wahl zwischen der Domplatte, wo sie sich mit einem Pappbecher hinsetzten konnte, oder Tante Ottis Angebot. Dann fiel ihr plötzlich das Gespräch zwischen Polanski und Tante Otti ein. Hatte sie nicht von Urlaub gesprochen? Auf Jules Stirn brach der Schweiß aus. Sofort sprach sie Tante Otti darauf an.

»Das sollte eigentlich eine Überraschung werden.«

»Na, die ist dir aber gelungen.« Jule spürte eine Kette an ihrem Fuß, an deren Ende sich eine Eisenkugel in der Größe eines Basketballs befand.

»Ach, weißt du, ich muss einfach wieder raus. Weg von den ganzen Sorgen. Und wir hatten doch so viel Spaß im Urlaub. Da wollte ich dich einfach dabeihaben.«

Jule schob sich einen Kaugummi in den trockenen Mund. »Vielleicht hättest du mich vorher fragen können. Das wäre nicht verkehrt gewesen. Und jetzt sag nicht, du hast schon gebucht.«

»Doch, hab ich.«

In Jules Hirn rauschte ein Sturzbach.

Tante Otti jedoch fand schnell ihre gute Laune wieder. »Das Hotel in Garmisch-Partenkirchen ist wirklich toll. Dort können wir es uns zehn Tage lang gutgehen lassen. Es hat sogar ein Solarium.«

»Die gibt es in Köln an jeder Ecke. Sogar eins bei dir in der Straße.«

»Nein, nein. Das meine ich nicht. Eher so eine Kammer mit ganz vielen Salzen. Da können wir den ganzen Tag wellnessen. Außerdem entlohne ich dich gut.«

Auch wenn sich Jule immer noch in die Ecke gedrängt fühlte, entspannte sie sich allmählich. Zehn Tage waren keine Ewigkeit. Und eigentlich war alles besser als die Schufterei in

Polanskis Laden. Vielleicht sollte sie Tante Otti gegenüber doch etwas dankbarer sein. Von selbst hätte sie sicher nie den Schritt mit der Kündigung gewagt.

»Pass auf, wenn du Vollzeit bei mir arbeiten würdest, bekämst du dreitausend Euro brutto. Du hast dreißig Tage Urlaub. Und damit meine ich nicht den Urlaub mit mir. Das sind Arbeitstage. Nur hin und wieder müsstest du eine Wochenendschicht einlegen.«

Jule glaubte, sich verhört zu haben. Das Gehalt war unglaublich viel höher als das bei Polanski. Dennoch fühlte sie sich immer noch wie von einem Lastwagen überrollt.

»Lass mich eine Nacht darüber schlafen«, sagte sie und verabschiedete sich von Tante Otti.

Als sie Kathi von dem Angebot erzählte, sah diese sie mit großen Augen an.

»Aber das ist doch super! So viel verdienst du nirgends. Und wenn die Arbeitszeit geregelt ist, ist es eine ganz normale Festanstellung. Außerdem magst du Otti doch. Also ich würde es an deiner Stelle einfach mal probieren.«

»Ich denke, du hast recht. Ich sollte es einfach als Job betrachten. Trotzdem bin ich immer noch sauer, dass Tante Otti sich einfach so in mein Leben eingemischt hat. Auch wenn sie es gut meint.«

»So ist sie, das weißt du doch. Und außerdem …« – Kathi fasste sich an die Nase – »… passt ihr in der Beziehung ja gut zueinander.«

»Ja, ich weiß es langsam«, maulte Jule. »Aber zu allem Überfluss hat sie wieder einen Urlaub gebucht. Das ist etwas anderes, als mit Frau Wollner mal eben eine Viertelstunde auf Kreuzfahrt zu gehen.«

»Klar, meine Rede.« Kathi nahm die Kanne aus der Maschine und goss Jule Kaffee ein. »Aber nun bist du doch schon erprobt. Und du hast selbst gesagt, dass der Urlaub mit ihr im Nachhinein schön war. Außerdem kannst du sie nicht mit Frau Wollner vergleichen. Leider ist ihre Demenz schon ziemlich weit fortgeschritten.«

»Aber irgendwie wirkte sie glücklich, als du ihr die Kerze angezündet hast.«

»Ja, das war sie.« Kathi lächelte.

Als Jule am nächsten Tag bei Tante Otti am Esszimmertisch saß, gehörte ihr bisheriges Leben unter Polanskis Fittichen endgültig der Vergangenheit an. Wenn auch immer noch ein mulmiges Gefühl im Bauch zurückblieb, war sie der alten Dame nicht mehr böse. Im Nu setzte Tante Otti handschriftlich einen Arbeitsvertrag auf.

Nachdem beide unterschrieben hatten, griff Tante Otti nach einem weiteren Blatt Papier. »So, nun zu der Stellenbeschreibung. Was schreib ich denn da?«

Jule zuckte mit den Schultern. »Kochen, putzen, waschen, bügeln, einkaufen. Halt alles, was eine Haushälterin so macht.«

»Moment.« Augenblicklich tippte Tante Otti mit dem Finger auf den Arbeitsvertrag. »Ich hab dich nicht als Haushaltshilfe, sondern als Gesellschafterin eingestellt.«

»Ist das nicht das Gleiche?« Zwar war Jule der Begriff geläufig, jedoch nur aus altertümlichen Filmen.

»Nein, ist es nicht. Deine Aufgabe besteht nur darin, mir Gesellschaft zu leisten, mehr nicht.«

»Mehr nicht?« Jule schüttelte den Kopf. »Nein, Tante Otti, das will ich nicht. Ich meine, ich hab dich doch auch vorher besucht. Dafür will ich nicht bezahlt werden. Das finde ich schäbig. Streich die Gesellschafterin durch und schreib Haushälterin hin.«

Tante Otti lachte auf. »Ach, Julekind. Meinen kleinen Haushalt kann ich noch ganz gut allein bewältigen. Ich will nur nicht mehr so oft allein sein.«

»Aber ich kann doch keine dreitausend Euro dafür kassieren, dass ich neben dir sitze!«

»Und mein letztes Hemd hat keine Taschen. So, nun keine Diskussion mehr. Also, du leistest mir nur Gesellschaft, und alles ist gut.«

Besser konnte Jule es wohl nicht antreffen, doch dann fiel ihr wieder das Studium ein.

»Es geht leider nur bis zum Ende des Sommers. Danach möchte ich wieder studieren«, sagte sie leise.

»Macht doch nichts. Wenn es so weit ist, ändern wir den Vertrag in eine Teilzeitstelle. Falls es dir recht ist.« Manchmal konnte es mit Tante Otti richtig einfach sein. »Wann fängst du an?«, fragte sie.

»Von mir aus morgen, wenn du willst.«

Tante Otti nickte zufrieden. »Ist mir recht. Am besten nicht so früh, denn du schläfst ja gern lange. Sagen wir zehn Uhr?«

Jule glaubte, sich in einem Traum zu befinden. Dass sich ihr Leben so schlagartig ändern würde, hätte sie nie für möglich gehalten. Nur leider befürchtete sie, dass es auch hier einen Haken gab – in ihrem Leben hatte es nämlich bisher keine Schublade mit der Aufschrift »Märchen« gegeben.

Auf Tante Ottis Lippen lag ein Dauergrinsen. »So, und in drei Tagen fahren wir dann in den Urlaub.«

»Was? So bald schon?«

Tante Otti erhob sich von ihrem Stuhl. »Ich gehe nur

schnell zur Post, um den Vertrag zu kopieren. Wenn ich zurück bin, schauen wir uns den Katalog an.«

»Aber ich kann doch gehen.« Jule wollte ihr den Vertrag schon aus der Hand nehmen, doch Tante Otti ließ sich darauf nicht ein.

»Nein, nein. Mein Fahrrad steht vor der Tür. Eine kurze Runde wird mir ganz guttun. Du kannst mir nachher nur helfen, das Rad in den Keller zu tragen.« Schon war sie aus der Tür.

24. Kapitel

Als Jule allein in dem Esszimmer saß, versuchte sie, ihre Gedanken zu ordnen. Es sollte also nach Garmisch-Partenkirchen gehen. Soweit sie sich erinnern konnte, hatte Tante Otti doch gesagt, sie möge die Berge nicht! Aber wer wusste schon, was die Leute im Reisebüro ihr aufgeschwatzt hatten. Ottilie war ja bekanntlich schnell zu begeistern. Jules Blick fiel auf das Notebook, das zugeklappt auf der Anrichte stand. Sie erhob sich und schaltete es ein. Ob Tante Otti im Internet gesurft hatte? Da gab es ja immer noch das seltsame Geheimnis, über das Tante Otti bis heute nur Andeutungen machte. Gedanklich haute sich Jule auf die Finger, konnte aber trotzdem nicht widerstehen. Wie von allein wanderte die Maus zum Browserverlauf. Dort waren jedoch nur die Seiten zu sehen, die sie gemeinsam aufgerufen hatten. Rasch schaltete Jule das Gerät aus. Es ging sie ja auch nichts an. Aber wenn sie nun fast vierzig Stunden in der Woche bei Tante Otti war, würde sie gewiss bald dahinterkommen. Dabei fiel ihr ein, dass sich Hildchen wohl seit Sonntag nicht mehr gemeldet hatte. Aber das war auch gut so. Wer brauchte dieses Mannweib schon um sich?

Nachdem Jule das Notebook wieder zugeklappt hatte, klingelte es. Bestimmt hatte Tante Otti den Schlüssel vergessen. Doch als sie die Tür öffnete, fuhr ihr ein heiß-kalter Schauer über den Rücken. Vor ihr stand nicht Tante Otti, sondern Marc in seiner ganzen Größe – nur mit einer Jeans bekleidet. Als sich ihre Blicke trafen, strich er sich fahrig durch das Haar.

»Oh«, sagte er geistreich.

»Oh, ebenfalls.« Jule versuchte, so locker wie möglich zu bleiben und bloß nicht auf seinen Bauchnabel zu schauen. Trotzdem schlug in ihrem Unterleib irgendein quirliges Männchen einen dreifachen Salto.

Marc blickte über ihren Kopf hinweg in die Diele. »Ist Ottilie da?«

»Äh, nein. Sie ist kurz zur Post. Komm doch einfach in ein paar Minuten noch mal vorbei.« Bevor sich Jules Augen verselbständigen konnten, warf sie auch schon die Tür zu. Dabei hinterließ ihre Hand einen feuchten Abdruck auf dem Eichenholz. Im nächsten Augenblick fragte sie sich, ob sie wohl auch mit der Nase sehen konnte, denn der Anblick des tiefsitzenden Jeansknopfes hatte sich in ihren Kopf gebrannt, obwohl sie ganz sicher nicht hingeschaut hatte. Rasch warf sie einen Blick durch den Türspion und sah Marc in seiner Wohnung verschwinden. Unruhig tigerte sie in der Diele auf und ab. Jule versuchte, Bilder vom Untergang der Titanic oder einer anderen Katastrophe heraufzubeschwören. Auf jeden Fall war alles besser, als an diesen Astralkörper zu denken. Warum lief der Typ eigentlich immer halbnackt durch die Gegend? Das war Erregung öffentlichen Ärgernisses und gehörte bestraft.

Als die Klingel erneut schrillte, schreckte Jule zusammen. Sie musste dreimal tief ein- und ausatmen, bevor sie überhaupt in der Lage war, zur Tür zu gehen. Zum Glück stand nun Tante Otti vor ihr, die wirklich ihren Schlüssel vergessen hatte.

»Du liebe Güte, du siehst ja aus, als hättest du gerade eine fürchterliche Begegnung gehabt.« Tante Otti rauschte an ihr vorbei in die Wohnung. In der Hand hielt sie den Arbeitsvertrag samt der Kopie. »Spukt es etwa in meiner Wohnung?« Ihre Augen suchten die Zimmerdecke ab.

»Mir ist gerade nicht gut. Ich glaube, ich bekomme meine Tage.« Jule ging ins Wohnzimmer und ließ sich in den Schaukelstuhl fallen.

»Da hab ich was für dich. Warte!« Tante Otti trippelte in die Küche. Kurz darauf servierte sie Jule ein Schälchen Nougatpralinen. »Schokolade hilft immer.«

Jule stopfte sich sofort eine davon in den Mund und schloss die Augen, um das zart-süße Aroma zu genießen. Langsam beruhigten sich ihre Nerven. Nach drei weiteren Stücken Schokoladentherapie fühlte sie sich wieder wie ein normaler Mensch. Wozu brauchte es Männer, wenn es Nougat gab?

Tante Otti reichte ihr die Klarsichthülle mit dem Arbeitsvertrag.

»Hier, Jule, deine Papiere. Und jetzt stoßen wir darauf an. Ich hab noch Sekt im Kühlschrank.«

»Soll ich nicht erst dein Fahrrad in den Keller bringen?«

Tante Otti schaute Jule verdutzt an. »Mein Fahrrad?«

»Ja! Du hast mich doch gebeten, es in den Keller zu tragen, wenn du wieder zurück bist.«

Keuchend schlug sich Tante Otti die Hand vor die Stirn. »Ich habe es bei der Post stehen lassen und bin zu Fuß zurückgekommen. Mensch, wie blöd bin ich eigentlich?«

Jule hätte beinahe laut losgeprustet. Doch Tante Ottis fassungsloses Gesicht riet ihr, es zu unterlassen. Dabei hätte ihr so etwas durchaus auch passieren können.

»Du warst wahrscheinlich tief in Gedanken.«

»Nein, das ist bestimmt diese Demenz.« Tante Otti ließ sich schwer atmend auf dem Sofa nieder. »Demnächst finde ich wahrscheinlich den Weg nicht mehr.«

»Sag das nicht.« Aufmunternd tätschelte Jule ihr die Hand. »Du darfst dich nicht verrückt machen. So etwas kann wirklich jedem passieren. Kathi hat sogar mal vergessen, wo sie in der Innenstadt ihr Auto geparkt hatte. Stundenlang sind wir auf der Suche gewesen. Und ich, ich verleg immer meinen Schlüssel.«

»Ja, aber in eurem Alter ist Demenz ziemlich unwahrscheinlich.« Nun stopfte sich Tante Otti Pralinen in den Mund.

»Soll ich dein Rad holen?«

»Ach, lass es ruhig da stehen. Das nimmt bestimmt keiner mit. Aber weißt du was? Du hast recht. Ich sollte mich nicht verrückt machen.« Auch bei Tante Otti schien die Schokoladentherapie zu wirken, denn sie machte schon einen viel gelösteren Eindruck.

Als sie kurz darauf bei einem Gläschen Sekt das Hotel in dem Reisekatalog unter die Lupe nahmen, klingelte es erneut an der Tür. Musste der Typ von nebenan denn ausgerechnet jetzt kommen, da Jule ihn gerade erfolgreich aus ihren Gedanken verjagt hatte? Wieder spürte sie dieses seltsame Kribbeln im Leib. Verdammt! Hoffentlich bat Tante Otti ihn nicht herein.

Natürlich tat sie es doch – und kurz darauf stand Marc auch schon im Rahmen. Zum Glück trug er nun ein kurzärmliges Karohemd. Das Lächeln auf seinen Lippen verriet, dass er eher belustigt als verärgert über Jules vorherige Abfertigung war. Vielleicht sollte sie ebenfalls mit ihm spielen. Das war ein guter Gedanke, nur leider haperte es an der Umsetzung. Was hatte sie schon für einen Trumpf im Ärmel? Das bisschen Schlagfertigkeit, das sie besaß, verkrümelte sich bereits bei dem Gedanken an Marc schüchtern in die dunkelste Ecke. Mittlerweile konnte sie froh sein, wenn sie überhaupt ein vernünftiges Wort über die Lippen bekam.

Marc setzte sich neben sie auf das Sofa. »Hi! Lange nicht mehr gesehen.«

Das Schaumbad hüllte sie wieder ein. Verflixt, warum muffelte der Typ nicht einfach nur nach Schweiß?

Jule lächelte gekünstelt. »Stimmt, ist schon Ewigkeiten her.« Sie nahm den Katalog in die Hand und studierte die Hotelbeschreibung – zumindest tat sie so. In ihren Ohren blubberte das Blut.

Tante Otti brachte Marc ebenfalls einen Sekt. »So, nun erzähl mal, was du in Erfahrung gebracht hast.«

Ohne einen Schluck zu nehmen, stellte Marc das Glas auf den Wohnzimmertisch.

»Noch nicht viel. Der Anwalt, bei dem ich das Praktikum gemacht habe, ist in Urlaub. Aber ich denke, du brauchst dir keine Sorgen zu machen. Das Gericht wird dich fragen, ob du mit dem Betreuer einverstanden bist. Und wenn du es nicht bist, wird er dieses Amt auch nicht bekommen. Es sei denn …« Unsicher schaute Marc zu Jule.

»Was denn?«, krächzte Tante Otti.

Marcs Blick verließ Jules Augen und wandte sich wieder der alten Dame zu. »Es sei denn, eine organische Hirnerkrankung liegt vor.«

Tante Otti sah ihn mit großen Augen an. »Da haben wir es doch. Und wenn man dann Demenz hat, kann der Herr Sohn das prima nach seinem Ermessen auslegen.« Sie ließ die Schultern hängen und wurde leise. »Ich bin geliefert.«

Marc stieß schwer den Atem aus. »Nein, Ottilie. Das bist du nicht. Dazu gehört mehr. Außerdem gibt es Gesetze. Aber warten wir doch einfach ab, bis der Anwalt aus dem Urlaub zurück ist. Dann erfahren wir mehr. Außerdem steht ja deine Untersuchung noch aus. Was hältst du eigentlich davon, Jule eine Vollmacht auszustellen? Damit gibt sich das Gericht oft zufrieden.«

Jule verschluckte sich an ihrem Sekt. »Das … das will ich nicht.« Wie viel Verantwortung sollte sie denn noch aufgebrummt bekommen?

»Warum denn nicht? Ich vertraue dir blind. Gleich nach dem Urlaub suchen wir einen Notar auf. Bis dahin wird ja hoffentlich noch kein Urteil gesprochen sein.« Tante Otti leerte ihr Glas in einem Zug.

Jule konnte gerade keinen richtigen Gedanken fassen. Sie hatte zwar keine Ahnung, wie solch eine Vollmacht aussah, aber irgendwie fühlte sie sich nicht gut bei dem Gedanken.

Als Tante Otti dann etwas später kurz im Bad war, wagte Jule einen Blick in Marcs Augen.

»Demenz ist eine hirnorganische Krankheit. Da bin ich mir ganz sicher.«

»Das müssen wir ihr aber jetzt nicht sagen. Es wird schon alles gut.« Seine Hand verirrte sich auf ihr Knie.

Jule starrte sie an wie eine giftige Spinne. Dann sprang sie auf und eilte zur Balkontür.

»Praline!«, rief sie in die Abenddämmerung. Ein Maunzen war zu hören. Kurz darauf schmiegte sich ein Fellbündel an ihr Bein, das eindeutig nicht von draußen gekommen war. Jule beugte sich zu dem Kätzchen hinab.

»He, Kleine. Wo warst du denn die ganze Zeit?«

Den Knopf ihrer Hose schließend, trat Tante Otti ins Wohnzimmer. »Bei mir im Bett hat sie geschlafen.«

Jule nahm Praline auf den Arm und kuschelte sie an ihre Brust. Dann verabschiedete sie sich. Schließlich war ihr erster Arbeitstag bei Tante Otti erst morgen.

25. Kapitel

Als Ottilie am nächsten Morgen die Augen aufschlug, fiel ihr siedend heiß ein, dass sie vergessen hatte, Hildchen anzurufen. Aber zum Glück waren es ja noch zwei Tage, bis die Reise losging. Mühsam quälte sie sich aus dem Bett. Viel zu lange war sie schon nicht mehr im Schwimmbad gewesen. Vielleicht sollte sie das irgendwann mit Jule nachholen. Aber erst einmal musste sie Hildchen anrufen. Vor dem Fenster erwachten die ersten Vogelstimmen und kündigten die Dämmerung des Morgens an. Ottilie stellte die Kaffeemaschine an und fütterte Praline. Kurz darauf begab sie sich mit ihrer dampfenden Tasse ins Wohnzimmer, nahm das Telefon und tippte die Nummer von Hildchens Schwester ein. Das Freizeichen wiederholte sich scheinbar endlos. Dann ertönte eine verschlafene Stimme mit einem unwirschen: »Wer da?«

»Äh, Renate? Bist du es? Hier ist Ottilie. Ich muss unbedingt Hildchen sprechen.«

»Ist was passiert?«

»Nichts Schlimmes. Aber warum fragst du?«

»Es ist fünf Uhr in der Frühe. Ich mein ja nur.«

Ottilie blickte zu der Messinguhr über dem Fernseher. Manchmal vergaß sie einfach, dass andere Leute um die Uhrzeit noch im Bett lagen – gerade im Sommer, wenn es schon so früh hell wurde. Aber nun hatte sie Renate geweckt, da konnte diese auch Hildchen aus dem Bett holen.

»Meine Schwester schläft noch«, sagte Renate schroff.

»Es ist aber wichtig. Weckst du sie bitte?«

»Hildchen hat schlechte Laune, wenn sie unausgeschlafen ist.«

»Ich weiß, aber wenn ich mit ihr geredet habe, wird sie gutgelaunt sein. Glaub mir. Und nun hol sie bitte.«

Der Hörer knallte auf Holz. Schlurfende Schritte entfernten sich. Es kam Ottilie wie eine Ewigkeit vor, bis sie endlich das Getrampel von Hildchen vernahm.

»Was ist?«, knurrte die Freundin ins Telefon.

Ottilie schüttelte kurz den Kopf. »Guten Morgen, Hildchen. Wie geht es dir?«

»Es ist erst fünf Uhr!«

»Danke, mir geht es auch gut. Ich habe übrigens eine Überraschung für dich.«

Ein Schnaufen war zu hören. Es wurde Zeit, mit dem Wesentlichen rauszurücken, sonst knallte Hildchen womöglich gleich den Hörer auf.

»Unser Zug nach Garmisch-Partenkirchen geht übermorgen um kurz vor neun. Sei bitte pünktlich am Hauptbahnhof.«

»Warte, was hast du gerade gesagt?«

»Die Reise ist ein Geschenk von mir. Als Wiedergutmachung, dachte ich. Du kommst doch mit?«

»Das ist ein bisschen kurzfristig, findest du nicht?«, knurrte Hildchen.

»Ja, ich weiß. Aber ich vermisse dich, meine Liebe. Sehen wir uns?«

Ottilie wusste genau, wie in diesem Augenblick sämtliche

verfügbaren Alphörner in Hildchens Ohr bliesen. Gegen das Wettersteingebirge konnten die Hügel der Eifel gewiss nicht konkurrieren.

»Hmm, ja, ich denke schon. Halb neun?«, ertönte es auch prompt. Hildchen klang schon ein wenig versöhnlicher als zuvor.

»Ja, am Infostand unter der großen Tafel. Bis dahin. Ich freu mich auf dich.«

Mit einem zufriedenen Seufzer steckte Ottilie das Telefon zurück in die Ladestation. Die Stunden ohne Hildchen würden bald ein Ende haben.

Bis neun hatte Ottilie alle Fenster geputzt und einmal gründlich durchgesaugt. Als sie sich dann mit einem zweiten Frühstück auf den Balkon setzte, sah sie die Postbotin davonradeln. Rasch ging sie zu ihrem Briefkasten, holte zwei Umschläge heraus und öffnete sie bei einer Tasse Cappuccino. Der erste Brief enthielt ein Kreditangebot von irgendeiner Bank. Der zweite sah mit seinem grauen Umschlag schon wichtiger aus. Beim näheren Betrachten des Stempels sah Ottilie, dass er vom Amtsgericht kam. Augenblicklich wurden ihre Knie weich. Mit zittrigen Fingern öffnete sie den Brief und überflog die Zeilen. Ein Gutachter meldete sich an, um mit ihr zwecks der angeregten Betreuung ein Gespräch zu führen. Der Termin war schon in einer Woche. Ottilie ließ den Brief sinken und schaute zu der gegenüberliegenden Häuserreihe, wo sich die Satellitenschüsseln auf den Balkonen aneinanderreihten. Karl-Heinz hatte also ernst gemacht und schickte ihr nun das Amtsgericht auf den Hals. In Ottilies Augen brannten Tränen. Der Tag hatte so gut begonnen. Warum musste er nun getrübt werden? Sie steckte das Schreiben zurück in den Umschlag. Nein, nichts sollte ihr die Freude nehmen. Kurzerhand erhob sie sich, ging ins Schlafzimmer und versteckte den Brief unter ihrem Kopfkissen. Dort konnte er erst einmal bleiben, bis sie aus dem Urlaub zurückkehrte. Der Mann vom Gericht würde schon merken, dass niemand zu Hause war, wenn er kam.

Sobald der Umschlag aus ihrem Sichtfeld verschwunden war, kehrte Ottilies gute Stimmung schlagartig zurück. Sie ging ins Wohnzimmer und stellte das Radio an. Ihr Blick fiel auf die Uhr, die Viertel vor zehn anzeigte. Bald würde Jule eintrudeln. Sie würde vom Balkon aus Ausschau nach ihr halten, wo ja auch noch ihr Cappuccino auf sie wartete.

Auf keinen Fall wollte Jule an ihrem ersten Arbeitstag bei Tante Otti zu spät kommen. Doch leider hatte die Bahn auch heute Verspätung, und so rannte sie die letzten Meter bis zu dem Mehrfamilienhaus, das sie um Punkt zehn erreichte. Tante Otti stand auf dem Balkon und winkte ihr freudestrahlend zu. Obwohl Jule noch nach Luft schnappte, ging ihr das Herz auf. Polanski hatte nie mehr als ein Knurren für sie übriggehabt, wenn sie den Laden betreten hatte. Aber das war ja nun vorbei. Jule winkte Tante Otti zurück, die kurz darauf in der Wohnung verschwand, um ihr die Tür zu öffnen.

»Herzlich Willkommen an deinem ersten Arbeitstag!« Tante Otti strahlte.

Jule bedankte sich mit einem Lächeln. »Und? Was steht heute an?« Heimlich hoffte sie, dass Tante Otti mit ihr shoppen gehen würde.

»Erst einmal kochen wir uns ein leckeres Mittagessen.«

Jule hängte ihre Handtasche an die Garderobe. »Was soll's denn geben?«

»Schweinebraten, Klöße und Rotkohl.«

»Uff, heute ist doch nicht Sonntag!« Allein der Gedanke an den Duft des Bratens beschwor bei Jule die Erinnerung an die Küche ihrer Oma herauf.

»Das Essen soll uns auf den Urlaub einstimmen.«

Jule folgte Tante Otti in die Küche, wo die alte Dame ein Stück Fleisch von mindestens zwei Kilogramm aus dem Kühlschrank nahm.

»Kannst du kochen?«, fragte sie Jule.

»Nein, nicht besonders gut. Ich bekomme höchstens ein Nudelgericht hin.« Jule dachte an ihre Mutter, die, wenn überhaupt, auch nur Fertiggerichte zustande gebracht hatte. Von ihr hätte sie bestimmt nicht lernen können, wie ein Essen frisch zubereitet wurde.

Tante Otti wusch das Fleisch unter fließendem Wasser ab.

»Meistens kocht Hildchen, aber ich kann es auch ganz gut. Früher, als Karl-Heinz noch klein war, gab es jeden Tag Fleisch. Außer freitags natürlich. Irgendwie hat mich in dieser Beziehung die Nachkriegszeit geprägt. Es gab so viel nachzuholen, weißt du. Und die Vorstellung, dass Karl-Heinz hätte Hunger leiden können, war für mich grauenhaft.«

Jule rollte etwas Küchenkrepp ab und reichte es Tante Otti, damit sie das Fleisch trockentupfen konnte.

»War es im Krieg sehr schlimm für dich?«

»O ja. Obwohl ich mich an vieles nicht mehr erinnern kann. Aber der schreckliche Hunger bleibt mir tief im Gedächtnis. Und dann erinnere ich mich natürlich an die bittere Kälte und das Fringsen nach dem Krieg.«

»Fringsen?« Jule hatte ihre Oma nie vom Krieg erzählen hören. Sie wusste nur, dass Opa nicht mehr aus Russland zurückgekehrt war.

»Ja, am Bahnhof haben wir im Winter die Kohlen gefringst. Alle nannten es nur noch so, weil Kardinal Frings den Diebstahl von Kohlen gutgeheißen hat. An den Silvesterabend 1946 kann ich mich noch gut erinnern, obwohl ich noch so klein war. Es war bitterkalt, und es fehlte an Brennstoff. Meine Mutter hat mich in fünf Decken gehüllt, doch die Kälte fraß sich schmerzhaft in meine Knochen. Dazu drückte der ewige Hunger im Bauch.«

Vor Jules Augen erschienen schwarzweiße Bilder, die von unmenschlicher Not erzählten.

Tante Otti rieb den Braten mit Senf und Gewürzen ein. Dann stellte sie den Herd an. »So, wenn das Fett heiß ist, braten wir das Fleisch schön scharf an. Kannst du die Zwiebeln schneiden?«

Natürlich wollte Jule nicht zugeben, wie sehr sie das Brennen in den Augen hasste und dass sie deshalb so gut wie nie Zwiebeln schnitt. Sie griff nach einem Schneidbrett und zog ein Messer aus dem Block.

»Immer her damit.« Kurz darauf lagen sieben Knollen vor ihr. »Wie, so viele?«

»Ja, klar, die Sauce braucht doch Geschmack. Aber vierteln reicht.«

Das Fett in dem Bräter begrüßte das Fleisch zischend, als Tante Otti es hineinlegte. Jule befreite die Zwiebeln von ihrer Schale und schnitt sie in Stücke.

»Sag mal, warum hast du dir eigentlich nie wieder einen Mann gesucht?«

»Mein Ex hat mir genug angetan. Das reicht für die restlichen Jahre meines Lebens.«

»So schlimm?«

Tante Otti wendete das Fleisch und setzte eine Pfanne für die Zwiebeln auf.

»Schlimmer«, sagte sie. »Er hat sich mit Schlägen das geholt, was er wollte. Wenn du verstehst, was ich meine.« Bedrückt schaute sie auf den Pfannenwender in ihrer Hand.

»Gut, dass du ihn zum Teufel gejagt hast.«

Nun lächelte Tante Otti – ein wenig wehmütig, wie Jule fand.

»Ja, das war die beste Entscheidung meines Lebens.« Seufzend gab die alte Dame die Zwiebeln in die Pfanne.

Jule wollte nicht länger nachhaken. »Reibst du den Rotkohl selbst, oder machst du ein Glas auf?«

Eine zarte Röte überzog Tante Ottis Wangen. »Na ja, ausnahmsweise nehme ich ein Glas. Meine Küchenmaschine hat nämlich gerade erst den Geist aufgegeben. Und mit der Hand hobeln ist mir zu anstrengend.«

»Muss ja auch nicht sein. Meine Oma hat auch vieles selbst gemacht, aber Rotkohl immer aus dem Glas oder der Dose genommen.«

»Ja, und dann mit einem Apfel verfeinert, nachgewürzt und ihm mit ausgelassenem Speck Glanz verschafft.«

Bei so viel Erinnerungen an ihre Oma strahlte Jule. »Kohl muss glänzen«, hatte sie immer gesagt. Die Stunden bei ihrer Großmutter in der Küche waren die schönsten in ihrem Leben gewesen. »Und die Klöße? Machst du die denn selbst?«

Tante Otti zauberte eine Packung Kloßpulver halb und halb aus dem Schrank.

»Schmeckt auch ganz gut«, sagte sie lachend, während aus der Pfanne der Duft von geschmorten Zwiebeln aufstieg.

Gegen Mittag stand ein Braten auf dem Tisch, der für mindestens sechs Personen gereicht hätte. Nach drei Scheiben, zwei Klößen und einer gehörigen Portion Rotkohl glaubte Jule zu platzen.

Und auch Tante Otti rieb sich gähnend den Bauch. »Wenn wir abgeräumt haben, lege ich mich eine Stunde hin. Du kannst dann auch Pause machen.«

»Und was passiert mit dem Fleisch, das übrig ist? Willst du das einfrieren?«

»Ach was. Einen Teil davon können wir morgen essen, und den Rest gebe ich Marc. Der freut sich immer über eine anständige Mahlzeit.«

In Jules Körper nahm die Ameisenarmee wieder ihre Arbeit auf. Die ganze Zeit hatte sie versucht, nicht an Marc zu denken. Doch wenn man sich über Stunden im selben Haus aufhielt, war das so gut wie unmöglich. Da brauchte sie sich nichts vorzumachen.

»Bringst du es ihm rüber?«

Tante Ottis Worte schlugen ein wie der Blitz. Unwillkürlich fuhr Jule mit der Hand über ihr Haar, um es zu glätten.

»Was guckst du denn so komisch? Ist dir nicht gut?« Tante Otti stapelte die Teller aufeinander.

»Gucke ich komisch?« Jule versuchte, gleichgültig zu schauen, was wohl noch merkwürdiger aussah, denn Tante Otti bekam einen Lachanfall. Da erhob sich Jule.

»Soll ich das Essen für Marc in Frischhaltedosen füllen?«

»Wenn du so lieb wärst …«

Warum auch immer, plötzlich gefiel Jule der Gedanke, Marc eine Freude bereiten zu können. Ihr wurde so warm ums Herz, als betrachte sie einen hellerleuchteten Weihnachtsbaum. Vielleicht sollte sie ihm gegenüber doch nicht so verbohrt sein. Wenn sie sich nur nicht so davor fürchten würde, dass sich der Prinz in einen Frosch verwandeln könnte, wäre alles viel einfacher.

Während sich Tante Otti ein Stündchen aufs Sofa legte,

packte Jule das Essen in die Frischhaltedosen und klingelte bei Marc. Es dauerte eine Weile, bis sie platschende Schritte hörte. Und als sich die Tür endlich öffnete, schnappte Jule vor Schreck nach Luft. Vor ihr stand nicht Marc, sondern ein Clown mit gelber Perücke und buntgepunkteter Latzhose. Die rote Pappnase saß ein wenig schief, und der weiß umrandete Mund verzog sich zu einem Lächeln.

»Hi, Jule«, grüßte der Clown sie mit Marcs Stimme.

Jule wich einen Schritt zurück. »Du weißt, dass Karneval schon eine Weile zurückliegt, oder?«

»Öh, nee. Hab ich mich jetzt wirklich im Monat vertan?« Der Clown blickte traurig auf seine überdimensionalen Schuhe.

»Oder hast du etwa einen Nebenjob im Zirkus?«

Marc hielt ihr die Tür auf. »Komm rein, dann erklär ich es dir.«

Jule schritt hinter dem Clown durch die Diele. Im Wohnzimmer herrschte Chaos. Zwischen Bergen von Klamotten lagen Pizzakartons und Colaflaschen. Eine Staubschicht überzog den Fernseher. Hinter Marcs penibler Fassade versteckte sich also ein kleines Schweinchen.

Der Clown räumte die Jeans von dem Ledersessel und bot Jule Platz an. »Willst du eine Cola?«

Sie nickte, und Marc verschwand mit ausladenden Schritten in die Küche. Ein günstiger Moment für Jule, sich in der Räuberhöhle umzuschauen. Ihr Blick fiel auf das Bücherregal. Neben den Bundesgesetzbüchern standen einige historische Romane, in denen starke Frauen die Hauptrolle spielten. Also war Marc wohl doch ein harter Typ mit weichem Kern. Als Jule noch die CD-Sammlung betrachten wollte, kehrte er schon mit zwei Gläsern Cola zurück. Ihr fiel auf, dass sie noch die Frischhaltedosen in der Hand hielt. Sie stellte sie auf den Couchtisch ab, wo zwei Packungen Luftballons lagen. Dann nahm sie ihr Glas entgegen. Obwohl ein weißer Handschuh ihre Berührung abmilderte, kribbelte es in Jules Arm, als Marcs Finger ihren Daumen streifte.

»Gibt es Leckerchen von Otti?«, fragte der Clown.

»Genau. Schweinebraten, Rotkohl und Klöße. Brauchst du nur noch in der Mikrowelle aufzuwärmen.«

»Prima, Otti ist wirklich ein Goldstück.«

»Ja, das ist sie. Aber jetzt erzähl doch mal, warum du als Clown durch die Gegend rennst.«

Das bemalte Gesicht blickte betreten zu Boden. »Na ja, wie soll ich es sagen, jetzt, da du mich in flagranti erwischt hast? Es ist … es ist halt eine Marotte von mir. Ich steh unwahrscheinlich auf Sex im Clownskostüm.« Marc hob den Kopf und schien sie mit seinem Blick fast zu durchbohren.

Jule verschluckte sich an ihrer Cola und starrte ihn an. Von wegen vom Prinz zum Frosch. Dieser Typ war noch tausendmal schlimmer als das grüne Tier! Sie saß einem Irren gegenüber.

»Sex im Clownskostüm?«, krächzte sie.

»Ich weiß, das muss dir jetzt ziemlich durchgeknallt vorkommen. Aber was soll ich machen? Es ist halt meine Neigung. Ich mag es, unterm Tisch mit diesen Riesenschuhen zu füßeln.« Marc hob das Bein an und hielt Jule den Clownsschuh entgegen.

»Das … das ist nicht dein Ernst.« Jules Blick fiel auf die Luftballonpackung. Ob er die anstelle von Kondomen benutzte?

Auf dem Sideboard neben dem Fernseher klingelte das

Telefon. Jule sah Marc nach, wie er zu dem Apparat stolperte und den Hörer aus der Ladestation nahm.

»Mach dir keine Sorgen, Claudi. Natürlich komme ich. Bin schon fix und fertig angezogen. Nur, ich glaub nicht, dass ich mit den Schuhen Auto fahren kann.« Marc lachte. »Ja, bis später. Tschüs.«

Jule stellte das leere Glas auf den Tisch und erhob sich. »Das war bestimmt deine Clownsfrau. Dann will ich dich nicht länger aufhalten.« Sie wandte sich zum Gehen, doch Marc hielt sie an der Schulter fest.

Sein Clownsmund grinste von einem Ohr zum anderen. »Hast du das jetzt wirklich geglaubt?«

Jule spürte, wie ihr die Röte in die Wangen stieg. Unfähig zu antworten, verlor sie sich in seinen braunen Augen und nickte nur.

Laut lachend ließ sich Marc in den Ledersessel fallen. »O Mann. Du solltest dein Gesicht sehen«, prustete er.

Jule wurde sauer, aber mehr auf sich selbst als auf ihn. Wie konnte sie sich nur für so dumm verkaufen lassen?

Der Clown erhob sich wieder und nahm die gelbe Perücke ab. Sein lustiges Gesicht wurde ernst. »He, du bist ja ganz blass um die Nase. War wohl doch etwas fies von mir.«

»Allerdings. Hast du öfter solche Scherze auf Lager?« Jule bekam das Bild nicht aus dem Kopf, wie sich zwei Paar Riesenschuhe unter einem Tisch zärtlich liebkosten. Unwillkürlich brach auch sie in Lachen aus. »Aber das mit dem Füßeln war echt gut«, schnaufte sie.

»Ich wollte halt nur mal testen, ob du wirklich so humorlos bist, wie du dich immer gibst. Das Lachen steht dir übrigens gut, das solltest du öfter auflegen.«

Jule bekam bei seinen Worten heiße Ohren. Aber Marc

hatte recht. Vielleicht sollte sie wirklich öfter lachen. »Verrätst du mir nun den wahren Grund, warum du dich maskiert hast?«

Marc nahm das Päckchen mit den Luftballons und steckte es in die Tasche der Latzhose. »Meine Nichte hat Geburtstag, und meine Schwester hat mich als Clown gebucht. So verdien ich mir auf Kindergeburtstagen etwas Geld.«

»Wie bist du denn auf diese Idee gekommen?« Jule wusste nicht, wohin mit ihren Händen, und verschränkte die Finger ineinander.

Marc zog das Päckchen Luftballons wieder hervor. »Diese Tiere, die man daraus zaubern kann, die haben mich als Kind schon fasziniert.« Er öffnete die Packung, blies einen rosafarbenen Ballon zu einer Wurst auf und verknotete ihn zu einem Schmetterling. Mit einem Clownslächeln reichte er Jule das Kunstwerk. »Für dich, mein Zitronenfalter.«

26. Kapitel

Noch etwas durchgeweicht vom Regen, fuhr Jule die Rolltreppe zur Bahnhofshalle hinauf. Die ersten zwei Arbeitstage bei Tante Otti waren prima verlaufen. Gemeinsam hatten sie Vorbereitungen für den Urlaub getroffen. Sie waren sogar shoppen gewesen – so, wie Jule es sich erhofft hatte. Jule hielt Ausschau nach Tante Otti und entdeckte unter der Informationstafel einen grünen Spitzhut. Der Mensch darunter musste ein Kind sein, so klein wie er war. Doch bei näherem Hinsehen stellte Jule fest, dass es sich um Tante Otti handelte, die nun heftig in ihre Richtung winkte. Jule trat auf sie zu und sah in das Gesicht unter dem Filzhut.

»Bist du unter die Zwerge gegangen?«, fragte Jule.

»Nö, wieso?« Tante Otti schaute sie verständnislos an.

»Wegen des Hutes.«

»Ach so, deshalb.« Die alte Dame nahm in ab und richtete sich mit der flachen Hand das Haar. »Ein Dirndl besitze ich nicht. Aber ich finde, der Hut passt ganz gut zu unserer Reise. Auf jeden Fall besser als mein Strohhut.«

Das war Tante Otti in Urlaubslaune. Jule hätte es ahnen müssen. Sie versuchte gelassen zu bleiben und schaute zu der Anzeigetafel. »Mit welchem Zug fahren wir denn?«

Tante Otti folgte ihrem Blick. »Mit dem nach Mannheim auf Gleis 7.«

»Na, dann – worauf warten wir noch?« Jule wollte Tante Otti schon den Trolley aus der Hand nehmen, doch Ottilie schüttelte den Kopf.

»Wir müssen doch auf Hildchen warten«, sagte sie und blickte sich suchend um.

»Auf Hildchen?« Jule glaubte sich verhört zu haben. Sollte die etwa mit von der Partie sein? Fassungslos blickte sie Tante Otti an, die nun auf Zehenspitzen in das Menschengetümmel schaute.

»Sie schafft es einfach nicht, pünktlich zu sein«, wetterte sie.

Jule tippte ihr auf die Schulter. »Sag jetzt nicht, die fährt mit.«

»Doch, natürlich. Warum guckst du denn so komisch? Das wusstest du doch.«

»Ich? Woher?«

»Ach, Julekind, das hab ich dir doch gesagt. Da bin ich mir ganz sicher.«

In Jules Bauch grummelte es. Am liebsten hätte sie ihren Koffer genommen, um mit der Rolltreppe wieder in den Untergrund zu fahren. »Nein, hast du nicht.«

»Da ist sie! Da ist sie!«, rief Tante Otti plötzlich und hüpfte wie ein Gummiball auf der Stelle.

Jule folgte ihrem Blick und sah nun auch, wie sich Ottilies Freundin mit einem mürrischen Gesichtsausdruck näherte. Über einem kurzärmligen Hemd in Dunkelgrün trug sie eine noch dunkelgrünere Weste mit unzähligen Taschen. Der Umschlag der Cargo-Hose legte sich auf derbe Wanderschuhe mit rotweißen Schnürsenkeln.

»Hier, hier sind wir!«, schrie Tante Otti immer noch hüpfend.

Hildchen bahnte sich rempelnd einen Weg durch die Menschenmenge. Der Trolley, den sie hinter sich her zog, war so klein, dass höchstens ein bis zwei T-Shirts, eine Hose und etwas Waschzeug hineinpassten.

Tante Otti fiel in Hildchens Arm und schluchzte dabei, als hätten sie sich hundert Jahre nicht gesehen.

»Was hast du denn da auf dem Kopf? Soll das ne Tarnkappe sein?«, fragte Hildchen, als sich Tante Otti langsam wieder beruhigte.

Jule schaute sich vorsichtig um und sah, wie die ersten Reisenden sie anstarrten.

Hildchen hob wieder die Stimme und nickte abfällig in Jules Richtung. »Hat die dich nur gebracht, oder fährt die etwa auch mit?«

Jule schenkte ihr einen giftigen Blick. »Ich begleite Tante Otti. Was dagegen?«

Um ihren Unmut darüber zu zeigen, stieß Hildchen einen gurgelnden Laut aus.

Tante Otti ging nicht darauf ein und erinnerte die beiden daran, dass der Zug wohl nicht auf sie warten würde. Auffordernd schaute sie abwechselnd von Jule zu Hildchen. »Los geht's, meine Lieben«, sagte sie voller Tatendrang.

Obwohl Jule lieber auf einem anderen Gleis das Weite gesucht hätte, trottete sie wie hypnotisiert hinter den beiden alten Damen her.

Als sie sich wenige Zeit später im Zug gegenübersaßen, packte Hildchen erst einmal eine Dose Bier aus. Neben ihr strahlte Tante Otti heller als ein Osterfeuer. Was sollte das denn jetzt werden? Wollte sich Hildchen etwa die Kante geben? Doch es kam noch schlimmer, denn nun packte Tante Otti ebenfalls Alkohol aus. Sie schraubte einen Piccolo auf und reichte ihn Jule. Dankend lehnte sie ab, denn das Gesöff wäre eh nicht stark genug gewesen, um sie zu betäuben.

Hildchen prostete in die Runde, und Tante Otti kicherte unter ihrem Filzhut.

»Nimm doch mal das Ding vom Kopf«, polterte Hildchen. »Ich hab ja gar keinen Platz zum Sitzen.«

»Ja, aber wo soll ich ihn denn hinlegen?« Tante Otti nahm das Filzteil ab und schaute ratlos zu den Gepäckablagen. Randvoll waren die Fächer mit Koffern gefüllt.

»Dann setz ich mich halt zu Jule.« Hildchen stand auf und ließ sich neben ihr in den Sitz fallen.

Jule quetschte die Schulter gegen das Fenster. Beim nächsten Halt würde sie aus dem Zug springen und die Heimreise antreten.

Hildchen holte eine weitere Dose Bier aus dem Rucksack und drückte sie Jule in die Hand. »Hier, trink ne leckere Dose Kölsch, damit du etwas lockerer wirst. Hast ja noch gar keinen Ton gesagt.«

Als Jule den Metallring hochzog, quoll zischend der Schaum aus der Dose. Vielleicht wäre es wirklich besser, sich zu betrinken, denn das, was um sie herum ablief, könnte nur im Suff ertragen werden – wenn überhaupt. Jule prostete Hildchen zu, setzte die Dose an die Lippen und nahm einen kleinen Schluck. Anschließend musste sie sich erst einmal schütteln, so bitter schmeckte das Bier. Vielleicht hätte sie doch besser den Sekt nehmen sollen.

»Schmeckt dir nicht, das sehe ich doch.« Tante Otti presste solidarisch die Lippen aufeinander. Dann holte sie den Piccolo wieder aus der Tasche und schob ihn Jule hin.

»Sie hat doch gar nicht gemeckert«, konterte Hildchen.

Jule setzte die Dose an und nahm drei weitere Schlucke. Dann drehte sie den Deckel des Piccolos auf und leerte ihn mit einem Zug. In ihrem Bauch sprudelte ein Whirlpool. Augenblicklich sprang sie auf und rannte zur Toilette, um den Alkoholmix wieder loszuwerden.

Als sie ins Abteil zurückkehrte, platzierte Hildchen gerade eine Frischhaltedose mit Hähnchenschenkeln auf dem Tisch. Eine zweite folgte, in der sich Käsewürfel und kleine Frikadellen befanden. Auch Tante Otti hatte etwas zum Buffet beizutragen, denn sie holte ebenfalls eine Dose hervor, die bis zum Rand mit Nudelsalat gefüllt war.

Da Jules Magen immer noch rebellierte, lehnte sie erst einmal den Pappteller ab, den Tante Otti ihr reichte.

Hildchen ließ sich dadurch nicht beirren. Sie griff nach der Schüssel und schaufelte eine große Portion Nudelsalat auf ihren Teller. Dann schnappte sie sich einen Hähnchenschenkel und biss mit Appetit hinein.

Jule flüchtete dann doch nicht beim nächsten Halt aus dem Zug, denn schließlich wäre sie dadurch sofort ihren neuen Job los gewesen. Also fand sie sich nach weiteren Kilometern des Grauens am Bahnhof in Mannheim wieder, wo es mit dem ICE weiter nach München gehen sollte.

Im ICE öffnete Hildchen eine weitere Dose Bier und erzählte bald einen dreckigen Witz nach dem anderen. Jule schob sich einen Käsewürfel in den Mund. Dabei warf sie ein verzweifeltes Lächeln in die Runde der gaffenden Reisenden, nahm in Gedanken Tante Otti die Peinlichkeitskrone vom Kopf und setzte sie Hildchen auf. Wenige Minuten später sank das Kinn von Ottilies Freundin endlich auf ihre Brust. Hildchen war eingeschlafen.

»Warum schleppst du die bloß mit dir herum?«, fragte Jule sofort und sah dabei Tante Otti tief in die Augen.

Diese senkte den Blick. »Du würdest es nicht verstehen.«

»Was denn?« Der Faden, an dem Jules Geduld hing, wurde immer dünner.

»Nichts, Julekind, nichts. Nimm unsere Freundschaft einfach hin. Sonst nichts.«

»Das würde ich ja gern tun. Nur weiß ich nicht, wie ich das die nächsten Tage aushalten soll.« Jule schaute aus dem Fenster, wo saftig grüne Wiesen vorbeizogen.

»Hildchen will sich nur aufspielen. Bestimmt, weil du dabei bist.«

»Du hättest sie besser in der Eifel gelassen. Der Urlaub wird bestimmt eine Katastrophe.«

»Ach was. Du wirst sehen, sie ist in Wahrheit ganz lieb.«

»Na, da bin ich gespannt.« Jule sog tief den Atem ein. Neben ihr schnarchte Hildchen friedlich.

»Willst du jetzt etwas Nudelsalat?« Tante Otti erhob sich, um nach ihrem Rucksack zu greifen.

Mittlerweile verspürte Jule wirklich Hunger. Deshalb nickte sie und ließ sich von Ottilie einen Teller anrichten.

Als sie zwei Stunden später in den Bahnhof von München-Pasing einfuhren, regte sich Hildchen wie auf Knopfdruck und rieb sich mit den Fingerknöcheln den Schlaf aus den Augen.

Kurze Zeit später standen sie mit ihrem Gepäck auf dem Gleis und stellten fest, dass der Regionalzug nach Garmisch-Partenkirchen zwanzig Minuten Verspätung hatte. Daraufhin beschlossen die zwei Seniorinnen, Ausschau nach einem Mittagssnack zu halten. Hildchen gelüstete es nach einer deftigen Knackwurst. Tante Otti hingegen verspürte Lust auf etwas Süßes und versuchte, Jule auf ihre Seite zu ziehen. Doch Jule enthielt sich lieber, sie war eh satt von dem Nudelsalat.

Die Diskussion verlagerte sich auf den Pasinger Bahnhofsplatz, wo die Sonne den Straßenverkehr erhellte. Jule stellte enttäuscht fest, dass von den Bergen immer noch nichts zu sehen war. Aber wie Tante Otti erwähnt hatte, würden sie ja noch über eine Stunde unterwegs sein.

Hildchen stemmte die Hände in die Hüften und schaute die Straße mit den weißgiebeligen Häusern entlang. »Ich weiß gar nicht, was du willst. Während du dir ein Törtchen holst, kann ich mir doch ne Knackwurst besorgen.«

»Lass mal, Hildchen. Wir bleiben schön zusammen. Stell dir mal vor, du verläufst dich, und ich finde dich nicht mehr.«

»*Ich* soll mich verlaufen? Das passiert ja wohl eher dir.« Die Freundin wischte sich mit dem Handrücken den Schweiß von der Stirn. »Warm ist es hier in der Sonne.« Dann blickte sie sich noch einmal um. »Also, ich hol mir jetzt ne Wurst.« Schon stapfte sie davon.

Tante Otti hob ihren Rucksack auf und lief ihr hinterher. Den Trolley ließ sie stehen. »Warte, Hildchen, ich komme mit. Ich glaube, ich brauche auch etwas Herzhaftes.«

Über solch ein Theater konnte Jule nur den Kopf schütteln. Tante Otti schien es nicht die Bohne zu interessieren, dass sie, Jule, hier einfach mitsamt dem Gepäck stehen gelassen wurde. Auch an den Zug, der schon in zehn Minuten abfuhr, dachten die zwei Streithühner wohl nicht. Jule hoffte nur, dass Tante Otti ein Einzelzimmer für sie gebucht hatte, in das sie sich für die nächsten Tage würde einschließen können. Sie setzte sich auf ihren Koffer, ließ sich die Sonne auf den Pelz scheinen und beobachtete die vorbeischlendernden Passanten.

Nach zwanzig Minuten erschienen die beiden Damen endlich wieder. Hildchen mit einer Knackwurst und Tante Otti mit einem Döner in der Hand. Toll, den hätte sie auch zehn Meter weiter auf der anderen Straßenseite kaufen können.

Beim Anblick von Jule schaute Tante Otti erschrocken drein. »Ach, Julekind, nun haben wir glatt vergessen, dir etwas mitzubringen. Willst du vielleicht mal beißen?« Sie hielt ihr den Döner hin, woraufhin die Salatsoße auf Jules Knie tropfte. Eine Tomatenscheibe purzelte hinterher.

Jule verneinte und suchte in den Taschen ihrer Shorts nach einem Papiertuch. »Ihr könnt euch sicher vorstellen, dass der Zug weg ist?«

Tante Otti schaute Hildchen mit großen Augen an. »Ach du liebe Güte, an den Zug habe ich gar nicht mehr gedacht.«

Mit säuerlicher Miene tauchte Hildchen ihre Wurst in den Senf auf dem Pappteller. »War ja mal wieder klar.«

Tante Otti lutschte die Salatsoße von ihrem Finger. »Du wusstest ebenfalls, dass der Zug nur zwanzig Minuten Verspätung hat.«

»Darum hab ich mich aber nicht zu kümmern, schließlich hast du die Reise organisiert.« Schulterzuckend stopfte sich Hildchen den letzten Wurstzipfel in den Mund und entsorgte den Pappteller in einer Mülltonne an der nebenliegenden Bushaltestelle. Zumindest war sie kein Müllferkel. Dann kramte sie die unzähligen Taschen ihrer Weste ab und zog eine Zigarre hervor. »Wie viel Zeit haben wir denn bis zum nächsten Zug noch?«

»Weiß nicht.« Tante Otti zuckte mit den Schultern. Dann schaute sie zu Jule. »Kannst du mal nachfragen gehen?«

Na toll! Nun war sie wohl auch noch der Laufbursche der beiden Kampfhennen. Doch statt in den Bahnhof zu laufen, kramte Jule ihr Handy aus der Tasche und schaute dort nach den Verbindungen. »Eine Stunde noch.«

Hildchen nickte zufrieden. »Gut, dann kann ich ja noch eine rauchen.« Kurz darauf qualmte die Zigarre in ihrem Mund.

»Und ich muss mich setzen.« Schnaufend positionierte Tante Otti ihren Hintern auf den Trolley und kaute weiter an dem Döner.

Jule schaute verstohlen zu Hildchen. Plötzlich fragte sie sich, ob Tante Otti wirklich den Männern abgeschworen hatte. Beim Anblick dieses Feldwebels konnte sie das gar nicht glauben. Solange Hildchen ihre Zigarre paffte, schien sie jedoch friedlich zu sein. Zwischendurch tätschelte sie fast liebevoll Tante Ottis Schulter. Also brauchte es wohl nur einen guten Vorrat an Rauchbalken, um einen friedlichen Urlaub verbringen zu können.

Jule schaute sich nach einem Tabakwarenladen um. Dafür würde sie sogar gern einen Beitrag leisten. Sie erhob sich von ihrem Koffer.

»Keine Sorge, bin gleich wieder da«, sagte sie zu Tante Otti und steuerte das Tabakgeschäft neben dem Burger-Restaurant an.

»Hast du nun doch Hunger bekommen?«, rief Tante Otti ihr hinterher.

Jule antwortete nicht. Stattdessen kehrte sie kurz darauf mit einer Kiste kubanischer Zigarren in der Tasche zurück, die sie nahezu ein Vermögen gekostet hatte. Aber bald hatte sie ja genug Kohle, da konnte sie heute ruhig großzügig sein – vor allem, wenn es um Tante Ottis Wohl ging. Häppchenweise würde sie dem Mannweib die Leckerlis verabreichen, um einen geruhsamen Urlaub zu haben.

Nach einer friedlichen Stunde ging die Fahrt endlich weiter, vorbei am Starnberger See, auf dessen glitzernder Oberfläche kleine Boote schaukelten. Langsam erhoben sich im Hintergrund die Berge. Zum ersten Mal in ihrem Leben war Jule im Voralpenland. Der Anblick der Schneehüte tragenden Felsriesen ergriff sie genau so sehr wie der des Meeres. Rasch vergaß sie Hildchens Anwesenheit. Egal, wohin die Reise ging, für Jule war es ein unvergleichliches Gefühl, die Welt zu sehen. Ein wohliges Ziehen breitete sich in ihrer Bauchhöhle aus. Nie wieder würde sie an ihren Urlaubstagen zu Hause bleiben.

Hildchen stieß einen Jodellaut aus. »Ottilie, sieh doch nur, die Berge! Der Anblick ist wie Apfelkuchen mit Sahne für meine Augen.«

Statt den Bergen einen anerkennenden Blick zu schenken, betrachtete Tante Otti ihre rotlackierten Fingernägel.

»Hm, reizend«, sagte sie wenig begeistert.

»Es war ja klar, dass du immer noch nicht viel für die Berge übrighast. Warum hast du die Reise überhaupt gebucht?«, fauchte Hildchen.

Tante Otti blickte auf und lächelte süß. »Nein, nein, wo denkst du hin? Der Anblick der Berge entzückt mich auch immer wieder aufs Neue.« Sie beugte sich über Hildchens Schoß und drückte sich die Nase an der Fensterscheibe platt. »Herrlich!«, stieß sie aus.

Die Freundin verengte die Augen. »Lass es, Ottilie. Du warst noch nie eine gute Schauspielerin.«

»Och, Hildchen, nun sei doch nicht so. Du weißt doch, ich liebe eben das Meer. Aber jetzt fahren wir ja in deine Alpen.

Und wenn ich ehrlich bin, freue ich mich richtig auf den Urlaub.«

Warum Hildchen gerade die Berge liebte, war Jule ein Rätsel. Nach ihrem Outfit zu urteilen, musste ihr Traumziel in einem arabischen Krisengebiet liegen – fehlte nur noch der Munitionsgürtel um ihre Hüfte. Jule drängte den Gedanken an Hildchen beiseite und schaute wieder aus dem Fenster, um die vorbeiziehenden Berge und die Wälder zu bestaunen. Dabei freute sie sich schon darauf, endlich aus dem Zug zu steigen und frei durchatmen zu können.

Am späten Nachmittag fuhren sie endlich in den Bahnhof von Garmisch-Partenkirchen ein. Tante Otti rutschte aufgeregt auf ihrem Sitz herum. Sobald sich der Zug verlangsamte und die Räder unter ihnen quietschten, sprang sie auf und hüpfte vor der Gepäckablage hoch, bis sie den Griff ihres Trolleys zu packen bekam. Hildchen erhob sich ebenfalls – und stand äußerst ungünstig, als das Gepäck herabfiel.

27. Kapitel

Der Trolley knallte auf ihren Kopf. Lautes Gebrüll hallte durch das Abteil, gefolgt von Schimpftiraden der übelsten Sorte. Über Hildchens Augenbraue wuchs eine rote Beule.

Tante Otti zog den Kopf ein und kaute auf ihrer Unterlippe. »Aber Hildchen, das hab ich doch nicht mit Absicht getan! Oje, oje, was machen wir denn nun?«

Jule betrachtete die Beule. »Da muss Eis drauf. Im Bahnhof gibt es bestimmt eine Erste-Hilfe-Station.«

Der Zug kam zum Stehen, und die Türen öffneten sich. Hildchen schnappte sich ihren Rollkoffer und eilte auf den Bahnsteig.

»Hoffentlich fährt sie jetzt nicht postwendend heim«, jammerte Tante Otti.

»Den Gefallen wird sie uns bestimmt nicht tun.« Jule half ihr mit dem Trolley. Erst jetzt wunderte sie sich über das spärliche Gepäck. Wenn sie an Gran Canaria dachte, konnte sie nicht glauben, dass dies alles sein sollte.

»Dabei sollte es doch eine Versöhnungsreise werden. Nun hab ich alles verdorben«, greinte Ottilie weiter, bis sie auf dem Bahnsteig standen.

Von Hildchen fehlte jede Spur. Dann sah Jule ihr kleines Gepäckstück vor der Erste-Hilfe-Station stehen. Für einen Augenblick überlegte sie, diese Tatsache Tante Otti zu verschweigen. Doch als sie die Tränen hinter der Goldrandbrille sah, brachte sie es doch nicht übers Herz.

Tante Otti legte beide Hände auf ihre Brust.

»Ach, die Arme! Das kann ich ihr gar nicht wiedergutmachen.« Sie ließ Jule samt Gepäck stehen und eilte auf die Station zu.

Nach einer Weile erschien sie wieder mit Hildchen, die sich keifend ein Kühlpad auf die Stirn drückte. Jule hielt ihr eine der kubanischen Zigarren hin. Wenn das so weiterging, hatte sie ihren Vorrat gewiss bald aufgebraucht. Hildchens Gesichtsausdruck wurde friedlich. Sah Jule da sogar ein Lächeln über die Lippen huschen?

Tante Otti strich ihr anerkennend über die Schulter. »Ach Julekind, du bist so lieb.«

Nachdem sich Hildchen am Bahnhofskiosk eine Flasche Bier gekauft hatte, setzte sie sich auf die Bank und rauchte erst einmal genüsslich die Friedenszigarre. Jule hätte sich selbst ohrfeigen können. Nun hingen sie schon wieder an einem Bahnhof rum, obwohl sie längst schon in der Wellnessoase sein könnten. Um sich die Zeit zu vertreiben, schaute Jule zu den blaugrauen Berggipfeln, an denen die Wälder hinaufkrochen. Wolkenfetzen umspielten den höchsten Riesen, der die Zugspitze sein musste.

Nach einer weiteren Viertelstunde drückte Hildchen die Zigarre aus und ließ den Stumpen in einer ihrer Westentaschen verschwinden.

Am Taxistand konnte Jule frei durchatmen. Ohne den Zigarrenqualm schmeckte die Luft klar wie ein Kristall.

Sie verließen mit dem Taxi das Städtchen und fuhren bergauf in Richtung Olympiastadion. Nicht lange, und der Fahrer hielt vor einer kleinen Seilbahnstation.

Tante Otti sah Jule fragend an. »Sind wir schon da?«

»Woher soll ich das wissen? Ich war doch noch nie hier.« Jule schaute auf das Häuschen, aus dem gerade eine kleine Gondel entlassen wurde, die den Weg hinauf durch die Wälder antrat.

Der Fahrer zog die Handbremse. »Zum Hotel geht's nur mit der Seilbahn. Oder zu Fuß. Der Weg ist nämlich sehr steil und kann nur mit Spezialfahrzeugen bewältigt werden.«

Auf dem Beifahrersitz riss Hildchen schon die Tür auf. »Das ist der Wahnsinn!« Mit einem Satz war sie aus dem Wagen und schaute mit offenem Mund der roten Gondel nach.

Der Wind wehte den Duft von Heu und Wiesenblumen ins Taxi.

Als sei sie festgeklebt, blieb Tante Otti auf der Rückbank sitzen.

»Damit fahr ich nicht«, sagte sie mit zittriger Stimme.

»Das werden Sie wohl müssen, wenn Sie nicht zu Fuß gehen wollen.« Der Fahrer drückte ein paar Knöpfe auf dem Taxameter.

Sanft stieß Jule sie in die Rippen. »Komm, Tante Otti, stell dich doch nicht so an. Das wird bestimmt lustig.«

Von draußen ertönte Hildchens Stimme: »Was ist denn nun? Soll ich hier Wurzeln schlagen?«

»Moment, ich bezahle nur noch das Taxi«, rief Tante Otti zurück. Als der Fahrer ihr das Wechselgeld zurückgab, beugte sie sich mit ernster Miene zu Jule. »Eins sag ich dir, wir werden sterben.«

»Nun übertreib aber nicht.«

Tante Otti verstaute die Geldbörse in ihrer Handtasche. »Na, sieh dir das wackelige Ding doch mal an. Das kann jeden Augenblick abstürzen.«

»Bestimmt nicht. Die fährt doch schon seit Jahr und Tag dort hoch.«

»Eben«, sagte Tante Otti nur und stieg aus dem Wagen. Während der Fahrer das Gepäck aus dem Kofferraum lud, zupfte sie an Hildchens Hemdsärmel.

»Das überleb ich nicht. In dem engen Ding bekomm ich einen Herzkasper. Nur, damit du Bescheid weißt.«

»Nun stell dich nicht so an«, raunte auch Hildchen, griff nach ihrem Minitrolley und stapfte in die Station. »Eine Fahrt für drei Personen«, hallte ihre Stimme durch die Holzhütte.

Jule schaute zu Tante Otti, die sich auf die blutleere Unterlippe biss. Behutsam legte sie ihr die Hand auf die Schulter.

»Ich kann nicht glauben, dass es hier keine Straße gibt. Wie bekommen sie denn die Lebensmittel für das Restaurant nach oben? In dieser kleinen Gondel? Das glaubst du wohl selbst nicht.« Unvermittelt dachte Jule an den E-Scooter auf Gran Canaria. »Behindertenfreundlich ist das auch nicht gerade. Da passt ja höchstens ein kleiner Rollstuhl rein.«

Nun hatte sie wohl Tante Ottis Ehrgeiz geweckt, denn sie stemmte die Hände in die Hüften.

»Bin ich etwa behindert? Ich hab lediglich Höhenangst. Das ist alles.« Als habe sie jemand an einem Rädchen aufgezogen, stapfte Tante Otti zu den Gondeln.

Jule folgte ihr mit dem Gepäck. Dass Tante Otti zittrige Beine hatte, war kaum zu übersehen, denn beim Einsteigen wankte sie wie ein Kegel. In der engen Kabine krallte sie die Finger um den Haltegriff, bis die Knöchel weiß hervortraten. Und als die Seilbahn losruckelte, glich Tante Otti einem Gespenst mit Schnappatmung. Hildchen schien das nicht zu interessieren, denn ihr Blick klebte an den Bäumen, die unter ihnen immer kleiner wurden. Nun bekam Jule ebenfalls nasse Hände. Sie betrachtete das Gepäck, rechnete die ungefähre Kilozahl zusammen und fand Tante Ottis Furcht begründet.

Die alte Dame begann zu hecheln. Augenblicklich schnellte Jules Blick wieder zu ihr. »Geht es?«, fragte sie bang.

Tante Otti blies die Wangen auf und schüttelte verneinend den Kopf. Den Blick starr geradeaus gerichtet, traten ihr fast die Augen aus den Höhlen. Jules Sorge verwandelte sich in Panik.

»Hildchen, Tante Otti bekommt einen Herzanfall!«, schrie sie.

Die Freundin drehte sich gemächlich um und betrachtete Ottilie von oben bis unten. »Na, die soll sich mal nicht so anstellen. Ist doch gleich vorbei.« Unbarmherzig wandte sie sich wieder der Aussicht zu.

Fassungslos sah Jule auf ihren Rücken. Dann legte sie den Arm um Tante Ottis Schulter. »Setz dich besser auf den Boden.«

Die alte Dame gehorchte wie in Trance und sank in die Knie. Doch als sie mit dem Rücken gegen die Wand gelehnt auf dem Kabinenboden saß, klärte sich ihr Blick langsam. Auch der Atem wurde wieder ruhiger.

Jule hockte sich neben sie und strich ihr mit eisigen Fingern über die Wange. »So ist gut. Ganz ruhig atmen.«

Vor ihnen warf Hildchen einen kurzen Blick über die Schulter.

»Dramakönigin«, zischte sie. »Jetzt mach hier nicht den Affen, und steh auf. Mit deinem Gedöns kannst du einem die ganze Freude an der Aussicht verderben.« Angewidert verzog Hildchen das Gesicht und schaute wieder aus dem Fenster.

Jule schleuderte ihr mit dem Blick einen Pfeil in den Rücken. In diesem Moment verspürte sie große Lust, die Alte aus der Gondel zu werfen. Sobald sie wohlbehalten im Hotel waren, würde Jule ihr gehörig die Meinung geigen. Darauf könnte sich dieser Hilde-Feldwebel verlassen.

Die Bahn kroch weiter den steilen Hang hoch, und Tante Otti hob schwach den Finger, um auf ihren Rucksack zu zeigen.

»Wasser«, krächzte sie.

Rasch griff Jule nach dem Gepäckstück, schraubte eine kleine Flasche stilles Wasser auf und hielt sie Tante Otti an die Lippen. Die Arme schlaff neben sich liegend, schluckte sie gierig. Ein Rinnsal lief über ihr Kinn, tropfte auf ihre rote Bluse und malte dort dunkle Flecken.

Als die Flasche geleert war, steckte Jule sie zurück in den Rucksack und wischte Tante Otti mit dem Handrücken die Nässe aus dem Gesicht. Kurz darauf ruckelte die Gondel endlich in die Station.

Als der Wärter die Tür öffnete, schaute er erschrocken auf Tante Otti.

»Du liebe Güte«, schnaubte er. »Soll ich den Rettungsdienst rufen?«

Augenblicklich zog sich Tante Otti am Haltegriff hoch und quälte sich ein Lächeln ab. »Nein, nein. Es geht schon wieder. Das ist nur die Höhenangst.«

Beim Verlassen der Gondel wankte sie erneut wie eine Kegelpuppe. Sie stürzte fast, doch Hildchen fing sie auf.

»Ach du grüne Neune. Ich glaube, die Fahrt hat dich tatsächlich mitgenommen. Komm, ich stütze dich.« Die Stimme der Freundin nahm einen fast sanften Ton an.

Jule kniff die Augen zusammen. Sollte Hildchen etwa

doch so etwas Ähnliches wie ein Herz haben? Wie auch immer, mit ihrer Reaktion in der Gondel hatte Hildchen bei ihr endgültig verspielt.

Bei jedem weiteren Schritt entfaltete Ottilie ihre Blütenblätter weiter. Und als sie dann an der Rezeption des Hotels standen, färbten sich ihre Wangen, als habe die Fahrt mit der Seilbahn nie stattgefunden.

Tante Otti hatte natürlich Zimmer mit Südbalkon gebucht. Für sie und Hildchen ein Doppel- und für Jule ein Einzelzimmer. Die Dame an der Rezeption erwies sich als äußerst freundlich und rief sogar einen Mitarbeiter, der das Gepäck der Damen in ihr Zimmer bringen sollte. Jule hingegen musste ihren Koffer selbst tragen. Aber nach all dem Theater bei der Anreise war dies für sie das reinste Vergnügen.

Als Jule einige Augenblicke später ihren Südbalkon betrat, zerplatzte der ganze Stress der letzten Stunden wie eine Seifenblase. Sie blickte auf die weißen Gipfel des Wettersteingebirges. Wolken wurden von den Bergspitzen zerfetzt, bevor sie weiter über das Land zogen. Die herbe Luft brachte einen Kräuterduft mit. Plötzlich verspürte Jule einen Bärenhunger. Nur schwer konnte sie sich von dem Anblick trennen, doch ihre Blase drückte ebenfalls, und so begab sie sich zurück in das Zimmer. Das Bett war mit zartgeblümter Wäsche bezogen, und das Kopfkissen in der Mitte mit Handschlag geteilt. Der wuchtige Bauernschrank aus Kieferholz mit den Schnitzereien nahm einen Großteil des Zimmers ein. Sogar einen Fernseher gab es – wenn auch kein Flachbild. Aber immerhin besser als nichts. Nachdem Jule im Bad gewesen war, warf sie sich erst einmal auf das Bett und drückte die Knöpfe der Fernbedienung. Doch ihre Ruhe währte nicht lange, denn kurz darauf hörte sie nebenan eine Stimme keifen. War das etwa Tante Otti? Auweia! Jule kniete sich auf das Bett und presste das Ohr gegen die Wand.

»Du bist kälter als ein Eisberg!«, hörte sie Ottilie brüllen. »Ich hätte in der Gondel sterben können, und was machst du? Glotzt aus dem Fenster.«

Die andere Stimme murmelte kleinlaut etwas, das Jule nicht verstand.

»Ach, erzähl dir nichts. Es ging mir wirklich schlecht«, keifte Tante Otti weiter. »Aber dir ... dir war das wohl egal. Hauptsache, du hast deine blöden Berge ansehen können.« Ein Schluchzer folgte.

Jule nahm das Ohr von der Wand und verstand gar nichts mehr. Was sollte das denn werden? Zimmertheater bei Bärs? Irgendeine Macht drang sie dazu, weiterzulauschen. Vielleicht nahm Tante Otti ihr ja gerade die Arbeit ab, und sie brauchte Hildchen gar nicht mehr den Kopf zu waschen. Gebannt lauschte sie. Drüben herrschte jetzt Stille, nur das Ticken der Wanduhr war zu hören. Enttäuscht löste sich Jule von der Wand. Ob die beiden sich jetzt vertragen hatten? Auch wenn sich Tante Otti Luft verschafft hatte, Jules Zorn war noch nicht verraucht. Hildchen bekam von ihr auf jeden Fall auch noch etwas zu horen.

Mittlerweile klebten Jule die Klamotten am Leib, und sie begab sich erneut ins Badezimmer, um sich frisch zu machen. Gerade als sie ein Bein in die Dusche stellte, klopfte es energisch an der Zimmertür. Jule ignorierte es und stieg trotzdem unter den Strahl. Kurz darauf wurde der Vorhang zur Seite gerissen. Jules Herz überschlug sich vor Schreck. Atemlos starrte sie Tante Otti an.

»Wir wollen jetzt essen gehen.«

Jule riss ein Handtuch vom Haken und bedeckte sich.

»Sag mal, Tante Otti, willst du mich umbringen? Du hast mich furchtbar erschreckt!«

Die alte Dame holte schwer Luft und ließ sich auf dem Toilettendeckel nieder.

»Das wollte ich nicht«, sagte sie traurig. »Irgendwie mache ich immer alles verkehrt.«

»Das stimmt so nicht, aber du nimmst einfach nie Rücksicht.« Jule stieg aus der Dusche und band sich das Badetuch um.

»Mag ja sein, aber du hättest dich mit mir absprechen können. Beim nächsten Mal sagst du Bescheid, wenn du erst noch duschen willst.«

»Das ist nicht dein Ernst. Muss ich dich etwa über jeden meiner Schritte informieren?«

»Natürlich nicht, aber du hast doch heute kaum etwas gegessen. Eigentlich müsstest du umfallen vor Hunger.«

»Weißt du was, Tante Otti? Ich dusche jetzt erst einmal und komme dann ins Restaurant.« Jule stellte die Dusche wieder an, zog den Vorhang hinter sich zu und ließ Tante Otti unbeachtet auf dem Klodeckel sitzen.

»Gut, dann warten wir halt noch ein paar Minuten. Bis gleich, Jule.«

Die Tür fiel ins Schloss. Jule stieß stöhnend die Luft aus. Tante Otti konnte wirklich sehr bestimmend sein. Warum hatte sie bei der Ankunft nicht gesagt, dass sie sofort essen gehen wollte? Trotz der Hitze des Tages drehte Jule das Wasser heißer.

Eine Stunde später verließ Jule ihr Zimmer. Sofort sprang Tante Ottis Tür auf.

»Mensch, du hast dir aber Zeit gelassen«, maulte sie. Über ihrem Arm trug sie die Handtasche mit den Glitzerpailletten und in ihrem Haar einen Reif, der ebenfalls glitzerte. Hinter ihr trottete Hildchen aus dem Zimmer. Sie hatte immer noch dieselbe Kleidung an wie auf der Reise. Nur steckte in ihrem Haar eine Sonnenbrille, wie sie die Piloten trugen.

»Wo steht der Kampfjet?«, konnte Jule sich nicht verkneifen zu fragen.

Hildchen sah sie kopfschüttelnd an. »Was willst du denn damit sagen?«

»Ach nichts.« winkte Jule ab. Sobald die Gelegenheit günstig war, würde sie Hildchen die Meinung sagen. Nur Tante Otti wollte sie nicht dabeihaben.

Auch die Terrasse des Hotelrestaurants bot einen umwerfenden Blick auf die Wälder und Wiesen bis zur Zugspitze. Jule fühlte sich in die Welt von Heidi versetzt. Und Hildchen war wohl der schweigsame Großvater, denn selbst als die Kasspatzen serviert wurden, sprach sie kein Wort. Nur Tante Otti war wie meistens bester Laune. Unentwegt plapperte sie davon, was sie alles unternehmen wollten – vor allem wohl den Wellnessbereich besuchen.

Mürrisch stocherte Hildchen in ihrem Salat. »Was ist denn mit der Partnachklamm? Die will ich unbedingt besuchen«, sagte sie schließlich.

»Partnachklamm? Was soll das denn sein?«, fragte Tante Otti.

»Ist direkt hier in der Nähe. Ich hab in einer Zeitschrift mal Bilder gesehen. Ist wirklich toll dort. Da gehst du in den Berg, wo der Wildbach fließt.«

»Na, *in* den Berg ist besser als *auf* den Berg«, stellte Tante Otti fest und kicherte über ihren eigenen Witz.

Jule fand das spannend. Für einen Augenblick vergaß sie ihren Groll gegen Hildchen.

»Au ja, die Klamm würde ich auch gern sehen. Was meinst du, Tante Otti?«

»Von mir aus. Gleich morgen nach dem Frühstück brechen wir zur Partnachklamm auf. Und denk daran, gutes Schuhwerk ist gefragt.«

Nun erhellte sich auch Hildchens Gesichtsausdruck ein wenig. Für die restliche Zeit des Abendessens gab sie sich ungewohnt gesprächig. Auch fiel Tante Otti gegenüber kein böses Wort mehr. Vielleicht wurde die Reise ja doch noch ganz annehmbar, hoffte Jule.

28. Kapitel

Nach dem Frühstück traf sich Jule mit Tante Otti und Hildchen wie verabredet vor dem Hotel, um die Partnachklamm zu besuchen. Auch an diesem Tag schien die Sonne von einem weiß-blauen Himmel, und die Luft schmeckte nach Kräuterbonbons. Die beiden Damen trugen Kniebundhosen und karierte Hemden.

Tante Otti warf einen missbilligenden Blick auf Jules weiße Turnschuhe. »Die kann man aber nicht gerade als festes Schuhwerk bezeichnen. Findest du das nicht zu leichtsinnig?«

Jule schaute an sich hinab. »Wieso? Die sind doch fest zugebunden.«

»Aber die Sohle ist zu glatt«, mischte Hildchen sich ein.

»Lass das mal meine Sorge sein«, fuhr Jule sie an. Auch wenn der gestrige Abend friedlich verlaufen war, fand sie noch lange keinen Platz in ihrem Herzen.

Tante Otti faltete eine Broschüre auseinander.

»Wo müssen wir denn nun hin?« Mit gerunzelter Stirn las sie den Hochglanzprospekt.

»Was? Nein!«, schrie sie auf einmal.

»Was ist denn?«, fragte Jule und versuchte einen Blick auf den Prospekt zu erhaschen. Doch bevor sie auch nur einen Satz lesen konnte, presste Tante Otti ihn auch schon an ihre Brust – das Gesicht so bleich wie Milch.

»Da … da gibt es eine Brücke, die ist knapp siebzig Meter über dem Abgrund. Nein, nein, nein. Da bekommt ihr mich nicht hin.«

»Musst du doch nicht drübergehen«, brummte Hildchen.

»Bist du dir da ganz sicher?« Tante Otti beäugte sie argwöhnisch.

Hildchen kickte mit dem Wanderschuh gegen einen Kieselstein. »Na ja, nicht hundertprozentig sicher. Aber das sehen wir ja dann. Nun lass uns endlich gehen.«

»Hildchen, ich warne dich. Wenn ich dabei sterbe, verzeih ich dir das nie.« Tante Otti folgte der Freundin. Als sie an der Gondel talabwärts standen, blickte Tante Otti erneut entsetzt drein. »Wie? Müssen wir schon wieder mit dem Ding fahren?«

»Ist wohl kürzer als zu Fuß.« Hildchen zuckte mit den Schultern. »Aber zurück wandern wir rauf. Das verspreche ich dir.«

»Du brauchst mir gar nichts zu versprechen, weil die Partnachklamm mich mal gernhaben kann. Ihr beide könnt den Ausflug ohne mich machen. Da bin ich euch gar nicht böse. Ich gehe in der Zeit ins Solarium. Das ist besser für meine Gesundheit.«

»Wie willst du dich jetzt auf die Sonnenbank legen?« Hildchen sah sie verdutzt an.

»Nein, ich will in die Salzkammer gehen.«

»Du meinst ins Solinarium«, verbesserte Jule sie. »Da komm ich mit.«

»Nichts da. Du hast dich doch so auf den Ausflug gefreut. Und Hildchen ebenfalls. Ihr beide geht in die Partnachklamm, und ich atme das Salz.«

Hildchen zog eine Schnute. »Wenn du schon so anfängst,

liegst du wahrscheinlich den ganzen Urlaub über in der Salzkammer.«

»Ich wusste doch nicht, dass mich hier eine klapprige Gondel von der übrigen Welt trennt.«

»Wahrscheinlich haben sie dir das im Reisebüro gesagt, und du hast es wieder vergessen. Würde mich nicht wundern.«

Jules gute Laune zog mit den Wolkenfetzen über die Bergwelt hinfort. Das konnte Tante Otti nun wirklich nicht von ihr verlangen. Mit Hildchen allein einen Ausflug zu unternehmen, glich einem Höllenritt. Worüber sollte sie sich denn mit dem Kampfdrachen unterhalten?

Hildchen schien genauso wenig begeistert zu sein.

»Mit deinem Waschlappengehabe kannst du einem alles verderben«, keifte sie nun. »Was soll ich denn mit der Göre allein in der Klamm?«

Jules Halsschlagader schwoll an. Sie warf einen kurzen Blick zu Tante Otti, die ängstlich die Augen aufgerissen hatte. Nein, sie sollte sich nicht aufregen. Das wollte Jule nicht. Also fasste sie einen Entschluss.

»Probier es doch einfach mal mit mir.« Sie versuchte ruhig zu bleiben. Ihre Stimme zitterte jedoch vor Wut. Aber später könnte sie den Drachen immer noch in die Partnach schubsen.

»Bitte, Hildchen«, flehte Tante Otti nun. »Jule ist ein ganz liebes Mädchen. Wirklich.«

Die Freundin kniff die Augen zusammen. »Na gut. Ist ja wohl auch die einzige Möglichkeit, die Klamm zu sehen.«

Wart's ab, dachte Jule nur. Das war wirklich die Gelegenheit, dem Ochsen einmal ordentlich den Kamm über den Kopf fahren zu lassen.

Tante Otti strich Hildchen und Jule zum Abschied über die Arme. »Macht's gut, meine Lieben, und vertragt euch.« Schon stapfte sie zurück zum Hotel.

In der Gondel sprachen Jule und Hildchen kein Wort miteinander. Als sie unten im Tal in die Kutsche steigen wollten, machte Hildchen keine Anstalten, ihre Fahrt zu bezahlen. Stattdessen ließ sie sich von Jule aushalten. Am Eingang in die Klamm folgte dasselbe Spiel.

»Sag mal, hast du einen Igel in der Tasche?« Zähneknirschend steckte Jule ihre Geldbörse zurück in den Rucksack.

»Warum?« Hildchen stellte sich offenbar blöd.

»Weil du mich hier gerade alles bezahlen lässt!«

»Na und? Du verdienst doch genug bei Ottilie. Bestimmt mehr als ich mit meiner Metzgerei.«

Jule sagte darauf nichts mehr. Erst einmal wollte sie das Naturwunder erleben, bevor sie Hildchen auf den Mond schoss. Einige Schritte hinter dem Eingang zur Klamm toste die Partnach ohrenbetäubend durch die moosbewachsenen Felswände, auf deren Kämmen Baumwipfel in den Himmel ragten. Jule glaubte, in einer verwunschenen Welt gefangen zu sein, in der kleine Wesen mit spitzen Ohren zwischen den Felsspalten lauerten. Wegen des Krachs war eine Unterhaltung so gut wie unmöglich. Zum Glück, denn so konnte Jule zuerst einmal die Gewalt der Natur genießen, bevor es ans Eingemachte ging.

Ein schmaler Weg schlängelte sich oberhalb des Sturzbachs entlang, der unter ihnen graublau schäumte. Der schmale Weg führte durch eine kleine Höhle, in der es fast stockfinster war. Jule atmete die feuchte Luft ein. Als sie den Höhlengang hinter sich ließen, trennten lediglich Seile den schmalen Weg von dem Abgrund. Zwei Burschen kamen ihnen entgegen. Doch an dieser Stelle konnte nur eine Person den Weg passieren. Also mussten die Jungs umkehren, um Jule und Hildchen auf einem breiteren Stück vorbeizulassen. Einer von ihnen trug Flip-Flops. Als sich Hildchen an ihm vorbeiquetschte, schüttelte sie den Kopf und brüllte ihn an. Jule glaubte, das Wort Absturz verstanden zu haben. Mittlerweile fröstelte es sie in ihrem Trägertop, und sie warf einen neidischen Blick zu Hildchen, die sich gerade eine Wetterjacke überzog.

Nach einigen Schritten führte der Weg wieder abwärts und brachte sie allmählich fort von dem Höllenspektakel. Jule hatte Hildchen am Leben gelassen – vorerst.

Bald darauf floss die Partnach verhältnismäßig ruhig durch eine Ebene. Kinder spielten am Ufer. Das war der richtige Ort, um Hildchen den Marsch zu blasen. Die Kampfhenne trottete wortkarg und mit feuchter Wetterjacke neben ihr her.

»Eins will ich dir mal sagen«, polterte Jule ohne Vorankündigung los. »Wie du dich Tante Otti gegenüber benimmst, ist unmöglich.«

Hildchen blieb augenblicklich stehen und reckte das Kinn vor. »Was willst du von mir?«

»Was ich von dir will? Dass du Tante Otti anständig behandelst. Schließlich finanziert sie dir den Urlaub. Denk mal an deinen Auftritt in der Gondel. Sie hat es nicht verdient, von dir so angeschnauzt zu werden.«

»Pass mal auf, du Früchtchen. Halt dich aus unserer Beziehung raus. Du hast doch gar keine Ahnung vom Leben. Werde selbst erst mal reif.«

»So reif wie du etwa? Nein danke, ich verzichte.« Jule bereute es bereits, der Alten auf dem schmalen Weg nicht doch einen Schubs gegeben zu haben.

Hildchen verengte die Augen. »Du hast es doch nur auf Ottilies Kröten abgesehen. Was bist du? Eine Erbschleicherin?«

Das schlug dem Fass den Boden aus. So etwas musste sich Jule nicht bieten lassen.

»Ich? Das betrifft wohl eher dich! Wer lässt sich denn von ihr aushalten? Und außerdem, wie kann man nur einer Frau, die sich so sehr vor der Demenz fürchtet, immer wieder ihre Vergesslichkeit unter die Nase reiben? Daran sieht man doch, was für ein gefühlloser Ochse du bist.«

Hildchens Gesicht wurde krebsrot. Jule wusste, dass sie den Mund wohl etwas zu voll genommen hatte. Augenblicklich zitterten ihre Beine.

Der Blick des Kampfdrachens glitt zu den spielenden Kindern. »Lass uns weitergehen«, schnaufte sie. »Die Leute gucken schon blöd.«

»Dein Glück«, gab Jule mit schwacher Stimme zurück. Sie fühlte sich plötzlich so ausgelaugt, als habe sie einen Boxkampf ausgetragen.

Hildchen schien das zu bemerken, denn sie schob noch hinterher: »Ottilie wird selbst entscheiden, wer von uns beiden ihr wichtiger ist. Und ich nehme an, das bist nicht du.« Auf ihrer Stirn glänzten Schweißperlen. Sie hob die Nase und zog die Wetterjacke aus.

»Hast du schon einmal darüber nachgedacht, dass wir beide mit ihr befreundet sein könnten? Oder erträgst du keine anderen Menschen neben dir?«

»Du bist lediglich bei ihr angestellt.« Hildchen verzog ironisch die Lippen. »Deine Freundschaft ist gekauft.«

Langsam hatte Jule die Nase wirklich voll. Was dachte sich das Weib bloß?

»Hör mal, ich nehme dir Tante Otti bestimmt nicht fort. Nur, wenn du so weitermachst, wird sie schon von selbst vor dir flüchten.«

Sie gelangten in einen Wald, wo Holzstufen in den Berg gehauen worden waren. Laut Wegbeschreibung musste dies der Aufstieg zurück zum Hotel sein. Hildchen blieb stehen und blies die Wangen auf.

»Als ob du nicht über mich lästern würdest! Ich merk doch, wie sich Ottilie verändert hat, seit sie dich kennt.«

Gab die Frau denn gar keine Ruhe? Jule wünschte sich, sie würde sich in Luft auflösen, damit sie wenigstens den Rest der Wanderung genießen konnte.

»Zum Glück«, sagte sie nur und nahm die erste Stufe. Diese war jedoch so glitschig, dass sie den Halt verlor und auf den Hintern fiel. Schamrot rappelte sie sich wieder auf. Wie erwartet, lachte Hildchen laut über ihr Missgeschick. Verdammt! Warum musste sie sich ausgerechnet vor den Augen der blöden Kuh hinlegen? Jules Ellbogen brannte, und als sie mit der Hand darüberfuhr, spürte sie Feuchtigkeit an ihren Fingern.

Hildchens Lachen verstummte augenblicklich. »Nicht mit den schmutzigen Händen reiben. Das kann böse enden.«

»Na und? Das soll dir doch egal sein.« Jule warf ihr einen hasserfüllten Blick zu.

»Nimm lieber das.« Das Kampfhuhn kramte in seiner Hosentasche, holte eine Packung Papiertaschentücher hervor und reichte Jule eins davon.

»So besorgt wärst du besser um Tante Otti gewesen, als sie in der Gondel fast in Ohnmacht gefallen ist.«

»Ottilie übertreibt schon mal gern, um Aufmerksamkeit zu bekommen. Ihr Getue muss man nicht immer für voll nehmen«, knurrte Hildchen.

»Nach Getue sah das aber nicht aus.« Jule tupfte sich das Blut vom Ellbogen. Währenddessen verdunkelte sich der Himmel, und als sie hochblickte, sah sie, dass sich eine tiefgraue Wolke vor die Sonne schob. Im nächsten Augenblick grollte es auch schon über den Bergen.

Hildchen schnappte nach Luft. »Ist das ein Gewitter?« In ihren Augen stand das blanke Entsetzen.

»Hört sich ganz so an«, gab Jule gelassen zurück. Hatte die etwa Angst? Das konnte doch nicht sein.

»Was machen wir denn nun?« Hildchen zerknüllte die Packung Papiertücher in ihren Händen.

Die Luft roch bereits nach Regen, und Jule stieg die Stufe hoch, auf der sie eben noch ausgerutscht war. »Ich würde sagen, wir machen, dass wir schleunigst ins Hotel kommen.«

Während des ersten Stücks trottete Hildchen noch hinter ihr her, doch als ein weiteres Grollen zu hören war, wurden ihre Schritte zügiger. Bald schon lief sie ein gutes Stück vor Jule, die mittlerweile wie eine Dampflok schnaubte. Ihre fehlende Kondition brachte sie wieder einmal in Luftnot. Jule blieb stehen und japste.

»Wo bleibst du?«, rief Hildchen, die sich kurz umschaute.

»Geh ruhig schon«, stieß Jule aus und stützte die Hände auf die Knie.

Hildchen kehrte jedoch um und kam zu ihr. »Weißt du eigentlich, wie gefährlich ein Gewitter in den Bergen sein kann?«

»Sag bloß, du machst dir Sorgen um mich.«

»Red nicht so einen Unsinn, und komm endlich.« Mit einem festen Griff zerrte Hildchen sie weiter.

Die ersten Tropfen platschten auf den Waldboden. Über

ihnen rauschten die Wipfel im Wind, und der Himmel war mittlerweile so dunkel, als sei es später Abend. Ein Knall ließ die Felswände erzittern.

»Weg hier!«, schrie Hildchen.

»Weiter in den Wald? Das ist doch erst recht gefährlich. Lass uns umkehren.« Jule versuchte Ruhe zu bewahren, doch mittlerweile war ihr auch mulmig zumute. Als dann ein greller Blitz am Himmel zuckte, sprang Hildchen in die Büsche am Wegesrand und kauerte sich zusammen, bis nur noch ihr blonder Schopf zu sehen war. Plötzlich stürzten Hagelkörner groß wie Hühnereier vom Himmel. Jule hielt sich schützend die Arme über den Kopf und flüchtete unter ein kleines Felsplateau zu ihrer Rechten. Ein weiterer Knall erschütterte den Berg. Nie zuvor in ihrem Leben hatte sich Jule so vor einem Gewitter gefürchtet. Die Hagelkörner rollten den Hang hinunter. Eine Sturmbö fegte in die Bäume, und Jule presste sich fester an die Felswand. Dann öffnete der Himmel seine Schleusen und gab einen Sturzbach frei. Der folgende Blitz ließ den Regen wie Funken blinken. Nass bis auf die Knochen zitterte Jule am ganzen Leib und schaute zu dem Gebüsch, in dem sich Hildchen verschanzt hatte. Von dem blonden Schopf fehlte jedoch jede Spur. Gut möglich, dass der Teufel sie geholt hatte. Gerade als sich Jule vorstellte, wie Hildchen mit ihm in der Hölle Schnaps soff, schlug ein armdicker Ast vor ihren Füßen auf und zerbrach in der Mitte. Jules Herz raste. Wenn der sie getroffen hätte, wäre es aus gewesen. Zu allem Überfluss bröckelten nun auch noch Steinchen aus dem Felsen über ihr. Wahrscheinlich krachten jeden Augenblick die Berge zusammen.

Doch dann sah sie auf der anderen Seite des Weges plötzlich einen kleinen Eingang, der in den Fels führte. Eine

Höhle! Die sichere Rettung für sie. Ein Stein knallte vor ihren Füßen auf den Boden. Ein weiterer folgte und landete in dem Gebüsch, wo Hildchen hocken musste. Jule dachte nicht länger nach und setzte zum Spurt an. Zum Glück entdeckte sie den Drachen schnell, der zitternd zwischen den Brombeeren lag. Jule riss an Hildchens Arm.

»Komm, ich habe einen Unterschlupf entdeckt!«

»Wir sterben«, jammerte das erbärmliche Bündel auf dem Boden.

»Nur, wenn du hier noch länger liegen bleibst!«, schrie Jule gegen den Regen an.

Ein Felsbrocken, groß wie eine Melone, schlug neben Hildchens Kopf auf. Ein Schrei ertönte. Mit einem Satz war sie auf den Beinen. »Wohin?«

Jule fasste nach ihrer Hand und zog sie zu dem dunklen Loch im Berg. Im Inneren fischte Hildchen ein Feuerzeug aus einer ihrer Taschen. Ihre Hände zitterten jedoch zu sehr, als dass sie es hätte anmachen können. Jule nahm es ihr aus den Fingern und drückte darauf herum.

»Zu nass geworden«, sagte sie nach einigen erfolglosen Versuchen. »Lass uns hier vorn bleiben, hier sind wir auch sicher.« Jule atmete tief ein, um ihr Herz zu beruhigen. In der Höhle roch es nach Moder, und im fahlen Licht war kaum etwas zu erkennen.

»Herr im Himmel, hilf! Was ist denn das für ein Unwetter? Ich hab uns schon tot gesehen – begraben vom Berg.« Noch immer wackelig lehnte Hildchen den Rücken an den Felsen. Von den nassen Strähnen, die auf ihrer Stirn klebten, perlten Tropfen.

»Ich auch«, bestätigte Jule und wrang sich das Haar aus. »So etwas habe ich noch nie erlebt.«

»Ich ja, und zwar bei den Bombenangriffen im zweiten Weltkrieg.«

»Da warst du doch noch ein kleines Kind.«

»Na und? So etwas vergisst du nicht, egal, wie alt du bist.« Hildchen holte einen Flachmann aus dem Rucksack. »Hier, trink, das wärmt von innen.«

Ein Blitz erhellte den Eingang der Höhle, dann knallte ein Donner und ließ nicht nur den Berg, sondern auch Hildchen erneut zittern. Als sie sich wieder einigermaßen gefangen hatte, erzählte sie mit dünner Stimme von ihrer Erinnerung. »Genauso war es damals auch, als wir in unserem Keller saßen. Wir hatten es wieder einmal nicht in den Bunker geschafft. Und dann geschah es …« Im schwachen Licht der Höhle wirkte Hildchens kantiges Gesicht wie das einer Spukgestalt. Sie schluckte so kräftig, dass ihr Kehlkopf hervortrat.

»Was geschah denn dann?«, fragte Jule vorsichtig nach.

»Eine Bombe traf unser Haus. Innerhalb von wenigen Sekunden waren wir unter Trümmern begraben.«

Jule erschrak. Das musste furchtbar gewesen sein. »Aber ihr habt überlebt. Ich meine, deine Familie und du.«

Hildchen nickte und nahm ihr den Flachmann aus der Hand. »Ja, die Nachbarn haben uns mit bloßen Händen aus den Trümmern geholt. Wir hatten großes Glück. Und zwei Monate später war dann der Krieg vorbei. Doch glaub mir, es verging jahrelang keine Nacht, in der ich nicht weinend aufgewacht bin.«

Nicht nur die nassen Klamotten ließen Jule frieren, als sei sie dem Eismeer entstiegen. Obwohl sie keinen Schnaps mochte, nahm sie noch einmal die Flasche und trank einen großen Schluck, der höllisch in ihrer Kehle brannte.

Plötzlich wurde es draußen ruhiger. Das Grollen entfernte

sich, und die Sturzbäche verwandelten sich in ein sanftes Rauschen. Jule trat vorsichtig aus der Höhle. Der Himmel hatte sich erhellt, und es regnete nur noch dünne Bindfäden. In den Baumkronen zwitscherten die Vögel wieder. Das Inferno schien vorüber zu sein. Jule seufzte erleichtert auf.

»So, und jetzt haben wir eben gemeinsam einen Angriff überstanden. Da werden Feinde zu Brüdern.« Hildchen knuffte ihr den Ellbogen in die Rippen.

Jule schaute sie skeptisch an. Sollte das Gewitter etwa nicht nur die Luft, sondern auch das Gehirn des Drachens gereinigt haben?

Als sie eine knappe Stunde später den Aufstieg geschafft hatten, schien schon wieder die Sonne und ließ die Wiesen dampfen. Die ersten Dächer zeigten sich, und Jule hechelte vor Atemnot. So konnte das nicht weitergehen. Wenn sie wieder zu Hause war, würde sie sich sofort im Fitnessstudio anmelden. Hildchen dagegen pfiff eine Melodie. Und als sie einen Heuschober hinter sich gelassen hatten, erhob sich endlich das Hotel vor ihnen. Jule blies die Wangen auf. Noch solch einen Ausflug brauchte sie bestimmt nicht.

29. Kapitel

Ottilie stand auf dem Balkon und ließ den Blick über den Hang wandern. Ihre Augen suchten den Wald, die Seilbahnstation und die Wiesen ab. Vor lauter Sorge gab ihr Darm gurgelnde Geräusche von sich. Als das Unwetter ausgebrochen war, hatte sie sofort die Salzkammer verlassen und an der Rezeption nach der Bergwacht gefragt, die Jule und Hildchen retten sollte. Die freundliche Dame hatte natürlich nicht die Retter gerufen, sondern sie erst einmal vertröstet. Das war nun fast eine Stunde her. Die beiden müssten aber längst zurück sein! Nicht, dass wirklich etwas passiert war? Ottilie hatte ein ungutes Gefühl, und so begab sie sich erneut an die Rezeption. Die Dame blickte inzwischen gar nicht mehr so freundlich, sondern wandte sich ab und täuschte vor, beschäftigt zu sein.

»Fräulein, bitte. Nun rufen Sie doch die Bergrettung!«, flehte Ottilie den Rücken der Rezeptionistin an.

Diese hatte wohl ein Einsehen und drehte sich seufzend zu ihr um.

»Hören Sie, wir können doch nicht gleich die Wacht rufen, nur weil ein Unwetter aufgezogen ist. Ihre Freundinnen werden sich bestimmt untergestellt haben. Tragen die beiden denn kein Handy bei sich? Das kann ich mir nicht vorstellen.«

Vor Ottilies Augen tanzten Sternschnuppen. Warum war sie bloß nicht selbst draufgekommen, Jule anzurufen? Augenblicklich kramte sie in ihrer Handtasche und zog ihr Smartphone hervor.

»Könnten Sie bitte mal die Nummer von Jule wählen? Ich hab meine Lesebrille nicht dabei.« Dass sie immer noch nicht wusste, wie das Ding entsperrt wurde, wollte Ottilie der Dame nicht erzählen.

In dem Augenblick, als die Frau ihr das Telefon zurückgab, hörte Ottilie eine Musik durch den Empfangsbereich tönen, und die Dame von der Rezeption zeigte mit dem Finger über ihre Schulter hinweg. Ottilie drehte sich um und sah, wie Jule ihr Handy aus dem triefenden Rucksack zog.

»Dem Himmel sei Dank!«, rief sie und breitete die Arme aus. Dabei flog ihr Smartphone im hohen Bogen durch die Empfangshalle.

Jule sah sie verstört an, und Hildchen schüttelte den Kopf. Außer sich vor Erleichterung stürmte Ottilie auf sie zu und schloss die beiden abwechselnd in die Arme. So lange, bis Hildchen sie an den Schultern fasste und ihrem Überschwang damit ein Ende setzte.

»Sag mal, hattest du eine Begegnung mit dem Yeti?«

Ottilie starrte sie für einen Moment an. Warum Hildchen jetzt auf den Yeti kam, war ihr ein Rätsel. Aber egal, Hauptsache, die beiden standen lebendig und gesund vor ihr.

»Nein, den Yeti hab ich nicht getroffen, aber große Angst um euch gehabt. Ab sofort bleiben wir drei immer zusammen. Wenn, dann will ich mit euch sterben.« Mittlerweile waren ihre Arme ganz feucht von Jules und Hildchens Kleidern, und sie hatte das Bedürfnis, die beiden in eine Decke zu hüllen und sie mit heißer Suppe zu füttern.

Jule sagte nichts und suchte die Einzelteile von Ottilies Smartphone in der Empfangshalle zusammen. »Hattest du eigentlich eine Versicherung für das Teil abgeschlossen?«

»Versicherung? Für ein Telefon? So etwas hab ich ja noch nie gehört. Das Teil habe ich noch nie richtig bedienen können. Wenn wir wieder zu Hause sind, kauf ich mir ein anderes. Eins, das keine Wegfahrsperre hat.«

»Wegfahrsperre?« Jule schaute sie verwundert an. »Du meinst wohl Tastensperre.«

»Ja, richtig. Jetzt gehen wir aber erst einmal lecker essen. Ihr müsst doch halbverhungert sein.«

Kurze Zeit später saß Jule geduscht und in trockenen Klamotten mit Tante Otti und Hildchen auf der Terrasse und bestellte sich ein Ochsenfiletsteak mit Bratkartoffeln. Tante Otti wirkte so glücklich wie nie zuvor. Ihren Stuhl hatte sie ganz nahe an Hildchens gerückt und strahlte über das ganze Gesicht. Auch die Freundin schien guter Laune zu sein, denn sie erzählte sogar einen Witz – wenn auch wieder einen schmutzigen. Dabei tätschelte sie Tante Ottis Wangen, die eine gesunde Farbe annahmen. Dann berichtete sie von dem Ausflug in die Partnachklamm und dem Unwetter und wo sie sich untergestellt hatten.

Obwohl Jule Hildchen immer noch nicht richtig leiden konnte, genoss sie die Harmonie. Aber sollte sich Hildchen mit ihrem Benehmen bewähren, konnten sie in Frieden nebeneinanderleben. Doch wer wusste schon, wie lange sich ihre Gutmütigkeit hielt.

Das Ochsenfilet war weich wie Butter und schmeckte köstlich. Nach dem Essen lehnte sich Jule zurück und schaute auf die Gipfel des Wettersteingebirges.

Hildchen verputzte noch eine gehörige Portion Kaiserschmarrn zum Nachtisch. Dann schaute sie Tante Otti an.

»Morgen fahren wir auf die Zugspitze«, schlug sie mit vollem Mund vor.

Die zarte Färbung wich aus Tante Ottis Wangen. »Wollt ihr euch morgen nicht erst einmal ausruhen? Das Wellnessangebot des Hotels ist wirklich fantastisch. Wir könnten saunen und uns anschließend in den Whirlpool legen. Was meint ihr?« Tante Otti schaute flehend zu Hildchen.

Die jedoch stopfte sich ungerührt den Rest des Kaiserschmarrns in den Mund und schüttelte heftig den Kopf. »Wer braucht denn so was? Dafür fährt man doch nicht in die Berge.« Sie nahm einen kräftigen Schluck von ihrem Bier und spülte sich damit den Mund.

»Aber die Zugspitze ist doch so schrecklich hoch«, jammerte Tante Otti.

Ein Mann in Lederhosen und Wadenwärmern betrat die Terrasse und baute ein Keyboard auf. Hildchen bekam glänzende Augen. Tante Ottis Einwände gegen den Ausflug auf die Zugspitze waren unvermittelt zur Nebensache geworden.

»Der singt bestimmt was von dem Hinterseer«, behauptete Hildchen und himmelte den Mann mit dem Gamsbart am Hut an. Zur Feier des Tages zog sie den Stummel der kubanischen Zigarre aus ihrer Westentasche und zündete ihn an.

Der Trachtenmann ließ die Zähne durch den grauen Vollbart blitzen, als er sah, wie sie die Rauchwolken in die Luft blies.

»Och nein. Muss das jetzt sein?« Tante Otti blickte verdrießlich zu Hildchen.

Diese schaute auf die Zigarre, von der eine dünne Rauchfahne aufstieg. »Seit wann stört es dich, wenn ich rauche?«

»Das doch nicht. Ich meine den Almdudler. Muss der ausgerechnet hier jodeln, wo wir so gemütlich beieinandersitzen?«

Jule verspürte innige Solidarität mit Tante Otti. Schlager waren schon kaum zu ertragen, aber das Gedudel von Volksmusik brachte sie wirklich an die Schmerzgrenze. Sie sah zu Tante Otti und verdrehte die Augen.

Hildchen hingegen schaute schmachtend zu dem Alleinunterhalter und sagte nichts. Das Gemeckere hatte sie wohl gar nicht gehört.

Tante Otti ging in die Offensive. »Also, das Essen liegt mir arg im Magen.« Sie riss den Mund auf und gähnte herzhaft. »Ich könnte glatt ein Nickerchen vertragen – so für eine Stunde oder mehr.«

Hildchen knurrte in ihre Richtung, sagte jedoch immer noch nichts. Auf der improvisierten Bühne werkelte der Almdudler an der Technik für seine Ein-Mann-Band. Hildchen verfolgte jeden Handschlag mit Argusaugen und zog dabei genusslich an der Zigarre.

Kopfschüttelnd beugte Tante Otti sich zu Jule hinüber. »Die merkt wahrscheinlich gar nicht, wenn wir einfach verschwinden«, hauchte sie.

»Worauf warten wir noch?«, flüsterte Jule und griff bereits nach ihrer Handtasche, die sie über die Stuhllehne gehängt hatte.

»Ich muss noch bezahlen.« Tante Otti schaute sich nach der Bedienung um.

»Das kannst du doch drinnen an der Theke tun. Nun komm endlich.« Jule erhob sich. Eine blaue Rauchwolke wehte aus Hildchens Richtung zu ihr herüber und trug herben Tabakgeruch mit sich.

Der Volksmusikant spielte ein paar Takte zur Probe. Dies war genau der richtige Zeitpunkt, um das Weite zu suchen. Jule eilte in den Innenbereich des Restaurants. Erst dort traute sie sich wieder zu atmen und warf einen Blick über die Schulter. Obwohl Tante Otti kaum einen Meter fünfzig maß, duckte sie sich zwischen den Tischen und folgte Jule in Agentenmanier.

Am Tresen des Restaurants kramte sie schwer atmend in ihrer Glitzerhandtasche. Schweißperlen traten auf ihre Stirn, ihre Hände wuselten hektischer.

»Ich find sie nicht! Sie ist nicht mehr da!«

»Lass mich raten. Deine Geldbörse?«

»Ja, natürlich.« Tante Otti atmete schnell.

»Bleib ruhig, ich hab auch meine Karte dabei.« Jule winkte mit dem Plastikgeld.

»Das kriegst du morgen sofort wieder.« Tante Otti warf einen ängstlichen Blick über die Schulter in Richtung Terrasse. Dann setzte sie ein Lächeln auf und verriet dem Kellner mit einem Blick, wo die Geldquelle sprudelte.

Als sie kurz darauf auf dem Weg zu ihrem Zimmer waren, kaute Tante Otti auf ihrer Unterlippe.

»Wenn ich nur wüsste, wo ich meine Geldbörse gelassen habe.«

»Die liegt bestimmt noch im Tresor«, sagte Jule.

»Nein, ich bin mir sicher, sie eingepackt zu haben. Die wird mir doch nicht geklaut worden sein? Das wäre eine Katastrophe, kann ich dir sagen. Meine EC-Karte und meine Kreditkarte sind da drin.« Nervös kramte Tante Otti ihren Schlüssel aus der Tasche.

»Nun warte doch erst einmal ab.« Jule half ihr die Tür zu öffnen, da Tante Otti das Schlüsselloch nicht fand.

Als Erstes eilte die alte Dame zum Kleiderschrank und öffnete den Tresor.

»Nichts!«, stieß sie hysterisch aus. Ihre Hände fuhren durch die Kleiderstapel. »Auch nichts!«, heulte sie.

Vorsichtshalber schaute Jule in der Minibar nach. Doch auch dort wurde sie nicht fündig. Sie riss die Türen der Kommode auf. Nichts!

Tante Otti setzte sich weinend aufs Bett. »Wir können nach Hause fahren.«

»Du solltest nicht gleich aufgeben. Wir haben doch noch nicht alles abgesucht.« Ob zu Recht oder nicht, Jule hatte plötzlich den Verdacht, dass Hildchen die Börse an sich genommen haben könnte. Der würde sie alles zutrauen. Andererseits hatte sie es nicht nötig, Tante Otti zu bestehlen, schließlich bekam sie eh alles, was sie wollte. Während Tante Otti weiterhin jammernd auf dem Bett saß, suchte Jule die Jackentaschen ab. Dann kroch sie unters Bett und schaute dort nach. Wieder nichts. Als sie sich wieder aufrichtete, versank Tante Otti bereits in einem Tränenmeer.

»Ich weiß nicht mehr weiter. Was machen wir denn jetzt?«

»Ich würde sagen, als Erstes lässt du die Karten sperren, und dann rufst du die Polizei. Wo hast du die Telefonnummer?«

Tante Otti wischte sich mit dem Handrücken über die Nase. »Die, um die Karten zu sperren?«

»Ja, natürlich.«

»Die ist in der Geldbörse«, heulte sie erneut auf.

Jule fasste sich an den Kopf. »Sehr schlau, Tante Otti. Wo bist du nur manchmal mit deinen Gedanken?«

»Das ist die Demenz«, flüsterte Ottilie.

Augenblicklich überfiel Jule das schlechte Gewissen. Sie

zog ihr Handy aus der Tasche und googelte nach der entsprechenden Telefonnummer. Als sie fündig geworden war, gab sie Tante Otti das Telefon. Schluchzend ließ diese dann die Karten sperren.

»So, und nun die Polizei«, ermunterte Jule sie und sank neben ihr auf das Bett. Unter ihrem Po spürte sie etwas Hartes. Sie stand wieder auf und schob die Bettdecke ein Stück zur Seite. Und da lag die Geldbörse.

»Oje, ich hätte mich besser früher hierhin gesetzt. Wie kommt die denn ins Bett?«

Tante Otti machte große Augen. »Gott sei Dank, da ist sie ja. Aber nun sind die Karten gesperrt. Was machen wir denn jetzt?«

Jule drückte die Taste für die Wahlwiederholung. »Vielleicht kannst du es wieder rückgängig machen.«

Das war aus Sicherheitsgründen natürlich nicht möglich, wie Jule kurz darauf von Tante Otti erfuhr. »Ich hätte besser doch mehr Bargeld mitgenommen«, fügte sie zerknirscht hinzu.

Augenblicklich dachte Jule an die paar Euros, die sie noch auf dem Konto hatte. Damit würden sie kaum den nächsten Tag überstehen.

Wie erwartet, sah Tante Otti sie mit einem flehenden Blick an. »Kannst du mir etwas leihen?«

»Würde ich gern machen, aber ich hab nicht mehr viel auf dem Konto.«

»Ich würde dir die Zinsen erstatten, wenn du überziehst.«

»Das hört sich jetzt blöd an, aber ich hab den Dispo vor zwei Wochen aus reinem Selbstschutz streichen lassen.«

»Dann hast du bestimmt auch keine Kreditkarte.« Tante Otti zog die Stirn in Falten.

»Natürlich nicht. Aber kannst du nicht Hildchen fragen?« Sofort überfiel Jule das schlechte Gewissen, weil sie Ottilies Freundin gerade noch des Diebstahls verdächtigt hatte.

»Hm, ja. Werde ich dann wohl müssen.« Tante Otti rutschte von dem Bett, ging zur Minibar und holte zwei Piccolos heraus. Einen davon reichte sie Jule.

»Auf den Schreck.«

»Ich frage mich gerade, wie die Geldbörse in dein Bett gekommen ist.« Jule nahm die kleine Flasche entgegen und drehte sie auf.

»Weiß ich auch nicht.« Tante Otti nahm einen Schluck Sekt und rülpste hinter vorgehaltener Hand. »Ach ja, jetzt fällt es mir wieder ein. Ich hab ein paar alte Fotos darin, die Hildchen und ich gestern Abend im Bett angeschaut haben.«

Der Sekt stieß Jule sauer auf, als sie sich vorstellte, mit Hildchen in einem Bett schlafen zu müssen.

»Willst du sie auch mal sehen?«

Jule nickte.

Auf Tante Ottis Lippen erschien ein Lächeln. Die Tränen waren getrocknet und die Geldnot vergessen, als sie ein Päckchen Schwarzweißbilder mit gezacktem Rand aus der Geldbörse holte. Nun wusste Jule auch, womit diese immer so prall gefüllt war.

»Sieh mal, das sind Hildchen und ich nach unserem Schulabschluss.«

Das Bild zeigte zwei junge Mädchen, die Arm in Arm vor einem Kastanienbaum standen. Die eine klein und zierlich, die andere groß und burschikos. Hildchen hatte sich nicht viel verändert, anders als Tante Otti, die mit ihrem langen lockigen Haar wie eine kleine Prinzessin aussah. Das nächste Bild zeigte einen Säugling.

»Karl-Heinz, kurz nach der Geburt«, sagte Otti nur und schob das Foto unter den Stapel. Dann zeigte sie ein Bild, auf dem sie hinten auf einer Vespa saß und sich an einen Mann klammerte. Er trug eine Lederjacke und eine Elvis-Tolle.

»Ist das dein Ex?«, fragte Jule.

»Das?« Tante Otti lachte auf. »Nein, das ist Hildchen.«

»Aha«, sagte Jule. »An der ist wirklich ein Kerl verloren gegangen.«

»Wen wundert das? Schließlich ist sie mit acht Brüdern aufgewachsen und wurde von den Eltern immer wie der neunte Sohn behandelt.«

Das erklärte natürlich einiges, jedoch nicht, warum sich Tante Otti von ihr so viel gefallen ließ, und schon gar nicht, warum sie so sehr an ihr hing. Jule gab ihr das letzte Bild zurück.

»Tante Otti, mal ganz ehrlich, wie Hildchen manchmal mit dir umgeht, ist schrecklich.«

Ottilie steckte die Fotos in ihre Geldbörse zurück und senkte den Blick. »Sie war nicht immer so. Aber irgendwie kann ich sie auch verstehen.«

»Warum das denn?« Jule sah sie entgeistert an.

»Weil … weil ich sie enttäuscht habe.«

»Wie meinst du das – enttäuscht? Was hast du denn gemacht?«

»Ihre Geduld überstrapaziert.« Tante Otti erhob sich von dem Bett und steckte die Geldbörse in die Handtasche.

»Nun lass dir doch nicht alles aus der Nase ziehen. Warum hast du ihre Geduld überstrapaziert?«

»Ich habe ein Versprechen nicht eingehalten. Aber ich bin jetzt zu müde, um dir davon zu erzählen. Lass uns schlafen gehen.«

»Jetzt schon?« Enttäuscht stand Jule auf.

»Ja, wir müssen doch morgen früh raus, wenn wir auf die Zugspitze wollen.« Allein bei den Worten wurde Tante Ottis Stimme wieder zittrig.

»Hältst du das für eine gute Idee? Wie willst du das denn schaffen mit deiner Höhenangst?«

»Das geht schon.« Tante Otti zog sich das Trägerkleid über den Kopf. »Ich hab Beruhigungstabletten bei.«

»Du willst dich wegen Hildchen mit Tabletten vollpumpen? Wie krass ist das denn?«

»Nicht wegen Hildchen. Wegen der Zugspitze. Ich will ja auch dort hinauf. Du weißt doch, ich hab gesagt, ich lasse euch nicht mehr allein irgendwohin gehen. Und außerdem ist es mir zu langweilig, nur im Wellnessbereich rumzusitzen.«

»Sind das denn starke Beruhigungsmittel?« Jule war das alles nicht geheuer.

»Nein, nein, mach dir keine Sorgen. Die Tabletten sind rein pflanzlich.« Tante Otti ließ Jule stehen und verschwand im Bad.

Von unten war Gejodel zu hören. In Gedanken stellte sich Jule vor, wie Hildchen einen Schuhplattler hinlegte. Dann fragte sie sich, was das wohl für ein Versprechen gewesen war, das Tante Otti ihrer Freundin gegeben hatte. Erpresste Hildchen sie etwa? Und hatte das vielleicht mit dem Familiengeheimnis zu tun? Das musste Jule unbedingt herausfinden. Am besten noch heute Abend. Sie klopfte an die Badezimmertür und wünschte Tante Otti eine gute Nacht.

Unten auf der Terrasse herrschte eine ausgelassene Stimmung. Die Gäste schunkelten und klatschten, wenn sie nicht gerade eine Maß leerten. Jule suchte nach Hildchen und fand sie neben dem Alleinunterhalter, der voller Elan in die Tasten haute. Schnurstracks eilte sie zu ihr.

»Komm mal mit. Ich hab mit dir zu reden«, sagte sie schroff.

Hildchen blieb der Jodler im Hals stecken. Sie kniff die Augen zusammen und bellte Jule an: »Was soll das denn? Hab ich etwa was verbrochen?«

»So ungefähr. Und jetzt komm.«

Hildchen verschränkte die Arme vor der Brust und folgte Jule in den Empfangsbereich des Hotels. Dort forderte Jule sie auf, sich auf eins der Sofas zu setzen.

»Warum machst du es so spannend?«, keifte Hildchen.

»Erpresst du etwa Tante Otti?«, fragte Jule unverblümt.

»Was?« Hildchen riss die Augen auf. »Hat Ottilie wieder Blödsinn erzählt?«

»Nein, hat sie nicht. Was ist das für ein Versprechen, das sie dir gegeben hat?«

»Ein Versprechen? Was will sie mir denn versprochen haben? Jetzt verstehe ich gar nichts mehr.«

Jule blickte Hildchen skeptisch an. Schauspielerte sie, oder war sie wirklich ahnungslos?

»Tante Otti meinte, sie habe deine Geduld überstrapaziert. Sagt dir das vielleicht etwas?« Ungeduldig trommelte Jule mit dem Finger auf dem Polster der Sitzgarnitur.

»Sie strapaziert meine Geduld immer«, sagte Hildchen und warf einen Blick in Richtung Terrasse, von der gedämpftes Orgelspiel zu hören war. Dann erhob sie sich. »Ich bin dann mal wieder draußen«, sagte sie und ließ Jule einfach sitzen.

Warum gab sie sich hier eigentlich solch eine Mühe? Ob Tante Otti oder Hildchen, bei beiden biss sie auf Granit. Vielleicht sollte sie sich wirklich nicht mehr so reinhängen. Jule fühlte sich mit einem Mal richtig erschlagen. Wahrscheinlich lag das an der Bergluft oder an der Aufregung. Auf jeden Fall wollte sie nur noch ihre Ruhe haben. Also begab sie sich in ihr Zimmer, legte sich auf dem Balkon in die Abendsonne und schaltete den Reader ein.

Leider rief der Liebesroman, den sie las, wieder einmal innige Gedanken an Marc hervor. Und die Bilder in ihrem Kopf rochen nach Schaumbad und ließen ihren Bauch angenehm warm werden. Jule schloss die Augen und gab sich ihrem Traum hin.

30. Kapitel

Jule saß kerzengerade im Bett und musste sich erst einmal sammeln. Ein Poltern hatte sie aus dem Traum gerissen, in dem sie in Marcs Armen gelegen hatte. Die rote Pappnase in seinem Gesicht war immer noch zum Greifen nahe. Halb lachend und gleichzeitig seufzend blickte Jule aus dem Fenster und sah, wie die ersten Strahlen der Sonne die Gipfel erhellten. Durch die offene Balkontür strömte kristallklare Morgenluft. Dann hörte sie Hildchen durch die Wand grollen und warf sich wieder auf ihr Kissen.

»Was soll ich? Dir Geld pumpen? Hast du sie noch alle?«

»Du bekommst es doch sofort wieder, wenn wir zu Hause sind«, meldete sich Tante Otti nicht minder laut zu Wort.

Wollten die beiden das ganze Hotel wecken? Für einen lautstarken Krach war es einfach noch zu früh. Jule presste sich das Kissen aufs Ohr. Mann, Mann, Mann, die beiden waren jede für sich allein schon unerträglich, aber zusammen waren sie einfach nicht zum Aushalten, schimpfte sie still und träumte sich wieder in Marcs Arme. Leider dämpfte das Kissen die Geräusche nicht so, wie sie es sich gewünscht hatte. Abermals hörte sie Hildchens donnernde Stimme.

»Und überhaupt, was quatschst du mit der Göre über unser Privatleben, obwohl du doch immer alles so geheim halten wolltest?«

Jule riss sich das Kissen vom Ohr, sprang auf und presste die Wange an die Wand.

»Jetzt mach aber mal halblang. Jule weiß gar nichts. Aber dumm ist das Mädchen auch nicht. Lange kann ich es ihr nicht mehr verheimlichen.«

»Brauchst du ja auch nicht. Ich hab immer gesagt, ich will klare Verhältnisse.«

»Was ist denn nun mit dem Geld?« Tante Ottis Stimme wurde leiser. »Leihst du mir was?«

»Wovon? Du weißt doch genau, dass ich nichts habe.«

Jule musste erst einmal tief durchatmen. Hier taten sich offenbar Abgründe auf, die bis Australien reichten. Es konnte doch nicht sein, dass eine Metzgereibesitzerin chronisch blank war. Warum ackerte sie dann überhaupt noch in dem Laden? Jule schüttelte den Kopf.

»Und was sollen wir jetzt tun?«, hörte sie Tante Otti jammern.

»Was weiß ich? Überleg dir was, schließlich stecken wir wegen dir in der Patsche.«

»Tja, dann müssen wir wohl wieder heimfahren. Mir fällt nichts anderes ein.« Trippelnde Schritte waren zu hören. Kurz darauf wurde etwas über den Boden gezogen.

»Na toll! Warum packst du denn jetzt deinen Koffer?«, donnerte Hildchens Stimme durch die Wand.

»Hab ich eine andere Wahl?«

»Warte, leg die Kleider wieder in den Schrank.« Hildchens Stimme nahm einen sanften Ton an. Das weitere Gespräch verschwamm zu einem unverständlichen Gemurmel.

Jule ärgerte sich, dass sie nichts mehr verstand. Aber sie würde noch früh genug erfahren, was Hildchen vorhatte.

Als Jule nach einer ausgiebigen Morgendusche zu den beiden an den Frühstückstisch trat, erforschte sie erst einmal Tante Ottis Laune. Schnell stellte sie fest, dass sie arg zerknirscht dreinschaute. Nur ein flüchtiger Morgengruß kam über ihre Lippen. Das Brötchen lag noch unberührt auf ihrem Teller. Hildchen dagegen stopfte sich mit gesundem Appetit einen halben Pfannkuchen in den Mund – natürlich ohne Jule einen guten Morgen zu wünschen. Eine Aura von reiner Selbstzufriedenheit umgab sie.

Jule setzte sich zwischen die beiden und schaute Tante Otti an. »Alles im grünen Bereich?«

»Ja, ja«, antwortete sie und drehte das Brötchen auf ihrem Teller.

»Sieht aber nicht so aus.« Jule strich über ihre Hand.

»Ach, die stellt sich wieder an«, sagte Hildchen schmatzend. »Dabei ist wirklich alles in bester Ordnung. Die Sonne scheint, die Zugspitze ruft. Was will man mehr?«

Entweder kämpfte Tante Otti mit ihrer Höhenangst, oder Hildchen hatte vor, den Hoteltresor zu sprengen. Anders konnte sich Jule Tante Ottis verstimmten Gesichtsausdruck wirklich nicht erklären.

»Hast du das Problem mit der Karte lösen können?«, fragte sie frei von der Leber weg.

»Ja«, antwortete Hildchen an Tante Ottis Stelle. »Ich hab den Alois angerufen. Der leiht mir Geld.«

Tante Otti knirschte mit den Zähnen.

»Alois? Wer ist denn das?«

»Der Jodelfritze von gestern Abend«, zischte Tante Otti.

»Na prima. Und warum ziehst du jetzt so einen Flunsch?« Jule griff nach einem Brötchen. Zum Glück musste sie nicht mit einer Explosion im Hotel rechnen.

»Weil der das doch bestimmt nicht umsonst macht. Höchstwahrscheinlich will er Hildchen an die Wäsche.«

»Wer sagt denn, dass mir das nicht gefallen würde?«, grinste diese.

Dass irgendein Mann auf dieser Welt auf Hildchen scharf sein könnte, überforderte Jules Vorstellungskraft. Und warum Tante Otti darauf so geknickt reagierte, konnte sie sich schon gar nicht erklären. Wäre doch schön, den Feldwebel für eine Weile los zu sein.

Jule versuchte sie aufzumuntern. »Das ist doch toll, wenn du die Geldsorgen nun los bist. Und Hildchen kann sich diesen Alois schon selbst vom Hals halten, wenn er zu aufdringlich wird.«

»Wenn sie das überhaupt will.« Tante Otti warf einen bösen Blick in Hildchens Richtung.

Die Freundin strahlte wie eine Irre. »So kenne ich meinen kleinen Rattenschwanz.«

Tante Otti setzte zur Antwort ein hämisches Lächeln auf und schob den Teller mit dem Brötchen von sich.

»Ich mach mich jetzt fertig für unseren Ausflug.« Ohne ein weiteres Wort stand sie auf und verließ das Hotelrestaurant.

Na, das konnte ja ein lustiger Tag werden. Jule schlang ein halbes Brötchen mit Nutella hinunter und verabschiedete sich dann ebenfalls von Hildchen. Oben klopfte sie an Tante Ottis Zimmertür.

»Ist offen!«, rief diese von drinnen.

Jule trat ein und sah, wie sich Tante Otti gerade zwei oder mehr Tabletten in den Mund warf und mit Wasser aus dem Zahnputzbecher nachspülte. Also lag ihre miese Laune wohl doch an der Höhenangst.

»Willst du den Ausflug wirklich machen?«, fragte Jule.

»Na klar. Darüber haben wir doch gestern schon gesprochen.« Tante Otti stopfte eine Allwetterjacke in den Rucksack.

»Findest du nicht, du übertreibst mit diesem Alois? Sei doch froh, dass er Hildchen das Geld leiht.«

»Ja, ja«, sagte Tante Otti und zog ihre Wanderschuhe unter dem Bett hervor. »Hast ja recht. Aber ich bin halt etwas vorsichtig, was die alten Kerle anbelangt. Nicht, dass der ein Heiratsschwindler ist.«

Nun musste Jule lachen. »Hör mal, dann hätte er ihr bestimmt kein Geld geliehen, sondern welches von ihr verlangt.«

Tante Otti setzte den Blick einer Oberstudienrätin auf. »Na, da täuschst du dich aber. Das ist doch nur eine Masche von diesen Betrügern, um Vertrauen zu wecken. Hab ich letztens noch in einem Roman gelesen.«

»Und wenn schon. Bei Hildchen ist doch eh nichts zu holen. Sag mal, warum ist die eigentlich immer pleite? Läuft die Metzgerei nicht?«

»Doch, der Laden läuft gut, aber Hildchen hat jede Menge Schulden. Vor einigen Jahren hat sie fast Haus und Hof verspielt, so süchtig war sie nach diesen Bimmelautomaten.«

Jule staunte nicht schlecht. Die Vorstellung, wie Hildchen Zigarre rauchend an einem Spielautomat zockte, passte wie die Faust aufs Auge.

»Und jetzt? Spielt sie denn immer noch?«

»Nein.« Tante Otti schüttelte den Kopf. »Sie hat eine Therapie gemacht und besucht nun eine Selbsthilfegruppe.«

Täuschte Jule sich, oder hörte Tante Ottis Stimme sich langsam verwaschen an?

Die alte Dame gähnte herzhaft. »Mein Gott, bin ich auf einmal müde«, lallte sie.

Jule dämmerte es: Da setzte wohl gerade die Wirkung der Beruhigungstabletten ein. Nie und nimmer waren diese von pflanzlicher Natur. Tante Ottis Augen wurden glasig, und sie schwankte zum Bett.

»Ich glaube, ich muss mich einen Moment ausruhen.« Sie rollte sich auf die Seite und zog die Beine an. Kurz darauf war ein leises Schnarchen zu hören.

Jule schaute sich hilflos im Zimmer um. Wenn Hildchen gleich kam, würde sie ausrasten. Dann war Tanz auf dem Hexenberg angesagt. Auch wenn sie wusste, dass es nichts brachte, rüttelte Jule an Tante Ottis Schulter. Doch Ottilie schlummerte friedlich weiter.

Jule juckte es in den Fingern, die Tabletten in Augenschein zu nehmen. Also suchte sie im Badezimmer danach und fand eine Schachtel mit dem Wirkstoff Benzodiazepin. Na, das hörte sich aber nicht gerade natürlich an. Sie zog den Blister heraus und stellte besorgt fest, dass Tante Otti drei Tabletten genommen hatte. Ein kurzer Blick auf die Packungsbeilage verriet ihr, dass Tante Otti lange schlafen würde. So musste die Zugspitze heute wohl ohne sie den Himmel berühren.

Schritte waren auf dem Flur zu hören. Ach du Schreck, das Grauen auf zwei Beinen näherte sich. Jule wetzte schon mal die Messer.

»Was macht die denn da?«, polterte Hildchen sofort los, nachdem sie die Tür aufgestoßen hatte.

»Wonach sieht es denn aus?« Auch wenn ihr Herz etwas schneller als gewohnt schlug, versuchte Jule Ruhe zu bewahren.

»Hat die sie noch alle? Wir wollten doch los, und nun

pennt sie.« Hildchen stapfte mit langen Schritten zu dem Bett und rüttelte unsanft an Tante Ottis Schultern.

»He, aufwachen!«, brüllte sie.

»Sag mal, geht's noch?« Jule riss an Hildchens Weste. »Du renkst ihr ja die Schulter aus!«

Hildchen ließ von der schnarchenden Freundin ab. »Dieser Tiefschlaf ist doch nicht normal. Was hat sie genommen?«

»Beruhigungstabletten gegen die Höhenangst. Und das nur dir zum Gefallen.«

Hildchen zog den Mund schief. »Ach so, jetzt bin ich also schuld.«

»Gut erkannt. Der Kandidat erhält drei Gummipunkte.« Jule wandte sich zum Gehen. Mit dem Ausflug wurde es heute sowieso nichts mehr. Da konnte sie sich auch mit ihrem Reader auf die Sonnenterrasse legen.

»Wo willst du hin?«, fragte Hildchen düster.

»Mir einen schönen Tag machen.« Jule musste sich beherrschen, dem Drachen nicht die Zunge rauszustrecken. Stattdessen ließ sie unsanft die Tür ins Schloss fallen.

Bis zum späten Nachmittag blieb Jule auf ihrer Liege unter dem Sonnenschirm und las fast einen ganzen Roman. Ihr Herz war schon ganz durchgeweicht von dem Liebeswirrwarr der Heldin. Doch dann verspürte sie Hunger. Seufzend schaltete sie den Reader aus und richtete sich auf. Zum Glück hatte Hildchen sie den Tag über in Ruhe gelassen. Was sie wohl in der Zeit angestellt hatte? Vielleicht machte sie sich gerade einen schönen Tag mit Alois. Jule sollte es recht sein. Jetzt würde sie erst einmal nach Tante Otti sehen. Mittlerweile müsste sie ihren Tablettenrausch wohl ausgeschlafen haben. Jule nahm das Badetuch von der Liege und verließ die Terrasse.

Die Zimmertür war nicht abgeschlossen, und Jule linste vorsichtig durch den Spalt. Von Hildchen fehlte zum Glück jede Spur. Auf dem Bett befreite sich Tante Otti gerade von der Wolldecke, die Hildchen ihr wohl übergelegt hatte. Ihr Haar klebte in feuchten Strähnen am Kopf fest. Jule betrat das Zimmer, um ihr beizustehen, wenn sie aus der Narkose erwachte.

»Wo bin ich? Wo ist Hildchen?«, röchelte sie schlaftrunken.

Jule setzte sich auf die Bettkante und legte ihr beruhigend die Hand auf die Schulter. »Scht, alles ist gut. Werde erst einmal richtig wach.«

Tante Otti blinzelte aus verklebten Augen. »Wie spät ist es? Hab ich verschlafen? Wir wollten doch auf die Zugspitze.«

»Na ja, ich weiß nicht, ob die Zugspitze bei Nacht besonders sehenswert ist.«

»Nacht?« Mit einem Mal saß Tante Otti senkrecht im Bett.

»Das mit den Tabletten war wohl keine gute Idee«, stellte Jule beiläufig fest.

»Tabletten?« Tante Otti blickte sie verwirrt an.

»Gegen die Höhenangst. Erinnerst du dich nicht mehr?«

Tante Otti sank zurück in das Kissen. »Ach ja, stimmt. Ich hab sie nach dem Frühstück genommen, und danach weiß ich nichts mehr. Ich glaube, die vertrag ich nicht so gut.«

»Einzeln dosiert vielleicht schon.« Jule griff nach Tante Ottis Handgelenk und maß ihren Puls, der ziemlich raste. Dabei fiel ihr Blick auf das Nachtschränkchen, auf dem ungefähr zwanzig 50-Euro-Scheine zu einem Fächer ausgebreitet lagen und verdammt stark nach schlechtem Gewissen rochen.

Tante Otti entzog ihr den Arm. »Du benimmst dich wie eine Krankenschwester. Lass das, mir geht es gut!«

»Na, dann können wir ja etwas essen gehen.« Mit dem Kinn wies Jule in Richtung Eurosegen.

Noch etwas wackelig stützte Tante Otti sich auf den Ellbogen und folgte Jules Blick.

»Ach Hildchen, die gute Seele«, raunte sie. Ihre Augen füllten sich mit Tränen.

In Jules Herz rappte ein Stachelschwein. War Tante Otti etwa so einfältig, dass sie sich von ein paar Euro-Scheinen blenden ließ? Wo war Hildchen denn jetzt? Und wer kümmerte sich denn um die Narkosepatientin, die hier gerade mit einer Amnesie erwacht war? Jule verstand die Welt nicht mehr – und schon gar nicht Tante Otti. Am liebsten hätte sie beleidigt das Zimmer verlassen. Doch die alte Dame ließ ihr keine Zeit für Empfindlichkeiten.

Stattdessen sprang Tante Otti aus dem Bett, sammelte die Scheine ein und steckte sie kichernd in ihr Dekolleté.

»Nicht, dass Hildchen es sich noch anders überlegt.«

Erleichtert blies Jule den Atem aus. Offenbar ließ die Wirkung der Hammertabletten nun ganz nach, und Tante Otti war wieder sie selbst.

Als Hildchen auch zum Abendessen nicht auftauchte, schlug Tante Ottis Laune um wie das Wetter im April. Immer wieder starrte sie zum Eingang des Restaurants und stocherte in ihrem Hirschgulasch.

»Die wird schon kommen. Unkraut vergeht nicht«, versuchte Jule Ottilie zu trösten, was ihr jedoch nicht gelang.

»Nicht, dass dieser Alois Hildchen in seiner Gewalt hat und die Gegenleistung für das großzügige Darlehen einfordert. Schon als ich den das erste Mal gesehen habe, hatte ich ein komisches Gefühl.«

»Ach, Tante Otti, nun übertreib nicht schon wieder.

Wahrscheinlich trinken die beiden nur irgendwo etwas zusammen.«

»Meine Menschenkenntnis sagt mir was ganz anderes.« Tante Otti schob den Teller von sich. »Wir müssen die Polizei rufen. Wahrscheinlich wird der Kerl schon gesucht.« Sie winkte den Kellner herbei. »Zahlen, bitte.«

Fassungslos blickte Jule erst ihre Pfannkuchensuppe und dann Tante Otti an.

»Hallo? Ich bin noch nicht einmal mit der Vorspeise fertig.«

»Wie kannst du denn jetzt noch ans Essen denken? Hildchen liegt womöglich geschändet in einer Gletscherspalte.« Die Augen hinter Tante Ottis Goldrandbrille füllten sich wieder einmal mit Tränen. »Hätte ich sie doch bloß nicht nach Geld gefragt«, schluchzte sie nun.

»Jetzt geht aber die Fantasie mit dir durch. Hildchen und geschändet? Dann wohl eher der Alois, wenn er mit ihr ... du weißt schon.« Jule schüttelte den Gedanken ab, damit ihr nicht übel wurde.

»Niemals. Hildchen würde niemals freiwillig mit diesem Jodelheini ins Bett gehen.«

»Sag niemals nie«, erwiderte Jule nur und fragte sich, warum Tante Otti davon so überzeugt war. Bekanntermaßen brannten alte Scheunen doch besonders gut.

Der Kellner kam an den Tisch und schaute mit langer Miene auf die Speisereste. »Hat es Ihnen nicht geschmeckt?«

»Doch«, sagte Tante Otti. »Wir haben nur einen Notfall.« Hastig zog sie einen 50-Euro-Schein aus der Geldbörse und überreichte ihn dem Kellner. »Der Rest ist für Sie.«

Der Mann fiel fast auf die Knie. Doch Tante Otti ließ ihm keine Zeit für tiefe Dankbarkeitsbekundungen. Aufgeregt sprang sie von ihrem Stuhl.

»Wo willst du denn jetzt hin?«, fragte Jule.

»Na, an die Rezeption. Die Bergwacht und die Kriminalpolizei rufen lassen.«

»Du liest wirklich zu viele Thriller. Vielleicht solltest du mal ein Genre wählen, in dem nicht so viele Verbrechen geschehen.«

Tante Otti sagte nichts darauf und verstaute gewissenhaft die Geldbörse mit dem Sterbegeld in der Handtasche.

Währenddessen fiel Jules Blick auf die Eingangstür des Restaurants. »Ach, sieh mal, wer da kommt: die Tote aus dem Gletscher.«

Tante Otti ließ die Handtasche fallen und eilte der Freundin entgegen.

»Was hat das Schwein dir angetan?«, schrie sie durch das Lokal.

Die Speisenden drehten die Köpfe, und Jule senkte kopfschüttelnd den Blick.

Wohl um zu zeigen, dass sie unversehrt war, hob Hildchen die Hände. »Was ist denn mit dir los?«

»Die Bergwacht sucht schon die Gletscherspalten nach dir ab«, raunte Jule im Vorbeigehen. Eigentlich wollte sie das Weite suchen, aber in Wahrheit interessierte es sie schon, was zwischen Alois und Hildchen gelaufen war. Also blieb sie tapfer da und hoffte, mehr zu erfahren.

Tante Otti griff sich ans Herz. »Den ganzen Tag habe ich mir schreckliche Sorgen um dich gemacht. Warum hast du nicht wenigstens eine Nachricht hinterlassen? Und wo warst du überhaupt?«

Jule atmete flach. Den ganzen Tag? Du liebe Güte, was für eine Theaterinszenierung.

»Ach, Ottilie, du hast doch so friedlich geschlafen. Da hab

ich mir gedacht, ich lass dir die Ruhe und geh mit dem Alois auf die Zugspitze.«

Tante Otti kniff die Augen zusammen und lächelte dabei. Oha, jetzt wurde es spannend! Diesen Gesichtsausdruck kannte Jule nämlich noch gar nicht.

»Du bist vielleicht leichtsinnig«, krähte sie. »Gehst einfach mit einem fremden Mann?«

»Was willst du?«, konterte Hildchen. »Glaubst du, ein Strumpfmaskenmörder leiht mir tausend Euro, bevor er mich abmurkst? Also, weißt du, ich hab jetzt wirklich keine Lust auf diesen Zirkus. Wenn du weiter so rumkeifst, gehe ich lieber mit Alois einen trinken.«

»Ach, Hildchen, ich mach mir doch nur Sorgen. Was meinst du, sollen nicht lieber wir zwei zusammen einen Wein trinken?«, fragte Tante Otti auf einmal ganz versöhnlich.

Hildchen legte die Schlachtermaske ab. »Klar, warum nicht?«

»Du auch, Jule?«, fragte Ottilie.

Sie nickte. Warum nicht? Jetzt wo die zwei wieder Frieden geschlossen hatten, konnte sie wenigstens etwas über den Ausflug zur Zugspitze erfahren.

Im Weinkeller des Hotels schwärmte Hildchen von der Fahrt und der herrlichen Aussicht. Sie und Alois hatten im höchsten Restaurant Deutschlands zu Mittag gegessen, verkündete sie stolz.

Tante Otti löcherte sie jedoch mit Fragen über diesen Jodelfritzen. Ob sie wohl selbst scharf auf ihn war? Jule schaffte es immer noch nicht, ihr hinter die Stirn zu schauen. Aus Tante Otti wurde sie einfach nicht schlau.

Nach einem recht amüsanten Abend, bei dem die zwei Frauen noch die eine oder andere Pfeilspitze abschossen, fiel

Jule hundemüde ins Bett. Auch im Nachbarzimmer herrschte bald Ruhe.

Am nächsten Morgen wurde sie jedoch unsanft aus dem Schlaf gerissen. Jemand polterte an der Tür, als stünde das Hotel in Flammen. Jule sprang aus dem Bett. In ihren Ohren dröhnte der eigene Herzschlag. Ihr Blick suchte die Handtasche, die griffbereit neben dem Bett lag. Dann riss sie die Tür auf.

»Guten Morgen, Julekind!« Tante Otti lachte mit den ersten Sonnenstrahlen des Tages um die Wette.

»Was ist? Gibt es eine Bombendrohung?«, giftete Jule.

»Wie?« Tante Otti sah sie fragend an. Zu einem Faltenrock trug sie eine weiße Bluse mit Puffärmeln.

»Warum trittst du mir fast die Tür ein?«

»Ich? Ich hab doch nur etwas heftiger geklopft, weil du verschlafen hast.«

»Was heißt denn hier verschlafen? Haben wir irgendetwas vor?«

Tante Otti schüttelte mahnend den Kopf. »Ja, weißt du das denn nicht mehr? Die Heu- und Kräuterwanderung steht doch heute auf dem Programm. Wir wandern auf die Kochelbergalm.«

Jule hob die Augenbrauen. »Nein, davon weiß ich nichts. Hast du vielleicht wie immer vergessen, es mir zu sagen?«

»Das kann nicht sein.« Tante Otti winkte ab. »Das musst du vergessen haben.«

Unvermittelt dachte Jule an den Termin in der Gedächtnisambulanz und entschied, nicht mit Tante Otti zu streiten, wer von ihnen beiden denn nun vergesslich war. »Um wie viel Uhr geht es los?«

»Wir müssen uns beeilen, wenn wir vorher noch frühstücken wollen.«

Jule ließ die Schultern hängen. Wenn sie eines besonders hasste, dann war das Hektik am frühen Morgen. Und wenn sie hier noch weiter herumstand, würde sie sich noch mehr beeilen müssen. Auch knurrte ihr Magen heute Morgen besonders laut, da sie schließlich am Abend zuvor kaum etwas gegessen hatte. Also versprach sie Tante Otti, in einer halben Stunde am Frühstückstisch zu sitzen.

Die Überraschung war groß, als Jule kurze Zeit später von Tante Otti erfuhr, dass sie auch für diesen Ausflug erst einmal mit der Seilbahn ins Tal fahren mussten. Tief blickte Jule ihr in die Augen, um vielleicht eine gewisse Glasigkeit zu entdecken. Doch sie wirkte äußerst fidel.

»Wie willst du das denn ohne Beruhigungstabletten schaffen?«, fragte Jule ungläubig.

»Hildchen hat mir andere gegeben, von denen ich nur eine genommen habe.«

Oha, dealten die beiden nun schon mit Stimmungsaufhellern? Jule sah Tante Otti fassungslos an. »Du kannst doch nicht wahllos irgendwelche Tabletten nehmen. Bestimmt sind die verschreibungspflichtig.«

»Ach, Julekind, eine als Ausnahme. Was soll denn da passieren? Du siehst doch, mir geht es gut.«

»Ja, jetzt. Und was war gestern?«

»Die von gestern hat mir aber der Arzt verschrieben. Weißt du, als ich mich so schrecklich wegen Karl-Heinz und der Demenz aufgeregt habe.«

»Und wahrscheinlich solltest du morgens und abends je drei Stück nehmen.« Jule schmierte sich Nutella auf ein Rosinenbrötchen.

»Nein, nur eine vor dem Schlafengehen.« Sichtlich beschämt senkte Tante Otti den Kopf.

Hildchen wischte sich mit der Serviette über die Zähne. »So, ich bin fertig. Sollen wir?«

»Ja, wir müssen sogar«, sagte Tante Otti, nachdem sie einen Blick auf ihre Armbanduhr geworfen hatte.

Jule schaute auf ihr Brötchen. »Kann ich schon wieder nicht zu Ende essen? Langsam entwickelt sich dieser Urlaub für mich zu einer Hungerkur.«

»Du liebe Güte, bist du wirklich so unflexibel?« Hildchen entfaltete ihre verschmierte Serviette und wickelte das Frühstück darin ein.

Augenblicklich verstummte das Hungergeschrei aus Jules Magen.

»Lass es hier. Ich bin sowieso satt«, murmelte sie in Hildchens Richtung.

Nachdem Tante Otti kurze Zeit später die Seilbahn betreten hatte, legte sie sich sofort bäuchlings auf den Boden und schützte ihren Kopf mit den Armen.

»Sag mal, bist du jetzt komplett durchgedreht?« Hildchen knirschte mit den Zähnen. »Du stellst dich an, als würden jeden Augenblick die Bomber über uns hinwegjagen.«

Tante Otti hob kurz den Kopf. »Halt den Mund, und lass mich die nächsten zehn Minuten in Ruhe«, zischte sie.

»Vier – genau vier Minuten und dreiundvierzig Sekunden dauert die Fahrt.« Hildchen hatte mal wieder das letzte Wort und stieg über Tante Ottis Beine.

Jule presste sich an das Fenster neben dem Einstieg. Als die Tür geschlossen wurde, atmete Tante Otti so schwer, dass Jule sie am liebsten an den Armen aus der Gondel gezogen hätte. Doch leider setzte sich die Seilbahn bereits in Bewegung.

Tante Ottis Haarschopf zitterte, als hinge sie mit einer Stricknadel in der Steckdose. Um das Bündel Mensch vor ihren Füßen zu beruhigen, hockte sich Jule hin und strich Tante Otti über den Rücken.

»Lass mich«, stieß diese mit dünner Stimme aus und wehrte mit ruckelnden Schultern die Streicheleinheiten ab.

»Ist schon okay«, sagte Jule und richtete sich wieder auf. Knapp fünf Minuten waren ja wirklich nicht lange – normalerweise. Wenn man natürlich mit solch einer Angst auf dem Boden lag, konnten sie eine halbe Ewigkeit dauern. Und wenn man dabei zusehen musste, noch eine doppelte Ewigkeit dazu.

31. Kapitel

Doch irgendwann war auch die längste Ewigkeit vorbei, und so half Jule Tante Otti im Tal auf die Beine, damit sie die Gondel verlassen konnte. Zur gleichen Zeit bimmelte Jules Handy wieder. Rasch schaute sie auf das Display und drückte Kathis Anruf weg.

Die Wandergruppe traf sich am Alpspitz-Wellenbad, von wo aus der Ausflug erst einmal auf die Kochelbergalm führen sollte. Am Ortsausgang von Garmisch-Partenkirchen hatten sich schon vier rüstige Rentnerpaare eingefunden und warteten auf die Führerin. Jule schaute auf ihre Turnschuhe, mit denen sie sich neben den Wanderschuh- und Rucksackträgern ziemlich fehl am Platz vorkam. Aber wenigstens brauchte sie nicht zu befürchten, dass ihr die Gruppe davonlief. Bei dem Altersdurchschnitt der Wandernden konnte sie bestimmt mithalten.

Tante Otti suchte auf dem Parkplatz des Bades ein schattiges Plätzchen unter einem Baum, um sich dort von der Seilbahnfahrt zu erholen. Seit sie die Gondel verlassen hatte, hatte sie noch kein Wort gesprochen. Hildchen schaute ihr kopfschüttelnd hinterher. Doch bevor sie eine blöde Bemerkung machen konnte, hielt Jule ihr eine Zigarre hin. Ein Grinsen breitete sich in Hildchens Gesicht aus. Sie nahm die Rauchware, nickte anerkennend und roch daran.

»Wie komm ich denn zu der Ehre?«

»Nur eine kleine Friedenspfeife. Dafür verschonst du Tante Otti mit blöden Sprüchen. Alles klar?« Jule schaute zu Ottilie, die den Rücken gegen den Baumstamm gelehnt hatte und sich mit einem Tuch den Schweiß von der Stirn wischte.

»Was soll das denn heißen? Alles was ich sage, hat Hand und Fuß.«

»Halt dich einfach nur zurück.« Jule ließ sie stehen und ging zu Tante Otti in den Schatten.

»Nein, was war das wieder schlimm«, schnaufte diese. »Hier fahr ich nie wieder hin, das kannst du mir glauben.«

»Musst du ja auch nicht.« Jule schaute über den Parkplatz. Die Führerin war immer noch nicht aufgetaucht. Na, da hätte sie auch in Ruhe zu Ende frühstücken können.

Plötzlich rauschte ein schwarzes Audi-Cabrio auf den Parkplatz und zog die Aufmerksamkeit der Wartenden auf sich. Doch entgegengesetzt aller Erwartungen stieg nicht etwa die Kräuterfrau aus, sondern Alois, der Almdudler.

»O nein! Was will der denn hier?« Tante Otti stierte in seine Richtung. In ihren Augen stand der blanke Hass.

»Vielleicht will er ins Wellenbad«, sagte Jule.

»Der? Niemals! An Hildchen will er sich heranmachen.« Tante Otti kniff die Augen hinter der Goldrandbrille zusammen und fixierte den Grauhaarigen. »Da, da! Siehst du? Der geht zu Hildchen.«

»Mein Gott, Tante Otti. Ist doch klar, dass sich die beiden begrüßen.« Jule schaute ebenfalls zu Hildchen, die beide Arme ausstreckte. Zwischen den Fingern ihrer rechten Hand qualmte die Zigarre.

Als der Jodelheini und sie sich herzten, gab Tante Otti ein Fauchen von sich.

»Dieser Hallodri!«, zischte sie. »Ich hab schon gar keine Lust mehr auf die Wanderung.«

»Na, willst du etwa die Gondelfahrt umsonst auf dich genommen haben? Lass die beiden doch. So haben wir wenigstens unsere Ruhe vor Hildchen.«

Ein VW-Käfer tuckerte jetzt auf den Parkplatz. Als er zum Stehen kam, entstieg ihm eine Mittfünfzigerin, die ein Dirndl trug. Strahlend näherte sie sich der Wandergruppe.

»Da ist bestimmt unsere Führerin, komm lass uns gehen«, sagte Jule zu Tante Otti, die immer noch mit den Zähnen knirschte.

Die Dirndlträgerin stellte sich kurz als Anneliese Huber vor und leitete dann den Ausflug mit einer kurzen Erklärung der Route ein.

Der Wanderweg hinauf zur Kochelbergalm führte vorbei an Tannenwäldern und blühenden Wiesen. Hier und da stand ein verwaister Schuppen in der Landschaft. Frau Huber erzählte von der Kultur des Heumachens und erläuterte die Artenvielfalt der Kräuter. Dabei wurde sie immer wieder von Hildchens dreckigen Witzen unterbrochen, über die nur Alois lachen konnte. Die Rentnerehepaare schüttelten bereits verärgert die Köpfe.

Nach gut einer halben Stunde fand sich die Gruppe zu einem Kräuterlikör in einer Hütte auf der Kochelbergalm ein. Hildchen und Alois genehmigten sich drei bis vier von den wärmenden Gläschen. Die Wangen des Almdudlers glühten wie reife Äpfel. Auf der Bank vor der Hütte verirrte sich seine Hand auf Hildchens Oberschenkel.

Tante Otti, die weder an Heu noch an Kräutern interessiert war, stieß Jule den Ellbogen in die Rippen. »Dieser Sittenstrolch! Siehst du das?«

»Sieht ganz so aus, als fände er wirklich Gefallen an Hildchen.« Jule nippte an ihrer Kräuterschorle.

»Dem blas ich gleich meine Meinung, glaub mir das.«

»Lass ihnen doch den Spaß. Vielleicht zieht Hildchen ja für den Rest des Urlaubs zu ihm. Dann hätte die Streiterei ein Ende.«

Bevor Alois jedoch weiterhin Hildchens Oberschenkel betatschen konnte, rief Frau Huber zum Aufbruch. Der Weg führte durch einen Wald. In den Baumkronen zwitscherten die Vögel, und nicht weit entfernt rauschte ein Bach. Jule genoss die Kühle und atmete tief die herbe Luft ein. Doch dann legte sich der Gestank von faulen Eiern über den Tannenduft.

Tante Otti, die mit Jule den beiden Turteltauben hinterhertrottete, verzog angewidert das Gesicht. »Furzt ihr beiden da vorn jetzt um die Wette, oder was?«

Hildchen drehte sich zu ihr um. »Bist du verrückt? Meinst du, ich würde so etwas tun, wenn der Alois dabei ist?«

»Ach, nein?« Tante Otti reckte kampflustig das Kinn vor.

Die wandernde Gruppe blieb stehen und schaute gebannt zu Hildchen und Tante Otti. Womit hatte Jule das nur verdient? Jetzt lieferten die sich hier tatsächlich einen handfesten Krach.

»Aber meine Damen, keine Beschuldigungen bitte«, ging Frau Huber dazwischen. »Das sind doch die Schwefelquellen, die hier so riechen. Sehen Sie, dort zwischen den Felsen sprudeln sie.«

Die Gruppe folgte Frau Huber, und auch Tante Otti und Hildchen hatten für einen Augenblick ihren Streit vergessen.

»Die Quellen gelten als sehr heilfördernd«, erklärte Frau Huber.

Tante Otti hielt sich die Nase zu, und auch Jule atmete nur noch durch den Mund.

»Lassen Sie sich von dem Gestank nicht abschrecken, und probieren sie einen Schluck«, fuhr Frau Huber fort.

»Wir sollen *was*? Das ist doch eklig!« Tante Otti nahm die Finger von ihrer Nase und stemmte die Hände in die Hüften. »Wollen Sie, dass ich die Gelbsucht bekomme?«

»Es hat ja keiner gesagt, dass sie trinken *müssen*«, verteidigte sich Frau Huber.

Hildchen grinste fies. »Ich würd ja einen Schluck probieren. Du doch auch, Alois, oder?«

Der Almdudler nickte zögernd. Dann hockten sich die beiden vor die Quelle, schöpften Wasser mit der hohlen Hand und schlürften die Brühe.

Jule wandte sich angewidert ab. Für einen Augenblick stellte sie sich vor, wie Hildchen und Alois die nächste Zeit aus dem Hals stinken würden. Aus ihrem Magen sandte die Kräuterschorle einen sauren Gruß.

»Bah, ihr seid widerlich«, sagte Tante Otti und hakte sich bei Jule unter. »Lass uns weiterwandern.«

Da Tante Otti nun das Tempo vorgab, blieb Frau Huber nichts anderes übrig, als ihr zu folgen, um sie zu überholen. Kurz darauf verließen sie den Wald über einen kleinen Trampelpfad und fanden sich bald auf einer steilen Wiese wieder. Allein beim Anblick bekam Jule schon Atemnot. Doch sie hielt tapfer durch, zumal die anderen Teilnehmer keine Schwäche zeigten und mit ihren Wanderstöcken beharrlich die Alm hinaufstaksten.

Oben erreichten sie einen kleinen Hof mit einem Heuschober. Frau Huber erklärte, dass ein Heubad leider erst im Juli nach der Ernte genommen werden konnte. Und da keine Kinder unter ihnen waren, die auf dem Heuboden toben konnten, blieben sie nicht lange.

Hildchen und Alois wanderten mittlerweile Hand in Hand.

»Ich glaub es nicht«, prustete Tante Otti leise. »Jetzt treibt sie es aber auf die Spitze. Na warte, lange schau ich mir das nicht mehr an.« Es fehlte nicht viel, und giftgrüner Rauch würde aus ihren Ohren austreten, fürchtete Jule.

Sie konnte darüber inzwischen nur noch den Kopf schütteln. Tante Otti benahm sich wie eine eifersüchtige Ehefrau.

Nachdem sie weitere Wiesen und Waldabschnitte hinter sich gelassen hatten, führte der Weg zwischen himmelhohe Felswände. Zu einer Seite tat sich eine Schlucht auf. Eine schreckliche Vorahnung beschlich Jule. Und als vor ihnen eine Brücke in Sicht kam, wusste sie, dass der Tag noch schlimmer werden würde.

Tante Otti wandte ihr Augenmerk von Hildchen und Alois ab. Es schien, als begreife sie erst jetzt, wo sie sich befand. Mit weit aufgerissenen Augen starrte sie auf die Holzbrücke, die über die Schlucht führte. Unter ihnen, in etwa einhundert Metern Tiefe, rauschte die Partnach.

»Nee, nee, nee!«, meckerte Tante Otti wie eine hysterische Ziege. Dann ließ sie sich auf den Hintern fallen, presste den Rücken gegen die Felswand und winkelte die Beine zum Schneidersitz an. Fehlte nur noch ein Schild mit der Aufschrift: Sitzstreik!

Frau Huber ließ sich zu ihr hinab und schaute sie besorgt an. »Was ist mit Ihnen? Geht es Ihnen nicht gut?«

»Da geh ich nicht rüber. Dass ich hier einen Seiltanz in schwindelnder Höhe absolvieren muss, hat mir keiner gesagt.«

»Aber das stand doch in unserem Prospekt, sogar mit Bild. Haben Sie das denn nicht gelesen?«

Tante Otti kniff die Augen zusammen. »Kleingedrucktes übersehe ich schon mal«, murmelte sie.

»Frau …«

»Bär, mein Name ist Bär.«

»Frau Bär, es gibt leider keinen anderen Weg. Da müssen Sie jetzt durch.«

Hildchen grinste. Dabei hielt sie immer noch Alois' Hand.

Das Rauschen der Partnach hallte in Jules Ohren wider. Sie war ratlos, wie es nun weitergehen sollte. Um Tante Otti zu beruhigen, setzte sie sich neben sie und legte die Hand auf ihren Arm. »Sollen wir umkehren?«

»Sie finden doch niemals allein den Weg zurück«, entsetzte sich Frau Huber und pustete dann eine Strähne fort, die sich aus ihrer Hochsteckfrisur gelöst hatte.

»Dann fragen wir uns eben durch«, sagte Jule und tastete nach Tante Ottis Handgelenk. Schnell merkte sie, wie der Puls raste. »Das schaffen wir schon, oder?«

Tante Otti traten Tränen in die Augen. Ihr Blick zu Jule war ein einziger Hilfeschrei.

»Bestimmt, wenn du bei mir bist.«

»Was für ein Theater«, schaltete sich nun Hildchen ein. »Geh doch einfach über die Brücke, und Feierabend.«

»Ich kann aber nicht«, sagte Tante Otti verzweifelt.

Ein Mann aus der Gruppe schnallte seinen Rucksack ab und holte ein Butterbrot heraus.

Jule erhob sich aus der Hocke und wischte sich die schweißnassen Hände an ihrer Shorts ab. »Gehen Sie ruhig weiter, Frau Huber. Um uns brauchen Sie sich keine Sorgen zu machen. Ich kümmere mich um Frau Bär.«

»Na, ich hab doch die Verantwortung für die Gruppe. Was, wenn Sie sich verlaufen? Da bekomm ich mächtig Ärger mit dem Chef. Warten Sie, ich rufe einen Kollegen an, der sie sicher wieder zurückbringt. Wird halt nur ein Weilchen dauern, bis er hier ist. Und es kostet natürlich extra.« Frau Huber kramte ein Handy aus ihrer Filztasche.

»Ist mir egal, was das kostet«, hechelte Tante Otti.

Hildchen tätschelte ihre Wange. »Wir sehen uns dann heute Abend«, sagte sie nur und erntete dafür Jules Hass, der tiefer als der Abgrund unter ihnen war.

Kurze Zeit später zog die Gruppe über die Höllenschlucht weiter. Tante Otti wandte den Blick ab, als sie die Brücke betraten. Netterweise hatte der ältere Herr mit dem Butterbrot ihnen seinen restlichen Proviant dagelassen. Auch seine Frau hatte sich freizügig gezeigt und ihre Thermoskanne mit starkem Kaffee gestiftet. So brauchten sie während der Wartezeit wenigstens weder Hunger noch Durst zu leiden.

»Wenn ich hier lebend wieder rauskomme, reise ich sofort ab.« Tante Otti biss in das Käsebrot des Mannes und streckte die Beine von sich.

Eine weitere Wandergruppe, die gerade vorbeizog, kletterte über ihre Füße. Mitleidige Blicke trafen Jule. Sie scherte sich nicht darum und goss Kaffee in den Deckel der Thermoskanne.

»Warum bist du eigentlich so eifersüchtig auf den Alois?«, fragte sie, während die Wandergruppe ebenfalls über die Holzbrücke lief. »Wie es scheint, gefällt es Hildchen doch, von ihm umworben zu werden.« Sie reichte Tante Otti den dampfenden Becher.

»Eben. Seit sie diesen Jodelhallodri kennt, bin ich ihr vollkommen egal. Das tut weh.«

Jule sah den Schmerz in ihren Augen und verstand nicht, warum Tante Otti das alles so naheging.

»Aber warum gönnst du deiner Freundin nicht das Liebesglück? Wenn Kathi sich mal verguckt hat, hab ich auch nicht mehr viel zu melden. Aber das renkt sich nach einer Weile wieder ein.«

Tante Otti starrte in die Leere. Nur langsam bewegten sich ihre Lippen. »Bei Kathi und dir ist das etwas anderes. Ihr seid nicht so befreundet wie Hildchen und ich.«

»Wieso? Wir wohnen doch auch zusammen.« Jule überfiel plötzlich ein komisches Gefühl, das wie Chili in ihrem Bauch brannte.

»Ja, das stimmt.« Tante Otti nahm einen weiteren Schluck Kaffee und leckte sich über die trockenen Lippen.

»Aber?« Ein wenig fürchtete sich Jule vor der Antwort, die nun unausweichlich geworden war. Hier und jetzt gab es für Tante Otti kein Entrinnen mehr.

Die schluckte schwer und schaute verloren zu der anderen Seite der Schlucht, auf der sich die Bäume in den Himmel streckten. »Hildchen und ich, wir sind nicht einfach nur Freundinnen. Uns verbindet mehr.«

»Sag jetzt nicht … ihr seid doch nicht etwa …«

Tante Ottis gequälter Blick streifte sie nur kurz, bevor sie ihre Hände betrachtete. »Lass mich jetzt nicht auch noch im Stich«, flehte sie schluchzend. Dicke Tränen kullerten aus ihren Augen und tropften in den Kaffeebecher.

Nur langsam setzte sich das Puzzle in Jules Kopf zusammen. Doch irgendwie passten die Teile nicht ineinander. »Meinst du, ich soll dich nicht wie Karl-Heinz im Stich lassen?«

Tante Otti nickte weinend.

Tröstend legte Jule ihr den Arm über die Schulter. »Keine Angst, das wird nicht geschehen«, sagte sie nur. Tante Ottis Geständnis übertraf ihre Vorstellungskraft bei weitem, und sie sträubte sich, diese in ihr Hirn zu zwingen. Gut, Hildchen hätte sie die gleichgeschlechtliche Gesinnung blind abgekauft. Aber Tante Otti?

Die alte Dame legte ihren Kopf an Jules Rippen und hauchte: »Danke.«

In Jules Kopf schwirrten die Fragezeichen wie ein Schwarm Motten um eine Straßenlaterne.

Tante Otti gab einen ganzen Berg Seufzer von sich. Dann nahm sie noch einen Schluck von dem tränenverdünnten Kaffee.

»Muss ich dir jetzt alles erklären?«, fragte sie.

»Nein, das musst du nicht. Erzähl mir davon, wenn dir danach ist.« Froh, nicht alle Einzelheiten in diesem Augenblick erfahren zu müssen, presste Jule ihren Rücken gegen die kühle Felswand.

Tante Otti stellte den Becher neben sich und kuschelte sich tiefer in Jules Arm. Einige Sekunden später gingen ruhige Atemzüge durch den kleinen Leib. Augenblicklich musste Jule an die *abuela* von Ana denken. Tränen stiegen in ihre Augen und ließen den Blick auf den Typen verschwimmen, der sich ihnen näherte.

»Meine Kollegin meinte, hier gäbe es ein Problem. Ich soll euch den Weg zurückführen?«

»Guten Tag«, erwiderte Jule nur und schaute zu dem Retter auf. Der Typ war vielleicht ein oder zwei Jahre älter als sie und erinnerte an das Klischee eines gutgebräunten Skilehrers mit zurückgegeltem Haar.

Tante Otti blickte schlaftrunken zu ihm auf. »Keine Höllenschluchten und keine Seilbahn, wenn Sie verstehen. Ich will auf normalem Weg zu meinem Hotel. Auf Wolken tanzen kann ich noch genug, wenn ich den Löffel abgegeben hab.« Sie löste sich aus Jules Arm und rappelte sich auf. Zwei Kniebeugen später packte sie Thermoskanne und Butterbrotdose in den Rucksack und nickte Jule zu. »Es ist an der Zeit, dass sich etwas ändert.«

Der Rückweg führte bergauf und bergab. In Jules Brust hämmerte es wieder einmal, als würde ihr gleich das Herz platzen. Aber auch Tante Otti japste nach Luft. Nur der Skilehrerverschnitt trottete vor ihnen her, als ginge der Weg durch eine Ebene. Als sie endlich das Hotel erreichten, entlohnte Tante Otti ihn fürstlich. Ihre Gesichtszüge waren weich geworden, als sei eine schwere Last von ihr gefallen. Immer noch konnte Jule nicht richtig glauben, was Ottilie ihr erzählt hatte.

Es war bereits Nachmittag, und die Sonne heizte durch die Panoramafenster die Empfangshalle auf. Schweigend ließ sich Tante Otti die Schlüssel geben. Im Flur, der zu ihren Zimmern führte, schaute sie Jule fest entschlossen an.

»Leihst du mir mal dein Handy?«

»Was hast du vor?«, fragte Jule und nahm ihren Rucksack von der Schulter.

»Das wirst du gleich sehen.« Tante Otti öffnete die Tür zu ihrem Zimmer und suchte nach ihrem grünen Notizbuch. Dann ließ sie sich von Jule das Telefon entsperren und wählte eine Nummer.

»Hallo, Marc«, sagte sie kurz darauf und erkundigte sich als Erstes nach Praline.

Jule fuhr ein heißer Strahl durch die Glieder. Unfähig, sich zu rühren, starrte sie Tante Otti an.

»Hör mal, Junge, ich habe eine riesige Bitte an dich. Kannst du mich abholen kommen?«

Jule glaubte, sich verhört zu haben. Was verlangte Tante Otti denn da von ihm?

»Wer war da? Ein Mann vom Gericht? Oje. Was hat er denn gesagt?« Tante Ottis Gesicht verhärtete sich wieder. Angestrengt lauschte sie in den Hörer. »Er kommt wieder? Wann denn? Ach so. Ja, warte, ich geb sie dir.«

Jule atmete tief durch und nahm das Handy entgegen. »Hi, Marc!« Sie versuchte, so locker wie möglich zu klingen.

»Hi. Wie geht es dir?«, fragte Marc.

»Gut, aber habe ich es richtig verstanden, dass ein Mann vom Gericht Tante Otti sprechen wollte?«

»Ja, und er wird einen neuen Termin machen. Ich hoffe nur, dass Otti den Brief nicht wieder unter das Kopfkissen steckt.«

»Hat sie das?« Jule zwirbelte mit zittrigen Fingern eine Locke zwischen Daumen und Zeigefinger. Auch wenn das Thema traurig war, hätte sie stundenlang Marcs Stimme lauschen können. »Wie hast du den Brief denn gefunden?«

Marc erzählte, dass Praline ins Bett gepinkelt hatte und er es daraufhin neu bezogen hatte. Dabei war er auf den Umschlag gestoßen.

»Aber jetzt mal etwas anderes. Was ist denn bei euch los? Warum will Otti unbedingt nach Hause?«

»Stress mit Hildchen«, sagte Jule nur. In Gedanken stellte sie sich vor, wie Marc reagieren würde, wenn er von der wahren Beziehung der beiden wüsste. Wahrscheinlich würde er sich kaputtlachen.

»Ach so. Na, dann werde ich mich mal auf den Weg machen, um euch abzuholen.«

»Du weißt, dass das kein Katzensprung ist?«

»Klar, aber ich hab im Augenblick ja Zeit. Außerdem freue ich mich, dich zu sehen.«

Jules Herz antwortete mit einem Aussetzer. Hatte er das wirklich gesagt? Das konnte doch gar nicht sein. Wahrscheinlich lockte ihn eher die Kohle, die Tante Otti ihm dafür geben würde. Jule verabschiedete sich kurz angebunden von ihm, drückte ihn weg und starrte ihr Handy an.

Tante Otti zwickte sie in den Unterarm. »Warum legst du denn so schnell auf? Ich wollte doch noch mal mit ihm sprechen.«

»Er macht sich sofort auf den Weg. Dann kannst du noch genug mit ihm plaudern.«

Jules Gedanken kehrten zu dem Brief zurück, den Tante Otti unter dem Kissen versteckt hatte. »Hör mal, du kannst doch nicht einfach ein Schreiben vom Amtsgericht ignorieren.«

»Ein Schreiben?« Tante Otti sah sie irritiert an. Dann erhellte sich ihre Miene, und sie schlug sich mit der flachen Hand gegen die Stirn. »Ach, das hatte ich glatt vergessen.«

»Das wird bei Gericht bestimmt keinen guten Eindruck machen.« Jules Ohr kribbelte immer noch angenehm von Marcs Stimme.

»Was machen wir denn da?« Tante Otti ließ sich seufzend auf dem Bett nieder.

»Der Mann wird sich noch einmal melden. Dann sagst du einfach, du hättest den Brief nicht bekommen.«

»Ist in Ordnung.« Tante Otti nickte. »Aber im Augenblick habe ich wirklich andere Sorgen.«

»Findest du es nicht übertrieben, Marc hierherzubestellen? Wir hätten doch auch mit dem Zug fahren können.«

Tante Otti zuckte mit den Schultern. »Die Fahrt würde mich zu sehr quälen. Ich müsste bestimmt immer an die Hinfahrt mit Hildchen denken.«

»Dann bleib doch einfach hier.«

»Nein, niemals«, widersprach Tante Otti mit fester Stimme.

Jule setzte sich neben sie auf das Bett. »Seid ihr beide eigentlich schon immer … du weißt schon«, stammelte sie und ärgerte sich im gleichen Augenblick, die Frage gestellt zu haben. Wollte sie das wirklich wissen?

Tante Otti griff nach ihrer Hand. »Tief im Inneren ja. Nur haben wir uns das nie eingestanden.« Sie erzählte von ihrer Ehe und wie Hildchen ihr geholfen hatte, sich von ihrem gewalttätigen Mann zu trennen. Erst danach hätten sie zueinander gefunden.

»Weißt du, ich hatte das Gefühl, als fielen enge Ketten von mir ab. Aber sie schlossen sich auch schnell wieder. Vor allem, weil Hildchen wollte, dass ich auch in der Öffentlichkeit zu unserer Liebe stehe.«

»Ich kann mir vorstellen, welchen Mut es erfordert, sich zu outen.« Jule zupfte einen Faden von ihrer Shorts.

»Erst habe ich es Karl-Heinz zuliebe geheim gehalten, um seine Karriere nicht zu gefährden. Aber Hildchen drängte mich weiter. Dann habe ich die Fabrik vorgeschoben und danach die Confiserie. Alle Welt hätte sich doch über mich totgelacht. Bis zum Ende meiner Berufstätigkeit konnte ich Hildchen hinhalten. Leider war ich aber auch dann zu feige. Bis heute habe ich mein Versprechen nicht eingehalten, das ich ihr schon vor vielen Jahren gegeben habe.«

Jule sah plötzlich eine ganz andere Tante Otti vor sich. Trotz des Geständnisses war sie Jule nicht mehr so nahe wie vorher. Jule schalt sich selbst eine prüde Kuh. Ihre Generation sollte der Homosexualität wahrlich lockerer gegenüberstehen. Stattdessen fühlte sie sich beklommen.

»Bist du schockiert?« Tante Otti sah sie traurig an.

»Der Gedanke ist ehrlich gesagt seltsam. Weißt du, ich wäre nie von allein draufgekommen.«

»Das kann ich verstehen«, sagte Tante Otti und erhob sich. Dann zog sie ihre Reisetasche unter dem Bett hervor. »Ich werde jetzt packen. Du auch?«

Jule nickte.

32. Kapitel

Nachdem Jule ihre Sachen eingepackt hatte, rief sie auf ihrem Handy den Routenplaner auf, um nachzusehen, wie lange Marc wohl für die Strecke brauchen würde. Fast ein wenig enttäuscht stellte sie kurz darauf fest, dass er erst am späten Abend hier sein konnte.

Plötzlich hörte Jule Schritte auf dem Flur und lauschte an der Zimmertür. Wie sie kurz darauf feststellte, war Hildchen von der Heuwanderung zurück.

»Was machst du denn da?«, polterte es durch die Wand.

»Hier, nimm das Geld von deinem Lover und mach dir noch ein paar schöne Tage ohne mich«, erwiderte Tante Otti. Dann waren Schleifgeräusche zu hören.

Jule öffnete die Zimmertür. Vor ihr stand Tante Otti mit ihrem Gepäck.

»Mit der bleibe ich keine Minute länger im Zimmer. Ich warte hier bei dir auf Marc.« Schnurstracks stolzierte sie auf den Balkon, setzte sich dort in den Rattansessel und ließ sich die Sonne ins Gesicht scheinen.

Jule zog den Trolley ins Zimmer und folgte ihr. Der Friede hielt nicht lange an, denn kurz darauf erschien Hildchen auf dem Nachbarbalkon.

»Du kannst doch nicht einfach abreisen! Lass uns reden, Ottilie«, bettelte sie.

Jule nahm den Sinneswandel der Freundin erstaunt zur Kenntnis. Offensichtlich war Tante Otti ihr doch nicht so gleichgültig, wie sie immer tat. Nein, natürlich war sie das nicht, rief Jule sich in Erinnerung.

Tante Otti richtete den Blick auf das Wettersteingebirge und schob trotzig die Unterlippe vor. »Bitte, Ottilie. Du weißt doch genau, dass mir nichts an dem Alois liegt.« Ein unsicherer Blick traf Jule.

Die Augen immer noch auf die Berge gerichtet, verschränkte Tante Otti die Arme vor der Brust. Ihre eisige Stimmung brachte die Almluft beinahe zum Klirren.

»Mensch, Ottilie, ich wollte dich nur eifersüchtig machen. Du weißt doch, wie ich an dir hänge. Aber wenn nicht, kann ich es gern über den Balkon posaunen.«

Wollte Hildchen nun etwa auch den Vorhang fallen lassen? Wahrscheinlich rechnete sie damit, dass Tante Otti im nächsten Moment um Stillschweigen bettelnd auf die Knie sank.

Die jedoch hob eine Schulter und schaute weiter geradeaus.

Hildchen folgte ihrem Blick und legte die Hände wie eine Flüstertüte um den Mund.

»Ich bin eine Frau und stehe auf Frauen!«, schrie sie in die Bergwelt.

Auf der Ruhewiese unter ihnen reckten die Leute die Hälse.

Jule fasste sich an die Stirn und flüchtete von dem Balkon. Vor ihrem inneren Auge sah sie Hildchen triumphierend grinsen. Na toll! Das Coming-out war ihr wohl gelungen. Wahrscheinlich wusste innerhalb der nächsten drei Minuten das ganze Hotel Bescheid.

»Ich auch!«, schrie nun auch Tante Otti aus voller Brust.

Jule schaute zur Zimmerdecke und bat Marc in Form von Telepathie, einen Gang zuzulegen.

»Ottilie und ich sind ein Paar!« Die Berge gaben Hildchens Bekundung als Echo wieder.

Ein Kindergarten war nichts dagegen.

»Genau! Wir lieben uns!«, krähte Tante Otti hinterher.

»Tante Otti, es reicht!«, schrie Jule hinaus auf den Balkon.

Hektische Schritte polterten über den Flur. Die Tür flog auf. Keine zwei Sekunden später schlangen sich Hildchens Arme um Tante Otti und drohten, das zarte Wesen zu zerdrücken. Jule schnappte sich ihr Handy, verließ das Zimmer und rannte die Treppen hinab. Unten vor dem Hotel setzte sie sich atemlos auf die Stufen zum Eingang, um dort die nächsten Stunden auf Marc zu warten.

Gut vier Stunden später hatte sie ihre Gedanken beruhigt. Sie erhob sich, um die Beine auszuschütteln. Dann holte sie ihr Handy aus der Hosentasche und drückte auf Wahlwiederholung.

Rauschen war zu hören.

»Hi, Jule«, hallte Marcs Stimme in die Freisprechanlage. »Bin fast da.«

»Gott sei Dank«, keuchte Jule.

»So schlimm?«

»Schlimmer! Beeil dich bitte.« Jule unterbrach die Verbindung und atmete tief durch. Ihr Handy vibrierte wieder.

»Ist Otti tot?« Marc klang besorgt.

»Ach, Quatsch. Du hast doch heute Nachmittag noch mit ihr telefoniert.« Jule lachte. »Sie … ach … ich kann das jetzt nicht erklären. Wo bist du?«

»Ich fahr hier gerade auf den Parkplatz. Wo ist denn das Hotel?«

»Du musst mit der Seilbahn hochfahren.«

»Echt?«

»Die Fahrt dauert nicht lange. Ich warte an der Station auf dich.« Jule lief die wenigen Schritte zu dem Häuschen und starrte gebannt auf das Seil der Bergbahn. Wenige Minuten später kündigte das Ruckeln des Drahtgeflechts das baldige Kommen einer Gondel an, und der bärtige Wärter erschien aus seinem Kabuff. Jules Herz überzog sich mit warmer Schokoladenglasur. Dann war die Gondel endlich in Sicht, und Marcs Gestalt malte sich ab. Jule konnte genau erkennen, wie er sich das Haar aus der Stirn strich. Den Spruch vom schönen Teller schickte sie tief in den Geschirrschrank.

Eine Laptoptasche unter den Arm geklemmt, stieg Marc aus der Gondel. Als er Jule sah, grinste er breit. »Da bin ich.«

Mit weichen Knien ging Jule ihm entgegen. »Zum Arbeiten kommst du hier bestimmt nicht.« Sie nickte in die Richtung seiner Tasche.

»Ist nur ein bisschen Waschzeug drin.« Marc riss den Klettverschluss auf und demonstrierte Jule den Inhalt. »Aber nun will ich dich erst einmal drücken.«

Jule ließ sich in seine Arme sinken und sog wieder den Duft von Schaumbad ein, den sie ewig hätte schnuppern können.

»Otti muss dir ja furchtbar zusetzen. Was ist denn passiert?«

Die Shetlandpony-Augen brachten die Schokoladenglasur auf ihrem Herzen zum Schmelzen. Jule schnappte kurz nach Luft und versuchte, sich auf das Wesentliche zu konzentrieren.

»Tante Otti und Hildchen sind ein Liebespaar«, stieß sie hervor.

Marc drückte sie leicht von sich. »Ach, und das ist dir erst jetzt aufgefallen?«

»Sag nicht, du wusstest es die ganze Zeit.« Fassungslos schaute Jule ihn an.

»Also, ich wohne Tür an Tür mit den beiden. Was meinst du, was ich schon gehört habe …«

»Erspar mir die Einzelheiten.« Jule winkte ab. »Ja, und was sagst du dazu?«

»Es kann doch jeder leben und lieben, wie er will! Meinst du etwa nicht?«

»Ja, sicher. Aber ich hätte das nie von Tante Otti gedacht. Deshalb bin ich jetzt etwas durcheinander.«

Die Sonne neigte sich den Berggipfeln entgegen, und Jules leerer Magen grummelte plötzlich.

»Wo ist Otti denn jetzt?« Marc klemmte sich die Tasche fester unter den Arm.

»Sie ist mit Hildchen oben. Ich hab das eigenartige Gefühl, dass du umsonst gekommen bist. Als ich vor Stunden das Zimmer verlassen habe, waren sie dabei, sich zu versöhnen. Und seitdem hab ich sie nicht mehr gesehen. Keine Ahnung, was jetzt mit denen ist.«

»Na, dann lass uns doch mal nachschauen«, sagte Marc und stieg die Stufen zum Eingang hoch.

Als Jule neben ihm durch den Flur ging, war sie unendlich froh, Marc bei sich zu wissen. Im Gegensatz zu sonst beruhigte seine Nähe sie.

Marc klopfte an die Zimmertür, und Tante Otti öffnete ihm.

»Ach, Marc«, seufzte sie. »Komm erst einmal rein.«

Jule betrat hinter ihm den Raum und ging gleich durch auf den Balkon, wo Hildchen saß. Auf dem Tisch standen eine

Flasche Sekt und zwei halbvolle Gläser. Der Kampfdrache grinste selbstgefällig.

»Wollt ihr auch ein Schlückchen?« Tante Otti hob die Flasche an.

»Ist nichts mehr drin«, sagte Hildchen sogleich.

»Dann bestell ich einfach noch eine.«

»Ich dachte, ich muss noch fahren«, bemerkte Marc fragend.

»Nein, das hat sich erledigt. Hildchen und ich haben uns wieder versöhnt.« Reumütig senkte Tante Otti den Blick.

Jule schüttelte den Kopf. »Hör mal, das ist jetzt aber nicht dein Ernst. Weißt du, wie viele Kilometer Marc hinter sich gelassen hat? Köln ist nicht gerade um die Ecke.«

»Ich weiß, Julekind. Aber ich habe schon eine Idee, wie ich das wiedergutmachen kann.« Sie wandte sich an Marc. »Hättest du Lust, die restlichen Tage mit uns hier zu verbringen? Auf meine Kosten natürlich.«

Marc schaute zu Jule. Erwartete er etwa ihr Einverständnis? Mit glühenden Wangen senkte sie den Blick.

»Das wäre toll«, sagte sie leise.

»Ich hab nur keine Klamotten dabei.« Marc schaute wieder zu Tante Otti.

»Na und? Dann kaufst du dir eben welche. Ich bezahle.«

In diesem Augenblick fragte sich Jule, ob Ottilie wohl ihre gesperrten Karten vergessen hatte. Wenn sie weiter so mit dem Geld von Alois um sich warf, würde der Segen keine zwei Tage mehr reichen. Jule knuffte sie in die Rippen.

»Denk an deine Karten«, flüsterte sie.

»Ach, das ist längst geklärt. Ich hab eben mit meiner Bank telefoniert. Sie überweisen mir etwas auf das Konto des Hotels.«

»Na toll. Hätte dir das nicht früher einfallen können? Dann hätten wir uns den ganzen Stress mit Alois gespart.«

»Hildchen hat mich heute Nachmittag auf die Idee gebracht. Ging ganz einfach. Und morgen früh geht ihr beiden erst einmal einkaufen«, sagte Tante Otti fröhlich. Dann lud sie zum Abendessen ein und reservierte telefonisch noch ein weiteres Zimmer für Marc.

Jule genoss den Abend. Mit seinen Witzen brachte Marc sie mehr als einmal zum Lachen. Und auch Tante Otti und Hildchen amüsierten sich prächtig. Marc umgab einfach eine Leichtigkeit, die das Leben farbenfroh wie Schmetterlinge scheinen ließ. Selbst der Gutachter vom Gericht und der Termin in der Gedächtnisambulanz rückten in den Hintergrund.

Zu später Stunde fiel Tante Otti dann siedend heiß ein, dass sich jemand um Praline kümmern musste. Doch Marc hatte den Schlüssel längst Kathi gegeben, damit sie nach der Katze sah.

Als er Kathi erwähnte, überfiel Jule plötzlich ein schlechtes Gewissen. Sie hatte sich überhaupt noch nicht bei der Freundin gemeldet. Seufzend zog sie ihr Handy aus der Tasche und tippte Kathis Nummer.

»Ach, meldest du dich auch endlich mal?«

»Es war so viel los, da konnte ich nicht telefonieren«, entschuldigte sich Jule.

»Und Marc ist jetzt bei euch?«

»Ja.« In Gedanken sah Jule die Freundin lüstern grinsen.

»Wenn du wieder zu Hause bist, will ich hören, dass er dich geküsst hat.«

Jule wurde verlegen, obwohl die anderen Kathi gar nicht hören konnten. Sie griff hastig nach ihrem Sektglas und stieß es dabei um. Eine Pfütze verteilte sich über den Tisch. Schnell verabschiedete sie sich von Kathi und steckte das Handy in die Tasche.

»Sorry«, murmelte sie und begann, den Fleck mit ihrer Serviette trockenzutupfen. Marc half ihr dabei, und wie zufällig berührten sich ihre Finger. Als habe sie an einen Elektrozaun gefasst, zuckte Jule zusammen.

Am nächsten Morgen begleitete Jule Marc nach Garmisch-Partenkirchen, wo er sich etwas zum Anziehen kaufte. Entspannt schlenderten sie durch die Gassen mit den mit Fresken verzierten Häusern und den kleinen Läden. Sie lachten viel miteinander, doch mehr geschah nicht.

Auch an den folgenden Tagen, an denen sie die Bergwelt um Garmisch-Partenkirchen erkundeten und das Jagdschloss von König Ludwig besuchten, blieb es bei einem freundschaftlichen Verhältnis. Doch mittlerweile wünschte sich Jule mehr, denn der blöde Spruch vom schönen Teller war längst vergessen.

Tante Otti und Hildchen hingegen hatten die letzten Tage im Wellnessbereich verbracht und das Hotel nicht mehr verlassen.

Am letzten Tag vor ihrer Abreise klopfte Marc schon früh an Jules Tür. In einer Hand trug er einen großen Proviantkorb und lächelte.

»Was meinst du, sollen wir heute mal ohne die beiden alten Damen frühstücken?«

Jule fand die Idee prima, und kurze Zeit später wanderten sie den Berg hinter dem Hotel hoch bis zu einer Almwiese. Dort breitete Marc eine Decke über dem gelben Blütenteppich aus. Jule streifte die Sandalen ab und ließ sich auf der Decke nieder. Die Morgensonne schien bereits mit Kraft, und der Duft von Kräutern und Gras kitzelte ihre Nase.

Marc holte eine Köstlichkeit nach der anderen aus dem Korb. Orangensaft, Kaffee, Lachs, Trauben, Käse und Schinken sowie frische Brötchen breitete er auf der Decke aus. Zuletzt zog er zwei Gläser und eine Flasche Sekt hervor und begann, den Draht an dem Korken aufzudrehen.

»Was, jetzt schon Sekt?«, fragte Jule und befürchtete, rasch einen Schwips zu bekommen, wenn sie ihn auf nüchternen Magen trank.

»Noch nie etwas von Sektfrühstück gehört?« Marc ließ den Korken knallen. Eine spritzige Dampfwolke entwich dem Flaschenhals, und der prickelnde Duft des Sekts stieg Jule in die Nase.

»Ja, aber wolltest du heute nicht auf die Zugspitze?«

»Der Tag ist doch noch lang. Nur keine Hektik.« Marc goss die Gläser voll, reichte Jule eins davon und setzte sich neben sie.

»Am frühen Morgen prickelt der Schampus besonders gut«, sagte er augenzwinkernd.

Wenn Marc bei ihr war, brauchte Jule keinen Sekt, dann kribbelte es auch von allein in ihren Adern. Trotzdem nahm sie einen Schluck, nachdem sie mit Marc angestoßen hatte. Schnell merkte sie, wie jeder einzelne Muskel in ihrem Leib lockerer wurde, und trank gleich noch einen größeren Schluck hinterher. Marc pflückte eine Traube von der Rispe und steckte sie Jule zwischen die Lippen. Sie schloss die Lider und biss auf die Frucht. Sofort schoss ein Schwall Saft aus ihrem Mund.

Erschrocken riss Jule die Augen auf und sah, wie der Saft an Marcs Kinn hinablief.

»O Gott, wie peinlich!«, stieß sie aus.

Marc wischte sich mit dem Daumen über den Bartschatten.

»Das passiert mir immer mit Coctailtomaten.« Grinsend steckte er den Daumen in den Mund und lutschte ihn ab.

Als Jule dabei seine Zungenspitze sah, fächerte sie sich mit der Hand Luft zu.

»So heiß ist es doch noch gar nicht.« Marc rückte ein Stück näher an sie heran. Dann schnitt er ein Stück Käse ab und reichte es Jule. »Hier, der spritzt wenigstens nicht.«

Jule nahm das Stückchen, steckte es sich in den Mund und spülte mit Sekt nach.

»Weißt du eigentlich, dass ich erst sehr wenig über dich weiß?« Marcs Blick überzog sich mit Samt.

»Weiß ich denn mehr von dir?« Jule verlor sich in diesem Blick.

»Na, dann frag doch. Was willst du wissen?«

»Wie bist du aufgewachsen? Was machen deine Eltern?«

Jule schnitt ein Brötchen auf und belegte die eine Hälfte mit Lachs. »Alles ziemlich unspektakulär. Ich bin ohne Geschwister in einer intakten Familie aufgewachsen.« Sie reichte Marc das Brötchen. Ein warmer Zug umspielte seine Mundwinkel. »Mein Vater hat sich als Müllmann den Rücken krummgearbeitet, damit es mir immer gutging. Tja, und meine Mutter als Putzfrau ebenfalls. Die beiden sind die besten Eltern, die man sich wünschen kann.«

»Du singst gut. Wie bist du darauf gekommen?«

»Hast du nie die *Mini Playback Show* geguckt?«

Jule stellte sich vor, wie Marc als kleiner Junge samstags zwischen Eltern und Wolldecken vor dem Fernseher gesessen hatte, und musste lachen.

»Doch, natürlich.«

»Als ich sechs war, bin ich da aufgetreten.«

»Echt? Aber da wurde doch gar nicht richtig gesungen.«

»Eben.« Marc nickte. »Deshalb bin ich ja auch zum Singen gekommen. Ich fand's langweilig, nur den Mund zu bewegen. Und du? Was machst du besonders gern?« Er nahm Jules Hand und strich über ihre Finger.

Jules Rücken antwortete auf Marcs Berührung mit einem wohligen Schauer. Sie schaute auf seine Lippen und gab sich der Vorstellung hin, ihn zu küssen. Ja, das würde sie jetzt gern machen.

»Früher, als ich noch in der Schule war, habe ich viel gemalt. Am liebsten Aquarelle«, sagte sie stattdessen.

»Klingt interessant. Welche Motive denn?«

»Landschaften. Die Toskana mit ihren Pinien und Lavendelfeldern hat es mir besonders angetan«, schwärmte sie.

»Warst du dort schon einmal?«

»Nein, aber ich würde gern dahin reisen. Ich hab mal von einem Malkurs gelesen, der dort in einem urigen alten Gutshaus angeboten wird.« Für einen Augenblick träumte sich Jule nach Italien. Fast schon konnte sie den Lavendel riechen und sah sich mit der Staffelei in einem verwilderten Garten stehen. »Leider konnte ich mich bisher nicht dazu durchringen.« Das mangelnde Kleingeld erwähnte sie nicht, schließlich waren die Zeiten der armen Kirchenmaus vorbei.

»Das lässt sich ändern. Ich könnte mir gut vorstellen, mit dir durch die Lavendelfelder zu spazieren.« Marc hob mit dem Zeigefinger ihr Kinn an – und küsste sie endlich.

Den Ausflug zur Zugspitze vergaßen Marc und Jule an diesem Tag. Aber wer brauchte schon Schnee im Sommer, wenn gerade das Herz in Flammen stand? Erst am späten Nachmittag packten sie den Proviantkorb wieder ein und kehrten Arm in Arm zum Hotel zurück.

Wie auch auf Gran Canaria wuselte Tante Otti bereits hektisch durch ihr Zimmer und suchte ihre Siebensachen zusammen. Hildchen hingegen saß mit stoischer Ruhe auf dem Balkon und las in einer Zeitschrift. Jule ging in ihr Zimmer und holte die Schachtel mit den restlichen kubanischen Zigarren, die sie kurz darauf Hildchen überreichte.

»Ein Freundschaftsangebot«, sagte sie dabei.

Hildchen schaute sie erst verdattert an, dann aber verzog sich ihr Mund zu einem Grinsen. Sie erhob sich und schlug Jule auf den Rücken.

»Bist ja doch ein feines Mädel. Ich sagte doch, wer mit mir den Krieg überstanden hat, der kommt von mir nicht mehr los. Stimmt's Ottilie?«, schrie sie ins Zimmer.

»Ja, ja«, murmelte Tante Otti nur, robbte bäuchlings unter das Bett und fischte einen Hausschuh hervor. »Wusste ich's doch. Gut, dass ich noch mal nachgeschaut habe.«

Als wollte sich der Himmel traurig von ihnen verabschieden, nieselte es am nächsten Morgen aus dunklen Wolken. Tante Ottis bleiches Gesicht verriet, wie sehr sie sich wieder vor der Seilbahnfahrt fürchtete. Deshalb ging Jule zu Fuß mit ihr den steilen Weg hinab, während Marc, Hildchen und das Gepäck mit der Gondel fuhren. Blaugrau reckten sich die Wipfel der Tannen in den Nebel. Jule und Tante Otti rutschten mehr zu Tale, als dass sie den matschigen Weg hinabwanderten.

Mit beiden Händen krallte sich Tante Otti an Jules Arm und keuchte. »Oje, oje, vielleicht wären wir doch besser mit der Gondel gefahren.«

»Komm, das schaffen wir«, sprach Jule ihr Mut zu.

Schwer atmend blieb Tante Otti stehen und schaute sie an. »Julekind?«

»Was ist?«

»Hab ich dir sehr zugesetzt in den letzten Tagen?«

»Ach was.« Jule winkte ab. »Mit dir wird es halt nie langweilig. Und soll ich dir mal was sagen? Wenn ich darüber nachdenke, war mein Leben vorher richtig öde. Außer hier und da mal eine Party lief doch nichts.«

Tante Otti lächelte selig. »Und du und Marc, ihr seid nun ein richtiges Paar, oder?«

»Ich will es hoffen«, sagte Jule und dachte an die letzte Nacht, die sie mit Marc in ihrem Hotelzimmer verbracht hatte. Ganz leise hatten sie sich geliebt, da sie wussten, wie dünn die Wände waren. Und nein, der Prinz hatte sich ganz und gar nicht in einen Knallfrosch verwandelt.

Schweigend setzten die Frauen ihren Weg fort.

Irgendwann zeigte sich endlich das Holzdach der Talstation. Marc, der mit Hildchen bereits unten wartete, winkte ihnen zu.

»Er sieht auch glücklich aus«, stellte Tante Otti fest, als sie zurückwinkte. »Weißt du was? Warum fährst du nicht mit ihm im Auto heim? Auf eine Zugfahrt mit Hildchen hast du doch bestimmt keine Lust.«

Bei der Vorstellung, Marc in den nächsten Stunden wieder ganz nahe zu sein, huschte ein dankbares Lächeln über ihr Gesicht.

33. Kapitel

Als Ottilie am nächsten Morgen den Briefkasten öffnete, packte die Furcht wieder mit schwarzen Klauen nach ihr. Ein einzelner grauer Umschlag hatte sich zwischen den Reklameblättchen versteckt, und sie wusste sofort, wer ihr da schrieb. Seufzend schloss sie den Kasten und stieg die Treppe zu ihrer Wohnung hoch.

»Die geben einfach keine Ruhe«, sagte sie zu Hildchen, die am Frühstückstisch saß und sich hinter der Tageszeitung verschanzt hatte.

»Wer?«

»Na, die vom Gericht. Hier, schon wieder ein Brief von denen.« Ottilie öffnete ihn ungeduldig.

Hildchen faltete die Zeitung zusammen. »Pah, lass ihn doch ruhig kommen, den Gutachter. Der wird schon sehen, dass du noch alle in deinem Gehirnkasten beisammen hast. Wovor hast du Angst?«

»Aber Hildchen, du weißt doch, der Termin in der Gedächtnisambulanz morgen … Die Stunde der Wahrheit rückt immer näher.« Sie überflog die Zeilen und suchte nach dem Datum, an dem der Gutachter sie erneut besuchen wollte. »In drei Tagen schon«, sagte sie seufzend.

»Wie? So schnell kommt der Heini schon wieder?« Hildchen griff nach einem Brötchen und beschmierte es fingerdick mit Erdbeermarmelade. »Sei unbesorgt. Ich bin ja bei dir. Notfalls erzähl ich ihm, wer sie nicht mehr alle im Kasten hat. Dann erfährt er mal vom wahren Gesicht des Herrn Politikersohn.«

Ottilie wusste nicht recht, ob sie über Hildchens Anwesenheit bei dem Termin froh sein sollte. Lieber hätte sie nur Marc und Jule dabeigehabt. Die würden wenigstens nicht unsachlich werden. Aber das konnte sie der Freundin nicht sagen, da sie sich doch gerade erst entschieden hatte, wieder in die gemeinsame Wohnung zu ziehen.

»Wann wolltest du eigentlich dein Gepäck aus der Eifel holen?«, fragte Ottilie beiläufig.

»Das bringt Renate mir irgendwann diese Woche.« Hildchen schlug wieder die Zeitung auf.

»Und wann willst du wieder in der Metzgerei arbeiten?«

»Gar nicht mehr. Ich werde den Laden verkaufen, meine Schulden tilgen, und wenn das restliche Geld aufgebraucht ist, Grundsicherungsrente beantragen.«

»Aber Hildchen, ist das wirklich nötig? Du brauchst doch keine Unterstützung vom Amt, solange du mich hast.«

Die Freundin schielte hinter der Zeitung hervor. »Nein, das kleine Stück Stolz kannst du mir nicht nehmen.«

Seufzend schob Ottilie die Krümel auf ihrem Teller hin und her. »Gut, dann tu, was du nicht lassen kannst.«

»Bist du jetzt wieder beleidigt?«

»Nein, bin ich nicht.« Sie hatte wirklich andere Sorgen. Ottilie spürte Tränen in ihren Augen brennen, als sie an die kommenden Tage dachte.

Plötzlich klingelte es an der Tür, und sie zuckte vor Schreck zusammen.

»Wer ist das denn?«, fragte sie Hildchen.

»Hab ich Röntgenaugen? Mach auf, dann weißt du es.« Als interessiere sie das alles nicht, schlug Hildchen die Zeitungsseite um.

An der Tür sah Ottilie zu ihrer Erleichterung in Marcs strahlendes Gesicht.

»Hat Jule dir nicht gesagt, dass ich ihr für heute freigegeben habe?«

»Doch, natürlich.« Marc neigte den Kopf zur Seite.

»Was gibt es denn?« Ottilie fühlte sich mit einem Mal sehr müde. Die ganze Kraft, die sie in den Bergen getankt hatte, schien zu schwinden.

»Ich hab gerade mit dem Anwalt telefoniert. Wegen der Betreuungssache.«

»Echt?« Ottilie hielt die Tür weit auf. »Aber komm erst einmal rein. Willst du einen Kaffee oder ein Brötchen? Warte, ich hole einen Teller.« Ottilie eilte aufgeregt in die Küche.

»Gern!«, rief Marc hinter ihr her und wünschte Hildchen im Esszimmer einen guten Morgen.

Nachdem Ottilie ihm Kaffee eingeschenkt hatte, erzählte er von dem Telefonat mit dem Anwalt.

»Also, es ist alles so, wie ich es gesagt habe. Dein Sohn kann nicht einfach die Betreuung übernehmen, wenn du damit nicht einverstanden bist.«

»Solange ich noch einigermaßen richtig im Kopf bin«, unterbrach Ottilie ihn.

»Nun lass aber mal die Kirche im Dorf«, mischte sich Hildchen ein.

»Weißt du schon, wann der Gutachter kommt?« Marc schlürfte aus seiner dampfenden Tasse.

»Ja, in drei Tagen. Könntest du dabei sein? Er kommt um zehn.«

»Klar, das geht.«

Marcs Worte machten Ottilie nur wenig froher. Erst einmal musste sie den Termin in der Gedächtnisambulanz am nächsten Tag überstehen. Jetzt schon wackelten ihre Beine wie Pudding, wenn sie nur daran dachte, wie dort ihr Gehirn auf links gedreht wurde. Dabei konnte nun alles so schön sein. Liebend gern wäre Ottilie gleich morgen schon wieder aus Köln geflüchtet. Am besten für immer und in den Urwald, wo es keinen Gutachter und keine Gedächtnisambulanz gab. Für einen Augenblick spielte sie mit dem Gedanken, sofort wieder die Koffer zu packen. Doch dann besann sie sich. Das Versteckspiel würde sie vor den Folgen einer möglichen Demenz auch nicht schützen. Nein, sie musste die Untersuchung durchstehen.

Für den Abend hatte Jule Marc ins Kino eingeladen. Vor ihr flimmerte eine Actionkomödie, und es roch nach Popcorn und Cola. Nur konnte sich Jule beim besten Willen nicht auf den Film konzentrieren. Marc spürte wohl, dass ihre Sorge um Tante Otti sie umtrieb, denn er nahm ihre Hand und zog sie aus dem Sitz hoch.

»Ich glaube, du willst lieber reden«, flüsterte er in ihr Ohr.

Jule nickte und atmete einmal kräftig durch. Kurz darauf schlenderten sie durch den Mediapark und ließen sich auf einer Bank an dem künstlich angelegten See nieder. Die sommerlaue Luft roch nach Beton und Abgasen aus der Tiefgarage unter ihnen.

»Sollen wir was essen gehen? Ich kenne hier in der Nähe eine gute Pizzeria.« Marc spielte mit dem dünnen silbernen Armband, das Jule am rechten Handgelenk trug. Modeschmuck, den ihre Mutter in Deutschland vergessen hatte.

»Können wir nicht einfach ein wenig hier sitzen bleiben?«

»Klar, alles, was du willst.« Marc legte seinen Arm fest um ihre Schulter.

Jule spürte sein Herz, das viel ruhiger als ihr eigenes schlug.

»Was sollen wir denn machen, wenn Tante Otti wirklich dement ist? Ich meine, dann muss sie doch früher oder später ins Seniorenheim.«

»Wenn wir alle zusammenhalten, nicht.«

»Das sagst du so einfach.« Jule dachte an die *abuela* auf Gran Canaria, die rund um die Uhr von ihrer Familie umsorgt worden war.

Marc malte mit dem Daumen einen Kreis in ihren Nacken und hauchte einen Kuss darauf. »Bestimmt wird alles gut.«

»Ich weiß nicht, ob ich das kann. Ich meine, mit der Demenz umgehen. Kathi erzählt manchmal so schreckliche Sachen.«

»Warte doch erst einmal das Ergebnis ab.«

»Ich hab solche Angst!«

»Deshalb liebe ich dich.«

Jule hob den Blick. »Nur deshalb?«

»Nein, natürlich nicht.« Marc grinste. »Aber lass mir Zeit, dir die unzähligen Gründe zu nennen.«

Als Jule und Marc am nächsten Morgen um kurz nach neun an Tante Ottis Tür klingelten, erwartete sie ein Bild des Jammers. Tiefe Ringe lagen unter Tante Ottis Augen, und ihr Gesicht wirkte eingefallen. Über einem blassgrauen T-Shirt trug sie eine rosafarbene Strickjacke.

»Fahren wir sofort los?«, fragte sie mit erstickter Stimme und eilte schon zur Garderobe, um ihre Tasche zu holen.

»Das wäre besser, weil wir auf die andere Rheinseite müssen. Wer weiß, wie der Verkehr ist.« Marc spielte mit dem Autoschlüssel in seiner Hand und lächelte Jule aufmunternd zu.

Ein Kloß klebte wie angetrockneter Kleister in ihrem Hals, und Jule wünschte sich den Nachmittag herbei. Dann wussten sie wenigstens, woran sie waren. Sie zwang sich ein Lächeln ab, während Tante Otti die Tür hinter sich schloss.

»Wo ist Hildchen?«, fragte sie beiläufig.

»Ich hab sie schlafen lassen. Sie hatte heute Nacht ziemlich heftige Bauchschmerzen.«

Die Nerven hätte Jule gern gehabt.

Kurz darauf schlängelte sich Marcs Auto durch den Verkehr bis zu der Klinik, in der die Gedächtnissprechstunde stattfand. Zum Glück war das Wartezimmer leer. Auf dem Glastisch neben der abgewetzten Ledercouch lagen Flyer von einem Demenz-Netzwerk. Jule nahm eines der Faltblättchen und überflog es. Fortbildungen für Betreuer und Angehörige von Demenzerkrankten wurden darin angeboten. In Jules Magen brodelte die Säure.

»Gehst du mit mir rein?«, fragte Tante Otti.

Jule legte den Flyer zurück. »Wenn du das willst, sicher.«

»Soll ich auch mitgehen?«, fragte Marc.

Tante Otti schüttelte den Kopf. »Lass mal. Wenn wir alle da antanzen, machen wir die Sache womöglich noch schlimmer.«

Die Milchglastür öffnete sich, und eine Sprechstundenhilfe mit feuerrotem Haar steckte den Kopf durch den Spalt. »Frau Bär?«

Tante Otti erhob sich, und Jule tat es ihr gleich. »Sie müssen hier warten«, sagte die Frau kurz angebunden zu ihr.

Jule schaute sie herausfordernd an. »Frau Bär will aber, dass ich dabei bin.«

»Ja, das können Sie auch, sobald wir die CT gemacht haben.«

Als sich Jule wieder auf ihren Platz fallen ließ, nahm Marc ihre kalte Hand und drückte sie leicht. »Du wirst doch nicht gleich hyperventilieren?«

»Nein, ich versuche, ruhig zu bleiben.« Jule wippte mit den Knien.

Nach ungefähr zwanzig Minuten erschien Tante Otti wieder im Wartezimmer – das Gesicht wie in Wachs gegossen.

»Kommst du, Julekind?«

Nachdem sie den Flur hinter sich gelassen hatten, betraten sie das Behandlungszimmer, in dem ein junger Arzt hinter seinem Schreibtisch saß. Jule versuchte, an nichts zu denken oder zumindest an eine andere Welt – oder wie es auf dem Mond aussah. Doch es half nichts, weiterhin bebte sie innerlich und äußerlich vor Angst. In ihrem Kopf hörte sie Kathi raunen, dass sie sich wie immer in den Weltuntergang hineinsteigerte. Recht hatte sie.

Der Arzt begrüßte sie mit einem Lächeln und stellte sich als Dr. Riemer vor. Dann begann er Tante Otti Fragen über ihren Alltag zu stellen. Irgendwie klang seine Stimme in Jules Ohren blechern.

Als Tante Otti später die Zeiten in eine leere Uhr malen musste, schaute Jule gebannt, ob sie nur ja keinen Fehler machte. Bisher lief alles ganz gut, und Jule wurde etwas ruhiger. Auch die Rechenaufgaben löste Tante Otti mit Bravour. Nur die Wörter, die Dr. Riemer ihr zu Beginn des Gespräches genannt hatte, bekam sie nicht mehr ganz auf die Reihe. Jule aber auch nicht. Eigentlich konnte sie sich gar nicht mehr daran erinnern.

Als Dr. Riemer schließlich sagte, dass er sich nun die CT-Aufnahmen anschauen wolle, schoss Jules Adrenalinspiegel wieder dermaßen in die Höhe, dass sie glaubte, ihr würde gleich Blut aus den Ohren sprudeln. Sie starrte auf den Monitor, den der Arzt eingeschaltet hatte. Bunte Gehirne zeigten sich. Irgendwo in dem Zimmer tickte eine Uhr. Oder war es Jules Herzschlag? Während Dr. Riemer konzentriert die Bilder betrachtete, leistete Jule still einen Eid und schwor, jeden Tag eine gute Tat zu leisten, wenn mit Tante Ottis Gehirn alles in Ordnung war.

»Was ist denn nun, Herr Doktor?«, durchbrach Tante Otti die Stille. »Spannen sie mich doch nicht so lange auf die Folter.«

Der Arzt lächelte aufmunternd. »Ihre Gehirnmasse weist keine Veränderungen auf, Frau Bär. Und auch die Tests, die wir eben gemacht haben, ergeben keine Anzeichen für eine Demenz.«

Jule amtete stoßweise die Luft aus. Vor ihr tat sich der Himmel auf, und die Partyengel erschienen in wallenden Gewändern. Über ihren Köpfen leuchteten Heiligenscheine, und sie stimmten ein Halleluja an, das Jule die Tränen in die Augen trieb.

»Sind Sie sicher?« Tante Otti sah den Arzt skeptisch an. »Wissen Sie, in der letzten Zeit ist es mit der Vergesslichkeit doch schlimmer geworden.«

Jule verengte die Augen und stierte sie an. Wollte sie jetzt mit Gewalt die Diagnose Demenz erzwingen? Warum gab sie keine Ruhe?

»Machen Sie sich keine Sorgen. Ihr Blutbild, das der Kollege Schneider mir geschickt hat, ist auch in Ordnung. Haben Sie in jüngster Zeit vielleicht Kummer gehabt?« Dr. Riemer griff nach Tante Ottis Hand.

»Ach, ein wenig Kummer hab ich doch immer, seit mein Sohn nichts mehr mit mir zu tun haben will«, sagte sie seufzend. »Und dann kam noch der heftige Streit mit meiner Lebensgefährtin dazu. Sie ist sogar ausgezogen. Aber nun haben wir uns wieder vertragen.«

Der Arzt schaute ein wenig verdutzt, doch dann lächelte er wieder. »Na, sehen Sie. Das alles hat Ihre Gedanken gefangen genommen. Da brauchen Sie sich nicht zu sorgen, wenn Sie mal nicht mehr wissen, wo Sie etwas hingelegt haben. Sind Sie denn oft traurig oder leiden unter Stimmungsschwankungen?«

Tante Otti neigte den Kopf zur Seite. »Nein, eigentlich bin ich ein lebensfroher Mensch. Wissen Sie, ich fahre gern in den Urlaub und liebe es, Menschen um mich zu haben.«

»Das ist schön. Genießen Sie Ihr Leben ruhig. Wie ich sehe, sind Sie ja nicht allein.« Nun schaute Dr. Riemer zu Jule. »Sind Sie die Enkelin?«

»Nein, ich …«

»Jule ist meine Wahlnichte«, krähte Tante Otti in gewohnte Manier dazwischen. »Sie ist mit meinem Nachbarn Marc zusammen, der draußen im Wartezimmer sitzt.«

Jule hob die Augenbrauen. Das wollte der Doc wohl kaum alles wissen. Aber wie es schien, hatte Tante Otti das Bedürfnis ihm mitzuteilen, dass sie alles andere als einsam war.

Doch Jule täuschte sich, denn der Dr. Riemer interessierte sich sehr wohl für Tante Ottis Umfeld und hakte weiter nach. »Und Ihr Sohn? Sie sagten, er will nichts mehr mit Ihnen zu tun haben?«

»Nun ja, ich glaube, das wird sich auch nicht mehr ändern.« Tante Otti schaute traurig drein. Dann gab sie sich einen Ruck und erzählte offen von ihrer Liebe zu Hildchen und dass Karl-Heinz damit nicht zurechtkam. Zum Schluss erwähnte sie noch, dass er einen Betreuer für sie bestellen wollte.

»Also, in dieser Hinsicht kann ich Sie beruhigen, Frau Bär. So einfach geht das nicht.«

»Ja, das sagte Marc bereits. Er studiert nämlich Jura. Aber vorsichtshalber hätte ich doch gern ein Attest. Das bekomme ich doch, oder?«

Der Arzt blickte sie nachdenklich an. »Wissen Sie was, das brauchen Sie gar nicht. Wenn Sie mich von der Schweigepflicht entbinden, werde ich gleich beim Amtsgericht anrufen und die Sache klären. Wollen Sie, dass ich auch mit Ihrem Sohn spreche?«

Allein bei der Erinnerung an die Telefonate mit Karl-Heinz verdrehte Jule die Augen.

»Das können Sie sich schenken. Der lässt nicht mit sich reden. Hab ich schon versucht«, mischte sie sich ein.

Tante Otti zuckte mit den Schultern. »Ich weiß nicht recht. Eine lesbische Mutter passt einfach nicht zu seinem Image. Ich glaube nicht, dass Sie da viel bewirken können.«

Der Arzt erhob sich.

»Vielleicht wendet sich ja doch noch alles zum Guten. Ich wünsche Ihnen alles Gute, Frau Bär. Und genießen Sie Ihr Leben.« Erst schüttelte er Tante Ottis und dann Jules Hand.

Als sie kurz darauf ins Wartezimmer traten, sprang Marc von dem Ledersofa auf. Erwartungsvoll schaute er von einem Gesicht zum anderen.

Jule kullerten Tränen der Erleichterung über die Wangen.

»Alles ist gut!«, stieß sie schluchzend aus und fiel in seine Arme.

Die frohe Nachricht musste natürlich gefeiert werden, und so lud Tante Otti Marc, Jule und Kathi am Abend zum Champagnertrinken ein. Im Ofen brutzelte ein Krustenbraten nach Hildchens Art und verströmte seinen Duft bis ins Wohnzimmer, wo sie alle beieinandersaßen.

Tante Otti kramte im CD-Regal, zog eine Hülle nach der anderen heraus und schob sie wieder zurück.

»Mensch, jetzt find ich die CD nicht mehr. Wo hatte ich die denn hingeräumt?«

Jule kuschelte sich an Marc. Auf ihrem Schoß hatte sich Praline eingerollt.

»Du suchst jetzt aber nicht die Karaoke-DVD?«

»Nein, natürlich nicht.« Tante Otti wandte sich zu Hildchen um, die genüsslich an ihrer kubanischen Zigarre zog. »Hast du zufällig die neue CD gesehen? Sie ist noch in Folie eingepackt.«

Hildchen hustete in die Rauchwolke, die sie umgab. »Im Eisfach liegt eine.«

»Im Eisfach?« Tante Otti rieb sich nachdenklich die Nase.

»Ja, ich dachte, du wolltest die Kratzer wegfrieren.«

»Kann doch nicht sein.« Tante Otti lief in die Küche. »Du liebe Güte, wo war ich denn wieder mit meinen Gedanken?«, rief sie von drinnen.

Kurz darauf erschien sie mit der CD und zog die vereiste Cellophanfolie ab.

»Zeig mal her.« Jule reckte neugierig den Kopf.

»Die kennst du bestimmt. Ist nagelneu.«

Jule nahm die eiskalte CD entgegen – Kuschelrock 21. Nagelneu war wohl etwas übertrieben, aber die Musik war trotzdem genau nach ihrem Geschmack.

»Hey, die ist super. Wie bist du denn darauf gekommen?«

Tante Otti lächelte verlegen. »Na ja, nach meinem Geburtstag habe ich die im Supermarkt gesehen. Die Verkäuferin meinte, das sei genau die Musik, die die jungen Leute hören. Da hab ich mir gedacht, ich nehme sie mit, falls wir mal wieder zusammen feiern.« Tante Otti ließ sich die CD wiedergeben und legte sie in die Musikanlage. Kurz darauf ertönte Shakiras Stimme.

Marc nahm die Champagnerflasche vom Tisch. »Soll ich?«

Eifrig nickend stellte Tante Otti die Gläser bereit. Als sie gefüllt waren, stießen sie auf die Gesundheit an. Da klingelte plötzlich das Telefon.

»Nanu? Wer kann das denn sein?«, fragte sie wie immer in die Runde.

»Geh dran, dann weißt du's«, raunte Hildchen.

Mit schnellen Schritten war Tante Otti bei der Ladestation, nahm den Hörer heraus und meldete sich.

Jule und die anderen schauten sie gebannt an. Von einer auf die andere Minute wich Tante Otti die Farbe aus dem Gesicht.

»Wo sagten Sie? Bonn-Beuel? Ja, ja. Ich bin sofort da.«

Jule sprang als Erste auf. »Ist was passiert?«

»Ja!« Tante Otti nickte und schaute zu Marc. »Kannst du noch fahren?«

34. Kapitel

Kurz darauf saßen sie zu fünft in Marcs Wagen und fuhren über die Autobahn nach Bonn-Beuel ins dortige Krankenhaus. Die ganze Fahrt über schaute Tante Otti apathisch aus dem Fenster und sprach kein Wort. Bis zu ihrer Ankunft hielt Jule ihre eiskalte Hand.

Neben dem Aufzug stand ein abgedecktes Bett, und es roch nach Desinfektionsmittel. Auf dem Weg zum Schwesternzimmer bekam Tante Otti wackelige Beine, und Jule musste sie stützen. Hinter der Scheibe erhob sich ein schwarzer Schopf mit Pferdeschwanz. Die Schwester eilte auf sie zu.

»Sind Sie die Familie Bär?«

Tante Otti nickte. »Ja, das sind wir. Ich bin Ottilie Bär, die Mutter und Großmutter.«

»Gut, dann kommen Sie.« Die Schwester schaute in die Runde. »Dem Jungen geht es gut. Sein Schutzengel hat ganze Arbeit geleistet. Trotzdem wäre es besser, wenn die anderen hier warten würden. Felix soll doch keine Angst bekommen.«

»Und Karl-Heinz? Wie geht es ihm?«, fragte Tante Otti mit erstickter Stimme.

»Der Doktor kommt gleich und spricht mit Ihnen.«

Schwer stieß Tante Otti den Atem aus. »Ich möchte meine Nichte bei mir haben, wenn ich den Jungen sehe. Das geht doch, oder?«

»Ja, sicher«, sagte die Schwester und steckte die Hände in die Kitteltaschen. Dann machte sie sich auf den Weg über den langen Flur. Jule und Tante Otti folgten ihr Hand in Hand.

»Wusstest du, dass du einen Enkel hast?«, fragte Jule leise.

»Ich hab es in der Zeitung gelesen.« In dem kalten Neonlicht wirkte Tante Ottis Gesicht leicht bläulich.

Vorsichtig öffnete die Schwester eine der Türen und trat vor ihnen in das Zimmer. Jule reckte den Hals, um über ihre Schulter sehen zu können. Dann schob sie Tante Otti durch den Rahmen.

Zwischen Plüschwürfeln, unzähligen Plastikautos und Teddybären hockte ein blonder Junge auf dem Bett und studierte ein Bilderbuch. Jule schätzte ihn auf ungefähr fünf Jahre.

Als wandele sie auf Wolken, schritt Tante Otti zu dem Bett. Über ihre Wangen kullerten Tränen, und sie wischte sie schnell mit dem Handrücken fort.

Der Junge schaute auf. Seine Augen waren strahlend blau.

»Bist du meine Oma?«, fragte er und klappte das Bilderbuch zu.

Jule entging nicht, wie Tante Otti versuchte, das Beben in ihrer Brust zu unterdrücken. Sie strich dem Jungen mit zittrigen Fingern über das Haar.

»Ja, das bin ich. Ich bin deine Oma Otti.«

Bis der Arzt erschien, hatte Tante Otti bereits das Vertrauen des Jungen gewonnen. In ihren Arm gekuschelt erklärte er ihr das Bilderbuch, das er mittlerweile wieder aufgeklappt hatte.

Der Arzt hockte sich vor ihn und strich Felix über die Wange. »Wie es scheint, gefällt dir der Doktor Brummbär.«

»Hmm, ja. Der macht das Gleiche wie du. Hier, schau mal.«

»Klar, das hab ich ja auch von ihm gelernt«, sagte der Arzt augenzwinkernd. »Aber nun will ich kurz mit deiner Oma reden. Geht das?«

Felix nickte und schaute skeptisch zu Jule. »Willst du auch mal sehen?«, fragte er ein wenig zögerlich.

»Ja, sehr gern. Darauf warte ich schon die ganze Zeit.«

Jule nahm Tante Ottis Platz ein und betrachtete das Buch. Auf klebrigen Pfoten schlich ihr das Gewissen in den Kopf. Mehr als einmal hatte sie Karl-Heinz alle möglichen Leiden an den Hals gewünscht. Doch sie wollte nicht schuld sein, wenn er jetzt sterben musste. Mit einem unangenehmen Gefühl im Magen versuchte sie sich auf die Bilder in dem Buch zu konzentrieren.

Tante Ottis Gesicht wirkte immer noch etwas bläulich, als sie nach einer halben Stunde wieder in das Zimmer kam. Wie ein nasser Sack ließ sie sich auf den Stuhl neben dem Bett fallen.

»Er wird es überleben!«, stieß sie aus.

Felix kroch aus dem Bett und krabbelte auf ihren Schoß.

»Dein Papa muss jetzt ganz viel schlafen. Aber danach geht es ihm wieder gut. Und so lange schläfst du bei mir.« Tante Otti drückte ihm einen Kuss ins Haar, fasste ihn an den Schultern und schaute ihm in die Augen. »Ich kann Teddybären aus Schokolade machen.«

»Wie das denn?«

»Ha, warte mal ab. Das wirst du dann schon sehen. Sollen wir gehen?«

Felix rutschte schnell von Tante Ottis Schoß und zog sich die Sandalen an. Währenddessen rief Jule ein Taxi mit Kindersitz, das sie nach Köln bringen sollte.

Sie hätte bei Marc schlafen können, doch Jule sehnte sich nur noch nach Ruhe. So ließ sie sich gemeinsam mit Kathi von Marc nach Hause fahren.

Als nach einem langen Kuss in zärtlicher Umarmung endlich die Wohnungstür ins Schloss fiel, duftete es aus der Küche bereits nach Kaffee.

»Oh, Mann. Was für ein Tag.« Jule streifte sich die Sandalen von den Füßen und ließ sich auf die kleine Eckbank plumpsen. »Jetzt ist aus Tante Otti doch noch eine Oma Otti geworden.«

Kathi stellte zwei Tassen auf den Tisch. »Dann erzähl mal. Was ist denn überhaupt passiert? Marc und ich haben so gut wie nichts mitbekommen, während wir uns stundenlang die Hühnerbrühe aus dem Krankenhausautomaten reingezogen haben.«

Jule blickte seufzend in die Richtung, wo ihr Zimmer lag. Das Bett würde wohl noch auf sie warten müssen.

»Karl-Heinz war mit seinem Sohn zu Besuch in Bonn. Wahrscheinlich wollte er ihm die alte Hauptstadt zeigen. Was weiß ich. Auf jeden Fall hatte er einen Verkehrsunfall. Ihn hat es ziemlich schwer erwischt. Etliche Wirbel sind angebrochen.« Jule tat reichlich Zucker in ihren Kaffee. »Er hat Tante Otti anrufen lassen, weil er sich wohl keinen anderen Rat gewusst hat. Jemand muss sich doch um Felix kümmern.«

»Wo ist denn die Mutter von Felix?«

»Wie Tante Otti gesagt hat, ist sie wohl in New York auf Geschäftsreise. Aber sie befindet sich schon auf dem Weg hierher. Tante Otti hat kurz mit Karl-Heinz gesprochen und sagte, er habe recht versöhnlich gewirkt.«

»Hat er was zu der Betreuungsgeschichte gesagt?« Kathi rieb sich die müden Augen.

»Ja, nachdem Tante Otti ihm von der Gedächtnisambulanz erzählt hatte, sagte er, er bereue sein Verhalten sehr.«

»Tja, manchmal muss man wohl dem Tod ins Auge sehen, um einigermaßen menschlich zu werden.«

Irgendwann graute der Morgen, und die Freundinnen saßen immer noch da und redeten – meistens über Marc. Doch irgendwann fragte Kathi wieder einmal nach Jules beruflicher Zukunft.

»Du willst jetzt aber nicht für ewig Tante Otti zu deinem Hauptberuf machen, oder?«

Jule rührte mit dem Löffel in ihrer leeren Tasse. »Nein, natürlich nicht. Lieber soll sie meine Tante sein als meine Chefin. Aber ich glaube, ich weiß jetzt, was ich studieren will.«

»So? Was denn?«

»Zuerst Soziale Arbeit und danach Rehabilitationswissenschaften.«

»Was für ein Wort.« Kathi hob die müden Lider. »Wie kommst du denn jetzt darauf?«

Jule erinnerte sich an die Flyer, die im Wartezimmer der Gedächtnisambulanz ausgelegen hatten.

»Ich würde gern dazu beitragen, dass Menschen mit Behinderungen soweit wie möglich in den Alltag der Gesellschaft integriert werden«, sagte sie. »Das ist doch ein spannendes Thema! Und nebenbei könnten wir einen Reisebegleitservice für Senioren gründen. Mit richtiger Pflege und Betreuung, halt alles, was ein Seniorenheim auch bietet.«

»Du meinst, dann bräuchte ich Frau Wollner die Kreuzfahrt nicht mehr vorzutäuschen?«

»Genau, dann könnte sie wieder echte Seeluft schnuppern. Aber ich glaube, bis ich mit dem Studium fertig bin, lebt Frau Wollner nicht mehr.«

»Wohl kaum. Aber ich finde die Idee toll. Wie bist du darauf gekommen?«

Jule dachte nach. Im Grunde war es die Summe ihrer Erlebnisse der letzten Wochen. Auch wenn das Zusammmensein mit Tante Otti manchmal anstrengend war, gewann sie dabei so viel wie nie zuvor in ihrem Leben. Inzwischen hatte sie den allerhöchsten Respekt vor alten Menschen. Mit all ihren Gebrechen blickten sie auf ein Leben voller Tiefen und Höhen zurück. Schön wäre es, ihnen dabei helfen zu können, noch einmal einen Gipfel zu erklimmen – gleichgültig, ob dieser unter der afrikanischen Sonne, auf den Bahamas oder in den Alpen lag.

Danke

An dieser Stelle möchte ich mich ganz herzlich bei meiner Lektorin sowie dem ganzen Team von Ullstein für die tolle Betreuung und Präsentation meiner Romane bedanken. Ebenfalls danke ich Gisela Klemt für die Redaktion und die gelungene Zusammenarbeit.

Ein dickes Dankeschön spreche ich natürlich auch meiner Agentin Anna Mechler aus, die mir jederzeit mit Rat und Tat zur Seite steht.

Vielen Dank auch an Berenike, die meine Geschichten schon im Vorfeld liest. Ich freue mich immer sehr auf deine Meinung.

Zwei Menschen gibt es in meinem Leben, denen ich gar nicht genug danken kann: meinem Mann Josef und meinem Sohn Marcel. Ihr seid die liebste Familie der Welt. Ohne euch würde ich es nie schaffen, meine Geschichten auf die Beine zu stellen. Es gibt nichts Schöneres, als mit einem Herzen voller Liebe am Schreibtisch zu sitzen. Ihr gebt mir die Ruhe und die Kraft, die ich brauche, um meine Romane zu schreiben. Ich bin so glücklich mit euch.